I0523227

Liebe Leserinnen und Leser,

hier kommt der Vierte Pete Sullivan und ich hoffe, dass ich auch diesmal eure Erwartungen erfüllen werde.

Schöne Lesestunden
wünscht eure

B.T. Gold

P.S. Bitte macht Werbung für mich, indem ihr mich weiterempfehlt und/oder eine Rezession bei Amazon (auch wenn ihr es nicht dort gekauft habt) schreibt. Vielen lieben Dank im Voraus.

B.T. Gold

Die Zeit läuft

Thriller

Bibliografische Information der Deutschen Nationalbibliothek:
Die Deutsche Nationalbibliothek verzeichnet diese Publikation in der
Deutschen Nationalbibliografie, detaillierte bibliografische Daten sind im
Internet über dnb.dnb.de abrufbar.

TWENTYSIX – Der Self-Publishing-Verlag
Eine Kooperation zwischen der Verlagsgruppe Random House und BoD –
Books on Demand

© 2019 Tonigold, Brigitte

Herstellung und Verlag:
BoD – Books on Demand, Norderstedt

ISBN: 978-3-74076-196-7

Prolog

Sarah trocknete sich eilig ihre Hände ab, als es zwei Mal kurz hintereinander an der Türe klingelte, warf im Vorbeigehen das Geschirrtuch auf den Küchentisch und öffnete, ohne auch nur einmal darüber nachzudenken, die Haustüre. Zuerst sah sie nur einen riesigen und bunten Blumenstrauß, da dieser das Gesicht des Mannes, der auf ihrer Veranda stand, verdeckte. Aber als er den Strauß senkte und dann auch noch breit zu grinsen begann, setzte ihr Herz für einen Schlag aus.

„Hallo Sarah" begrüßte er sie wie selbstverständlich und streckte ihr die Blumen entgegen.

Kostbare Sekunden verstrichen, in der sie zu keiner Reaktion fähig war und dann tat sie aus dem Instinkt heraus leider genau das Falsche. Anstatt lauthals um Hilfe zu rufen, um ihre angrenzenden Nachbarn zu alarmieren, versuchte sie die Türe wieder ins Schloss zu drücken.

„Geh, bitte" bettelte sie flehentlich, als sie sich mit ihrem ganzen Körpergewicht gegen die Türe lehnte, aber es war vergeblich.

Mit Leichtigkeit schob der Mann die Barriere auf und drückte sich samt Blumenstrauß zwischen dem entstandenen Spalt von Türblatt und Rahmen hindurch. Sarah wich panisch zurück und als der Eindringling im Flur stand, schob er die Haustüre mithilfe seines Fußes wieder zu. Er drehte sich nicht einmal um, stattdessen umspielte ein Lächeln sein Gesicht, als er mit dieser Aktion eine von der Außenwelt abgeschnittene Intimität schaffte. Ihre Mimik hingegen spiegelte blankes Entsetzen wieder und als er den Blumenstrauß achtlos auf den Boden warf und dann mit langen und zielbewussten Schritten auf sie zukam, wollte sie schreien. Doch es war zu spät. Ihr Angreifer schlug ihren Kopf blitzschnell einmal kräftig gegen die Wand und aus dem geplanten Schrei wurde ein gequältes Stöhnen, als sie durch die Wucht des Aufpralles benommen zu Boden ging.

„Tut mir leid, liebste Sarah. Aber ich werde nicht gehen, ganz im Gegenteil sogar. Ich fange gerade erst an."

Sarah versuchte zuerst kriechend und dann auf allen Vieren von ihm wegzukommen, da sie seine näherkommenden Schritte wahrnahm und als sie es endlich schaffte auf ihre Beine zu kommen, packte er sie an der Taille, hob sie mit einer Leichtigkeit nach oben und schleuderte sie direkt in das angrenzende Wohnzimmer hinein. Sie versuchte sich an der Kommode festzuhalten, um nicht wieder am Boden zu landen, aber sie riss bei diesem Versuch nur die darauf stehende Lampe zu Boden. Laut klirrend kam diese zeitgleich mit ihr zum Erliegen und obwohl jede Zelle in ihrem Gehirn schrie sofort wieder aufzustehen, versagten ihre Glieder, denn Schmerz war alles was ihre linke Seite beherrschte.

„Es hätte so schön sein können, aber du musstest es ja kaputt machen!" spie er ihr entgegen und als sie sich zu ihm umdrehen wollte, um an sein Mitgefühl zu appellieren, griff er nach ihrem linken Bein und fing an sie über den Boden zu ziehen.

Nach Halt suchend, umklammerte sie in ihrer Panik einfach alles was sie fand, aber er zerrte sie schonungslos immer weiter über ihren leicht rötlich-braunen Holzfußboden. Fast mittig im Raum stoppte er und als sie weinend ihren Kopf zu ihm drehte, um das Gespräch mit ihm zu suchen, umfasste er ihr Fußgelenk mit beiden Händen und katapultierte sie erneut quer durch das Zimmer. Dieser Kontakt erfolgte zuerst mit der Wand und dann fand sie sich stöhnend vor Schmerzen auf ihrem kittfarbenen Teppich wieder. Verzweifelt kämpfte sie gegen eine aufsteigende Ohnmacht an und als sie das Blut sah, dass die Fasern des dicken und flauschigen Berbers färbte, übernahm ihr

Überlebenswille endlich die Vorherrschaft über ihren Körper. Trotz ihrer Schmerzen und ihrer Angst, rappelte sie sich auf und sah ihrem Angreifer direkt ins Gesicht.
„Es tut mir leid. Ich wollte dich nicht verletzen."
Sie wischte sich mit der Hand fahrig über ihre schmerzende linke Kopfseite, da irgendetwas Warmes und Feuchtes darüber lief und sah mit Entsetzen, dass es Blut war. Ihr Blut und sie streckte im stummen Unverständnis ihre blutverschmierte Hand in Richtung des Mannes aus.
„Bitte, bitte hör auf damit."
Er kam einen Schritt auf sie zu und sie wich kreischend zurück. Tränen der Verzweiflung lösten sich, liefen über ihr Gesicht und vermischten sich mit ihrem Blut.
„Ich mache was immer du willst" schwor sie in ihrer Hilflosigkeit, da Zeit gewinnen alles war was sie beherrschte.
„Bitte hör auf. Bitte, lass uns darüber reden."
„Zu spät, Sarah."
Er zog ein Messer aus seiner Jacke.
„Viel zu spät."
Sarah wusste, dass es vorbei war, denn egal was sie auch versuchen würde, sie hätte keine Chance gegen ihn, da er ihr körperlich mehr als überlegen war und trotzdem fuhr sie in ihrem Überlebenskampf alles auf, was sie zu bieten hatte.

Die Nachbarin schnitt gerade eine verwelkte Blüte aus einem Meer von rosaroten rankenden Rosen ab, als Sarah stöhnend auf ihre Knie sackte. Ungläubig starrte sie zwischen ihrer stark blutenden Wunde an ihrer rechten Unterbauchseite, indem immer noch das Messer bis zum Schaft steckte und zwischen ihrem Peiniger hin und her, da ihr Gehirn nicht fähig war, das Gesehene einzusortieren, geschweige denn zu begreifen, da sie absolut keinen Schmerz empfand. Doch als ihr Angreifer sich nach unten beugte und das Messer mit einem Ruck aus ihrem Körper herauszog, war es für ihre Wahrnehmung wie eine plötzlich explodierende Bombe und sie versuchte in völliger Panik das laufende Blut mit ihren bloßen Händen zu stillen. So sehr sie sich jedoch bemühte, es war vergebens. Noch einmal sah sie ihrem Eindringling mit einer Mischung von zu tiefster Irritation und Verständnislosigkeit direkt in die Augen, bevor sie vollends zusammenbrach und reglos am Boden liegen blieb.

**Der Mensch ist erst wirklich tot,
wenn niemand mehr an ihn denkt.**

Bertolt Brecht

1

„**P**ete!"

Die Stimme meines Bosses riss mich aus meinem Gedankenszenario und ich blickte von der Akte auf, in der ich so dermaßen versunken war, dass ich um mich herum mal wieder absolut nichts mitbekam. So war es immer, wenn ich mich in einem Fall festbiss und diverse mögliche Geschehensverläufe und Motive gedanklich nachspielte. Seiner versteinerten Miene nach war dies leider immer noch kein Besuch um das Gespräch mit mir zu suchen und als ich die Fallakte in seiner Hand sah, schüttelte ich genervt meinen Kopf.

„Ich saufe bereits ab!" blaffte ich ihn gereizt an, da mich der Innendienst und unsere angespannte Freundschaft mittlerweile in den Wahnsinn trieb und vollführte mit meiner Hand einen Halbkreis über die unzähligen Akten die sich auf meinem Schreibtisch türmten.

Da konnte ich auf einen neuen Fall gut und gerne verzichten. Ihn hingegen ließ mein Wink völlig kalt, da er wortlos einen der drei Stapel von der Tischmitte an die äußerste linke Seite schob. Augenverdrehend stöhnte ich auf, fuhr mir mit beiden Händen übers Gesicht und lehnte mich in meinen Stuhl zurück, während Lars nach dem nächsten Turm griff und diesen quer über den Anderen legte. Den Letzten ließ er einfach liegen, griff nach dem zweiten Bürostuhl, der gleich links neben der Türe stand und zog diesen an der Lehne haltend durch mein Büro. Seine Wortkargheit und seine leicht hölzernen Bewegungen ließen mich ebenfalls verstummen, da dies nicht seinem Naturell entsprach und ich ertappte mich dabei, wie ich anfing ihn zu analysieren. Seine ganze Körpersprache wies auf einen schlimmen Fall hin, wenn da nicht dieser

Ausdruck von Enttäuschung, gepaart mit Verrat in seinen Augen gewesen wäre.

„Lass den Scheiß!" fuhr er mich an, als er kurz zu mir rüber sah und ich zog entschuldigend meine Schultern nach oben.

Ich wusste, dass er diese analytische Seite von mir wie die Pest hasste, aber es passierte ganz automatisch, wenn sich Leute die ich kannte plötzlich entgegen ihres Wesens verhielten und ich zwang meine Gedanken in die Schranken.

Als nächstes griff Lars nach dem Papierstapel der auf dem Stuhl lag und suchte, indem er seinen Blick einmal durch mein Büro gleiten ließ, einen geeigneten Ablageplatz. Als er keinen adäquaten fand, legte er diesen kurzerhand am Boden ab und ließ sich auf die Sitzgelegenheit fallen. Einige Sekunden starrte er stumm auf seine mitgebrachte Fallakte und als er seinen Kopf hob, verfinsterte sich seine Miene merklich.

„Wann wolltest du mir davon erzählen?" fragte er mich anfänglich relativ neutral, schaffte es aber bereits ab dem du nicht mehr seine Stimme ruhig klingen zu lassen und warf gleichzeitig die Akte so auf meinen Schreibtisch, dass diese direkt vor mir zum Liegen kam.

Lars war stinksauer und diese Wut galt, warum auch immer, mir und ich stellte meinen eigenen Unmut hinten an.

Ich beugte mich etwas vor und als ich den Namen darauf lesen konnte, wusste ich was diesen Ausbruch verursachte und lehnte mich in meinen Stuhl zurück.

„Gar nicht" bekannte ich und wollte es ihm erklären, doch soweit kam es nicht.

„Gar nicht?" echote er erbost und schlug mit der flachen Hand auf meinen Schreibtisch ein.

„Der Typ sitzt im Knast und hat es geschafft dir zwölf E-Mails auf deinen gottverdammten Dienst-PC zu schicken."

Jetzt beugte er sich vor und tippte energisch mit seinem Zeigefinger auf die mitgebrachte Akte.

„Und du sagst mir jetzt allen Ernstes, dass du mir nichts davon sagen wolltest? Wie bescheuert bist du eigentlich?"

„Jetzt reg dich ab, denn wie du gerade selbst gesagt hast, sitzt der Kerl im Knast und außerdem hat er mir keine Morddrohungen geschickt, sondern bittet mich vielmehr um Hilfe."

„Und?"

„Nichts und! Denn wie du siehst, habe ich hier eine Unmenge an ungelösten Fällen herumliegen."

„Dann willst du mir jetzt also weiß machen, dass du in seinem Fall nichts unternommen hast?"

Seine Stimme war schneidend scharf, trotzdem bemühte ich mich ruhig zu bleiben.

„Ja, das will ich. Also komm bitte wieder runter und erzähle mir lieber welche Laus dir über die Leber gelaufen ist?"

Lars lachte auf, aber das wie, ließ mich innerlich aufs Schlimmste wappnen und ich schloss schon bei seinem ersten anklagenden Wort auf mich, stöhnend meine Augen.

„Seit wann gehört lügen zu deinem Standartprogramm?"

Erneut folgte ein Schlag auf meinen Schreibtisch. Dem Klang nach war es diesmal seine Faust und ich öffnete meine Augen.

„Verdammt Pete, ich fange gerade wieder an dir zu vertrauen und jetzt?"

„Nichts und jetzt!" wehrte ich mich gegen seine Anschuldigung und beugte mich zu ihm, da ich den Kanal gestrichen voll hatte.

Doch im letzten Moment schaffte ich es meine Wut unter Kontrolle zu bringen, lehnte mich in meinen Stuhl zurück und atmete einmal tief durch.

„Ja, er hat mir ein paar Mails geschickt" fing ich extrem ruhig an.

„Und ja, ich habe seinen Fall aufgerufen."

Lars schüttelte seinen Kopf und sein Blick sprach Bände. Er glaubte seine bereits vorgefertigte Meinung über mich und egal was ich jetzt auch zu meiner Verteidigung sagen würde, es wäre vergebens. Er hatte mich bereits verurteilt und mir platzte endgültig der Kragen.
„Was zum Teufel willst du hören?" maulte ich ihn an.
„Ich habe mich bereits tausend Mal bei dir entschuldigt und trotzdem unterstellst du mir bei allem was dir nicht gleich auf Anhieb logisch erscheint, dass ich etwas im Schilde führe. Du kommst nicht einmal auf die Idee mir zu vertrauen, also höre auf so zu tun als ob du es versuchen würdest, denn in Wirklichkeit unterstellst du mir grundlos alle nur erdenklichen Hinterhältigkeiten!"
Jetzt war es mein Freund der kurz die Augen schloss und gepresst ausatmete um nicht vollends auszuflippen und ich zügelte meine Stimme etwas.
„Dass ich dich …"
Ich stockte kurz, da die Formulierung falsch war.
„Dass ich euch hintergangen und aufs übelste manipuliert habe, hatte seine Gründe und das weißt du auch. Und wenn du es genau wissen willst, würde ich es ganz genau wieder so machen. Denn alles andere könnte ich mir niemals verzeihen. Sogar das hier …"
Erneut zog ich mit meiner Hand einen Halbkreis, der diesmal dem ganzen Büro galt.
„… nehme ich seit über zehn Wochen wortlos hin, obwohl ich bereits kurz vorm Durchdrehen bin. Also akzeptiere endlich was passiert ist, denn das war jetzt definitiv meine letzte Entschuldigung in diese Richtung!"
Lars sah mich nur an und mein Temperament ging mit mir durch.
„Für was soll mich denn noch entschuldigen? Dass ich noch lebe, oder dass ich diesen Dreckskerl abgestochen habe?"

„Bullshit!" zischte er zornig, sprach aber nicht weiter, was mir eine Steilvorlage gab.

„Spucks endlich aus, verdammt nochmal!"

Ich wartete und als wieder keine Antwort kam, verwandelte sich meine Wut in Resignation.

„Es tut mir Leid, ok? Egal was es auch ist, ich entschuldige mich dafür. Aber höre endlich auf den Beleidigten und Angepissten zu spielen, denn mir reicht´s!"

Jetzt ließ ich meine Wut an meiner Tischplatte aus und mein Freund ließ seinen Kopf in den Nacken fallen und fuhr sich stöhnend mit beiden Händen übers Gesicht. Diese Geste verriet mir, dass er unseren erneuten Streit genauso zum Kotzen fand wie ich und ich verstummte ebenfalls.

„Entschuldigungen brüllt man in der Regel nicht" kommentierte Lars meinen Gefühlsausbruch einige Sekunden später trocken und ich verdrehte genervt die Augen.

„Oder hat sich da in den letzten Tagen eine signifikante Änderung ergeben?"

Jetzt sah er mich direkt an und diesmal fehlte die stumme Anklage darin.

„Denke nicht."

„Du denkst? Wie überaus großzügig diese Worte aus Pete Sullivans Mund zu hören."

„Halt die Klappe!"

„Hey, ich verteile hier die Befehle" konterte er leicht grinsend.

„Denn falls du es vergessen haben solltest, bin ich der Boss in diesem scheiß Laden."

„Bist du nicht, denn so wie du mich gerade behandelt hast, sitzt nicht mein Boss vor mir, sondern mein Freund, der mal wieder ganz um mein Wohlbefinden besorgt ist."

Seine Antwort bestand aus einem Knurren und ich wusste, dass dieser kleine Schlagabtausch auf meinen Deckel ging. Trotzdem lenkte ich ein.

„Ich habe mir seinen Fall wirklich nur kurz angesehen und bin zu dem Entschluss gekommen es als nichtig abzutun. Jetzt allerdings …“

„Pete“ kam mehr als flehentlich, doch ich sprach einfach weiter.

„… bin ich mir nicht mehr so sicher.“

Lars stöhnte kopfschüttelnd auf.

„Was habe ich nur getan?“

Ich grinste und er ergab sich in sein Schicksal, da er mich bereits viel zu gut kannte.

„Na los, platziere deinen Todesstoß. Was habe ich gesagt, dass dich jetzt zweifeln lässt?“

„Eigentlich nichts. Ich habe bis jetzt nur die Tatsache nicht in Betracht gezogen, dass diese Mails nicht über die offizielle FBI-Adresse eingegangen sind, sondern direkt auf meinen Account geschickt wurden. Also stellt sich mir die Frage, wie hat er das hinbekommen? Noch dazu wo er im Knast sitzt.“

„Scheiße!“ fluchte mein Freund und ich kostete erst jetzt meinen Sieg voll und ganz aus.

„Du bist gekommen. Ich hätte es auf sich beruh…“

„Halt die Klappe!“ fiel er mir genervt über sich selbst ins Wort.

„Und das ist jetzt ein hochoffizieller Befehl von deinem Boss!“

„Ja Sir!“ zog ich ihn auf und salutierte zackig, was Lars erneut zum Stöhnen brachte und ich packte die Gelegenheit beim Schopf.

„Wann lässt du mich endlich hier raus?“

„Wenn du die Fälle gelöst hast!" kam härter als ich erhoffte und obwohl ich mich auf extrem gefährlichem Terrain bewegte, wollte ich diesmal eine Antwort.

„Lars bitte" bat ich und als sich unsere Blicke kreuzten, sah ich, dass er mit sich haderte.

Leider schüttelte er dann doch seinen Kopf und griff nach seiner mitgebrachten Akte.

„Gib mir sechsunddreißig Stunden."

Er zögerte kurz.

„Mehr will ich nicht."

Ich legte meine flache Hand auf die Fallakte, bevor er diese vom Tisch nehmen konnte.

„Bitte Lars."

Wortlos sah er mich an und ich hielt seinem Blick stand.

„Du kannst mich nicht ewig hier einsperren, dass ist dir schon klar, oder?"

Er blieb weiterhin stumm und ich zog alle Register.

„Ich halte das nicht mehr aus und das weißt du auch ganz genau. Also lass mich endlich hier raus."

„Du hast vierundzwanzig" lenkte er widererwarten ein und ich atmete erleichtert aus.

„Aber nur dass du es weiß, ich fahre mit."

Ich wollte protestieren, aber er fiel mir bereits nach der ersten Silbe ins Wort.

„Entweder so, oder ich lasse dich in diesem Büro verrecken. Habe ich mich jetzt klar und deutlich genug ausgedrückt, Agent Sullivan?"

„Ja Sir" knurrte ich, als er die Bosskarte ausspielte und ließ mich resigniert in meinen Stuhl zurückfallen.

„Wie lange soll das zwischen uns jetzt noch so weitergehen?" wollte ich kopfschüttelnd wissen und Lars sah mir mal wieder nur tief in die Augen.

Leider erkannte ich jetzt wieder diesen Schmerz darin, der einfach nicht mehr verschwinden wollte und eine Welle des schlechten Gewissens überrollte mich.

„Ich bin am Leben."

Er stöhnte abschätzend auf.

„Macintosh ist tot, nicht ich."

Wieder kam dieses Stöhnen.

„Ich musste so handeln."

„Ich weiß!" schrie er mich völlig unvermittelt an.

„Und ich weiß auch, dass ich dich hier nicht ewig einsperren kann, aber …"

Er sprach nicht weiter. Stattdessen warf er mir erneut die Akte auf den Schreibtisch.

„Ich will, dass du mich anrufst. Kapiert!"

Ich nickte.

„Und ich will, dass du aufhörst zu denken, dass du die Welt alleine retten musst. Hast du das auch endlich verstanden?"

„Es ging um Alexis."

„Das weiß ich doch, verdammt nochmal! Aber ich habe das Gefühl, dass es immer eine Alexis für dich geben wird."

„Das ist mein Job."

Er lachte verachtend auf.

„Eben nicht, Pete! Dein Job ist es am Leben zu bleiben und nicht bereitwillig dein Leben für ein Anderes zu riskieren."

Ich ließ mir für meine Antwort etwas Zeit, da mein Freund nicht so ganz unrecht mit seiner Einschätzung hatte. Mein ganzes Leben lang ging ich ans Limit. Sei es bei meiner anfänglichen Karriere als Rennfahrer, noch jetzt als FBI-Profiler. Ganz oder gar nicht war mein Lebensmoto, doch seit ein paar Wochen war alles anders. Nein, eigentlich war es bereits anders, als ich bei der Entführung von Sofia um Hilfe gebeten wurde. Sie gab meinem Leben erst einen Sinn und ich wurde vom emotionslosen und rationalen Einzelgänger zum Familienmenschen. Sie hat mich gelehrt mit allen Sinnen durchs Leben zu gehen und meine tiefe Liebe zu Alexis komplettierte es letztendlich.

„Ich kann dir nicht sagen wie ich in einer absoluten Ausnahmesituation reagieren werde, wenn es darum geht, ich oder die die mir wichtig sind. Und wenn du ehrlich bist, dann kannst du das auch nicht.“

Lars wollte etwas erwidern, aber ich hob die Hand und sprach weiter.

„Deine Frau, Ron oder mich? Könntest du uns tatsächlich im Stich lassen, nur um dich selbst zu retten?“

Sein Blick verriet ihn. Er würde dies ebenso wenig können wie ich.

„Was ich aber kann, ist dir zu versprechen, dass ich alles tun und auch versuchen werde, um zu den Menschen zurückzukommen die mir wichtig sind. Ich werde auch versuchen meine Alleingänge zu dezimieren und wenn es wirklich einmal nicht anders geht, werde ich dich und Ron nicht im Dunkeln lassen, sondern euch eine Nachricht oder weiß der Geier was zukommen lassen, bevor ich drauf los renne.“

Ich sah ihm jetzt direkt in die Augen.

„Du musst aufhören mich aus der Schusslinie zu nehmen und du musst mich endlich wieder das tun lassen, was ich am besten kann. Denn noch eine weitere Woche in diesem beschissenen Büro und den noch beschisseneren Fällen halte ich nicht mehr aus.“

„Ich weiß“ kam extrem leise, aber einsichtig.

„Du weißt es? Warum streiten wir uns dann?“

„Weil du dir endlich Gedanken darüber machen sollst, wie sich alle um dich herum fühlen, wenn du sie vor den Kopf stößt.“

„Das wollte ich nicht, niemals!“

„Das weiß ich auch und genau das ist ja das Problem. Du willst es nie, Pete. Du tust es aus dem Instinkt heraus und ich weiß einfach nicht wie ich das ändern kann."

Er stand auf und ich konnte nicht einmal etwas zu meiner Verteidigung sagen, da er ausnahmslos Recht hatte. Nur meinen Freunden verdankte ich, dass ich noch unter den Lebenden weilte und dennoch verletzte ich genau diese Menschen zutiefst, indem ich sie in letzter Konsequenz außen vorließ um sie zu beschützen. Sie wollten diesen Schutz aber nicht, sie wollten die Wahl und diese nahm ich ihnen mit meiner Einsamen-Wolf-Entscheidung einfach ab.

„Dein Flug geht morgen früh um sechs. Meinen werde ich stornieren."

Irritiert sah ich auf, da ich gar nicht glauben konnte, was ich da hörte und Lars wiederholte sich, blieb aber im Türrahmen stehen und drehte sich auch nicht zu mir um.

„Und damit es leichter für dich ist, geht der Rückflug um Punkt sechs p.m. und wehe du sitzt nicht darin, dann sperre ich dich in dieses Büro und werfe den Schlüssel weg! Ist das klar?"

„Holst du mich ab?" überging ich seine Provokation und er fing zu nicken an.

„Verlass dich drauf!"

„Danke Lars."

Erst jetzt drehte er seinen Kopf in meine Richtung, den Türknauf behielt er aber in der Hand.

„Bedanke dich bei deiner Liebsten, Ron, Dave, Sofia, Mike, Ian und Red. Sie alle reden mir bereits täglich ins Gewissen, dir endlich zu verzeihen und wenn Tommy schon reden könnte, hätten sie ihn vermutlich auch auf mich angesetzt. Selbst meine Frau zickt mich seit zwei Wochen rund um die Uhr wegen dir an und du weißt wie sauer sie wegen Kim auf dich war."

Ich nickte nur, da ich Miris anklagenden und zutiefst verständnislosen Gesichtsausdruck wieder vor mir sah.
„Mir hat Rons fingierte Beerdigung schon mehr als gereicht. Lass deine nicht zur Realität für mich werden."

Während des ganzen Fluges las ich bereits in der Fallakte von diesem Mark Collins und auch jetzt sog ich jede einzelne geschriebene Silbe des Tatortberichtes wieder in mich auf, da ich, bei einem Verhör, auf mein Gedächtnis vertrauen musste. Mich interessierte die Mimik von Collins, jedes einzelne Detail und sei es auch noch so klein. Dies konnte ich allerdings nur sehen, wenn ich ihn die ganze Zeit über direkt ansah und nicht immer wieder in die Akte sehen musste, um meine nächste Frage zu stellen.

Die Haustüre wurde nicht gewaltsam geöffnet, was den Rückschluss zulässt, dass das Opfer ihren Mörder gekannt oder zumindest den Zugang zum Haus gewährt hat, was auch den Blumenstrauß erklären würde, der auf der linken Seite des Ganges lag. Der Teppich im Eingangsbereich ist nach hinten verschoben, vermutlich durch einen Sturz oder Kampf, da an der Wand eine kreisförmige Blutspur zu sehen ist. Die Höhe lässt die Vermutung zu, dass das Opfer mit dem Kopf gegen die Wand geschleudert wurde und daraufhin zu Boden gegangen ist. Eindeutige Kampfspuren im Wohnzimmer, in Form einer umgestürzten Lampe gleich rechts neben der Türe. Kleinere Blutspritzer an der Kommode und angrenzend führt eine hundertdreiundfünfzig Zentimeter lange Blutschleifspur in die Mitte des Raumes. Direkt gegenüber, am unteren Drittel der Wand, befinden sich typische Aufprallblutspuren, worauf auch die blutbefleckten Fasern im Teppichbereich gleich darunter hindeuten. Mrs. Collins wurde aller

Wahrscheinlichkeit nach von der Kommode wegeschleift und dann gegen die Wand geschleudert, was der Kraft nach, auf einen Mann hindeutet. Den größten Blutverlust und durch die Menge vermutlich auch tödlichen, trug Mrs. Collins nicht unweit der Wandblutspur davon. Die vermeintliche Tatwaffe wurde nicht im Haus gefunden.

Für mich war er schuldig, eindeutig sogar, obwohl die Leiche seiner Frau bis dato immer noch nicht gefunden wurde. Aber die Indizien gegen ihn waren einfach vernichtend. Vom nichtbestätigten Alibi, bis hin zu einer Geliebten war alles dabei. Selbst das Blut seiner Frau Sarah fand man auf seiner Kleidung, die in einem Müllsack unter dem Beifahrersitz seines Pickups versteckt lag. Nichts sprach für ihn und selbst seine Geliebte belastete ihn, indem sie aussagte, dass er bereits das eine oder andere Mal die Hand gegen sie erhoben hatte und auch mehrfach darüber sprach seine Ehefrau einfach aus dem Weg zu räumen, um sich die Alimente bei einer Scheidung zu ersparen. Collins selbst behauptete jedoch vehement diese Frau in seinem ganzen Leben noch nicht einmal gesehen, geschweige denn ein Verhältnis mit ihr gehabt zu haben, was bei diesen Vorwürfen aber nicht unbedingt verwunderlich ist. Widersprüche wo man hinsah, aber den Todesstoß verpasste ihm Sarahs Vater, als er unter Tränen aussagte, dass die Ehe einem einzigen Desaster glich und Collins daraufhin vollkommen ausflippte. Drei Wachleute waren von Nöten um ihn wieder unter Kontrolle zu bringen und ihn daran zu hindern seinem Schwiegervater an die Gurgel zu gehen. Gerade als ich die Akte resigniert zuklappte, wurde die Türe zum Verhörraum geöffnet und dieser Collins kam von zwei Wachmänner flankiert herein. Zuerst konnte ich ihn nicht richtig sehen, doch als sich dann unsere Blicke für den

Bruchteil einer Sekunde kreuzten, ratterte mein Verstand auf Hochtouren.

Kann das sein, oder habe ich mich gerade getäuscht?

Leider stand Collins in so einem ungünstigen Winkel zu seinen Wachen, dass ich den Sichtkontakt zu ihm verlor und ich zwang mich keine Gedankenspiele zuzulassen. Noch nicht, denn ich brauchte mehr, viel mehr um diesen Gedanken überhaupt in Erwägung ziehen zu dürfen. Objektivität war jetzt alles was zählte und ich war Profi genug um das zu wissen und auch durchzuziehen.

„Hinsetzen und Hände nach vorne!" befahl eine der Wachen.

Collins kam der Aufforderung ohne weiteres nach und jetzt hatte ich uneingeschränkte Sicht auf ihn. Sein körperliches Aussehen kannte ich bereits durch die Verhaftungsfotos. Eins-sechsundachtzig groß, sportlich schlank gebaut, gepflegtes Aussehen, dunkle kurze Haare und sonnengebräunter Teint. Jetzt war er allerdings extrem Blass, mindestens zehn Pfund leichter, etwas heruntergekommen, aber nicht verlottert und sein Gesicht wies noch relative frische Blessuren auf, die auf einen Kampf zurückzuführen waren. Trotzdem starrte mir unendliche Erleichterung, Zuversicht und auch Hoffnung entgegen und mein anfängliches Gefühl drängte sich wieder in meine Gedanken. Aber warum?

„Sollen wir im Raum bleiben, Sir?" riss mich der andere Wachmann, auf dessen Namensschild in blauen Lettern Hudson stand, aus meiner Analyse, während der Andere Collins Handschellen mit dem Eisenring, der sich mittig auf dem Stahltisch befand, sicherte.

„Nicht nötig, Officer Hudson."

Irritiert sah er mich an und ich sah kurz aber eindeutig in Richtung seines Namensschildes.

„Ich mache dies nicht zum ersten Mal. Aber danke der Nachfrage."

McCormig, so hieß der Andere, überprüfte den sicheren Sitz der Handschellen und nickte mir kurz zu, bevor er zusammen mit seinem Kollegen den Verhörraum verließ. Laut scheppernd fiel die Türe ins Schloss und ich war genau wie mein Gegenüber hier eingesperrt, was einige unschöne Erinnerungen in mir weckte. Denn lange war es noch nicht her, als ich aufgrund einer Anklage wegen Entführung, Doppelmord und Mordversuch auf der Tischseite von Collins saß. Dennoch blieb ich souverän und ließ mir mein aufsteigendes Unwohlsein nicht anmerken. Stattdessen lehnte ich mich in meine Sitzgelegenheit zurück, verschränkte meine Hände vor der Brust und sah Collins wortlos direkt in die Augen. Ich wollte, dass er anfing zu reden und nach kurzem Zögern tat er mir den Gefallen.

„Sie sind Pete Sullivan, oder?"

Ich nickte, da dies eher eine Feststellung war, die Collins jedoch in eine Frage verpackte und ich sah erneut dieses hoffungsvolle Leuchten in seinen Augen.

„Dann haben sie meine E-Mails bekommen?"

Wieder quittierte ich seine Frage mit einem kurzen Nicken, was ihn leicht nervös werden ließ, da er meine Absichten, die erstens durch meine ablehnende Haltung und zweitens durch meine Wortkargheit wie erwartet nicht Einschätzbar für ihn war.

„Dann helfen sie mir?"

Ein Schulterzucken meinerseits folgte und Collins sprach mit zitternder Stimme den für mich entscheidenden Satz aus.

„Sie glauben mir doch, oder?"

„Nein."

Ich schüttelte zusätzlich meinen Kopf, um ja keine Unklarheiten aufkommen zu lassen.

„Ich glaube ihnen kein einziges Wort."

Meine Antwort war wie eine schallende Ohrfeige für meinen Gegenüber und ich machte gnadenlos weiter.

„Ich denke, dass sie so schuldig sind wie Jack the Ripper. Also sagen sie mir lieber, was sie von mir wollen!"

Trotz meiner Anschuldigung vermied er nicht den Blickkontakt zu mir, ganz im Gegenteil sogar und ich provozierte ihn weiter, da ich wollte, dass er, wie auch schon vor Gericht, ausflippte. Ich wollte diesen Ausdruck in seinen Augen sehen, denn nur so konnte ich mir sicher sein.

„Ich denke sie haben ihre Frau getötet."

Verzweiflung.

„Heimtückisch und Feige."

Trauer.

„Und dann haben sie ihre Leiche irgendwo wie ein Stück Dreck entsorgt."

Da war es! Eindeutig Schmerz, kein Zorn. Herzzerreißend und alles zerfressender Schmerz. Verdammt, wie ist das möglich?

Ich war mir noch nicht ganz sicher, da die Indizien gegen ihn Hieb und Stichfest waren und ich startete einen erneuten Versuch. Diesmal sog ich seine ganze Mimik und Gestik regelrecht in mich auf.

„Sagen sie mir endlich was sie von mir wollen, Collins. Oder ich bin in der nächsten Sekunde hier raus."

„Nichts" hauchte er fast nicht hörbar, senkte resigniert seinen Kopf und in meinem ging es drunter und drüber.

Mark Collins war entweder unschuldig oder ein verdammt guter Schauspieler. Also wechselte ich meine Taktik, denn jetzt wollte ich Gewissheit.

„Wie sind sie an meinen Account gekommen?"

„Ist doch jetzt egal" kam hoffnungslos und ich riss einmal kurz an seiner Kette, was ihn dazu veranlasste völlig erschrocken und ängstlich aufzusehen, was meine Alarmglocken zum Schrillen brachten.

Trotzdem schob ich diese Gefühlsregung zur Seite. Noch brauchte ich Antworten, bevor ich mich diesem Problem widmen konnte. Mein Verdacht brachte mich aber auf eine Idee.

„So wie sie aussehen, stehen Frauenmörder nicht besonders hoch im Kurs, besonders wenn sie fünfzig Pfund schwerer und einen Kopf größer sind als ihr Opfer, oder?"

Nichts!

Kein wütendes, zorniges, ängstliches oder hilfesuchendes Flackern in den Augen. Nur unendliche Resignation.

„Wenn sie mir sagen wer ihnen das angetan hat, dann kann ich sie verlegen lassen. Auch wenn sie es meiner Meinung nach verdient haben."

Wieder nichts und mein anfänglicher Verdacht fing an sich zu verhärten.

„Wer hat sie verprügelt?"

Endlich hob er seinen Kopf und ich konnte sehen wie er mit den Tränen kämpfte. Aber sie galten nicht seinem durchlittenen Martyrium, sondern seiner Ehefrau Sarah.

„Wieso sind sie gekommen, wenn sie mir nicht glauben?" kam so leise und verbittert, dass ich es fast nicht hören konnte und ich zog gespielt unbeteiligt meine Schultern nach oben.

„Neugierde."

Da war es. Wut. Unendliche Wut, aber nicht auf mich.

Sein Zorn galt dem Umstand zur Untätigkeit verdammt worden zu sein. Ich war seine letzte Hoffnung und die hatte ich ihm gerade genommen. Wie ein gehetztes Tier, das genau spürte, dass es kein Entrinnen mehr gab, sah er sich jetzt um und obwohl er ganz genau wusste keine Chance zu haben, wollte sein Gehirn dies nicht realisieren. Er wollte hier raus, egal wie und er war auch bereit bei diesem Versuch draufzugehen und ich entschloss mich meine

Maske der Interessenlosigkeit fallen zu lassen, bevor er vollends ausrastete und legte meine Hand auf die Seine.

„Wenn sie jetzt durchdrehen, haben sie verloren."

Mit Tränen in den Augen sah er mich an.

„Ich habe bereits alles verloren."

Eine Träne löste sich, rann über seine Wange und genau diesen Moment der Schwäche nutzte ich aus.

„Haben sie Sarah getötet?"

Geschockt sah er mich an und dann sackte sein kompletter Körper regelrecht in sich zusammen. Seine noch vor wenigen Sekunden vorherrschende Wut verwandelte sich in tiefe Trauer und Hoffnungslosigkeit.

„Nein" kam kopfschüttelnd und mit gebrochener Stimme.

„Ich habe meine Frau geliebt."

Jetzt sah er mir direkt in die Augen.

„Sarah war das Wichtigste und Beste in meinem ganzen Leben."

„Dann haben sie Sarah gebraucht, um ihres auf die Reihe zu kriegen? Um besser dazustehen?"

Normalerweise hätte jetzt definitiv ein verbaler Ausbruch folgen müssen, aber Collins zog sich in sich zurück. Er antwortete mir ja nicht einmal mehr und ich wechselte das Thema, um ihn aus der Reserve zu locken.

„Gab es einen Übergriff seitens der Wachen auf sie?"

Er reagierte nicht und ich wurde lauter.

„Ich habe sie etwas gefragt und erwarte eine Antwort von ihnen. Also nochmal! Gab es einen Übergriff seitens der Wachen auf sie?"

„Was interessiert es sie?" kam resigniert, aber genau das war die falsche Gefühlsregung.

Ich wollte, dass er ausflippte. Ich wollte den puren Collins sehen und nicht die Fassade.

„Ja oder nein?"

„Lassen sie mich zufrieden!"

Sein Ton wurde schärfer und ich passte mich an. Ging aber weit unter die Gürtellinie.

„Haben sie Sarah verprügelt?"

Für diesen Satz hätte er mich am liebsten getötet, das sah ich genau, trotzdem blieb er ruhig.

„Quer durchs Haus geprügelt, bis sie einfach am Boden liegen blieb und sie angebettelt hat, endlich damit aufzu…"

„Elender Drecksack!" spie er mir entgegen und wollte sich auf mich stürzen, was seine Fesseln jedoch verhinderten.

„Ich habe Sarah geliebt, unendlich geliebt!"

Zornig über meine Unterstellung sah er mich an.

„Und ja" schrie er weiter auf mich ein.

„Ich wurde verprügelt und ich hoffe, dass sie es beim nächsten Mal richtig machen. Ist es das was du hören willst? Bist du deshalb gekommen?"

„Nein" konterte ich, stand auf, passierte den Tisch und als Collins realisierte was ich vorhatte, versuchte er mich davon abzuhalten, indem er mich lautstark anging.

„Lass mich in Ruhe und verschwinde, du mieser Drecksack!"

„Keine Chance."

Ich zog, trotz seines Widerstandes kurz an seinem Shirt, sodass ich seine Seite und den Rücken sehen konnte, ließ es mit einem verachtenden Stöhnen wieder los, als ich die blauen Flecken sah und machte mich auf den Weg zur Türe.

„Misch dich nicht ein!" zischte Collins und als ich nicht reagierte, wurde er energischer.

„Verpiss dich und lass mich in Ruhe!"

Ich stellte mich direkt vor das Schauglas, schlug mit der Faust einmal dagegen und als sich ein mir unbekannter Wachmann in Bewegung setzte, sah ich zu Collins, der mir mittlerweile die Pest an den Hals wünschte.

„Ich glaube dir, also halte gefälligst deine verdammte Klappe, bevor ich es mir anders überlege!"

Jetzt widmete ich mich wieder dem kleinen Fenster und als die Wache die Türe aufsperrte, zwang ich meine Gefühle in die Schranken, da er vermutlich nichts damit zu tun hatte.

„Sind sie fertig?"

„Nein, bin ich nicht!" herrschte ich ihn an, als ich den vernichtenden Blick sah, mit dem er Collins bedachte.

Dieser Mann war alles andere als Unschuldig und diese grenzenlose Missachtung von Menschenrechten, die Leute wie er sich aufgrund ihrer Position herausnahmen, machte mich rasend. Dementsprechend fielen auch meine weiteren Worte aus.

„Fertig bin ich, wenn ich den Laden hier auf den Kopf gestellt und jedem gewalttätigen Wärter die Eier abgeschnitten habe."

Ich machte keinen Hehl daraus, dass ich wusste was hier vorgefallen war und dass ich ihn für einen Mittäter hielt.

„Dann bin ich fertig und jetzt öffnen sie umgehend die Handschellen des Gefangenen!" wies ich ihn schroff an und er sah mich überheblich grinsend an.

Aber bevor er sagen konnte, dass ich hier keine Verfügungsgewalt hatte, hielt ich ihm meinen Dienstausweis unter die Nase.

„Siehst du Arschloch den Zusatz?"

Ich tippte darauf und mein Gegenüber weitete ungläubig seine Augen und Panik flackerte kurz darin auf.

„Habe ich mich jetzt klar und deutlich genug ausgedrückt, oder brauchst du noch mehr?"

„Nein" kam knurrend und er machte sich auf den Weg zu Collins.

„Wie heißt er?"

Irritiert blieb der Wachmann stehen und drehte sich zu mir um.

„Wer?"

„Der Direktor dieses korrupten Ladens“ konterte ich gelangweilt und zog mein Handy aus der Hosentasche.

„Der Name“ wiederholte ich mich, als er nichts sagte, aktivierte ich die Drei meiner Kontaktdaten und stellte auf Mithörfunktion, sodass das Anklingeln durch den ganzen Raum hallte.

„Wenn er rangeht und ich habe immer noch keinen Namen, sorge ich höchstpersönlich dafür, dass du deinen Job verlierst und auch nie wieder einen kriegst der einem IQ von über zehn entspricht. Also, was ist jetzt? Bekomme ich einen Namen, ja oder nein?“

„Hill“ kam jetzt eingeschüchtert.

„Dante Hill.“

„Grant“ ertönte die Stimme meines Freundes und ich beendete die Lautsprecherfunktion.

„Hi, ich bin es. Collins muss hier raus. Kontaktiere bitte einen Dante Hill und mach alles für eine Überstellung an unsere Behörde klar.“

Meine, ich falle mit der Tür ins Haus Nummer, war er bereits so gewohnt, dass er nur noch eine kurze Bestätigung von sich gab und wieder auflegte. Alles weitere würden wir besprechen, wenn die bürokratischen Vormalitäten erledigt waren.

„Handschellen auf und dann möchte ich unverzüglich einen Arzt hier drinnen sehen.“

Obwohl sein Name deutlich auf seiner Uniform zu lesen war, benutzte ich ihn nicht. Er zögerte immer noch und ich baute mich nur Zentimeter vor ihm auf.

„Dieser Mann wurde mit einem Schlagstock verprügelt.“

Ich sah zu Collins, der ängstlich seinen Kopf zu schütteln begann, da er sich der Konsequenz, die ihn aufgrund meiner Anschuldigung erwartete, mehr als bewusst war.

„Also rate ich ihnen meiner Anweisung Folge zu leisten, wenn sie nicht wollen, dass ich die Aufsichtsbehörde über die hier herrschenden Zustände informiere."

Meine Worte fruchteten und der Uniformierte ging, wenn auch widerwillig zu Collins.

Aber als er ihm bei der Abnahme seiner Fesseln leise etwas zuraunte, was Collins augenblicklich erblassen ließ, ging mein Temperament mit mir durch. So schnell konnte die Wache gar nicht reagieren, wie sie sich mit dem Gesicht voran und vor Schmerz stöhnend, fixiert an der Wand wiederfand.

„Ich hasse Leute die ihr Amt für ihre sadistischen und gewalttätigen Neigungen missbrauchen. Und sie sind eindeutig diese Art von Verbrecher. Also rate ich ihnen Mister Collins und auch alle anderen Insassen in Zukunft mit dem nötigen Respekt zu behandeln."

Anstatt mir eine bestätigende Antwort zu geben, versuchte er aus meinem Griff zu kommen und ich verstärkte den Druck auf seinen Arm so heftig, dass er zu schreien begann.

„Ich höre nichts!"

„Ja" jammerte er und ich ließ seinen Arm etwas nach unten gleiten.

Fast gleichzeitig meldete sich mein Handy und ich entließ mein Opfer.

„Alles klar?" meldete ich mich bei Lars und machte eine fahrige Handbewegung in Richtung der gegenüberliegenden Wand, was den Wachmann umgehend dazu veranlasste sich dorthin zu stellen.

„Ja, er gehört in etwa vier Stunden uns."

„Vier Stunden?" echote ich geschockt, da ich keine einzige Sekunde mehr in diesem Laden verbringen wollte.

„Schneller geht's nicht, Pete" beruhigte mich Lars und ich atmete hörbar aus.

„Ich weiß" startete er erneut.

„Aber der Papierkram für verurteilte Mörder ist gigantisch und das weißt du auch. Außerdem muss ich bei der Fluggesellschaft einen Gefangenentransport anmelden."
„Krieg ich dann wenigstens die Maschine um sechs?"
„Wird schwierig, aber ich tue mein Bestes."
Ich verdrehte die Augen, da dies im schlimmsten Fall eine Übernachtung im Knast mit sich ziehen würde, um Collins vor einem weiteren Übergriff zu schützen.
„Du wirst nicht im Gefängnis pennen müssen, das verspreche ich dir, mein Freund. Denn ich weiß genau, wie es dir dabei geht. Und außerdem glaube ich, dass du bei den Wachen bereits unten durch bist, oder etwa nicht?"
„Könnte sein" gestand ich leicht grinsend und Lars stöhnte auf.
„Wäre ich bloß mitgefahren."
„Zu spät, Boss."
Ich legte wieder auf und widmete mich erneut diesem Mistkerl von Wachmann.
„Ich will, dass Collins umgehend auf die Krankenstation verlegte wird. Verstanden!"
Er nickte und griff nach seinem Funkgerät.

„Mister Collins hat eine Rippenfraktur und mehrere Hämatome am Torso, was vermutlich auf eine Schlägerei zurückzuführen ist. Solche Verletzungen sind im Knast leider nichts ungewöhnliches, Mister Sullivan, da es immer wieder zu Auseinandersetzungen zwischen den Häftlingen …"
„Halten sie die Klappe, denn sie wissen genauso gut wie ich, wie diese Verletzungen zustande gekommen sind, oder vielleicht nicht?"
Der Arzt sah kurz beschämt zu Boden und diese Geste reichte mir vollkommen.
„Wie viele und wie lange geht das hier schon so?"

Er zog die Schultern nach oben und sah mich mit einer Mischung von, ich kann doch nichts dafür und was hätte ich den tun sollen, an, was meine Laune nur noch verschlechterte.

„Sie hätten es verdammt nochmal melden können! Also, wie viele Wachleute sind daran beteiligt?"

„Ich weiß es nicht."

„Bullshit, also wie viele?"

„Fünf oder sechs."

„Was jetzt?"

„Sechs, sie sind zu sechst."

„Namen!"

„Die kann ich ihnen unmöglich geben, denn sonst werden …"

Ich packte den Arzt beim Kittel und presste ihn gegen die Wand.

„Die werden sie nur verprügeln, ich hingegen nehme ihr komplettes Leben auseinander. Also rate ich ihnen ihre Sachen zu packen, die Namen dieser feigen Mistkerle der örtlichen Polizei zukommen zu lassen und dann für immer und ewig hier zu verschwinden. Und wehe ich lese ihren Namen noch ein einziges Mal in Verbindung auf den Strafvollzug, oder auch nur wegen eines Parktickets!"

Ich ließ ihn wieder los und als er etwas sagen wollte, warf ich ihn so heftig aus dem Raum, dass er liegend am Boden zum Stillstand kam.

„Sie haben zwölf Stunden!" zischte ich, drehte mich um und ging zurück zu Collins.

„Danke."

„Nichts zu danken, das ist mein Job."

„Und wie geht es jetzt weiter?"

„Wir machen es uns die nächsten paar Stunden hier gemütlich und dann fliegen wir nach D.C."

„Und dann?"

„Dann suchen wir den Mörder deiner Frau.“
„Dann glauben sie mir?“
„Nur wenn du dich nicht wieder verstellst.“
Irritiert sah er mich an und ich klärte ihn auf.
„Wenn es um wahre Gefühle geht, blenden fast dreiundneunzig Prozent der Menschen alles aus. So wie du vorhin.“
Er verstand mich immer noch nicht.
„Als du mich angegangen bist, hast du alle Förmlichkeiten über Bord geworfen. Es zählte nur noch dein Gefühl. Und genau das will ich zurück.“
„Sie wollen, dass ich sie weiterhin anschreie?“
Ich stöhnte auf.
„Nein, ich will dass du mit dem dämlichen sie aufhörst, da du zu den Menschen gehörst, die damit eine Barriere ziehen. Denn wenn wir zusammenarbeiten, brauche ich Offenheit und Vertrauen.“
„Wieso tust du das?“
„Sagte ich bereits. Und außerdem hasse ich Leute die ihre Kompetenzen überschreiten.“
Collins fing zu schmunzeln an, da ich selbst nicht gerade nach Schema F vorging und sah mich dann wortlos an.
„Was?“
„Nichts“ wiegelte er ab und sah zu Boden.
„Ich hasse drum rum gerede! Also, was ist los?“
Collins musterte mich eine Weile und ich gab ihm mit einem genervten Wink zu verstehen es endlich auszuspucken.
„Was steht in ihrem … äh deinem Ausweis?“
Jetzt fing ich zu grinsen an, zog ihn heraus und gab diesen Collins. Seinem suchenden Blick nach verstand er es nicht und ich half ihm auf die Sprünge.
„Unten links.“
„Meinst du länderübergreifend?“

Ich nickte und er sah mich verständnislos an.

„Und was ist jetzt daran so besonders?"

„Nichts Collins, gar nichts."

Ich nahm ihm meinen Dienstausweis aus der Hand, steckte diesen zurück in meine Gesäßtasche der Anzughose und als sich unsere Blicke kreuzten, stellte er mir die entscheidende Frage.

„Warum glaubst du mir? Es spricht doch alles gegen mich."

„Genau das ist es. Es ist zu glatt."

„Das ist alles?"

Ich überlegte kurz und entschloss mich dann für die Wahrheit.

„Es ist deine Art, dein Blick und deine Wut die mich zweifeln lässt."

Er schnaubte abschätzend auf.

„Willst du mich jetzt verarschen?"

Ich schüttelte den Kopf.

„Ich arbeite so und ich denke das wusstest du auch. Denn wieso hast du mich sonst kontaktiert? Der Leichtigkeit halber war es garantiert nicht."

Ich sah ihn musternd an und er hielt meinem Blick mal wieder stand.

„Kira hat mir geholfen."

„Wer ist Kira?"

„Die Schwester von Sarah."

Ich überlegte kurz, aber von einer Kira war in der ganzen Akte kein Wort zu finden.

„Glaubt sie, dass du unschuldig bist?"

Collins schüttelte den Kopf.

„Denke nicht."

„Warum hat sie dir dann geholfen?"

„Vielleicht hatte sie meine Briefe satt."

„Welche Briefe?"

„Ich habe ihr, seit meiner Verurteilung, jeden Tag geschrieben und sie um Hilfe angefleht."
„Jeden Tag?"
Ich rechnete kurz.
„Das sind ja dann um die Hundert."
„Hundertsiebzehn."
Ich zog verblüfft eine Augenbraue nach oben und Collins sprach weiter.
„Ich wusste nicht, wen ich sonst hätte bitten können. Kira war die Einzige und bis Sarah …"
Er beendete den Satz nicht.
„Wir haben uns immer gut verstanden."
Ich legte meinen Kopf leicht schief und Collins hob seine Hände entsetzt an.
„Nicht so. Um Gottes Willen. Wir haben uns wirklich nur gut verstanden."
„Und was ist mit deiner Geliebten?"
Wieder sackte er resigniert in sich zusammen.
„Ich habe Sarah niemals betrogen, egal was diese Linda Dobrey auch behauptet."
„Dann bleibst du bei deiner Aussage?"
„Ja, ich habe diese Frau im Gerichtssaal zum ersten Mal gesehen."
„War deine Ehe harmonisch?" wechselte ich urplötzlich das Thema und Collins überraschte mich erneut.
„Ja" kam aus tiefster Überzeugung und er suchte jetzt regelrecht den Augenkontakt zu mir.
„Sarah war glücklich. Wir beide waren glücklich!"
„Wieso ist Sarahs Vater dann anderer Meinung?"
„Weil er schon immer anderer Meinung war."
„Das war keine Antwort auf meine Frage."
Da war es. Scham. Collins verschwieg mir etwas.
„Tu es nicht!"
Eindringlich sah ich ihn an.

„Lüg mich niemals an, denn sonst bin ich weg!“

Er haderte immer noch mit sich, entschied sich aber dann doch für die Wahrheit.

„Sarah hatte einen Autounfall.“

„Und was hat das mit dir und deinem Schwiegervater zu tun?“

„Er gibt mir die Schuld.“

„War mir klar. Mich interessiert vielmehr das warum?“

Scham. Selbstvorwürfe. Wut.

„Ich war betrunken.“

„Und weiter.“

„Sarah ist gefahren.“

Er tat sich sichtlich schwer es auszusprechen, aber ich brauchte die Wahrheit. Die unbeschönigte und pure Wahrheit.

„Spuck´s aus!“

„Ich war auf einer Firmenfeier und habe Sarah sturzbetrunken angerufen und sie gebetet mich abzuholen. Zufrieden?“

„Noch nicht.“

Er blieb stumm und ich wurde deutlicher.

„Was ist dann passiert?“

„Keine Ahnung! Ich weiß nur, dass sie von der Straße abgekommen ist.“

„Zu hohe Geschwindigkeit?“

Er schüttelte den Kopf und ich bohrte weiter.

„Hat es geregnet oder war es glatt?“

„Ich weiß es nicht, verdammt! Denn ich war nicht dabei.“

„Du warst nicht dabei?“

„Nein“ ging er mich an, aber nicht weil er wütend auf mich war, sondern weil ich ihn zwang über seine dunkelste Stunde zu sprechen.

„Sie ist nicht gekommen und dann hatte ich nichts Besseres zu tun, als meinen Rausch im Büro auszuschlafen, während

meine Frau von der Feuerwehr aus dem Auto geschnitten
wurde."
Er hasste sich dafür und er gab sich die Schuld an allem.
„Wie schwer war sie verletzt?"
„Irrwitzigerweise nur ein gebrochenes Bein."
Seinem Gesichtsausdruck nach schien er gerade wieder alles
vor sich zu sehen.
„Das Auto war als solches nicht mehr zu erkennen und es ist
ein Wunder, dass Sarah diesen Unfall überhaupt überlebt
hat."
„Sonst noch etwas, was ich wissen müsste?"
Zutiefst geschockt sah er mich an.
„Noch was? Willst du mich verarschen?"
Ich schüttelte den Kopf und jetzt griff er mich persönlich an.
„Nein! Nichts! Und ich denke, dass das auch nicht zu toppen
ist. Egal was du denkst oder dir erhoffst an Dreckswäsche zu
finden. Ich habe meine Frau geliebt und diesen Unfall werde
ich mir ein Leben lang nicht verzeihen. Und wenn du es
genau wissen willst, habe ich seit diesem Tag keinen
Tropfen mehr angerührt. Also halte gefälligst deine blöde
Klappe!"
„Hattest du ein Alkoholproblem?" hakte ich gefühlskalt
nach und sein Blick war vernichtend.
Dennoch gab ich ihm mit einem Wink zu verstehen mir zu
antworten.
„Nein!" blaffte er und meine Rolle als mieses Schwein war
vorerst beendet.
„Sorry, aber ich muss dir diese Fragen stellen und wenn ich
dir helfen soll, werden es noch viel mehr werden. Es wird
Zeiten geben, indem du mich am liebsten zum Teufel jagen
würdest. Aber wenn du meine Hilfe willst, dann nur so. Also
überleg es dir, denn leicht wird es nicht, dass verspreche ich
dir schon jetzt."
„Habe ich denn eine Wahl?"

„Ich denke nicht, aber ich bin mir sicher, dass weißt du bereits nur zu gut.“

<h1 style="text-align:center">2</h1>

Ron stand kurz vor der Sicherheitszone und telefonierte, legte aber sofort auf als er mich sah und fing breit zu grinsen an.

„Na, wie war's im Knast?" zog er mich auf, kaum dass ich in Hörweite war und ich schüttelte nur genervt meinen Kopf, anstatt wie üblich verbal zurückzuschießen.

Denn selbst dieser extrem kurze Aufenthalt hinter Gittern, stürzte mich in ein nicht in Worte fassendes Chaos. Das Gefühl eingesperrt und nicht Herr der Situation zu sein, lähmte mich regelrecht und Worte wie gefangen, ausgeliefert und hilflos beherrschten meinen sonst so genialen Verstand.

„Liebe sieht aber definitiv anders aus" tat er gespielt beleidigt und Collins sah mich kurz verwundert an, hatte seine Mimik aber sofort wieder im Griff.

„Das ist mein bescheuerter Partner" stellte ich ihm Ron vor und meine leicht unglückliche Wortwahl veranlasste ihn dazu seine Annahme von vorhin nur noch zu verhärten und ich stellte seinen Irrtum richtig.

„Arbeitspartner, nicht Lebensgefährte."

„Pete" kam völlig überzogen von Ron.

„Du verletzt mich zutiefst, nach allem was wir bereits miteinander durchgemacht haben."

„Halt die Klappe und sag mir lieber, was du hier willst" ließ ich meine schlechte Laune an ihm aus und er zog mich ein Stück zur Seite, sah kurz zu Collins und senkte seine Stimme zu einem Raunen herab.

„Lars hat gemeint, dass du vielleicht Unterstützung brauchen könntest."

Ich stöhnte auf, doch er schüttelte den Kopf.

„Nein, nicht wie du jetzt denkst."

„Dein Wort in Gottes Ohr."

„Nein, echt jetzt. Er hat das mit dem Gefangenentransport in der kurzen Zeitspanne nicht hinbekommen.“

„Na toll!“

Ich fuhr mir mit beiden Händen übers Gesicht, da dies eine Übernachtung auf Staatskosten bedeutete, aber Ron schüttelte seinen Kopf und legte mir beruhigend seine Hand auf die Schulter.

„Keine Panik, Großer“ fing er mal wieder grinsend an, da er diese Schwachstelle von mir liebte.

„Deshalb bin ich doch da.“

Ich schüttelte seine Hand ab und nachdem Ron sofort seine Hände entschuldigend anhob, hatte ich meine Mimik anscheinend überhaupt nicht im Griff.

„Das war ein Witz, Pete!“

Kurzerhand zog mein Partner etwas aus seiner Jacke und ich erkannte den Gegenstand sofort.

„Eine elektronische Fußfessel? Wie soll uns die jetzt bitte helfen?“

„Eigentlich gar nicht, aber Lars hat gemeint, dann würde es nicht gleich auffallen.“

Ich dachte ich hätte mich verhört und machte meinem Unmut auch umgehend Luft.

„Ist er denn jetzt total bescheuert?“

Ron schien Lars Meinung zu sein und mir platzte der Kragen.

„Bloß weil ich ein Problem mit dem Eingesperrt sein habe, riskiert er seinen Job und du machst dabei auch noch mit?“

„Jetzt reg dich ab, denn …“

„Wenn das rauskommt, ist er geliefert“ fiel ich ihm über so viel Blödheit zischend ins Wort und packte gleichzeitig Collins am Oberarm, um mit ihm zu gehen, doch Ron blieb energisch.

„Das weiß er auch, also werde ich dafür sorgen, dass dies unser kleines Geheimnis bleibt.“

Jetzt sah er zum ersten Mal Collins an, oder vielmehr er fixierte ihn.

„Einen Mucks und ich sorge dafür, dass du die nächsten Wochen dein Essen durch einen Strohhalm ziehst. Haben wir uns verstanden?“

Es war eher ein Befehl, als eine Frage und Collins nickte ihm verständig zu.

„Gut, dann werde ich dich jetzt von den Handschellen befreien, dann gehen wir durch den Sicherheitscheck und danach lege ich dir die Fußfessel an.“

Collins nickte erneut, aber Ron war noch nicht fertig mit ihm.

„Solltest du, aus welchen Gründen auch immer, vor mir durch sein, wartest du da wo ich dich sehen kann. Du wirst nichts anderes tun, als zu warten. Verstanden!“

Das war zu viel. Ich ließ Collins Arm los und packte stattdessen den meines Partners.

„Hör auf mit dem Scheiß und fliege zurück. Ich komm hier schon klar.“

„Du kommst klar?“

Mein Partner lachte abschätzend auf.

„Wie denn?“

Er schüttelte meine Hand ab.

„Denn meines Wissens nach, sind die Wachleute ziemlich angepisst. Also sag du mir nicht, dass du klar kommst!“

Obwohl er Recht besaß, wollte ich etwas erwidern, aber Ron blaffte mich weiter an.

„Red war sich damals auch sicher Ian beschützen zu können und hätte diesen Fehler beinahe mit seinem Leben bezahlt.“

„Das war doch etwas ganz anderes“ wehrte ich mich, da ich es nicht mehr hören konnte.

„Natürlich“ konterte mein Partner mehr als sarkastisch.

„Ob die Wachen mitmischen oder wegsehen ist natürlich etwas ganz anderes.“

Er hielt kurz inne, brachte es aber dann doch gnadenlos auf den Punkt.

„Red ist eine Kampfmaschine und obwohl du im Stockkampf gegen ihn nicht schlecht dastehst, wirst du ihm niemals das Wasser reichen können, weil er einfach ...“

Ihm fehlten die Worte.

„Weil er Red ist, verdammt nochmal“ zischte er wütend über sich selbst, da seine Argumentation gerade den Bach herunter ging.

„Und trotzdem hatte er im Knast nicht den Hauch einer Chance. Also halte endlich deine Klappe und lass dir verdammt nochmal helfen!“

„Ist ja gut“ beruhigte ich ihn.

„Du hast ja Recht.“

Ungläubig über meine rasche Kapitulation sah er mich an und ich atmete tief durch.

„Ich kann und ich will nicht zurück ins Gefängnis. Und ich habe auch kapiert, dass ich nicht alles alleine regeln kann oder alleine regeln muss. Also bitte ich dich mir zu helfen, zufrieden?“

Ron grinste mich dankend an, zog Collins am Oberarm haltend ein Stück zur Seite, damit nicht alle Passanten das Folgende mitbekamen.

„Wenn du auch nur zuckst, wirst du es bereuen!“

Wieder folgte nur ein Nicken seinerseits und Ron nahm ihm die Handschellen ab und warf diese kurzerhand in den Mülleimer, der links neben ihm stand.

„Denk nicht mal daran!“ kam noch einmal mit unheilvollem Tonfall in Richtung Collins, bevor er ihn wieder in meine Richtung zog.

„Können wir?“

Diesmal nickte ich und wir drei setzten uns in Bewegung.

Während des ganzen Fluges löcherte mich Ron mit Fragen. Aber eigentlich wollte er nur wissen, warum ich von Collins Unschuld überzeugt war. Als ich daraufhin nur meine Ahnung und Intuition auffuhr, verdrehte er wie immer seine Augen.
„Der Psychofreak in dir also."
„Ja, der Psychofreak in mir" konterte ich seine Anspielung grinsend und er stöhnte auf.
„Wenn sich der meldet, bedeutet dies meist ziemlichen Ärger, das ist dir schon bewusst, oder?"
„Hey, jetzt geh nicht gleich vom Schlimmsten aus."
Jetzt lachte er auf.
„War es tatsächlich jemals anders?"
„Nein" gestand ich und atmete gepresst aus.
„Aber es muss ja nicht immer zum Supergau kommen."
„Dein Wort in Gottes Ohr, Partner."
Er stand auf und drückte mir kurz die Schulter.
„Versprich mir ehrlich zu bleiben und nicht wieder einen Alleingang hinzulegen."
Seine Miene war hart, aber seine Augen verrieten seine wahren Gefühle. Er machte sich Sorgen.
„Ich verspreche es dir, mein Freund."
„Gut, denn andernfalls ziehe ich meine Konsequenzen."
„Das weiß ich."
„Dann haben wir uns ja verstanden."
Mit diesen Worten drehte er sich um und setzte sich zurück neben Collins, der eine Reihe vor uns saß. Ich hingegen schloss meine Augen und versuchte mein Gedankenchaos in den Griff zu kriegen.
Half ich Collins, aufgrund meiner Knastphobie, oder weil ich tatsächlich glaubte, dass er unschuldig war? Zugegeben sprachen viele Details für ihn, wie zum Beispiel diese angebliche Geliebte. Es gab in den ganzen Unterlagen nur ihren Namen, keine Überprüfung ihrer Krankengeschichte,

keine Kontoabfragen, nichts. Nur ihr Name, nicht einmal ihre Sozialversicherungsnummer tauchte im Protokoll auf und das war in einem Mordprozess ein standardisierter Prozess. Und selbst sein Verhalten entsprach keinem typischen Muster, ganz im Gegenteil, er verhielt sich völlig konträr zu allen Merkmalen eines Lügners.

Aber wenn er tatsächlich unschuldig ist, wo ist dann seine Frau? Lebt sie vielleicht noch und es ist ein Komplott? Oder ist sie tot und er muss als Sündenbock herhalten? Aber warum? Und wieso sagt der Vater seiner Frau aus, dass ihre Ehe einem Desaster glich, wenn laut Collins doch alles in bester Ordnung war? Ist es wirklich wegen des Unfalls, oder steckt etwas anderes dahinter?

Ich atmete genervt aus und öffnete meine Augen wieder, da ich momentan mehr Fragen als Antworten parat hatte. Das Einzige was ich wirklich wusste, war, dass Collins nicht gelogen hatte. Er war kein Mörder und jetzt lag es an mir herauszufinden was wirklich geschehen ist. Leicht war anders, aber genau darin bestand die Herausforderung meiner Arbeit. Suchen, analysieren und wenn es sein musste gnadenlos graben, egal wie schwer es für alle Parteien auch sein mochte.

„Wäre es denn nicht mit etwas weniger Wirbel gegangen?“ fragte mich Lars ohne Umschweife leicht anklagend, als ich sein Büro betrat und ich schüttelte meinen Kopf und antwortete stattdessen mit einer Gegenfrage.
„Was hättest du gemacht, wenn du festgestellt hättest, dass die Wachen äußert radikal mit dem Schlagstock umgehen? Weggesehen oder den Laden auf den Kopf gestellt?“
Er brauchte mir gar keine Antwort zu geben, da sein Blick Bände sprach.
„Dafür war ich doch noch relativ zahm, oder nicht?“

Ich setzte mich ihm gegenüber und mein Boss sah mich eindringlich an.

„Wie geht's dir?"

„Geht schon" wiegelte ich ab, aber er ließ nicht locker.

„Sicher? Denn wenn ich ehrlich bin, siehst du ziemlich mitgenommen aus."

Ich nickte stöhnend und nachdem ich genau wusste, dass er erst aufhören würde mich zu löchern, wenn ich ihm alles haarklein erzählt hatte, legte ich einfach los.

„Ok, du hast Recht. Ich bin angeschlagen und vielleicht bin ich durch meinen Kurzurlaub auf Staatskosten mehr als sensibel für Übergriffe des Wachpersonals. Meine Arbeit oder meine Einschätzung haben dadurch aber definitiv …"

„Pete" fiel mir mein Freund ins Wort.

„Das habe ich keine Sekunde in Frage gestellt. Ich wollte wirklich nur wissen wie es dir geht. Ok?"

„Ok" bestätigte ich, schloss meine Augen und rieb mir die Schläfen.

„Kopfweh?"

„Höllisch."

„Tablette?"

„Nein."

„Sicher?"

„Nein."

Lars fing zu lachen an.

„Wie immer äußerst präzise."

Er zog seine Schreibtischschublade auf, kramte dem Geräusch nach darin herum, schloss diese wieder und stand in dem Moment auf, als ich meine Augen öffnete. Vor mir lag eine Tablette und Lars befüllte gerade seine Kaffeetasse mit Wasser.

„Danke Dad" stichelte ich grinsend, als er mir seinen Becher reichte und Lars grinste zurück.

„Gern geschehen."

Ohne zu zögern, griff ich nach beidem und spülte die Tablette hinunter.

„Unschuldig? Sicher?“

„Ziemlich.“

Lars lehnte sich in seinen Stuhl zurück und wartete einfach ab. Dieses Fingerspitzengefühl rechnete ich ihm hoch an, da er eigentlich von Natur aus weder geduldig noch abwartend war. Lars war genau wie ich ein Macher, was unsere Freundschaft anfänglich auch sehr schwer machte. Doch jetzt konnten wir uns ein Leben ohne den Anderen gar nicht mehr vorstellen, was meinen Verrat an ihm nur noch schlimmer werden ließ.

„Ich weiß, du willst Antworten“ fing ich leise an.

„Weil du alleinig durch mein Gefühl deine Hand für mich ins Feuer gelegt hast. Trotzdem …“

„Geh nach Hause und schlaf dich aus“ unterbrach er mich und stand auf.

„Und Collins?“

„Lass den mal meine Sorge sein.“

Er öffnete seine Bürotür und gab mit einem eindeutigen Fingerzeig zu verstehen, dass ich endlich verschwinden sollte. Ich tat es und als ich an ihm vorbeiging, klopfte ich ihm dankend gegen die Schulter, was ihn wiederrum dazu veranlasste mich zurückzuhalten.

„Ab morgen bist du wieder aktiv.“

„Bist du dir da wirklich sicher?“ hakte ich nach, um ihm noch einmal die Chance zu geben darüber nachzudenken, da ich unter gar keinen Umständen wollte, dass er sich aufgrund einer sentimentalen Regung dazu entschloss.

Er nickte und ich verließ sein Büro.

Es roch nach frischem Kaffee als ich meine Wohnung aufschloss und ich legte mit einem Lächeln auf den Lippen meinen Schlüssel, meine Dienstmarke und meine Waffe auf das Sideboard neben der Türe. Als ich aufblickte stand Alexis im Türrahmen und hielt eine Tasse Espresso in der Hand. Auch um ihre Mundwinkel spielte sich ein Lächeln, obwohl in ihren Augen eindeutige Besorgnis zu sehen war.

„Es geht mir gut, Liebes."

Sie zog nur ihre Schultern nach oben, was so viel wie, wenn du es sagst, bedeutete und streckte mir die Tasse entgegen. Sie hatte mich mal wieder durchschaut und plötzlich überkam mich ein Gefühl von fallenlassen. Schon fast gierig zog ich sie an ihrer freien Hand an mich und küsste sie innig.

„Der Kaffee, Pete" protestierte sie in einer Kusspause und ich ließ sie, wenn auch widerwillig wieder los.

Jedoch nur um ihr den Espresso aus der Hand zu nehmen und diesen mit nur einem Zug zu leeren. Dann stellte ich die Tasse neben meine Dienstwaffe und keine Sekunde später fand sich Alexis in meinen Armen wieder.

„Ich liebe dich" raunte ich ihr in die Haare und presste ihren Körper gegen den Meinen.

„Ich weiß" antwortete sie mir und versuchte mich ins Badezimmer zu schieben, aber ich hatte anderes im Sinn.

Jetzt wollte ich keine Entspannung in der Badewanne oder unter der heißen Dusche, jetzt brauchte ich etwas ganz anderes.

Unser Sex war phantastisch, auch wenn er diesmal als Katalysator für mein Seelenheil diente. Leute meines Metiers würden dies als Verdrängungs- oder Verleugnungsmethode betiteln und ihrem Patienten raten sich ihren Ängsten lieber zu stellen, anstatt mit einem anderen Gefühl zu überlagern, doch im Moment war ich einfach nicht so weit. Im Moment brauchte ich Harmonie und das Gefühl von Geborgenheit. Alexis gab mir beides und als sie sich nach unserem Sex in meinen Arm kuschelte, war ich auch bereit darüber zu reden.

„Ich war im Knast" fing ich mit leicht belegter Stimme an und ich spürte ihr Nicken an meinem Oberarm.

„Ich weiß, Ron hat mich angerufen" gestand sie und als ich hörbar einatmete, hob sie ihren Kopf und sah mir in die Augen.

„Er hat nur gesagt, dass du ziemlich angeschlagen bist, mehr nicht."

„Er hätte gar nichts sagen sollen."

„Er ist dein Freund."

„Ja" knurrte ich und Alexis legte mir ihre Hand auf die Wange.

„Genau deshalb macht er sich doch Gedanken."

„Gedanken machen wäre ja ok, aber er behandelt mich wie ein kleines Kind."

„Tut er nicht, Pete. Er hat doch nur gemeint, dass du eventuell ein bisschen Aufmerksamkeit brauchst."

Ich lachte auf.

„Sex auf Rezept, na toll!"

Empört über meine Unterstellung schlug mir Alexis mit der flachen Hand auf meine Brust. Ich rollte mich mit einer schnellen Bewegung auf sie und fixierte ihre Hände über ihrem Kopf.

„Finde ich gut" raunte ich und küsste sie.

„Verdammt gut sogar."

Ein erneuter Kuss meinerseits folgte, nur diesmal um einiges länger und neckender.

„Vielleicht sollte ich Ron befehlen dich jeden Tag anzurufen."

„Hör auf" bettelte Alexis lachend, als ich anfing mit meinem Becken eindeutige Bewegungen zu machen und sie versuchte aus meinem Griff zu kommen.

„Ich denke gar nicht daran."

Jetzt nahm ich ihre beiden Gelenke mit nur einer Hand zusammen und strich ihr mit meiner nun freien Hand über ihre linke Seite, sodass sie die Augen schloss und genüsslich die Luft einsog.

„Ich liebe dich und ich bin froh, dass du bei mir eingezogen bist, denn ich könnte mir keinen einzigen Abend mehr ohne dich vorstellen. Weißt du das?"

„Ja Pete, das weiß ich."

„Dann weißt du sicherlich auch, dass ich mir tagsüber auch extrem schwer tute, weil du nicht bei mir bist."

„Nein, das ist mir neu."

Sie log, eindeutig und sie wusste, dass ich es wusste.

„Lügnerin!" beschimpfte ich sie gespielt und ihre nächsten Worte ließen mein bestes Stück völlig hart werden.

„Bestrafen soll ich dich" raunte ich rau und ihr Augenaufschlag, gepaart mit ihrem leicht geöffneten Mund ließ mich alles vergessen und ich drang erneut in sie ein. Diesmal jedoch aus der Lust heraus.

Als ich meine Waffe gerade ins Holster steckte, spürte ich Alexis Hände in meinem Rücken und schloss die Augen. Ich genoss ihre liebkosenden Streicheleinheiten und als sie damit aufhörte, drehte ich mich um und zog sie in meine Arme.

„Am liebsten würde ich sofort wieder ins Bett."

Ich spürte ihr Lächeln und gleichzeitig ihr Kopfschütteln an meiner Brust und ließ sie los.

„Du glaubst mir nicht?" neckte ich sie, was ihr Lächeln zu einem Grinsen werden ließ.

„Nein Pete, nicht nachdem dich Lars endlich aus dem Verließ gelassen hat."

Alexis benutzte mit Absicht meine Betitelung für die Büroverdammnis und ich fing ebenfalls zu Grinsen an.

„Ich denke viel mehr, dass du es heute gar nicht erwarten kannst von mir wegzukommen."
„Nicht von dir, das schwöre ich."
Ich beleckte meine Lippen und sah an ihr herunter.
„Oder soll ich es dir beweisen?"
Die Liebe meines Lebens schob mich so energisch von sich, das sich der Gürtel ihres kurzen Morgenmantels löste und eine uneingeschränkte Sicht auf ihren Körper freigab.
„Geh, denn nach dieser Nacht brauche ich dringend eine Pause."
„Schade."
Ich strich die Kontur ihrer Brüste nach und sie schlug mir auf die Finger.
„Geh endlich."
Sie wand sich ab, drehte den Kopf aber noch einmal zu mir um.
„Vielleicht heute Abend."
Zum Glück verschwand sie aus meinem Sichtbereich, denn sonst wäre ich definitiv zu spät gekommen.

Ron hob die Hände bereits entschuldigend nach oben, bevor ich überhaupt etwas sagen konnte und ich atmete nur knurrend aus, da meine Freundin ihn bereits vorgewarnt hatte.
„Sorry Kumpel, beim nächsten Mal nehme ich mich zurück."
„Wie denn, wenn ihr beide dauernd per SMS kommuniziert?"
„Ich mag sie halt."
„Sie dich irrwitzigerweise leider auch."
„Was heißt hier irrwitzigerweise und leider?"
Ich ging grinsend an ihm vorbei, doch Ron dachte nicht daran diesen kleinen Schlagabtausch als verloren für sich zu verbuchen.

„Ich bin ja wohl der umgänglichste Mensch und ein hervorragender Partner und Freund."

„Wenn man auf rechthaberische, draufgängerische, permanent dagegenredende und befehlsimmune Typen stehst, dann ja. Dann bist du der umgänglichste Mensch auf diesem Planeten."

„Danke für das Kompliment, Partner."

Ich drehte mich zu ihm um.

„Gern geschehen, Partner. Aber nur dass du es weißt, der Punkt geht eindeutig an mich."

„Ich tippe eher auf Unentschieden" widersprach er breit grinsend und als ich kopfschüttelnd mit beiden gereckten Daumen auf mich zeigte, verdrehte er genervt seine Augen, da er sich mit seiner letzten Bemerkung ein Eigentor schoss.

„Ok, du hast gewonnen."

„Ich weiß" setzte ich noch nach und drückte dann die Aufzugstaste.

„Wo willst du hin?" fragte Ron irritiert und erst jetzt wurde ich mir meiner Tat so richtig bewusst.

Ich war gerade drauf und dran ins Verließ zu gehen.

„Nicht dahin, nie mehr!"

„Das will ich hoffen, Partner. Denn ohne dir ist es verdammt langweilig."

„Sag ich doch, ohne mich bist du aufgeschmissen."

„Oh ja mein Freund, denn ohne dich laufe ich nicht permanent Gefahr erschossen, in die Luft gesprengt, verbrannt, eingeknastet oder gefoltert zu werden. Wie gesagt, langweilig und öde."

Ich wollte gerade zurückschießen, als Collins und Lars gemeinsam aus dem Aufzug traten. Mein Gehirn schaltete wie automatisch auf den Arbeitsmodus um, indem ich Collins Mimik und Gestik in mich aufsaugte, um eventuelle Züge von Anspannung, Angst oder sogar von Überheblichkeit, oder im schlimmsten Fall von Größenwahn zu erkennen. Auch Ron war jetzt ganz der Agent, da seine komplette Körpersprache auf Wachsamkeit und Sicherung umschlug.

„Morgen ihr zwei" begrüßte uns Lars und gab uns mit einem Wink zu verstehen schon in sein Büro zu gehen.

Collins übergab er mit einer kurzen Anweisung an Will und Jason, die augenblicklich mit ihm in Verhörraum Nummer zwei verschwanden, bevor er sich zu uns gesellte.

„Kaffee?" fragte er uns beide und schenkte sich selbst einen ein, den seine Sekretärin wie jeden Morgen bereits für ihn aufgebrüht hatte.

„Hatte schon zwei" antwortete Ron und setzte sich entspannt in einen der beiden Stühle die vor Lars Schreibtisch standen.

Ich bejahte seine Frage und setzte mich ebenfalls hin, nur mit dem Unterschied, dass ich Lars Becher in der Hand hielt. Keine zehn Sekunden später saß auch er, ebenfalls mit einer Tasse heißem Kaffee in der Hand, uns gegenüber und sah mich abwartend an.

„Ich will mit der Schwägerin, dem Vater der Ermordeten, oder vielmehr der Vermissten und mit dieser Dobrey sprechen."

„Du glaubst sie lebt noch?"

„Collins sagt, er war es nicht und nachdem ich ihm glaube, fällt sie für mich unter die Kategorie: Vermisst."

„Und das Blut?" hakte Ron nach.

„Viel, aber gerade noch um es überleben zu können."

„Ok" willigte Lars ein.

„Und was machen wir mit ihm?"

„Kannst du ihn im Untersuchungsgefängnis unterbringen, da wäre es um einiges angenehmer."

„Angenehm und Mörder, passt für mich nicht."

„Ich weiß, Lars. Aber ich bin mir so gut wie sicher, dass er unschuldig ist."

„Und wenn du dich irrst?"

„Bitte?“ echote ich entsetzt und mein Freund hob die Hände entschuldigend nach oben.

„Sorry Pete, aber wenn du hier falsch liegst, ist mein Stuhl frei.“

„Das weiß ich auch, Lars und ich hätte dich da niemals mit hineingezogen, wenn ich auch nur den geringsten Zweifel hätte. Noch dazu wo du, beziehungsweise wo wir alle immer noch unter Beobachtung stehen.“

„Ist erledigt.“

„Die Interne ist erledigt?“

„Ja.“

„Und warum hast du nichts gesagt?“

„Weil ich sauer auf dich war, vielleicht ja deshalb!“

„Wie lange schon?“

„Neun Wochen.“

„Neun Wochen? Du hast neun verdammte Wochen …“

Ich brach ab und atmete tief durch.

„Ok, ich hab´s verstanden.“

Jetzt hob ich meine Hände an.

„Strafe muss sein.“

Ron und Ian nickten und jetzt wollte ich es wissen.

„Liege ich immer noch an der Kette?“

„Nein.“

„Sicher Lars?“

„Ganz sicher und wenn ich ehrlich bin, verstehe ich es bis zu einem gewissen Grad ja auch. Warum ich wirklich sauer auf dich war, ist, weil du uns im Dunkeln hast tappen lassen und es verdammt eng für dich war.“

„Es war für uns alle eng.“

„Ja, da widerspreche ich dir auch gar nicht. Und die meisten leben auch nur noch, weil du in dem Wald die Falle gespürt hast. Trotzdem hast du dein fünfköpfiges Team, welches nebenbei bemerkt aus deinen besten Freunden besteht, ausgetrickst. Deshalb habe ich dich kaltgestellt und nicht weil die Interne das so wollte."

„Ja ist gut. Ich habe Scheiße gebaut und ich weiß das auch."

„Halleluja!" kam von Ron und Lars fing zu grinsen an.

„Er hat es also doch noch kapiert."

„Natürlich habe ich es kapiert und ich kann euch sagen, das waren die schlimmsten dreißig Minuten in meinem Leben." Lars räusperte sich.

„Ok, mit einer der schrecklichsten Minuten meines Lebens. Zufrieden?"

„Jetzt schon" konterte Lars und trank einen Schluck Kaffee, ohne mich jedoch aus den Augen zu lassen.

„Ich werde euch nie wieder manipulieren, belügen oder euch außen vor lassen. In Zukunft werde ich euch einweihen und sollte dies wirklich einmal nicht gehen …"

Lars und mein Partner wollten etwas sagen, doch ich hob schnell meine Hand und sprach weiter.

„Sollte dies aus welchem Grund auch immer einmal nicht gehen, werde ich euch ein Zeichen oder was auch immer hinterlassen, dass ihr unter Garantie nicht übersehen könnt. Das verspreche ich."

„Und für diese Einsicht hast du über zehn Wochen Innendienst gebraucht?"

„Sieht so aus."

„Gut, dann können wir ja jetzt endlich wieder produktiv und mit neuen Erkenntnissen weiterarbeiten, oder?"

„Ja Boss und ich habe auch gleich eine Aufgabe für dich."

„Und die wäre?"

„Finde diese Dobrey."

„Und was noch?" irritiert sah er mich an, da ihm das Problem daran nicht ganz ersichtlich war, da auch er davon ausging, dass man alle relevanten Informationen in der Prozessakte zu lesen waren.

„Da steht nur ihr Name drin."

„Nur der Name? Bist du dir da sicher?“

Ich antwortete nicht darauf, sondern verdrehte nur meine Augen, was Lars kurz entschuldigend mit der Schulter zucken ließ.

„Und dann brauche ich noch diesen Holland. Peter Holland von der Staatsanwaltschaft. Vielleicht kann er uns ja erklären warum nur der Name im Protokoll steht.“

„Gut. Sonst noch was?“

„Ja“ fing ich gedehnt an und Lars schüttelte vehement seinen Kopf.

„Kommt nicht in Frage!“

„Ich brauche ihn aber.“

„Nein Pete! Collins bleibt hier, in genau diesem Gebäude und nirgend wo anders, verstanden!“

„Ja, aber …“

„Kein aber und basta!“

Hilfesuchend sah ich zu meinem Partner, der auch gleich in die Presche für mich sprang.

„Und wenn ich dabei bin?“

Lars schnaubte auf, gab uns aber zumindest keine weitere Abfuhr und ich zog alle Register.

„Einmal. Bitte, nur ein einziges Mal.“

„Für was?“ kam jetzt etwas weniger energisch.

„Ich brauche ihn vielleicht, wenn ich mit Kira Carver spreche.“

„Warum?“

„Sie ist Sarahs Schwester und laut Collins haben sie sich sehr gut verstanden.“

„Und?“

„Vielleicht gibt es ein paar Geheimnisse.“

„Und du denkst die wird sie verraten, wenn Collins daneben sitzt?“

„Ja, so ungefähr.“

Mein Boss blieb stumm. Er haderte mit sich selbst und ich ging wie immer in die Offensive.

„Du hast vorhin behauptet, dass ich nicht mehr an der Kette liege."

„Tust du auch nicht."

„Ach nein, warum fühlt es sich dann immer noch so an?"

„Das bildest du dir ein."

„Ach so, dann erklär mir doch bitte einmal, warum du mein Handeln hinterfragst?"

„Weil Collins ein verurteilter Mörder ist, vielleicht ja deshalb?"

„Bullshit! Also nimm die verdammte Kette von meinem Hals und lass mich endlich wieder meine Arbeit machen."

„Ron fährt mit!"

„Ja Lars, Ron fährt mit, denn er ist mein Partner! Also höre auf ihn als meinen Babysitter abzustellen, denn dafür ist er eindeutig überqualifiziert!"

„Hört endlich auf!" ging jetzt Ron genervt dazwischen.

„Denn schön langsam wird es lächerlich und unprofessionell. Und außerdem bin ich hier nur der Agent und nicht der Obermaker der seine Untergebenen in die Schranken weisen muss. Also wäre es schön, wenn wir alle wieder das tun würden und auch dürfen, wofür wir bezahlt und auch eingestellt wurden."

Jetzt sah er Lars direkt in die Augen.

„Und nur dass du es weißt, Pete ist mein Partner, mein einziger Partner und ich werde mir nicht noch einen einzigen Tag länger einen Anderen als ihn vorsetzen lassen. Denn zehn verdammte Wochen mit diesem arroganten Arschloch sind nämlich mehr als genug!"

Ron stand auf und als er die Türe wütend aufriss, meldete sich Lars zu Wort.

„Ja ist gut. Ich habe es kapiert."

„Na endlich" knurrte Ron.

„Denn andernfalls kriegst du meine Kündigung!"
Er verließ das Zimmer in Richtung des Verhörraumes, indem Collins saß. Die Türe schmiss er widererwarten seinen Gefühlen nicht ins Schloss, sondern ließ diese einfach offen stehen. Lars ließ seinen Kopf in den Nacken fallen, während er mit einem kurzen Stöhnen ausatmete und ein Gedanke machte sich in mir breit. Als Lars dann auch noch den Blick abwand, als er seinen Kopf wieder aufrichtete, schüttelte ich den Meinen und stand auf.
„Ron hasst Veränderungen und braucht lange um sich auf jemanden einzulassen, oder ihm zu vertrauen. Auch mag er es nicht herumgeschupst zu werden. Aber ich denke das wusstest du, oder etwas nicht?"
„Was wäre wenn?"
„Dann wärst du das gleiche blöde Arschloch wie ich!"
Lars schloss seine Augen und ich ging ihn an.
„Seit Wochen redest du nur das Nötigste mit mir, weil du mich bestrafen willst. Zu Recht, ja, das gebe ich zu."
Ich fing an meinen Kopf zu schütteln, da ich diese linke Vorgehensweise meinem Freund niemals zugetraut hätte.
„Aber das du Ron jetzt auch noch mit reinziehst …"
„Ich wollte doch nur, dass er dich …"
„Ron ist seit einem guten Jahr mein Partner" blaffte ich ihn an, bekam meine Wut aber unter Kontrolle und fuhr in einem ruhigeren Tonfall fort.
„Er ist mein Partner, weil er unglaubliche Fähigkeiten besitzt und da meine ich jetzt nicht unbedingt sein Können was das Klettern und das Abseilen angeht. Ron nimmt kein Blatt vor den Mund, wenn er mit meiner Vorgehensweise nicht konform geht. Ganz im Gegenteil sogar, er zeigt mir eventuelle Schwachstellen auf und entwickelt dann mit mir gemeinsam und gleichberechtigt …"
Die Worte gemeinsam und gleichberechtigt betonte ich extrem.

„... eine Strategie. Ron ist mein Gegenpol und nicht mein Untergebener. Diese Vereinbarung existiert nur auf dem Papier und auf dem Gehaltsscheck. Oder glaubst du tatsächlich, ich hätte dich diese bürokratischen Hürden wegen ihm nehmen lassen, nur damit ich einen Idioten bekomme, der ohne Wenn und Aber das tut, was ich von ihm verlange?"
Lars schüttelte den Kopf, war aber so betreten, dass er nichts sagen konnte.
„Und mir wirfst du vor ein manipulatives Arschloch zu sein. Sorry, aber ich verstehe jetzt nicht, was dich von mir Unterscheidet und warum du mir seit Wochen die Hölle heißt machst?"
„Weil du mir ..."
Er stockte und ich schlug mit der Faust auf den Tisch.
„Weil was?" schrie ich ihn an und endlich schrie er zurück.
„Weil du mir lieber eine reingehauen hast, anstatt mich einzuweihen. Deshalb Pete! Nur deshalb habe ich dich Innendienst schieben lassen und nicht weil du mich belogen hast. Und nur deshalb habe ich dir auch nichts von der Innternen gesagt."
Endlich sagte er mir den wahren Grund, warum er immer noch so sauer auf mich war. Gedacht hatte ich es mir schon, aber es hätte nichts gebracht, wenn ich ihn daraufhin angesprochen hätte. Er musste es sagen und endlich konnte ich mich bei ihm entschuldigen. Denn jetzt würde er diese auch annehmen.
„Ich weiß, Lars. Ich weiß, dass ich dich damit zutiefst verletzt habe. Viel mehr noch, ich habe unsere Freundschaft einfach so aufs Spiel gesetzt. Aber Macintosh hat mir gedroht sie zu töten, wenn ich nicht alleine kommen würde. Ich konnte in diesem Moment nicht anders, da ich nur noch an Alexis gedacht habe."

Ich suchte den Augenkontakt zu ihm, den er mir zum Glück nicht verwehrte.

„Aber eines musst du mir glauben, als Macintosh sein komplettes Magazin auf mich abgefeuert hat und ich nur noch von Deckung zu Deckung gehechtet bin, habe ich es zutiefst bereut, da mir erst da klar geworden ist, dass, wenn er es schafft mich außer Gefecht zu setzen, Alexis sterben wird. Mein Schweigen, beziehungsweise mein Alleingang hätte sie beinahe getötet. Erst da habe ich deine unzähligen Predigten und Warnungen, bezüglich meiner selbstzerstörerischen Ader, wenn ich persönlich in einem Fall involviert bin, verstanden. Bei der Rettung von Sofia wäre ich beinahe schon draufgegangen, aber ich wäre nicht auch noch für ihren Tod verantwortlich gewesen. Das ist es was du mir die ganze Zeit begreiflich machen willst und genau das ist mir bewusst geworden, als ich buchstäblich um mein Leben gerannt bin.“

Lars atmete tief ein, stand dann auf und kam auf mich zu. Ich blieb nur stehen, da er mir jetzt entweder eine verpassen würde, oder mich in die Arme zog. Beides wäre verständlich und auch beide Aktionen würden unsere Freundschaft kitten.

„Am liebsten würde ich dir jetzt eine reinhauen.“

„Dann tu es.“

Er ballte seine Hand zur Faust und ich biss instinktiv die Zähne aufeinander und zwang mich meine Hände nicht verteidigend nach oben zu nehmen.

„Dann wäre ich aber so wie du.“

„Du bist wie ich, nur nicht ganz so genial“ setzte ich frech nach, da ich es endlich hinter mich bringen wollte.

Ich wollte hier und jetzt meinen Freund zurück, mit oder ohne schmerzendem Kiefer.

„Genialität und Wahnsinn stehen verdammt nah beieinander. Das weißt du, oder?“

„Vermutlich hast du ja Recht und ich bin beides."
Ich entspannte mich, da ich in Lars Augen deutlich sehen
konnte, dass Vernunft und Ehrgefühl die Überhand über
seine Wut bekam.
„Vermutlich."
„Es tut mir aufrichtig Leid, Lars."
Endlich sprang er über seinen Schatten und zog mich an
sich.

Keine fünf Minuten später schloss ich Türe zu Verhörraum
zwei und setzte mich neben Ron, der Collins gerade über
seine Frau ausquetschte. Anscheinend ziemlich
schonungslos, da Collins ihn zornig ansah.
„Alles klar bei euch?"
Ron nickte, Collins dagegen machte seinem Unmut Luft.
„Glaubst du mir jetzt, oder nicht?"
„Wieso kommst du darauf, dass ich dir nicht glaube?"
„Keine Ahnung, frag doch deinen Partner!" spie er mir
entgegen und fixierte dann Ron mit bösem Blick.
„Mein Partner ist nicht so schnell zu beeindrucken wie ich
es bin."
Collins lachte zynisch auf.
„Guter Bulle, böser Bulle, wie überaus originell!"
„Echt, ich dachte dieses Spiel wäre seit den Achtzigern ad
acta gelegt."
Sein wütender Blick verwandelte sich in völlige Irritation
und nachdem ich nicht auf Spielchen stand, klärte ich ihn
auf.
„Ich glaube dir, aber das hilft dir erst, wenn mein Partner
meiner Meinung ist. Also rate ich dir ihm jede Frage, sei sie
auch noch so absurd, gefühlskalt, intim oder was auch
immer zu beantworten. Denn wenn er dir nicht glaubt, bin
ich raus."
„Wenn er mir nicht glaubt?" wiederholter er geschockt.

„Ich dachte du hättest etwas gefunden was meine Aussagen untermauert?"

„Habe ich nicht."

„Nicht? Warum bin ich dann hier?"

„Weil meine Intuition und Erfahrung mir sagen, dass du deine Frau nicht getötet hast."

„Intuition und Erfahrung? Soll das jetzt ein Witz sein?"

„Sechsundneunzig Prozent. Meine Rate liegt bei sechsundneunzig Prozent, ich denke das spricht für meine Intuition, oder etwa nicht?"

Collins zog resigniert die Schultern nach oben.

„Habe ich wirklich eine Wahl?"

„Nein, hast du nicht. Aber das sagte ich dir bereits gestern. Mein Partner und ich, oder niemand. Entscheide dich!"

Er entschied sich und beantwortet Rons vorhin gestellte Frage.

„Ja, unser Sexleben war gut und es gab keine unausgesprochen Wünsche oder absonderbaren Praktiken."

„Dann spielte Spielzeug eine Rolle?"

„Ja, aber nur das übliche wie …"

Collins tat sich extrem schwer und Ron erlöste ihn.

„Kann´s mir denken."

Sein Gegenüber schaffte es nicht mehr in Anzusehen und Ron versuchte eine Verbindung zu ihm aufzubauen, indem er etwas von sich Preis gab.

„Haben wir nicht alle einen Dildo oder ähnliches in der Schublade liegen?"

Ich schmunzelte in mich hinein, da Ron verdammt gut war. Vom bösen Bullen zum Weltversteher in nur zwei Minuten.

„Vermutlich" antwortet Collins leise und sah von seinen Händen auf.

„Trotzdem verstehe ich nicht, was daran so relevant ist?"

Ron sah kurz in meine Richtung und ich nickte ihm zu.

„Es ist insofern wichtig, um herauszufinden, ob es da vielleicht noch einen dritten Mitspieler gab."

„Einen dritten Mitspieler?" echote Collins.

„Soll das so viel wie ein Verhältnis bedeuten?"

„Ja, soll es. Unerfüllte Wünsche oder Sehnsüchte, gerade beim Sex sind die Hauptursache für einen Seitensprung. Deshalb ist es so überaus wichtig, dass sie uns die Wahrheit sagen, auch wenn ihr Schamgefühl lauthals schreit mich zum Teufel zu schicken."

Plötzlich ging ein Ruck durch Collins. Er setzte sich aufrecht hin, atmete tief durch und fing einfach an.

„Wir liebten uns, manchmal sogar auf der Treppe, weil wir es ins Schlafzimmer nicht mehr schafften. Wir waren glücklich miteinander und wenn es eines nicht gab, dann war das ein Seitensprung."

„Ist es da nicht ziemlich ungemütlich?"

„Bitte?" fragte Collins, da er dachte sich verhört zu haben.

„Auf der Treppe stelle ich es mir ziemlich ungemütlich vor." Ron bog seinen Rücken durch, als würde er es sich gerade vorstellen und Collins fing zu lachen an.

„Es ist sogar verdammt ungemütlich. Hinterher!"

Ron hatte es geschafft, der Kontakt war da. Denn ich musste meinen kappen um objektiv zu bleiben. Collins war nicht mein Fall, mein Fall war seine verschwundene Frau zu finden und nicht ihn vom Vorwurf des Mordes freizusprechen. Dafür gab es Anwälte und Richter und als mein Partner erneut zu mir sah, zog ich das Gespräch an mich.

„Hatte Sarah Feinde?"

„Nein."

„Sicher? Oder kannst du es dir nur nicht vorstellen?"

Jetzt überlegte er.

„Sarah hat nie so etwas angedeutet."

„Hat sie dir denn alles gesagt?"

„Ja" kam schnell, zu schnell.
„Bist du dir hundertprozentig sicher, dass sie dir alles, wirklich alles erzählt hat?"
Wieder überlegte er und seinem Ausdruck nach, war er verunsichert. Also gab ich ihm ein paar Optionen.
„Hat sie dir von ihren Arztbesuchen erzählt, oder warst du sogar dabei?"
„Ja."
„Erzählt, oder dabei?"
„Beides" kam wie aus der Pistole geschossen und der Punkt war für mich erledigt.
„Stress mit Arbeitskollegen, besonders mit männlichen?"
„Nur kleinere Reibereien, die aber spätestens am nächsten Tag bereinigt waren."
„Auch mit den Männern?"
„Ja, Less und Kevin sind aber in Ordnung."
„Dann kennst du sie?"
„Ja."
„Gutaussehend?"
„Less könnte es gewesen sein, aber Kevin ist …"
Er stockte kurz.
„Na, ja er ist sehr … korpulent."
„Was heißt, könnte es gewesen sein?"
„Less ist achtundfünfzig, aber immer noch extrem sportlich. Die Haare sind schon ziemlich dünn und er versucht alles um die Restlichen zu erhalten."
„Also ein Wickler" kam von Ron und Collins grinste.
„Ja, dabei würde er mit Glatze um einiges besser aussehen, als mit dem langen Gestrüpp, dass er von rechts nach links legt."
„Gut" holte ich ihn zurück.
„Wie sieht es mit den üblichen Anmachen aus? Hat sie dir davon auch erzählt?"
„Natürlich."

Er vermied es ja oder nein zu sagen und dies ließ nur einen Rückschluss zu, den ich ihm auch sofort an den Kopf warf.

„Du lügst, also hör auf mit dem Mist! Oder hast du vergessen, dass ich deine einzige Option bin?"

„Ich lüge nicht."

Abrupt stand ich auf.

„Gut, dann sind wir hier fertig!"

Ich machte mich auf den Weg zur Türe und Ron spielte mit.

„Pete bitte, mach keinen Scheiß! Wieso sollte er lügen?"

„Vielleicht weil sie Angst hatte es ihm zu sagen?"

Collins zuckte, also war ich auf dem richtigen Weg.

„Vielleicht ist er ja jähzornig?"

Das ist es nicht.

„Oder eifersüchtig?"

Das kommt der Sache näher.

„Oder er ist einfach nur argwöhnisch, wenn es um Männer geht, sodass seine Frau nur die erwähnt hat, die ihr selbst komisch vorkamen."

Noch näher.

„Oder er gehört zu den extremen Beschützern, die in allem eine Bedrohung sehen?"

Heiß.

„Hatte sie es satt, diese Endlosdiskussionen mit dir?"

„Nein!" schrie er mich über diese Unterstellung an und er log dabei nicht.

Trotzdem war ich auf den richtigen Weg und bohrte weiter.

„Dann sag mir, warum sie dir nicht alles gesagt hat?"

„Weil sie mich nicht beunruhigen wollte."

„Dann gab es doch Diskussionen."

„Nein … ja … aber nicht so wie du denkst."

„So, was denke ich denn?"

„Dass ich sie unter Druck gesetzt habe."

„Stimmt das etwa nicht?"

„Nein, ich habe ihr nur immer wieder gesagt, dass sie viel zu nett ist."

„In Bezug auf was?"

„Auf Männer."

„Also doch eifersüchtig."

„Nein … ein bisschen … ja" gab er zu, trotzdem war dies nicht der springende Punkt und ich sah ihn abwartend an.

„Der Grund war, dass sie sich in ein Gespräch verwickeln ließ, weil Sarah diese Typen nicht vor den Kopf stoßen wollte. Sie hat ihnen versucht schonend beizubringen, dass sie keine Chance bei ihr haben würden."

„Wie oft kam das vor?"

„Gelegentlich."

„Geht das auch präziser?"

„Keine Ahnung."

Er zog die Schultern nach oben.

„Vielleicht ein bis zweimal die Woche. Sarah strahlte eine unheimliche Wärme aus, da sie immer nur das Gute sah. Wenn sie einer anlachte, lachte sie zurück. Nicht als Zeichen ihres Interesses, sondern weil sie sich einfach nichts dabei dachte. Diese Art zog andere einfach magisch an. Ich bin das eine oder andere Mal dazwischen gegangen, weil sie es einfach nicht kapieren wollten."

„Verbal oder körperlich?"

„Verbal."

Er sagte die Wahrheit, obwohl es manchmal anscheinend kurz vor einer handgreiflichen Auseinandersetzung stand.

„Ich denke, dass sie mich einfach nicht beunruhigen wollte. Mehr nicht, ehrlich!"

Seine Augen flehten mich regelrecht an nicht zu gehen und ich setzte mich wieder hin.

„Hätte sie mit ihrer Schwester darüber gesprochen?"

„Vermutlich."

„Gut, dann werden wir ihr einen kleinen Besuch abstatten."

„Dann denkst du, dass vielleicht …“

Er sprach den Satz nicht zu Ende. Stattdessen gab er sich die Schuld am Tod seiner Frau, da er es nicht verhindern konnte.

„Ich denke noch gar nichts. Noch gehe ich allem nach, also höre auf dich dafür verantwortlich zu fühlen. Denn selbst wenn es so wäre, hättest du rein gar nichts dagegen tun können.“

„Doch“ widersprach er vehement.

„Ich hätte sie beschützen können.“

„Nein, hättest du nicht. Glaub mir, du hättest absolut nichts dagegen machen können.“

„Mrs. Carver, Kira Carver?"
„Ja" kam leicht verunsichert und ich stellte mich ihr durch die Fliegentüre höflich vor, während ich meinen Ausweis aus der Innentasche meines Sakkos zog.
„Mein Name ist Pete Sullivan, Mrs. Carver."
Ihre Augen weiteten sich vor Überraschung, noch bevor ich meinen Namen ganz aussprach, da ihr weder mein Name, noch mein Aussehen unbekannt waren.
Trotzdem hielt ich ihr meine Legitimation vor das Gitter und sprach weiter.
„Ich bin von FBI und hätte da ein paar Fragen bezüglich ihrer Schwester Sarah."
„Kommen sie rein, Mister Sullivan" kam dünn und sie trat leicht zitternd zurück, da ihre Gefühle gerade Achterbahn fuhren.
Auf der einen Seite wollte sie ihrem Schwager helfen und auf der anderen Seite nagte die Ungewissheit an ihr, ob er vielleicht doch ein Mörder war. Der Mörder ihrer Schwester.
Ich zog die Schutztüre auf, die widererwarten nicht zu quietschen begann und betrat das Haus.
„Wollen sie einen Kaffee, oder ein Glas …"
Ihr versagte die Stimme und ich legte ihr meine Hand beruhigend auf ihren Oberarm, um den Kontakt zu ihr herzustellen.
„Mrs. Carver, sie müssen keine Angst haben. Ich will ihnen nur ein paar Fragen stellen."
Sie nickte, blieb aber wie angewurzelt stehen.
„Ein Kaffee wäre toll" versuchte ich sie abzulenken und nahm meine Hand wieder weg.
„Schwarz, bitte."
Endlich war sie fähig zu reagieren, da sie sich jetzt auf etwas anderes konzentrieren konnte und somit Zeit hatte, sich

innerlich auf das Gespräch vorzubereiten und auch zu wappnen, da ich mit meinen Fragen alles nur wieder aufreißen würde. Fahrig machte sie einen der Oberschränke auf, entnahm eine Tasse, drehte sich zur Kaffeemaschine um, zog die Kanne von der Wärmeplatte und schenkte mir zittern ein.

„Milch und Zucker?“ fragte sie ohne mich anzusehen, obwohl ich ihr vorhin bereits sagte, dass ich meinen Kaffee schwarz trank, was mir signalisierte, dass sie noch etwas Zeit brauchte, um sich meinen Fragen zu stellen und deshalb fiel meine Antwort völlig konträr zu meiner trinkweise aus.

„Beides Bitte.“

Fast stoisch holte sie den Zucker aus einem Apothekerschrank und zog eine Schublade direkt daneben auf, um einen Löffel daraus zu angeln.

„Einen oder zwei?“

„Drei.“

„Drei?“ echote sie, wie von mir beabsichtigt, überrascht und endlich sah sie mich mit ihren blassgrauen Augen an.

„Ich bin ein Süßer“ rechtfertigte ich mich mit einem Lächeln und zog gleichzeitig die Schultern nach oben, um meine Zweideutigkeit nicht anzüglich klingen zu lassen und sie fing kurz zu Schmunzeln an.

„Mein Mann trinkt ihn pechschwarz“ steckte sie instinktiv die Grenze auf, um ja keine Missverständnisse aufkommen zu lassen und ich wusste, dass die erste Hürde genommen war.

Etwas Privates zu erzählen und sei es auch noch so unbedeutend, war der erste Schritt für Vertrauen, auch wenn sie mich durch meine unterschwellige Art nur in die Schranken weisen wollte und ich hakte nach.

„Haben sie Kinder?“

Ich wusste bereits, dass sie zwei Mädchen und einen Jungen hatte, aber über die Kinder mit jemandem im Kontakt zu treten, war einfach die beste Methode.

„Ja, drei sogar" kam stolz, als sie mir einen Schluck Milch in die Tasse goss.

„Drei?" tat jetzt ich überrascht.

„Dann dürfte hier so einiges los sein."

„Oh ja, Mister Sullivan. Das können sie laut sagen. Sobald sie aus der Schule kommen ist hier die Hölle los."

Sie kam zu mir rüber und hielt mir den Becher entgegen.

„Setzen sie sich doch."

„Danke."

Ich nahm den Kaffee an mich und setzte mich in die Mitte der dreisitzigen Couch, weil ich wollte, dass sie mir gegenüber in dem Sessel Platz nahm und zwang mich einen Schluck zu trinken. Nur meine guten Manieren hielten mich davon an, nicht alles über den Tisch zu spucken, aber dieses süße Gebräu hatte so gar nichts mehr mit Kaffee gemein. Leider zwang mich Kiras nervöser Blick zu noch einem Schluck und zu einer weiteren Lüge.

„Ich hatte heute früh keine Zeit mir selbst einen zu kochen und ohne meiner täglichen Dosis Coffein …"

Ich machte eine bedeutungsschwere Pause und nippte noch einmal an diesem grässlichen Zeug.

„… bin ich einfach kein Mensch."

Endlich entspannte sie sich und ich stellte die Tasse vor mir am Couchtisch ab und setzte meine mitfühlende Miene auf.

„Ich weiß, dass es nicht leicht für sie ist mit mir hier zu sitzen. Und ich verspreche ihnen es so kurz wie möglich zu machen, ok?"

Sie nickte und ich stellte meine erste Frage.

„Stimmt es, dass Mark ihnen unzählige Briefe geschickt hat?"

Ich benutzte mit Absicht seinen Vornamen, um das bestehende Familienband wieder herzustellen.
„Ja, das stimmt."
Sie stand auf.
„Wollen sie sie sehen?"
Ich hob die Hände leicht an.
„Nein, Mrs. Carver. Ich will die Briefe nicht sehen."
Sie setzte sich wieder.
„Ich will nur wissen, warum sie Mark geholfen haben?"
„Hätte ich das nicht tun dürfen?"
Panik. Nackte Panik.
„Doch, Mrs. Carver."
Sie entspannte sich etwas.
„Natürlich dürfen sie Mark helfen. Mich interessiert nur, warum sie es getan haben?"
Sie sah mich nur mit ihren großen grauen Augen an und ich sprach es aus.
„Glauben sie, dass Mark unschuldig ist?"
Sie schüttelte den Kopf, was aber auch eine positive Reaktion sein konnte und ich wurde deutlicher.
„Glauben sie, dass Mark ihre Schwester Sarah getötet hat?"
Wieder kam ein Kopfschütteln, doch diesmal gepaart mit eindeutigen Worten.
„Nein, Mister Sullivan. Ich glaube nicht, dass Mark Sarah getötet hat."
„Warum nicht?"
„Weil er Sarah geliebt hat. Über alles geliebt hat."
Der Art nach, wie sie mich ansah und wie sie diesen Satz aussprach, war sie davon überzeugt und meine eigentliche Arbeit begann.
„Wie nah standen sie den Beiden?"
Sie zog die Achseln nach oben.
„Nah, denke ich."
„Was heißt, denke ich?"

„Wir haben oft telefoniert, haben uns zum Essen verabredet und …“
Sie stockte kurz und sah mich an.
„Sie war meine Schwester, Mister Sullivan. Und jeder hatte sein Leben. Sarah das ihre und ich das meine. Vielleicht hätten wir mehr miteinander machen können, oder sollen. Aber bei drei Kindern ist das nicht so …“
„Nicht!“ viel ich ihr sanft, aber bestimmt ins Wort und beugte mich ein Stück zu ihr hinüber.
„Egal was sie getan hätten, es hätte nichts geändert. Gar nichts. Ok?“
Tränen sammelten sich in ihren Augen.
„Ja, Mister Sullivan. Sarah und ich wir standen uns nah. Und Mark war ein toller Mann. Sie hätten ihn sehen sollen wie ausgelassen er mit den Kindern herumgetollt hat. Er war meist von oben bis unten voller Grasflecken, weil er …“
Eine Träne rollte über ihre Wange.
„Mark wusste, dass mir Sarahs Besuche gut taten und ich denke, dass er sich deshalb so um die Kinder gekümmert hat, damit ich mich mit ihr in Ruhe unterhalten konnte.“
Neue Tränen flossen, die sie jetzt anfing energisch wegzuputzen.
„Tut mir Leid, jetzt heule ich ihnen auch noch etwas vor.“
Es war ihr sichtlich peinlich, doch diese Gefühlsregung konnte ich jetzt unmöglich zulassen, da der heikle Teil erst noch folgte und dafür brauchte ich bedingungslose Offenheit. Also mimte ich den einfühlsamen und weichen Poeten.
„Tränen die für einen aus Liebe vergossen werden, sollen ein Meer füllen. Tränen aus Wut, sollen bereits vor dem Aufprall am Boden versiegen. Und Tränen des Mitleids sollen so dosiert sein, dass sie einen Kaktus am Leben erhalten, aber nicht darin ertränken.“

Für einen Moment war es totenstill im Raum und dann öffneten sich sämtliche Schleusentore von Kira.

„Ich vermisse sie so" kam schluchzend.

„Und Mark … ich weiß gar nicht, was ich glauben soll … er kann doch unmöglich … das hätte ich doch merken müssen."

Ich schüttelte meinen Kopf und sie sprach stammelnd weiter.

„Ein Mann der sich so für Kinder begeistern kann … verstehen sie, er hat Stunden mit ihnen alleine verbracht … Stunden."

Sie sah gequält zu mir herüber.

„Da kann er doch nicht … ein Mörder … das kann doch gar nicht sein … oder doch?"

„Nein Kira."

Überrascht und voller Hoffnung sah sie mich an.

„Ich denke nicht, das Mark ihre Schwester Sarah getötet hat. Und ich glaube auch nicht, dass ihre Kinder auch nur eine einzige Sekunde in Gefahr waren, als der Mann ihrer Schwester mit ihnen gespielt hat."

„Wirklich?"

Diese Frage war so dermaßen inbrünstig, dass es mir eiskalt den Rücken herunter lief.

„Ja, wirklich. Und nach ihrer Recherche über mich, wissen sie jetzt, dass ich der Beste auf diesem Gebiet bin. Also sage ich es ihnen noch einmal, ihre Kinder waren nie … niemals in Gefahr."

Das war der eine Satz den sie hören wollte. Nichts anderes, nur dass ihre Kinder nicht in Gefahr waren. Sie hatte ihre Kinder keiner Gefahr ausgesetzt. Sie war eine gute Mutter, eine beschützende Mutter. Sie ließ kein Monster in ihr Haus. Phase eins, Vertrauen aufbauen, war erledigt. Genauso wie Phase zwei, eine Verbundenheit herstellen, denn nur so konnte Phase drei beginnen. Die Heikelste von allen, da ich jetzt meine analytische und eiskalte Seite zeigen musste. Leider war diese Seite meine Genialste und ich hasste mich bereits, da ich jetzt völlig rücksichtslos und hart in die Psyche eines Menschen eindrang, dem ich vorgaukelte ein Freund zu sein.

„Was haben sie der Polizei verschwiegen?“

„Was?“ fragte sie entsetzt nach und fing an eine Mauer um sich zu bauen.

Leider nicht hoch genug, da sie mich immer noch als Vertrauten sah.

„Sie wissen genau von was ich rede. Also Kira, was haben sie verschwiegen?“

„Nichts.“

Sie stand auf und setzte einen weiteren Stein in die Mauer. Ich erhob mich ebenfalls, blieb aber auf Abstand zu ihr.

„Steckte Sarah in Schwierigkeiten?“

„Nein!“ krächzte sie.

Noch ein Stein und als ich einen Schritt auf sie zumachte, setzte sie zwei Neue.

„Ich möchte, dass sie mein Haus verlassen. Jetzt sofort.“

Die Mauer war wie erwartet errichtet, zumindest für mich. Es war Zeit für meinen Partner, mit dem ich die ganze Zeit über drahtlos verbunden war und ich gab ihm das zuvor vereinbarte Codewort.

„Ich gehe zur Türe.“

Ron würde meine versteckte Anweisung verstehen und sich sofort auf den Weg machen, um unsere letzte Trumpfkarte auszuspielen. Kira beobachtete verunsichert und ängstlich jede meiner Bewegungen und als ich mich auf den Weg in den kleinen Gang machte, folgte sie mir, achtete aber sorgsam darauf auf Abstand zu mir zu bleiben.

„Ich muss das wissen, bitte Mrs. Carver“ versuchte ich es ein letztes Mal, aber sie haderte immer noch mit sich.

„Gehen sie" kam leise aber bestimmt und als ich die Türe einen Spalt weit aufmachte, sprach ich den alles entscheidenden Satz aus.

„Tun sie es für Mark."

In genau diesem Moment öffnete ich die Türe bis zum Anschlag und sie griff sich mit einem stöhnenden Einatmen fassungslos an die Brust und ich nutzte das Überraschungsmoment.

„Was hat ihnen Sarah erzählt?"

Sie reagierte nicht. Sie starrte stattdessen ihrem Schwager mittig ins Gesicht und er setzte die zuvor besprochene Strategie in die Tat um.

„Bitte Kira, hilf mir. Bitte."

Ihm versagte die Stimme, da auch jetzt alles für ihn wieder hochkam und ich übernahm mit butterweicher Stimme.

„Wurde Sarah von jemandem belästigt oder irgendwie bedrängt?"

Seine Schwägerin fing an ihre Hände nervös zu kneten, was für mich ein eindeutiges ja bedeutete und ich stellte mich so vor sie, dass sie weder Collins noch meinen Partner sehen konnte.

„Sie wollte Mark nicht beunruhigen, oder?"

Wieder nichts und ich schwenkte zurück in die passive Aggression.

„Was hat Sarah ihnen erzählt? Reden sie endlich mit mir, verdammt nochmal, oder wollen sie, das Mark hier und jetzt wieder einfährt?"

Ich packte sie kurz an beiden Schultern und erschreckte sie wie beabsichtigt zutiefst. In dieser Schrecksekunde schaltete ich zurück in meine sanfte, einfühlsame Art.

„Sie sind die Einzige die ihm jetzt noch helfen kann. Also bitte ich sie, springen sie über ihren Schatten und sagen sie mir, was Sarah ihnen erzählt hat. Bitte Kira, tun sie es für

ihren Schwager und für ihre Schwester. Denn ich glaube nicht, dass sie gewollte hätte, dass Mark im Gefängnis …"
Weiter kam ich nicht, da sie mich ein Stück von sich wegschupste und als sie mir wütend und gleichzeitig trotzig in die Augen sah, wusste ich, dass sie mich durchschaut hatte. Ich hatte einen fatalen Fehler begangen und wusste noch nicht einmal welcher es war.
„Raus!" ging sie mich an.
„Und zwar sofort."
Sie stieß mich erneut, indem sie beide Handflächen gegen meine Brust schlug.
„Und wagen sie es ja nicht mehr hier aufzukreuzen" drohte sie mir jetzt sogar unterschwellig.
„Bitte Kira" fing ich versöhnlich an, aber sie schüttelte nur ihren Kopf.
„Carver! Ich heiße Carver!"
Ihre Mauer war meterdick und ich ließ in Sekundenschnelle unser Gespräch noch einmal Revuepassieren, aber ich wusste einfach nicht, wann ich es so vergeigt hatte und dann stieß sie mich mit der Nase darauf.
„Schwarz, sie sagten sie trinken ihren Kaffee schwarz!" zischte sie und ich ergriff meine einzige noch bestehende Chance.
Ich fing bejahend zu nicken an.
„Sie haben mich belogen."
Ein erneutet Kopfnicken meinerseits folgte und sie flippte aus.
„Sie sind ein Lügner, nein schlimmer noch, sie sind ein gemeiner, widerlicher Heuchler."
„Ja, Mrs. Carver. Das bin ich."
Normalerweise brachte dieses Geständnis meine Opfer wieder runter, aber bei ihr verrechnete ich mich gewaltig. Sie wurde nur noch ungehaltener.
„Raus!"

Ich wollte etwas erwidern, aber bevor ich auch nur eine einzige Silbe von mir geben konnte, schob sie sich an mir vorbei, hielt die Türe am Knauf fest und zeigte mit ihrem Finger in Richtung der Straße.

„Ich habe zwar drei Kinder, aber ich bin nicht verblödet. Also testen sie ihre Psychotricks bei jemand anderem und nicht bei jemandem der Psychologie als Hauptstudiengang hatte."

Kira schlug mich gerade mit meinen eigenen Waffen, denn genau dies war mein Fehler. Als ich las, dass sie Mutter von drei Kindern war, recherchierte ich nicht weiter, sondern ging einfach davon aus, dass sie eine Vollblutmutter war, für die es nichts anderes oder wichtigeres gab, als ihre Kinder. Ich hatte Sarahs Schwester gewaltig unterschätzt und ich wusste, dass ich nichts tun oder sagen konnte, um sie zu besänftigen und trat mit gezückten Händen den Rückzug an. Die restliche Befragung würde Ron erledigen müssen, da eher die Hölle zufrieren würde, als dass mich Kira noch einmal in ihr Haus ließ.

Nach dreiundvierzig quälenden Minuten öffnete Ron die Türe und ich stand irritiert von den Verandastufen auf, als Collins nicht neben ihm stand. Ohne triftigen Grund würde er ihn niemals aus den Augen lassen, Fesseln hin oder her. Entwarnend nickend er mir zu und gab mir ein Zeichen zu ihm zu kommen.

„Sie ist stinksauer auf dich" raunte er mir zu, als ich neben ihm stand.

„Ich weiß, ich habe es verkackt."

„Verkackt ist noch milde ausgedrückt."

Ich verdrehte genervt über mich selbst meine Augen.

„Hast du denn wenigstens etwas auf ihr herausbekommen?"

„Kein Wort."

„Scheiße! Und jetzt?"

„Jetzt mein Freund, gehst du da rein und redest mit ihr."

„Wenn ich jetzt da rein gehe, ist es vorbei."

„Nein, denn sie lässt dich wieder rein. Aber nur, weil Collins und ich sie regelrecht angebettelt haben."

Dankend schlug ich meinem Partner auf die Schulter.

„Bedank dich bei Collins, denn mich hasst sie genauso wie dich."

„Dann habe ich wohl abgefärbt."

„Abgefärbt? Eingetunkt trifft es besser."

Collins saß zusammen mit Kira auf dem Dreisitzer und als ich gerade eine Entschuldigung vom Stapel lassen wollte, ging sie mich auch schon wieder an.

„Sparen sie sich ihre Entschuldigung, denn es wäre eine weitere Lüge!"

„Das ist mein Job!" schoss ich zurück und gab ihr somit eine Steilvorlage.

„Lügen und betrügen? Nein, Mister Sullivan. Menschen zu helfen ist ihr Job."

„Ja, sie haben Recht. Aber ihre Pflicht ist es ebenso, oder vielleicht nicht?"

Obwohl ich mich auf gefährlichem Terrain bewegte, ließ ich ihr keine Gelegenheit meine Frage zu beantworten.

„Sie hätten mir kein Wort gesagt, weil sie in ihren Schuldgefühlen ertrinken. Oder etwa nicht?"

„Tue ich nicht!"

„Ach nein? Sorry, aber wer von uns beiden ist jetzt hier der Lügner?"

„Ich …"

Sie stockte und sah dann beschämt zu Boden.

„Wir hatten keinen guten Start, Mrs. Carver und ich entschuldige mich in aller Form bei ihnen. Ich habe sie unterschätzt, aber nicht weil ich sie aufgrund ihres Mutterdaseins für ungebildet halte, ganz im Gegenteil sogar. Sie sorgen sich, um ihre Kinder, um ihren Mann und alle die für sie wichtig sind. Sie sind der Fels in der Brandung. Sie haben sogar ihrem Schwager geholfen, obwohl diese Ungewissheit in ihnen nagt."

Ertappt sah sie nach oben. Zuerst zu mir und dann entschuldigend zu dem Mann, den ihre Schwester heiratete und der jetzt als kaltblütiger Mörder an ihr verurteilt wurde.

„Aber auch diese Gefühlsregung ist völlig normal. Was aber nicht normal ist, sind ihre Selbstvorwürfe. Deshalb habe ich versucht sie zu manipulieren und ihnen diese einfühlsame Poetentour vorgegaukelt. Aber nur, weil ich dringend Antworten brauche und nicht, weil ich dachte, dass sie naiv sind."

„Haben sie es sich ausgedacht?"

„Das Zitat?" fragte ich, da ich mir nicht ganz sicher war, ob sie auf meine Entschuldigung anspielte und sie nickte kurz.

„Nein, so abgebrüht bin ich nun auch wieder nicht. Ich gebe aber zu, dass ich für solche Fälle eine Zitatensammlung die knappe sechshundert Seiten fasst, gelesen habe."

Sie schnaubte auf und ich ging aufs Ganze.

„Ich kann nicht der Beste sein, wenn ich wie alle anderen bin. Und ich weiß auch, dass diese manipulative Seite von mir beschissen ist. Trotzdem bin ich gewillt sie einzusetzen, weil mir die Aufklärungsrate recht gibt."

„Die vielleicht, aber was ist mit der menschlichen Seite?"

„Hätte ich damit tatsächlich etwas erreicht, Mrs. Carver?"

„Nein" flüsterte sie nach einer Weile ehrlich und sah dann ihren Schwager an.

„Hast du Sarah umgebracht, Mark?" fragte sie hauchend und Collins wollte seine Hand auf ihren Oberschenkel legen, ließ es aber dann doch auf sich beruhen.

„Nein Kira, ich habe Sarah nicht getötet. Ich habe Sarah geliebt, nur sie und niemand anderen. Diese Linda hat gelogen."

Er schüttelte verständnislos seinen Kopf.

„Ich weiß, dass klingt alles so …“

Er suchte nach dem passenden Wort, fand aber anscheinend keines was seinen Gefühlen gerecht wurde, da er seinen Satz umformulierte.

„Sarah war die einzige Frau in meinem Leben, das musst du mir einfach glauben.“

Für eine Weile was es absolut still im Raum, bis Kira endlich mit der Sprache herausrückte.

„Sarah hat mir erzählt, dass da ein Mann war“ bekannte sie.

„Ein Mann? Wer?“

„Ein Glenn, glaube ich.“

„Wer zur Hölle ist Glenn?“

Seine Augen weiteten sich entsetzt und er fing ungläubig zu stottern an.

„Hat Sarah … meine Frau … hatte sie ein Verhältnis?“

„Nein, um Gottes Willen. Sarah hätte dich doch niemals betrogen.“

Seine Erleichterung war ihm sichtlich anzusehen, die Verwirrung aber auch.

„Wer war er dann, Kira?“

„Ich weiß es nicht. Sarah hat nur gesagt, dass sie beim Einkaufen angequatscht worden ist.“

„Und?“

Collins rutschte nervös auf dem Sitz hin und her.

„Sie haben sich nur kurz unterhalten, doch dann ist er ihr immer wieder über den Weg gelaufen.“

„Über den Weg gelaufen? Was soll das denn heißen?“

„Weiß ich nicht. Sarah hat nur gesagt, dass er egal wo sie war, ebenfalls da war. Fast so als würde er sie beobachten.“

„Dieser Dreckskerl!“ schrie Collins und Ron versuchte ihn zu beruhigen, als er von der Couch aufsprang und wie ein Irrer durch das Zimmer tigerte.

Diese Gelegenheit nutzte ich und nahm seinen Platz ein.

„Wann hat Sarah ihnen das erzählt?“

Sie schluckte schwer und ich beantwortete meine Frage selbst.

„Am Tag ihres Verschwindens, oder?“

„Nicht ganz, es war am Abend zuvor. Da haben wir uns zuletzt gesehen.“

„Hat sie diesen Mann beschrieben?“

Sie nickte.

„Groß, dunkelhaarig und sportlich.“

„Sonst nichts?“

„Nein, sonst nichts.“

„Keine Auffälligkeiten?“

„Nein.“

„Auto?“

„Nein, ehrlich!“

„Wie lange ging das schon?“

„Etwas über drei Wochen.“

„Und bei welchen Gelegenheiten hat sie ihn gesehen?“

„Zuerst nur beim Einkaufen, dann im Bus, der U-Bahn, in der Bank, im Fitnessstudio. Er war einfach überall, wo auch Sarah war.“

„Im Fitnessstudio?“

„Ja.“

„Wann war das?“

Sie überlegte.

„Etwa zwei Tage vor ihrem Verschwinden.“

„Woher wissen sie das so genau?“

„Weil Sarah nicht mehr an Zufälle glaubte, da er sagte, dass er bereits seit drei Jahren Mitglied sei. Sie hatte ihn aber bis Dato noch nie gesehen.“

„War sie regelmäßig trainieren?“

„Ja, zwei Mal die Woche. Sie liebte den Spinningkurs.“

„Was ist denn das?“

„Radfahren, aber extrem.“

„Im Fitnessstudio?“

Kira lachte kurz.

„Ja, im Fitnessstudio ist heutzutage alles möglich" kam leicht schnippisch und sie sah mich prüfend an.

„Dann nehme ich an, dass sie kein Mitglied in einem Studio sind?"

Ich schüttelte den Kopf.

„Mein Tag hat leider nur vierundzwanzig Stunden. Um das auch noch einbauen zu können, bräuchte ich mindestens achtundvierzig."

„Oh, sie Armer!" bemitleidete sie mich gespielt, um sich ihre eigentliche Wut auf mich, die durch unser Gespräch ziemlich verraucht war, wieder in Erinnerung zu rufen.

„Es tut mir wirklich leid, Mrs. Carver" versuchte ich es noch einmal und dann tat sie etwas, was ich niemals gedacht hätte.

Sie beugte sich vor und reichte mir die Tasse Kaffee, die sie mir vor einer knappen Stunde servierte.

„Sagten sie nicht, dass sie ihren Kaffee brauchen, da sie sonst kein Mensch wären? Vielleicht hilft er ja?"

Ich schloss kurz meine Augen und atmete stöhnend aus, doch Kira schien es ernst zu meinen, da sie ihn mir, als ich meine Augen öffnete, immer noch entgegenhielt.

„Ok, Strafe muss sein."

Ich nahm sie ihr ab und leere dieses widerliche Zeug, das jetzt auch noch kalt war, mit nur einem Zug.

„Zufrieden?"

„Vielleicht?"

Sie nahm mir die Tasse ab und stand auf.

„Wollen sie auch einen Kaffee, Agent Gordon?"

„Gerne."

„Schwarz oder mit Milch und Zucker?"

Bei dem Wort schwarz, sah sie mich kurz an.

„Schwarz bitte" antwortete Ron.

„Ok und sie, Agent Sullivan? Wie vorhin oder jetzt doch lieber anders?"
Ich stöhnte leise auf und mein Partner fing zu schmunzeln an. Er genoss es, dass diese Kira mich nach Strich und Faden fertigmachte.

Nach einer guten halben Stunde war es Zeit zu gehen und Kira sah mich kurz fragend an, als sie vor dem Mann ihrer Schwester stand. Ich nickte ihr kurz zu und sie stellte sich auf ihre Zehenspitzen und umarmte ihren Schwager mit Tränen in den Augen. Als sie ihn wieder losließ, kam sie direkt auf mich zu.
„Was passiert jetzt mit ihm?"
„Er bleibt bis auf weiteres in Gewahrsam, da ich bis jetzt keinen eindeutigen Beweis für seine Unschuld habe und somit auch keine Wiederaufnahme beantragen kann."
„Kann ich ihn besuchen?"
„Ich werde veranlassen, dass sie ihn jederzeit besuchen können, wenn sie das wollen."
„Danke, Agent Sullivan."
Ich zog meine Karte aus meinem Jackett und reichte sie ihr.
„Sie können mich jederzeit anrufen, Mrs. Carver."
„Kira" bot sie mir völlig unvermittelt an und sie streckte mir ihre Hand entgegen.
„Pete" tat ich es ihr gleich, als ich ihre Hand ergriff.
„Danke Pete. Danke, dass sie Mark helfen."
Eine Pause entstand, da sie mit sich haderte es auszusprechen. Aber ich sah es in ihren Augen und erledigte es für sie.
„Ich finde den Mörder ihrer Schwester. Das verspreche ich ihnen."
Dass ich glaubte sie sogar lebend wiederzufinden, behielt ich lieber für mich, da falsche Hoffnungen in diesem Fall um einiges schlimmer waren, als die seit Monaten geglaubte

Todesnachricht. Genau aus diesem Grund weihte ich auch Mark in meine Theorie nicht ein, da, wenn ich mich irrte oder auch nur irgendetwas schiefging, sein Schmerz von vorne begann. Und das, wollte ich unter gar keinen Umständen.

Eine halbe Stunde später betrat ich das Fitnessstudio indem Sarah trainierte und sah mich kurz um. Drei Laufbänder von insgesamt acht, die in einem Halbkreis zueinander standen waren von zwei Frauen und einem Mann besetzt. Daneben befanden sich fünf andere Beintrainingsgeräte, die alle ziemlich martialisch aussahen. Nur ein einziges davon war besetzt und dem Benutzer liefen die Schweißperlen von der Stirn, da er vermutlich gerade das imaginäre zwanzigste Stockwerk erklomm. Gegenüber befand sich eine kleine Bar, auf deren Tresen diverse Sportriegel, Getränkespender und Flyeraufsteller mit Beschreibungen über die angebotenen Kurse standen. In meiner aktiven Rennzeit verbrachte ich unzählige Stunden an solchen Foltergeräten, um speziell die Nacken-, Rücken-, Bein- und Bauchmuskulatur zu kräftigen, um den enormen G-Kräften entgegenzuwirken, aber damals waren die Studios nicht so modern und stimmig eingerichtet. Die Funktionalität stand eher im Vordergrund als das Wohlfühlambiente. Bei meiner Ausbildung zum Spezial-Agent standen dann eher Schießtraining und diverse Selbstverteidigungspraktiken auf dem Programm, sodass ich eher in der freien Natur am Hindernisparcours trainierte, als in die Halle zu gehen. Meine Kameraden hielten mich für völlig durchgeknallt, da ich bei Wind und Wetter und meist bis zur völligen Erschöpfung meinen Körper an seine Grenzen trieb, aber am Ende brillierte ich mit Auszeichnung.
„Kann ich ihnen helfen?" fragte mich ein Typ in Sporthosen und T-Shirt auf dem in knalloranger Schrift das Firmenlogo

stand, als ich gerade den Flyer für den Spinningkurs aus dem Ständer zog.

Meiner kurzen Recherche, die ich im Auto vornahm, war dies René Finnegan, der Inhaber. Er zog den Laden vor knappen sechs Jahren aus dem Nichts hoch, war finanziell volles Risiko gefahren und schaffte es innerhalb von nur drei Jahren aus den genickbrechenden Zahlen herauszukommen. Jetzt nannte er vier Leute seine Angestellten, ließ es sich aber nicht nehmen einige Kurse selbst zu leiten. Darunter befand sich auch Sarahs Lieblingskurs. Schnell und routiniert nahm ich meine Einschätzung anhand seiner Körpersprache vor, die eine Mischung von Hilfsbereitschaft, Freundlichkeit und Disziplin signalisierte, aber auch Stolz darin erkennen ließ. Und genau an dieser Eitelkeit versuchte ich ihn zu packen.

„Kommt auf ihr Gedächtnis an" konterte ich überheblich und erntete auch sofort meine beabsichtigte Reaktion.

Er taxierte mich von oben bis unten, doch durch den Anzug konnte er nur erkennen, dass ich schlank war und ich mimte den amtlich vereidigten Kotzbrocken.

„Diese Frau …"

Ich zog mehr als gelangweilt das Bild, das mir Kira freundlicherweise überließ, umständlich aus meiner Innentasche.

„… ist Mitglied in ihrem Studio."

Ich ließ es fallen, hob es mit einem Stöhnen wieder auf und streckte es ihm dann auch noch kopfüber entgegen. Sein darauffolgendes Grinsen verriet ihn. Er hielt mich für den typischen Loser und machte jetzt auch keinen Hehl mehr daraus.

„Es wäre schön, wenn sie es umdrehen würden, denn dann könnte ich Sarah hundertprozentig identifizieren. Denn mein Gesichts- und Namensgedächtnis ist außerordentlich gut."

Verwundert sah ich auf das Foto und reagierte aufgrund meines angeblichen Fehlers gereizt und eklig.
„Seit wann ist sie Mitglied und wie oft kommt sie …“
Ich sah mich kurz desinteressiert und überaus verständnislos um.
„… hierher? Und welche Kurse, falls es so etwas überhaupt gibt, hat sie besucht?“
Ich hatte ihn, da ich seine aufsteigende Wut in seinen Augen sehen konnte, die er auch gleich offenkundig zur Schau stellte.
„Dies ist ein top ausgestattetes Fitnessstudio und ich finde es ziemlich …“
Weiter ließ ich ihn gar nicht kommen.
„Ja, ja, ich weiß.“
Ich winkte ab und hob den Flyer ein Stück nach oben.
„Sie versprechen eine Bikinifigur in nur einer Woche, wenn man einen Vertrag über ein Jahr abschließt, ein bisschen Fahrrad fährt oder herumspringt und an Ende brav ihre Eiweißriegel und ihre völlig überteuerten Säfte konsumiert. Ich kenne diese Masche.“
„Masche?“ echote er gekränkt und ich ging aufs Ganze.
„Hören sie Kleiner …“
Für diese Betitelung hätte er mich am liebsten gelyncht, da er tief einatmete und seine Schultern instinktiv nach hinten zog um größer und bedrohlicher zu wirken.
„Ich habe wichtigeres zu tun. Also nochmal zum Mitschreiben. Wie oft war Sarah Collins hier und was hat sie hier gemacht? Außer ein bisschen herumgehüpft.“
„Ich werde ihnen überhaupt nichts sagen, außer sie haben einen Gerichtsbeschluss oder was auch immer. Also verschwinden sie gefälligst, bevor ich mich …“
Er wollte mir eigentlich mit einem körperlichen Übergriff drohen, entschied sich in letzter Sekunde jedoch anders.
„… über sie beschwere!“

„Wegen was den, Kleiner? Darüber dass ich sie mit links in was auch immer hier fertigmache. Ich bin Polizist und bin es gewohnt mich zu verausgaben. Da ist das hier doch ein Witz.“

„Ein Witz?“

Ich nickte grinsend, aber nicht wie er dachte, dass ich ihn unterschätzte, sondern weil mein Plan perfekt funktionierte.

„Sie überleben keine zehn Minuten in meinem Kurs!“

„Was leiten sie denn? Bauch, Beine, Po?“

„Ich leite den Spinningkurs und mir gehört dieses Studio.“

„Radfahren. Sag ich doch, ein Witz!“

„Na gut, dann geben sie mir doch die Ehre sie zu einer Probestunde einzuladen.“

„Beantworten sie dann mein Fragen? Alle meine Fragen?“

„Werde ich!“ kam gehässig grinsend.

„Aber du wirst mir keine mehr stellen können.“

„So, warum denn nicht?“

„Weil du vom Rad gekippt bist. Deshalb!“

Er machte eine Handbewegung die mir deutete in den abgrenzen Raum rechts hinter mir zu gehen.

„Sportklamotten?“ fragte er gleich nachdem ich den Trainingsraum betrat.

„Oh nein, warum denn?“ setzte er jedoch sofort zynisch hinterher, bevor ich überhaupt antworten konnte.

„Ist ja nur herumgehüpfe!“

Er stieg auf das Rad, das genau gegenüber von allen anderen stand.

„Such dir eins aus.“

Ich zog mein Jackett aus, hängte es an das Fahrrad neben dem meinem und stieg ebenfalls auf.

„Und jetzt?“ fragte ich so dermaßen gelangweilt, dass mein Gegenüber die Griffe seines Lenkers so fest umschloss, dass seine Fingerknöchel weiß hervortraten.

„Jetzt, Superbulle …“

Die Konsequenz seiner Beleidigung war ihm mittlerweile egal. Für ihn zählte nur noch mich fertigzumachen und ich stellte mich innerlich auf eine extrem schweißtreibende und kraftzehrende Stunde ein.

„… stelle ich das Programm ein und ich rate dir, das zu tun was ich dir sage, denn sonst überholen dich die Pedale."

„Wenn es sonst nichts ist."

Ich umfasste den Lenker und der Kurs begann. Es war brutal und genial in einem und wenn ich keine so gute Kondition gehabt hätte, wäre ich definitiv vom Rad gefallen. Ich war mir aber auch sicher, dass ich das Profiprogramm absolvieren musste, da mein Trainer bei jedem seiner Kommandos leicht keuchte. Wir radelten somit beide am Limit und nachdem ich die Rocky Mountains zum gefühlten siebten Mal erklomm, schaltete das Programm in den sogenannten Ausruhemodus. Um einiges langsamer und leichter tretend, löste ich meine Hände von Lenker und zerrte an meiner Krawatte.

„Krieg ich was zu trinken, bevor du alle meine Fragen, ohne der zeitraubenden bürokratischen Hürden beantwortest?" fragte ich kurzatmig und augenzwinkernd und gab meine List dadurch zu erkennen.

„Wer zur Hölle bist du?" keuchte auch er, aber bevor ich ihm eine Antwort gab, stellte ich meine tretende Bewegung ein, zog mein Hemd aus der Hose und wischte mir ungeniert den Schweiß vom Gesicht.

„Ich bin Pete. Und ich bin kein Bulle sondert Spezial-Agent beim FBI."

Seine Augen weiteten sich.

„Profiler ziehe ich aber persönlich dem Spezial-Agent vor."

Ich stieg vom Rad und meine Oberschenkel fühlten sich taub und kraftlos an, sodass ich mich vorsichtshalber mit einer Hand am Sitz festhielt.

„Profiler? Sind das nicht die, die die Gehirne von Psychopathen analysieren?"
Auch er wischte seinen laufenden Schweiß ab, jedoch mit einem Handtuch.
„Nicht ganz, aber so ähnlich. Ich bin eher der, der versucht den nächsten Schritt vorauszuahnen."
„Toller Job" kam angeekelt und jetzt verteidigte ich mich, wie er sich eine Stunde zuvor.
„Wenn du damit ein Menschenleben rettest, ist es das wert."
„Und, schon welche gerettet?"
Auch er stieg von seinem Trainingsgerät.
„Siebenundsechzig."
„Siebenundsechzig? Echt jetzt?"
Ich nickte.
„Ich bin der Beste."
„Das glaube ich jetzt sofort, besonders nach dieser eindrucksvollen Nummer."
Wieder musterte er mich von oben bis unten und ich tat es ihm gleich. Mein Hemd war komplett durchgeschwitzt, die obersten vier Knöpfe waren durch die enorme Kraftanstrengung aufgesprungen und der rechte Teil fiel mir über meine Hose, während es links noch darin steckte. Meine Krawatte war geöffnet, sodass der Knoten auf Höhe meines Brustansatzes baumelte und meine Hose brauchte dringend eine Auffrischung in Form eines Bügeleisens.
„Du siehst schrecklich aus."
„So fühle ich mich auch" gestand ich ehrlich und er fing zu lachen an.
„Dieses Programm hat noch keiner geschafft."
„Dann kann mich jetzt wohl als fit betrachten, oder?" konterte ich grinsend und René lachte kopfschüttelnd auf.
„Dusche?"
„Keine Zeit, leider. Ich brauche nur diese Informationen. Schnell, verdammt schnell sogar."

„Und warum hast du das nicht gleicht gesagt, sondern ziehst stattdessen diese arrogante Arschlochtour ab?"
„Hätte ich denn Erfolg gehabt" antwortete ich mit einer Gegenfrage.
„Wenn ich dir meine FBI-Marke unter die Nase gehalten hätte?"
Er schüttelte den Kopf und sah mich dann mit einer Mischung aus Angst und Mitgefühl an.
„Ist Sarah in so einer Gefahr?"
Nach kurzem Zögern entschloss ich mich für die Wahrheit.
„Wenn ich Recht habe und das hoffe ich inständig, dann ja."
„Du hoffst es?" kam angewidert und gleichzeitig irritiert und ich sprach weiter.
„Ja, ich hoffe es, denn andernfalls finde ich nur noch ihre Leiche."
„Die siebenundsechzig …"
Er stocke und ich beendete den Satz für ihn.
„Alle am Leben."
„Und wie viele hast du nur noch …"
Wieder konnte er es nicht aussprechen.
„Bis heute habe ich drei nicht retten können und ich habe nicht vor, dass es vier werden."
„Dann ruft man dich, wenn Leute entführt werden?"
Ich schüttelte den Kopf.
„Nicht nur, Serienkiller stehen leider auch auf meiner Liste."
„Siehst du dann auch die Leichen?"
„Ohne deren Hilfe geht es leider nicht."
„Die Toten helfen dir?" hakte er ungläubig nach und diesmal nickte ich.
„Es ist die Art wie sie ermordet und zur Schau gestellt werden, die mir einen Einblick in die Psyche ihre Mörder gewähren. Nur so kann ich ein Profil erstellen."
„Und das hilft?"
„Wenn ich objektiv und rational bleibe, dann ja."

„Und wenn du es nicht bist?“

„Dann sterben Menschen.“

Mein letzter Satz ließ ihn geschockt zusammenzucken und als er mich kurz ansah, konnte ich sein Mitleid darin sehen.

„Wie hältst du das aus?“

Als ich nicht gleich antwortete, hob er entschuldigend seine Hände ein Stück an.

„Entschuldige, das geht mich nichts an und ich wollte dir damit nicht zu nahe treten.“

„Ist schon gut“ wiegelte ich ab.

„Freunde. Sie helfen mir dabei.“

„Echt?“

Er schien sich mich gerade als Freund vorzustellen, wie ich mit ihm, bei einer Flasche Bier, meine grausigen Fälle diskutiere.

„Keine Zivilisten, sie sind jobmäßig alle irgendwie darin verstrickt. Wahrscheinlich funktioniert es deshalb.“

Nach meiner schon fast schonungslosen Offenheit beantwortete mir René jede Frage, da er sich mir verbunden fühlte. Ob dies an mir lag, oder an meiner Manipulationsgabe wusste ich nicht und zum ersten Mal störte es mich, da ich ihn und seine offene Art mochte. Unter anderen Umständen wäre er vielleicht mein erster ziviler Freund geworden. Er sah sich mit mir sogar auch noch stundenlang die Überwachungsvideos an, was sich am Ende aber leider als Sackgasse herausstellte. Sarah war zwar eindeutig darauf zu erkennen, aber ihr möglicher Entführer war entweder nur von hinten, oder gar nicht zu sehen. Was ich aber deutlich sehen konnte, war, dass Marks Frau extrem nervös und angespannt war, als dieser Typ sie anquatschte. Es war sogar so schlimm, dass sie das Studio sofort wieder verließ, anstatt an der Spinningstunde teilzunehmen. Als ich den Abbruch signalisierte, wollte sich René jedoch noch nicht geschlagen geben. Er zitierte zwei seiner Mitarbeiter, die erst zur Nachmittagsschicht eingeteilt waren, umgehend hierher und zeigte ihnen die Kamerasequenz, auf der Sarahs Stalker zu sehen war. Leider konnten sie mir auch keinen besseren Auskünfte geben, als die, die ich bereits unscharf vor mir sah. Das Einzige was sich mir jetzt jedoch offenbarte, war, dass Sarah nicht sein erstes Opfer war. Dafür war er viel zu routiniert und vorsichtig. Außerdem wusste er wie er den Kameras entkam, oder wie er sich stellen musste, um nicht frontal von ihnen erwischt zu werden. Leider brachte diese Erkenntnis auch die eiskalte Wahrheit mit sich. Sarah lief die Zeit davon, wenn sie überhaupt noch am Leben war. Denn hundertneunundvierzig Tage waren lang, verdammt lang sogar.

4

„Schmeckt es dir nicht?"

Ich sah von meinem Teller auf und schüttelte entschuldigend meinen Kopf.

„Sorry Liebes, aber ich kann heute einfach nicht abschalten."

Ich legte mein Besteck in den Teller und lehnte mich in den Stuhl zurück.

„So schlimm?"

„Nein, es ist eher das Drumherum als der Fall."

„Ist dieser Collins doch schuldig?"

„Nein" wiegelte ich ab und stand auf, da ich Alexis nicht damit belasten wollte.

Sie kriegte eh schon viel zu viel mit, doch sie hielt mich an der Hand fest, als ich an ihr vorbei gehen wollte.

„Du kannst mit mir reden."

„Das weiß ich doch."

„Und warum tust du es dann nicht?"

Ich blieb stumm und sie stand ebenfalls auf.

„Du bist völlig fertig heimgekommen, hast geduscht und dich dann in deinem Büro vergraben. Und wenn ich dich nicht zum Essen gerufen hätte, dann würdest du immer noch darin sitzen und die Wand anstarren."

Ertappt sah ich sie an und sie strich mir liebevoll über die Wange.

„Normalerweise herrscht Chaos in deinem Büro, wenn du dich darin verschanzt, aber heute lag nicht ein einziges Stückchen Papier am Boden."

Jetzt küsste sie mich.

„Ist sie doch tot?"

„Nein, oder eher ich hoffe es."

„Was ist es dann, Pete?"

„Liebst du mich?" hörte ich mich fragen.

„Natürlich liebe ich dich. Was ist denn das für eine Frage?"

„Was Alexis, was liebst du an mir?"

Sie war immer noch irritiert und es platze einfach aus mir heraus.

„Als wir uns zum ersten Mal gesehen haben, habe ich dich zutiefst verängstigt. Du hattest sogar panische Angst vor mir."

„Aber das warst doch nicht du?"

„Woher weißt du das? Woher weißt du überhaupt wer ich bin? Ich weiß ja nicht mal selbst wer oder was ich eigentlich bin!"

„Du bist warmherzig, einfühlsam, liebevoll, aufmerksam und extrem scharmant, wenn du etwas willst."

Ich lachte zynisch auf.

„Ja genau, wenn ich etwas will. Wenn ich etwas will bin ich genial. Und was ist wenn ich es nicht bekomme? Gebe ich mich dann damit zufrieden oder manipuliere ich dich geschickt mit meinem Können, damit ich es kriege?"

„Nein!" kam so dermaßen vehement, dass es mir alle Haare aufstellte.

„Du machst das doch nur, damit die Menschen denen du helfen willst dir vertrauen und nicht damit du deinen Willen bekommst."

„Sicher?"

„Ganz sicher Pete!"

„Und warum bist du dir da so sicher?"

„Weil du noch niemandem zu deinem eigenen Vorteil manipuliert hast. Deshalb bin ich mir so sicher. Du lässt diese dunkle Seite nur ans Licht, um anderen damit zu helfen."

Dunkle Seite, genau das ist das richtige Wort dafür.

„Aber doch nicht, weil du dir einen Vorteil damit verschaffen möchtest, oder dass andere das tun was du willst. Diese Gabe, deine Gabe ist gefährlich, verdammt gefährlich sogar und es würde mir Sorgen machen, wenn du nicht an dir zweifeln würdest."

Ich blieb stumm, doch sie dachte gar nicht daran aufzuhören.

„Wie viele?"

„Zwei."

„Nett?"

Ich nickte.

„Sehr nett sogar."

„Hättest du die Informationen auch anders bekommen?"

„Ja, aber viel später und mit extremem bürokratischen Aufwand für Lars, da mir kein Richter der Welt aufgrund dieser dürftigen Beweislage einen Freibrief ausgestellt hätte."

Ich schnaubte auf.

„Ich habe ja nicht einmal einen konkreten Beweis, dass Mark wirklich unschuldig ist."

„Siehst du?"

Sie lachte mich an und als ich sie gerade in meine Arme ziehen wollte, klingelte es an der Türe sturm.

„Jetzt mach schon auf" dröhnte es gleichzeitig von draußen herein, noch bevor ich überhaupt die Chance hatte diese aufzumachen und ich sah Alexis fragend an.

„Er hat zwei Mal angerufen und nachdem du im Arbeitszimmer nicht abgenommen hast, bin ich rangegangen."

Ich stöhnte auf.

„Es tut mir Leid, aber ich habe mir Sorgen gemacht, da ich dich so durcheinander noch nie gesehen habe."

„Ist schon gut."

Ich gab ihr einen flüchtigen Kuss und durchquerte mein Wohnzimmer.

„Ich komme ja schon“ rief ich meinem Partner genervt entgegen und er stellte unverzüglich seinen Klingel- und Klopfterror an meiner Wohnungstüre ein.
„Was ist?“ blaffte ich ihn an, kaum dass ich die Türe ganz geöffnet hatte und er schimpfte zurück.
„Du gehst nicht an dein Telefon, das ist!“
Er schob mich ein Stück zur Seite und betrat wie selbstverständlich meine Wohnung. Schnurstracks ging er auf den Kühlschrank zu und nahm sich eine Coke heraus.
„Nachdem mir deine Traumfrau sagte, dass du völlig durchgeschwitzt und fertig nach Hause gekommen bist, gehe ich davon aus, dass du an ein paar Infos gekommen bist.“
„Ja“ knurrte ich, schloss die Türe, holte mir ebenfalls eine Coke und lehnte mich, genau wie mein Partner gegen die Arbeitsplatte und trank einen Schluck.
„Geht es auch ein bisschen präziser?“
„Es war wie Kira gesagt hat, zufrieden?“
„Zufrieden bin ich, wenn du aufhörst dich in deinem Selbstmitleid zu suhlen“ schoss er zurück und ich stöhnte genervt auf.
„Erstens, suhle ich mich nicht in meinem Selbstmitleid und zweitens, wenn das so wäre, geht es dich nichts an.“
„Und wie es mich etwas angeht, denn ich bin dein Partner. Endlich wieder und ich will, dass dies so bleibt. Also sagst du mir jetzt was los ist, oder soll ich tatsächlich raten?“
„Nein.“
„Nein, zu raten, oder dass du mit mir reden willst?“
Alexis fing zu lachen an.
„Ihr benehmt euch wie ein altes Ehepaar, wisst ihr das?“
Ja, kam von mir und nein, von Ron. Alexis grinste in sich hinein und verließ die Küche. Kaum war sie weg, stieß mich Ron mit der Schulter an.
„Wenn du die weiche Schiene fährst, finden wir sie niemals lebend und das weißt du auch.“

Obwohl ich genau wusste, dass er recht besaß, blieb ich stumm.

„Und nur dass du es weißt, ohne deiner Psychotricks wäre ich jetzt nicht dein Partner."

„Wie beruhigend."

„Verdammt Pete!" zischte er mich aufgrund meiner Äußerung an und stellte seine Flasche energisch am Tresen ab.

„Diese Art von dir ist beschissen, da gebe ich dir zu Hundertprozent Recht, aber anders funktioniert es manchmal eben nicht. Und nachdem du völlig fertig hier aufgeschlagen bist, gehe ich davon aus, dass du heute gleich zweimal die Arschlochtour geritten bist."

„Könntest du aufhören mit meiner Frau zu telefonieren?"

„Nein, denn du hast es ja vorgezogen dein Handy zu ignorieren und außerdem mag ich sie. Also rück raus mit der Sprache, wer hat euer kleines Kraftduell gewonnen? Du oder dieser René?"

„Sagen wir es mal so, wir waren beide ziemlich fix und fertig."

Ich rieb mir die immer noch leicht schmerzende Stelle an meinem inneren Oberschenkel.

„Und spätestens morgen werde ich diesen Typen verfluchen, denn das wird ein gigantischer Muskelkater."

„So schlimm?"

„Es war brutal, aber ich war verdammt gut."

„Selbstredend" kam vollkommen überzeugt, als er mir leicht gegen meinen Oberarm schlug.

„Alles wieder in Ordnung?"

Ich nickte und mein Partner stieß sich von der Arbeitsplatte ab.

„Na dann los, wir haben heute noch etwas vor."

Er tippte auf seine Uhr.

„Wir haben in genau einer halben Stunde einen Termin bei diesem Staatsanwalt und alleine krieg ich es definitiv nicht hin.“
Herausfordernd grinsend sah er mich von oben bis unten an.
„Steht dir, aber in dieser Kluft glaubt Holland garantiert, dass er von dir verarscht wird. Also zieh dir etwas Vernünftiges an und komm endlich in die Gänge, da wir eh schon viel zu spät dran sind.“
„Nichts gegen meine Shorts und mein Hawaiihemd.“
Ron hob seine Hände gespielt aufgebend nach oben.
„Nicht töten! Ich sagte es steht dir.“

Jedes Mal, wenn ich kurz stehen blieb und dann wieder losging, musste ich mich schwer zusammenreißen, dass ich nicht zu humpeln begann und ich fragte mich ob es Finnegan genauso bescheiden in seiner Oberschenkelregion ging wie mir. Am liebsten hätte ich mich hingelegt, aber stattdessen stattete ich Peter Holland einen Besuch ab.
„Spezial Agent Sullivan, schön sie endlich persönlich kennen zu lernen“ begrüßte er mich extrem freundlich, als er aus seinem Büro kam, aber seine Lüge hätte ich auch im Dunkeln und auf zehn Meter Entfernung erkannt.
Er gab sich zwar extrem lässig, aber seine Mundwinkel waren wie in Stein gemeißelt. Freude sah definitiv anders aus und ich ging sofort auf Konfrontation.
„Echt, ich dachte eher, dass sie sich fragen, warum ich hier bin?“
Das hatte gesessen und er bemühte sich, sich seine Verunsicherung nicht anmerken zu lassen. Seine erweiterten Pupillen sprachen jedoch für einen Flucht- oder Kampfreflex. Ich tippte auf ersteres, da er nicht der Typ für eine körperliche Auseinandersetzung war.
„War ein Scherz“ schwenkte ich in die Gegenrichtung und streckte ihm lachend meine Hand entgegen.

Sofort entspannte er sich sichtlich, aber mein extrem fester und gnadenloser Händedruck ließ ihn innerlich in die Knie gehen. Äußerlich wahrte er jedoch den Schein und ich ließ wieder los.

„Es ist auch schön sie kennenzulernen."

Verstohlen rieb er sich die Hand und ich holte zu einem weiteren verbalen Schlag aus.

„Noch dazu wo ihnen ihr Ruf vorauseilt."

Sein kompletter Körper versteifte sich und sein aufgesetztes Grinsen gefror ihm für eine Sekunde im Gesicht.

„Ich hoffe nur im Positiven" würgte er hervor und ich hüllte mich in Schweigen, was ihn dazu veranlasste leicht kratzbürstig zu werden.

„Ich habe nicht lange Zeit, also bitte ich sie gleich auf den Punkt zu kommen."

„Sorry, Mister Holland, dann ist es wohl besser, wenn ich noch einmal zu einem späteren Zeitpunkt wiederkomme, denn mein Anliegen ist nichts, was zwischen Tür und Angel besprochen werden kann."

Ich streckte ihm meine Hand zum Abschied entgegen, die er nach kurzem Zögern ergriff.

„Einen schönen Tag noch."

Er nickte nur und als ich mich auf den Weg zum Aufzug machte, zählte ich die Sekunden.

Eins, zwei, dr ...

„Mister Sullivan!"

Ich blieb stehen und sah über meine Schulter hinweg zurück.

„Ich werde meinen Termin verschieben, dann müssen sie nicht noch einmal kommen."

„Aber nur wenn es ihnen wirklich nichts ausmacht, Mister Holland."

„Nein, nein. Kein Problem."

Ron grinste mich anerkennend an.

„Unter drei Sekunden, nicht schlecht" raunte er mir verstohlen zu und setzte dann ebenfalls seine freundlichste Miene auf.
Der Ball war im Spiel, jetzt ging es nur noch darum ihn ins Rollen zu bringen.

„Mark Collins" widerholte er, als wir uns in seinem Büro gegenüber saßen und tat so, als würde er angestrengt überlegen.
In Wirklichkeit wollte er jedoch Zeit schinden, da es in seinem Gehirn drunter und drüber ging, was sich in seinen unruhigen Augen erkennen ließ.
„Sagt mir auf Anhieb jetzt nichts."
Auch wies die verzögerte Reaktion in seiner Antwort auf Angst, Verleugnung oder Vertuschung hin.
„Bei den unzähligen Fällen die Tag für Tag über ihren Tisch gehen" fing ich gespielt verständnisvoll an.
„Habe ich mir dies schon gedacht, Mister Holland. Deshalb habe ich die Akte mitgebracht."
Ron übergab sie mir und ich schob sie Holland entgegen. Seine Hand zitterte leicht, als er sie aufschlug.
„Ach ja, der Collins Fall" fing er gespielt an, sah kurz in meine Richtung und dann sofort wieder in die Akte.
Und wieder war da diese Verzögerung in seiner Antwort.
„Und was interessiert sie jetzt genau?"
„Mich interessiert, warum ich über ihre Hauptbelastungszeugin absolut nichts finden kann."
Verleugnung war es nicht, was ihn für den Bruchteil einer Sekunde erstarren ließ, denn dieser Impuls war der Angst oder eines Vertuschungsversuches vorbehalten.
„Weder in dieser Akte, noch im Netz. Es ist fast so, als existiert sie nicht."

Ron sah geschockt zu mir rüber, da er nicht verstand warum ich so vorging und ich gab ihm ein Zeichen, dass alles in Ordnung war.

„Das kann nicht sein. Da muss ein Fehler vorliegen."

Holland versuchte sich weiterhin nichts anmerken zu lassen, als er so tat, als würde er die fehlenden Informationen in der Fallakte suchen, doch ich erkannte die eindeutige Abweichung im Sprachmuster sofort und ging aufs Ganze.

„Blödsinn Holland! Und das wissen sie auch."

Sein fingiertes Suchen in der Akte wurde zu einem panischen hin- und herdrehen der Seiten, was mich dazu veranlasste ihn zu stoppen, indem ich energisch meine flache Hand drauf schlug.

„Hören sie endlich auf mich verarschen zu wollen, denn das beleidigt meine Intelligenz!"

Geschockt sah er mich für den Bruchteil einer Sekunde an, griff nach seinem Stift und als er anfing diesen durch seine Finger gleiten zu lassen, hatte ich ihn.

„Kennen sie die kognitive Belastungstheorie, Mister Holland?"

Verwirrt über diese Frage schüttelte er seinen Kopf und ich klärte ihn völlig gelassen auf.

„Dies ist ein Zustand des Gedächtnisses, wenn zu viele Informationen und Emotionen aufeinander treffen und diese von unserem Gehirn nicht mehr verarbeitet werden können. Es ist eine Art Überbelastung und führt zu Übersprungshandlungen wie Fußwippen, mit den Fingern trommeln oder wie bei ihnen …"

Ich sah auf seine Hände und er stellte das Spiel mit seinem Stift unverzüglich ein.

„… den Kugelschreiber zwischen den Fingern drehen."

Versucht beherrscht legte er ihn weg und als sein rechter Fuß leicht zu wippen begann, legte er sofort seine Hand darauf.

„Sie verschweigen mir etwas. Also rate ich ihnen mir die Wahrheit zu sagen."

Ich beugte mich ein Stück zu ihm vor und senkte meine Stimme zu einem unheilvollen Raunen herab.

„Oder ich verspreche ihnen, dass ich sie durchleuchten werde, dass selbst ein Computertomograph ein Witz gegen mich ist."

„Drohen sie mir?" zischte er, aber sein Schutzwall bröckelte bereits gewaltig und ich schüttelte den Kopf.

„Nein, Mister Holland. Ich drohe niemals."

Lässig lehnte ich mich in meinen Stuhl zurück und legte völlig gelassen meinen rechten Fuß, auf Höhe des Knöchels, über meinem Linken ab, wischte mir ein imaginäres Fussel von der Hose und sah ihm dann direkt in die Augen.

„Ich verspreche!"

„Verlassen sie sofort mein Büro!" ging er mich aufgrund meiner grenzenlosen Überheblichkeit an, aber seine Stimme zeigte absolut keinen Nachdruck.

Auch stand er nicht auf oder zeigte sonst irgendeine aggressive Haltung. Es war eher wie das letzte Aufbäumen vor dem Sturz in die Tiefe und ich schaltete in den Leerlauf zurück.

„Wenn sie jetzt mit mir reden, werde ich keine rechtlichen Schritte gegen sie einleiten. Es wird alles so bleiben, Peter. Also bitte ich sie inständig, reden sie mit mir."

„Gehen sie, bitte."

Scham war alles was ihn beherrschte und mir kam ein schrecklicher, aber durchaus logischer Gedanke.

„Wurden sie damals erpresst?"

Er sah beschämt auf seine Hände und anstatt seinen Kopf zu schütteln, kniff er seine Augen zusammen.

„War Linda Dobrey eine Prostituierte?"

Wieder keine verbale Antwort, stattdessen fiel er in sich zusammen. Er machte komplett dicht und mit der verständnisvollen Nummer es verstehen zu können, würde ich nicht weiterkommen.

„Gut, dann lassen sie mir keine andere Wahl."

Ich stand abrupt auf.

„Peter Holland, ich nehme sie hiermit wegen Verdacht des Amtsmissbrauchs, Beweisunterdrückung und Förderung der Prostitution fest."

Ich zog einen Kabelbinder aus meinem Jackett hervor.

„Alles was sie jetzt sagen, kann und wird …"

„Sie haben gesagt, dass sie nichts tun werden."

Panik, nackte Panik stand in seinen Augen und ich schlug mit der Faust so fest auf den Tisch, dass er zusammenzuckte.

„Dann spucken sie´s endlich aus. Denn andernfalls habe ich keine Hemmungen sie quer durch diese Etage zu zerren, damit auch der letzte ihrer Mitarbeiter mitbekommt, dass sie lieber einen Mörder frei herumrennen lassen, anstatt die Eier in der Hose zu haben und zuzugeben, dass sie eine Nutte gevögelt haben."

Ich wurde immer lauter und Holland sah ängstlich zur Türe, was meinen Partner auf den Plan rief.

„Pete, bitte beruhige dich doch. Er ist einer von uns."

„Ist mir scheißegal" tat ich uneinsichtig und Ron stellte sich beschützend neben Holland.

Die Nummer, guter Bulle, böser Bulle, funktionierte also immer noch, da Holland einknickte.

„Ja, ich habe mit dieser Frau geschlafen, aber ich wusste nicht, dass sie eine …"

Er stockte kurz und sah Ron hilfesuchend an.

„Das müssen sie mir glauben. Ich wusste es wirklich nicht, das schwöre ich ihnen."

„Ich glaube ihnen, aber auf mich kommt es nicht an, sondern auf ihn."

Mein Partner sah kurz zu mir.

„Er ist der Boss, also sagen sie uns was passiert ist und im Gegenzug verspreche ich ihnen, dass er sich an sein Versprechen hält.“
Eindringlich sah er mich an.
„Du lässt ihn in Ruhe, ok?“
„Wenn er endlich auspackt, dann ja. Ansonsten kriegt er das volle Programm!“
Zu allem Entschlossen sah ich Holland an.
„Denn wie bereits gesagt, ich drohe niemals. Ich verspreche!“
„Hören sie Holland“ übernahm Ron wieder und legte dem Staatsanwalt beruhigend die Hand auf die Schulter.
„Sagen sie mir was passiert ist, bitte Peter. Nur so kommen sie da wieder raus.“
Endlich fing er zu reden an, aber je mehr er sagte, umso mysteriöser und irrwitziger wurde es, da die Planung Monate gedauert haben musste. Aber für was? Und warum? Nur damit Collins ins Gefängnis ging?

„Du warst gut. Verdammt gut sogar.“
Ron grinste in sich hinein und drückte die nach unten zeigende Taste des Aufzuges.
„Danke, aber ich hatte schließlich den Besten als Lehrer.“
Die Türen öffneten sich mit einem leisen Surren.
„Und, was wirst du jetzt machen?“
Wir stiegen in den Lift und Ron sah mich entschlossen an.
„Jetzt, mein Freund…“
Er zog sein Handy aus der Hose, als sich die Türen vor uns schlossen und sein Ausdruck wurde hart.
„… melde ich diesen korrupten Mistkerl.“
Mit einem fast nicht merkbaren Ruck ging es in Richtung der Lobby.
„Dachte ich mir, denn du hast es ihm, im Gegensatz zu mir, mit keiner einzigen Silbe versprochen.“

„Scheiße!" fluchte Ron und atmete genervt aus.

„Ich dachte echt es wäre dir entgangen."

Ich fing zu grinsen an.

„Ich bin der Beste, schon vergessen?"

„Wie könnte ich? Du erwähnst diesen Umstand schließlich bei jeder Gelegenheit die sich dir bietet!"

Er wollte gerade die Nummer der Dienstaufsicht eingeben, als ich meine Hand auf die Seine legte und ihn somit stoppte.

„Noch nicht!"

„Bitte was?"

Verständnislos sah er mich an.

„Du willst diesen Dreckkerl doch wohl nicht davon kommen lassen?"

„Nein, will ich nicht" rechtfertigte ich mich.

„Aber ich bitte dich mich noch etwas überprüfen zu lassen."

„Du hast was, oder?"

Ich überlegte wie ich es ihm sagen konnte, ohne dass er mich nicht für völlig verrückt hielt, entschloss mich dann aber doch es erstmal für mich zu behalten, da selbst mir dieser Gedanke erhebliche Kopfschmerzen bereitete.

„Vielleicht Ron" hielt ich ihn hin.

„Und wenn meine Vermutung tatsächlich zutrifft, brauche ich definitiv Lars Einverständnis."

Obwohl es meinem Partner verdammt gegen den Strich ging auch noch eine einzige Minute zu warten, steckte er sein Telefon zurück in die Gesäßtasche und sah mich dann irritiert an, da ihm die Tragweite meiner Worte gerade erst bewusst wurde.

„Seit wann frägst du denn bitte um Erlaubnis? Das sind ja ganz neue Töne von dir."

Ich zog meine Schultern nach oben.

„Vielleicht seit dem ich Scheiße gebaut habe?"

Ron nickte, ich sah aber in seinen Augen, dass er wusste, dass dies nicht meine einzige Motivation war, genau nach Dienstvorschrift vorzugehen.

Seit sieben Stunden saß ich jetzt schon im Verließ und rief einen Fall nach dem Anderen auf, der mir auch nur im Entferntesten relevant vorkam und endlich hatte ich bei vier Fällen eine Übereinstimmung entdeckt. Zwei legte ich bereits nach dem Autopsiebericht ad Acta, da der Tag ihres Verschwindens, mit dem ihres Todeszeitpunktes übereinstimmte und ich nach Hollands Aussage jetzt davon ausging, dass die Opfer einige Zeit gefangen gehalten wurden. Leider waren die Zusammenhänge bei den beiden anderen Frauen auch nicht sonderlich groß, sodass es auch purer Zufall hätte sein können, aber mein Bauchgefühl sprang völlig darauf an. Laut Tatortbericht gab es auch hier eindeutige Spuren eines Kampfes, wie umgestürztes Mobiliar, verrutschte Teppiche, Blutspritzer an Wänden und Fußboden und eine relativ große Blutlache inmitten des Bettes oder der Küche. Alles nicht verwunderlich, wenn man um sein Leben kämpfte, aber dass von beiden Opfer jegliche Spur fehlte, weckte mein Interesse, auch wenn, wie im Collins Fall keine belastenden Beweisstücke gefunden wurden, die eine Verurteilung der Ehemänner nach sich gezogen hätte. Das erste Opfer hieß Maria McFinney und verschwand am 03.05.2014 und das Zweite hieß Hanna Hamton und wurde am 03.01.2015 zum letzten Mal gesehen. Beide Leichen wurden im Wald vergraben gefunden und die Autopsie ergab bei beiden Frauen, dass sie erst drei, beziehungsweise vier Tage im Wald lagen und aufgrund einer Stichverletzung, die direkt ins Herz ging, getötet wurden. Bei Maria McFinney bedeutete dies, dass sie sich vierundneunzig und bei Hanna Hamton hundertdreiundsechzig Tage in den Fängen ihres Mörders befanden. Leider wiesen beide Leichen keine Spuren auf, die Aufschluss auf den Täter oder auf ihren Aufenthaltsort gegeben hätten. Immer wieder las ich beide Akten durch, in der Hoffnung doch noch eine Verbindung zu finden, aber ich kam keinen Schritt weiter. Trotzdem weigerte sich meine Intuition, das alles als Zufall abzutun und ich sah mir noch einmal die Fotos an. Beide waren blond, aber in extrem unterschiedlicher Länge, was an sich ein Ausschlusskriterium barg, da Mörder, die sich auf einen bestimmten Haartypus festlegten, immer das Gesamtbild im Focus hatten, nie aber nur die Haarfarbe oder die Haarlänge und deren Form. Blond, lang und glatt oder blond, lang und gelockt, es müssen immer alle Parameter übereinstimmen, nie nur die Farbe, die Länge oder die Form. Leider sah ich, bis auf die blonden Haare keine großartige Ähnlichkeit. Trotzdem lockte ich mich mit meiner Behördenkennung in die Daten der Meldebehörde ein, da ich mittlerweile nach jedem Strohhalm griff und nach einer Verbindung der beiden Frauen suchte. Aber auch hier passten weder die Arbeitsstellen, die Wohnorte, ja nicht einmal die Körpergröße überein. Resigniert legte ich am Ende die Ausweisfotos der Opfer nebeneinander und als ich das Bild von Sarah in die angelegte Datei kopierte, blieb mir fast das Herz stehen. Ich hatte die Verbindung gefunden und ich war mir sicher, dass diese Dobrey ebenfalls ins Schema passte und ich griff kurzerhand zum Telefon.

5

„Holland hat was?“

Lars kochte vor Wut und ich versuchte ihn zu beruhigen, da ich noch nicht einmal ansatzweise beim heiklen Teil angekommen war.

„Ja und ist weiß was du denkst. Aber wenn wir jetzt …“

„Nichts aber, Pete. Holland hat sich kaufen lassen. Schlimmer noch, er hat Beweise manipuliert und darüber werde ich garantiert nicht hinwegsehen.“

„Das sollst du ja auch gar nicht.“

„Dann kann ich ihn ja aus dem Verkehr ziehen.“

„Lars bitte, ich bin hier um dich zu bitten mir zu vertrauen und dass du mir ein bisschen Zeit zum Agieren einräumst.“

„Zum Agieren?“

Mein Boss wurde hellhörig und als ich meine Schultern nach oben zog, ließ er sich mit einem knurrenden Stöhnen in seinen Sitz zurückfallen.

„Spuck’s schon aus. Wie heikel wird es diesmal?“

Sein Interesse war geweckt und ich begann Beiden meine Entdeckung zu erläutern, vermied es aber seine letzte Frage zu beantworten und fiel auch nicht wie üblich mit der Türe ins Haus.

„Ok, fakt ist, Holland wurde unter Druck gesetzt, damit er diese Dobrey nicht wie üblich durchleuchten lässt und Marks Verteidiger ist höchstwahrscheinlich davon ausgegangen, dass das übliche Prozedere eingehalten wurde.“

„Dann haben ja wohl alle gepennt!“

„Vermutlich, aber das ist jetzt zweitrangig, da ich leider noch ein paar weitere Informationen habe.“

„Ist ja wieder mal typisch für dich, ein bestechlicher Staatsanwalt, der einfach mal so Beweise unter den Tisch fallen lässt, nur damit nicht rauskommt, dass er seinen

Schwanz in eine Nutte gesteckt hat, die so ganz nebenbei als seine Hauptbelastungszeugin fungiert und die dann auch noch droht alles publik zu machen, falls er sie nicht einfach durchwinkt, reicht dir natürlich nicht."

„Sieht so aus" bekannte ich und Lars schüttelte stöhnend seinen Kopf und fuhr sich mit beiden Händen übers Gesicht.

„Wie schlimm ist es?"

„Schlimm, denn ich denke, dass wir es hier mit einem Serienmörder zu tun haben" gestand ich unverblümt und mein Partner und auch Lars konnten gar nicht glauben was ich da sagte.

Also erzählte ich ihnen von meiner Entdeckung im Verließ und dann war es ganz aus.

„Kann ich dich denn nicht einmal betrafen, ohne dass du gleich ein riesen Ding draus machen musst?"

Ich zog nur meine Schultern nach oben und in Lars Kopf ging es drunter und drüber.

„Ok Pete" fing er an.

„Aber woher weißt du, dass diese Dobrey ebenfalls ins Schema passt?"

„Weil ich Holland angerufen habe und seiner Beschreibung nach hat sie diese gleichen blassblauen Augen."

„Blauäugig passt auf viele Frauen, mein Lieber. Kann es da nicht sein, dass es sich um …"

„Nein Lars" fiel ich ihm ins Wort.

„Nicht dieses durchdringende und schon fast kalte Eisblau."

Mein Boss war immer noch nicht überzeugt.

„Lars bitte, ich bin mir sicher, da auch die Daten zwischen dem Verschwinden und dem Leichenfund der beiden Frauen passen. Ich bin mir sogar sicher, dass wenn ich eine bundesstaatübergreifende Suche starte, ich noch mindestens zwei weitere Opfer, wenn nicht sogar drei bis vier finden würde. Und wenn ich ehrlich bin, gehe ich bei dieser Zeitspanne leider auch davon aus."

Jetzt hatte ich seine komplette Aufmerksamkeit und ich fuhr mit meinen Ausführungen etwas weniger energisch fort.

„Ich habe eine Vermisstensuche gestartet und dabei nur den Parameter der Augen und des Geschlechtes berücksichtigt, dabei aber zuerst nichts gefunden."

„Wieso bist du dann so dermaßen überzeugt, dass es noch weitere Opfer gibt?"

„Lass ihn ausreden, Boss" half mir jetzt Ron, da ich einige Zwischenschritte ausgelassen hatte.

„Denn er sagte vorhin, dass er noch keine Bundesstaatliche eingeleitet hat und wenn Pete zuerst nicht sagt, dann hat er keinen Stein auf dem Anderen gelassen, bis er etwas gefunden hat, oder irre ich mich?"

Ich schüttelte den Kopf und fing zu grinsen an.

„Ich denke ich weiß wie diese Linda Dobrey tatsächlich heißt" ließ ich die Bombe platzen und beide sahen mich an, als wäre ich verrückt geworden.

„Du weißt wie sie heißt? Wie hast du denn das gemacht und noch dazu wo sie angeblich nicht einmal im System ist?"

„War sie auch nicht, nicht mehr, denn ihre Anzeige wurde vor genau hundertdreizehn Tagen aus dem System genommen."

Ron pfiff anerkennend durch seine Zähne.

„Du und dein gottverdammter Instinkt. Auf die Idee kommt doch kein normaler Mensch. Oder kennst du irgendjemanden, der die gelöschten Anzeigen unter die Lupe nimmt?" fragte er in Richtung Lars.

Dieser schüttelte verneinend seinen Kopf und überlegte eine Sekunde.

„Ist Sarah Collins nicht schon seit knappen fünf Monaten verschwunden?"

Ich nickte nur, da ich mir bereits denken konnte, welche Frage er mir als nächstes stellen würde.

„Das sind aber nach meiner Rechnung eindeutig mehr als Hundertdreizehntage."

„Ja, du hast Recht" bestätigte ich seine Vermutung.

„Es sind exakt sechsunddreißig Tage dazwischen, aber ich denke, dass diese Zeitspanne aufgrund der stattgefunden Gehirnwäsche bei Dobrey durchaus vertretbar ist."

„Gehirnwäsche? Wir waren gerade bei, dass sie ins Schema passt. Und jetzt redest du von Gehirnwäsche?"

Lars sah mich kopfschüttelnd an und ich erklärte beiden meinen Verdacht.

„Ich weiß wie das alles klingt. Und ich weiß auch, dass man für so einen ausgeklügelten Plan Ausdauer und unendliche Geduld braucht, da er seine Opfer bis ins kleinste Detail studieren muss, um sie nach seinem Willen zu formen. Sechsunddreißig Tage Lars, stell dir das einmal vor."

Er schüttelte angewidert seinen Kopf.

„Das ist der absolute Wahnsinn."

„Wahnsinn trifft es nicht ganz, Pete" meldete sich jetzt Ron zu Wort.

„Das ist Folter, seelische und vermutlich auch körperliche Folter die an Grausamkeit nicht zu toppen ist."

„Ja, das ist es und trotzdem denke ich, dass unser Mörder gebildet und überdurchschnittlich intelligent ist. Auch glaube ich, dass er über Kenntnisse der Psychologie verfügt, die weit über das übliche Standartwissen hinausgeht."

„Das wird ja immer besser" fauchte Lars.

„Ein Frauenmörder, der in den Köpfen seiner Oper herumspuckt und ihnen seinen krankhaften Wahnvorstellungen aussetzt."

„Leider ja und aufgrund der Zeitspanne glaube ich, dass er seine Opfer nach einer gewissen Vorstellung formt und wenn ihm dies gelungen ist, verliert er den Reiz daran."

Rons Kiefermuskeln traten ein paar Mal hervor, da Serienmörder für ihn die schlimmste Sorte an Verbrechern waren. Ihr Motiv war nicht aus dem Affekt heraus, sondern pure und eiskalte Berechnung.

„Seine Motivation ist eindeutig Machtbezogen. Beherrschung und absolute Kontrolle sind seine Intension und wenn er dies erreicht hat, ist seine Arbeit erledigt und er wird seiner Opfer überdrüssig."

„Wieso lebt diese Dobrey dann noch?"

„Weil ich denke, dass er bei ihr noch einen Schritt weitergegangen ist. Sie war die Krönung seiner Macht, da er es bei ihr schaffte, sie aus der Ferne heraus zu kontrollieren, was durch ihren früheren Job wahrscheinlich ziemlich begünstigt wurde."

„Ihr Job als Prostituierte?"

„Ja Ron, denn was macht eine Prostituierte?"

„Sie tut was die Typen von ihr verlangen" beantwortete er meine Frage, schloss die Augen und schüttelte seinen Kopf verständnislos hin und her.

„Ganz genau, sie war mehr als empfänglich für seine Manipulation, da gehorchen, unterwerfen und befriedigen zu ihrem Lebensinhalt gehörte. Sie kämpfte ihr ganzes Leben lang ums Überleben und deshalb war er bei ihr auch so dermaßen erfolgreich."

„Ok, bis dahin habe ich es kapiert" sagte Lars.

„Aber was zum Teufel hast du jetzt vor?"

„Wir werden Dobrey als Köder benutzen."

Das hatte gesessen und Lars fing zu lachen an, aber nicht weil er es lustig fand.

„Als Köder? Bist du jetzt vollkommen irre?"

Ich schüttelte meinen Kopf und Lars stand schnaubend auf. Aber bevor er mich verbal anging, hob ich meine Hände beruhigend an.

„Lass mich bitte ausreden, Lars."

Mein Boss blieb stumm und sah mich abwartend an, da er meine Kaltschnäuzigkeit ein mögliches Oper als Köder einzusetzen, als absolutes Tabu empfand und gerade alles was mich betraf anzweifelte.

„Das mit dem Köder meinte ich nur im übertragenen Sinne" wehrte ich mich gegen seine Unterstellung.

„Da auch ich einen beruflichen Ethos vertrete, falls du das vergessen haben solltest. Denn in erster Linie bin ich immer für den Schutz der Opfer, auch wenn dies bedeutet, dass ich einen Mörder laufen lassen muss. Und das weißt du auch."

Lars atmete tief durch und setzte sich wieder hin.

„Sorry Pete, das war gerade mehr als …"

Er brach ab und fing noch einmal von vorne an.

„Das hätte ich nicht sagen dürfen, ich hätte das ja nicht einmal denken dürfen und ich entschuldige mich in aller Form bei dir."

„Passt schon" wiegelte ich ab, obwohl ich gekränkt war.

„Nein Pete, es passt eben nicht" fuhr er fort, da er mich viel zu gut kannte und sah mir direkt in die Augen.

„Ich habe gerade deine Arbeitsweise in Frage gestellt, schlimmer noch, ich habe dir unterstellt, dass du unprofessionell bist, obwohl du alles andere bist, aber das ganz sicher nicht. Du biegst, aber brechen würdest du deine Moralvorstellungen niemals."

Ich nickte und nahm seine Entschuldigung damit an, da meine Wortwahl, sie als Köder fungieren zu lassen, wirklich mehr als unglücklich gewählt war.

„Ich möchte Dobrey, oder eher gesagt Eve Lindsey einen Besuch abstatten, um meine Theorie zu untermauern und bitte dich, mir die Autorisierung dafür zu erteilen."

„Und dann?"

„Na ja, das ist jetzt der heikle Teil daran."

„Nur zu, denn meinen Tag hat du bereits ruiniert, als du vor einer halben Stunde hier reinspaziert bist und mir von einem korrupten Staatanwalt erzählt hast."

„Mein Plan ist, dass wir die Pressegeier um Hilfe bitten."

„Und bei was?"

„Aufgrund Collins Ausbruch."

„Ausbruch? Spinnst du jetzt …"

Er sprach den Satz nicht zu ende. Stattdessen setzte er sich aufrecht in seinen Stuhl.

„Sprich weiter."

„Mein Vorschlag ist, dass wir Collins als flüchtig und extrem rachsüchtig deklarieren."

„Das funktioniert niemals. Nicht nach dieser Zeitspanne."

„Doch, mit Hollands Hilfe könnte es klappen."

„Und bei was sollte er uns bitte hilfreich sein?"

„Er soll öffentlich zugeben, dass er Fehler bezüglich dieser Dobrey gemacht hat und jetzt glaubt, dass sie in höchster Lebensgefahr schwebt, da Collins zu allem fähig ist."

„Und dann?"

„Und dann Lars, hoffe ich, dass dieser Mistkerl aus seiner Deckung kriecht, denn Dobrey beziehungsweise Eve Lindsey dürfte die Einzige sein, die ihn zu Gesicht bekommen hat. Davor müssen wir sie allerdings in Sicherheit bringen und jetzt ist meine Frage, ob du sie ins Zeugenschutzprogramm bringen kannst?"

„Sollte funktionieren."

„Nicht sollte, Lars, es muss funktionieren! Denn Sarah läuft die Zeit davon."

„Inwiefern?"

„Weil kein Mensch unbeherrschbar oder unbrechbar ist. Wenn Sarah aufgibt, verliert ihr Entführer das Interesse an ihr und wenn das passiert, ist sie tot."

„Ok, aber ich denke du hast die Gefängnisbehörde in deinem Plan vergessen."

„Nein, denn ich denke das mir Hill aus der Hand frisst, wenn ich ihm Vorschlage, dass ich nur die Kündigung seines Schlägertrupps will und nicht die Seine."

Meinem Boss passte mein Vorschlag nicht sonderlich und nach kurzem Überlegen fing er zu nicken an, besaß aber doch einen Einwand.

„Ich regle das mit Hill" seiner Stimme nach verfolgte er aber einen anderen Plan.

„Keine Sorge, das Ergebnis ist das Gleiche. Hill wird mitspielen und ich denke, das ist das was du willst, oder?"

„Du bist der Boss. Aber eines wäre da trotzdem noch."

Beide sahen mich abwartend und gleichzeitig gespannt an.

„Ich will, dass Mark außen vor bleibt, selbst wenn Dobrey, beziehungsweise Lindsay meinen Verdacht bestätigen sollte."

„Und warum?" fragte Lars irritiert nach, da ich normalerweise immer für die Wahrheit war.

„Seine Frau ist in seinen Augen tot und wenn ich ihm jetzt Hoffnungen mache, die am Ende vielleicht doch nicht zutreffend sind ...“

Ich schüttelte den Kopf.

„Sorry Leute, aber da Lüge ich lieber, bevor ich ihm erneut mitteilen muss, dass seine Frau nicht mehr am Leben ist."

Immer wieder sah ich während der Fahr kurz auf die beiden Fotos der Frauen, die ich in die kleine Ablage unterhalb des Navis geschoben hatte und war überzeugt, dass es tatsächlich nur dieses blasse Blau der Augen war. Es war eine Mischung aus durchdringend kalt und strahlend, fast schon scheinend.

„Du hast Recht. Es sind definitiv die Augen die diesen Bastard anlocken" bestätigte Ron meine Annahme, als ich zum gefühlten hundertsten Mal einen Blick auf die Fotos warf.

„Du irrst dich nicht, also hör auf immer wieder darauf zu starren."

Er zog die Fotos aus der Ablage und nahm diese selbst noch einmal in Augenschein.

„Diese Augen sind selten, sehr selten sogar. Und sie erinnern mich an einem Riffhai, genau das gleiche blasse, kalte und durchdringende Blau. Das ist der Wahnsinn."

„Riffhai? Jetzt sag bloß du hast so einem Biest schon einmal in die Augen gesehen?"

Ron nickte, was mich allerdings nicht sonderlich verwunderte und dementsprechend fiel auch meine folgende Bemerkung aus.

„Ist ja klar. Abseilen, von Bergen, Hochhäusern oder was auch immer springen reicht dir natürlich nicht. Du brauchst das volle Programm."

„Von Hochhäusern springen ist eindeutig deine Masche, mein Freund" konterte er sarkastisch.

„Nur denkst du, im Gegensatz zu mir, dass du dabei keinen Fallschirm brauchst."

Ich verdrehte die Augen, als er mich anklagend ansah, denn diese Kamikazeaktion gehörte zu meiner dunkelsten Stunde meines Lebens.

„Ist ja gut, ich bin schon still."

Ron nickte selbstgefällig grinsend, da er genau wusste, dass ich bei diesem Thema nur den Kürzeren ziehen konnte, egal was für Argumente ich auch auffahren würde. Denn rational betrachtet, hatte ich nur unverschämtes Glück und verdankte mein Leben nur Angels begnadeten Flugkünsten und Reds Wiederbelebungsmaßnahmen.

„Bereit?" wechselte ich das Thema und mein Partner schob die Bilder zurück und gab mir mit einem kurzen Nicken sein ok, als ich den Wagen zum Stillstand brachte.

„Gut, dann lass uns loslegen."

Wir stiegen beide aus, aber Ron ging im Gegensatz zu mir sofort in Deckung, indem er in das angrenzende Maisfeld abtauchte. Ich selbst ging zielstrebig auf das Haus der

Lindseys zu, wo Eve gerade die Fenster putzte. Trotz des Wissens, dass Ron mir Deckung gab, taxierte ich die Gegend, vermied es aber meinen Kopf zu drehen, um nicht verdächtig zu wirken.

„Entschuldigung" rief ich schon aus einiger Entfernung, was Eve Lindsey dazu veranlasste zusammenzuschrecken.

„Ich glaube ich habe mich völlig verfahren" redete ich weiter, zog einen weitläufigen Bogen mit meiner Hand über die Gegend und musste mich regelrecht zusammenreißen um ihr nicht ständig in ihre außergewöhnlichen Augen zu sehen.

Ihre Angst vor mir konnte ich auch deutlich in ihren Bewegungen sehen, da brauchte ich den Blickkontakt wie sonst gar nicht, da es aus all ihren Poren schrie und ich blieb etwa fünf Meter vor den Verandastufen stehen und tat so, als bemerkte ich ihr Gefühlchaos nicht.

„Aber irgendwie sieht hier alles gleich aus."

Ich lachte über meine Bemerkung kurz auf und streckte meine Arme zur Seite hin weg.

„Sorry, ich wollte diese Gegend nicht herunterputzen, aber ich bin durch und durch ein Stadtmensch."

Jetzt lachte ich erneut auf.

„Ihr Nachbar, wenn man bei dieser Entfernung von Nachbar sprechen kann, meinte, ich sollte immer nach Westen fahren, aber wenn ich ehrlich bin, habe ich keine Ahnung wo Westen überhaupt ist."

Wieder lachte ich auf.

„Ohne Schilder bin ich völlig verloren."

Entwaffnend lachte ich sie an und Eve kam einen Schritt auf mich zu, achtete aber sorgsam darauf das Geländer zwischen mir und sich zu haben. Es diente sozusagen als Schutzwall.

„Wo wollen sie denn hin?"

„Nach Eaglewood."

„Da sind sie hier völlig falsch. Sie müssen nach Westen, nicht nach Osten."

„Und wo bitte ist Westen?"

Sie zeigte mit ihrer Hand links hinter mich."

„Dort lang."

Ich drehte mich kurz in diese Richtung.

„Und wie schaffe ich es diese Route zu halten?"

Erneut zog ich einen Halbkreis mit meiner Hand und schüttelte resigniert meinen Kopf.

„Ich sehe nur meterhohen Mais und das schon seit gefühlten Stunden."

„Sie müssen nur der Straße folgen und nicht einem der Feldwege" fing sie erklärend an, als ich das typische Geräusch hörte, wenn eine Waffe durchgeladen wurde.

„Hände hoch!"

Gespielt geschockt kam ich seiner Aufforderung nach und drehte mich langsam zu Eves Bruder um, wie ich anhand der Akten annahm. Sicher war ich mir im ersten Moment jedoch nicht, da dieser Typ nichts mehr mit dem Polizisten gemein hatte, den ich unter dem Namen Chris Lindsey im System fand. Die Größe und die Statur passte, aber sein damaliges gepflegtes Aussehen wurde durch Vollbart und viel zu lange und zerzauste Haare ersetzt. Aber wie bei seiner Schwester, waren die Augen unverkennbar.

„Bitte" stammelte ich.

„Ich wollte nur nach dem Weg fragen. Sonst nichts."

„Wer sind sie?" kam argwöhnisch, aber ich dachte nicht daran ihm eine Antwort zu geben.

„Bitte, tun sie mir nichts. Ich wollte wirklich nur nach dem Weg fragen."

Er sah kurz zu seiner Schwester und sie schien, aufgrund seiner Reaktion, meine Version zu bestätigen, da er seine Waffe leicht senkte, jedoch immer noch schussbereit hielt.

„Wo wollen sie hin?"

„Nach Eaglewood.“

„Da müssen sie nach Westen.“

„Ich weiß, dass hat ihre Frau auch gesagt.“

„Schwester“ korrigierte er mich und ich hatte somit die Bestätigung.

Der Mann vor mir war Chris Lindsey, fünfunddreißig Jahre alt, getrennt lebend und ein Bulle, der sich laut Aktenlage eine Auszeit auf unbestimmte Zeit nahm.

„Darf ich?“

Ich sah kurz auf meine Hände und als er mir einwilligend zunickte, senkte ich meine Arme.

„Ich bin Pete, Pete Sullivan“ stellte ich mich vor und streckte meinem Gegenüber die Hand entgegen.

„Chris“ kam knapp und er ergriff meine Hand für eine kurze Begrüßung.

Für eine Sekunde überlegte ich, ob ich meinen vorgefassten Plan ändern und ihn aufgrund seiner Unachtsamkeit entwaffnen sollte, aber ich entschied mich dagegen und sah Rons genervtes Kopfschütteln im Geiste, da er es noch nie verstand, warum ich manchmal zögerte, anstatt sofort für klare Fronten zu sorgen. Stattdessen tat ich genau das Gegenteil. Ich verschränkte meine Hände hinter dem Kopf und ging auf meine Knie.

„Ich komme vom FBI, Mister Lindsey.“

Augenblicklich sah ich in den Lauf seines Gewehres.

„Und ich bin hier um ihnen zu sagen, dass der Entführer ihrer Schwester vermutlich zurückkommen könnte.“

Sein Körper spannte sich an und ich spürte die Mündung auf meiner Stirn. Trotzdem sprach ich ruhig weiter.

„Er wird hierher kommen.“

Er sah sich gehetzt um und dann war ich im Besitz seiner Waffe. Noch bevor er überhaupt reagieren konnte, entlud ich die beiden Schrottpatronen, legte das Gewehr am Boden ab und verschränkte meine Hände wieder hinter dem Kopf.

„Ich bin hier um ihnen zu helfen."
Ich sah auf seine am Boden liegende Waffe.
„Und ich denke, das habe ich ihnen gerade mehr als bewiesen."
„Verschwinden sie."
„Oder was?" provozierte ich ihn.
„Töten sie mich? Den Mann der ihnen helfen kann und auch wird."
Ich streckte meine Hände zur Seite hin weg.
„Dann nur zu. Aber dann garantiere ich ihnen, dass sie keine Woche mehr haben. Denn dann macht dieser sadistische Mistkerl und meine Behörde jagt auf sie beide. Und ich denke sie wissen genau wie Polizisten reagieren, wenn einer aus ihren Reihen getötet wird, egal um welche Behörde es sich auch handelt. Wollen sie das? Oder wollen sie ihr Leben zurück? Ihr altes Leben."
Wieder ließ ich meinen Blick über die Gegend schweifen.
„Denn das hier wollen sie nicht" spie ich ihm entgegen.
„Denn sie sind ebenso wenig ein Farmer wie ich es bin. Also hören sie auf sich zu verkriechen und denken sie endlich wie ein Bulle."
„Halts Maul! Denn ich denke wie ein Bulle!"
„Oh nein, du verkriechst dich."
Seine Faust traf mich mittig im Gesicht, aber da ich damit rechnete, schaffte ich es den Schlag abzumildern, indem ich meinen Kopf ein Stück nach hinten verlagerte. Weh tat es trotzdem.
„Du hast doch gar keine Ahnung wie fertig sie war. Also verschwinde von hier und komm ja nie wieder."
„Ich weiß genau wie fertig sie war und wie fertig sie immer noch ist, denn ihre panische schon fast lähmende Angst ist sogar für einen Blinden mehr als deutlich zu sehen, da es förmlich aus all ihren Poren schreit."
„Sei endlich still!"

Mitleidig sah er kurz zu seiner Schwester und gab ihr mit einem Nicken zu verstehen, dass alles in Ordnung war und ich nutzte seine beschützende Fürsorge für mich aus.

„Nichts ist in Ordnung! Absolut gar nichts! Also höre auf sie in Sicherheit zu wiegen, denn das ist sie nicht!"

„Ist sie schon, denn ich werde nicht zulassen, dass er ihr noch einmal zu nahe kommt."

„Wie denn, Chris?"

Herausfordernd sah ich ihn an und mein Plan ihn zu verunsichern begann zu fruchten, da er für einen Moment zögerte.

„Ich weiß es nicht! Ich weiß nur, dass ich sie beschützen werde."

„Schwer verletzt oder sogar tot bist du ihr garantiert keine Hilfe mehr, oder siehst du das vielleicht anders?"

Dieser Satz warf ihn völlig aus der Bahn, da er regelrecht in sich zusammensackte und ich setzte zum finalen Schlag an.

„Dieser Bastard kennt keine Skrupel und wenn er deine Schwester noch einmal zwischen die Finger bekommt und das wird er unter Garantie, dann schlitzt er sie von oben bis unten auf und lacht sich dabei eins."

Auf der Veranda viel etwas zu Boden und dem Geräusch nach, wusste ich auch was es war und ich hätte mir am liebsten selbst einen Fausthieb verpasst, da ich, um Chris auf meine Seite zu ziehen, Eves Trauma völlig vergaß.

„Scheiße!" fluchte ich laut, sprang auf und rannte die vier Holzstufen der Veranda nach oben.

„Eve?"

Ich schlug ihr sanft auf die Wange und hob sie bereits hoch, als Chris völlig hilflos neben mir zum Stehen kam.

„Türe" bellte ich und Chris kam augenblicklich meiner Aufforderung nach.

Schnellen Schrittes trat ich ins Haus und legte seine Schwester behutsam auf der Couch ab, was Chris dazu veranlasste auszuflippen.

„Raus und zwar sofort!“

Ich schüttelte den Kopf und Ron betrat in dem Augenblick das Haus, als Chris auf mich losgehen wollte.

„Tu´s nicht!“ kam mahnend und Eves Bruder erstarrte mitten in der Bewegung, als er Rons Glock sah, die direkt auf seinen Kopf gerichtet war und ich stöhnte genervt auf.

Ich hatte es mal wieder durch meine Impulsivität vergeigt und jetzt genau die Situation heraufbeschworen, die ich eigentlich vermeiden wollte. Zuversicht und Vertrauen waren meine ursprüngliche Intension, doch jetzt schrie mir Misstrauen, Angst und Zorn entgegen.

„Nimm die Waffe runter und besorg mir ein Glas Wasser“ herrschte ich meinen Partner an und trotz meiner Ungerechtigkeit tat er ohne auch nur mit der Wimper zu zucken was ich verlangte.

Chris stand wie angewurzelt da und ich gab ihm mit einem Wink meines Kopfes zu verstehen, dass er sich um seine Schwester kümmern sollte. Leider war auch diese Reaktion von mir falsch, da ich einen vernichtenden Blick, gepaart mit einem nicht ganz jugendfreien Kraftausdruck erntete. Auch rempelte er mich provokant im Vorbeigehen mit seiner Schulter an und ich stieß innerlich einen fäkalen Fluch aus.

„Dein Wasser“ hörte ich Ron neben mir und als ich es nahm, gab er mir zu verstehen, dass es einfach schlecht gelaufen war und ich es abhaken sollte.

„Du hast deinen Job gemacht, ich mal wieder nicht. Also tu nicht so, als wäre alles in Ordnung, denn das ist es nicht!“

„Ja du hast Recht, das ist es nicht!“ zischte er leise zurück.

„Aber so ist es nun mal. Manchmal gewinnt man und manchmal eben nicht. Diesmal hast du dich getäuscht, na und. Dann ist das eben so, verdammt nochmal. Aber dein ewiges Selbstmitleid habe ich schön langsam satt."

„Selbstmitleid?" echote ich und Ron legte los.

„Ja, denn seit dem du auf jeder behördlichen Abschussliste gestanden bist und deine Freunde dadurch ins Kreuzfeuer geraten sind, hinterfragst du jede einzelne deiner Entscheidungen und das nervt mittlerweile gewaltig. Also bitte ich dich wieder dieser überhebliche Kotzbrocken von damals zu werden, denn der war mir um einiges lieber, als dieses alles in Frage stellende und beschützen wollende Weichei, das du geworden bist."

„Es sind Leute, gute Leute wegen mir, oder wegen meinen Entscheidungen gestorben."

„Nein Pete, das sind sie nicht. Sie sind gestorben, weil dieser Dreckskerl sie getötet hat und das hatte rein gar nichts mit deinen Entscheidungen zu tun, ganz im Gegenteil sogar. Deine Intuition hat uns allen den Arsch gerettet, falls du das vergessen haben solltest und genau aus diesem Grund gehst du jetzt da rüber …"

Er sah zu Eve und Chris.

„Und bist wie immer genial."

Ich atmete tief durch und setzte mich in Bewegung. Das überhebliche Grinsen meines Partners blieb mir allerdings nicht verborgen.

„Mister Lindsey" fing ich vorsichtig an und benutzte mit Absicht die Distanz der Sie-Form um seine Wut auf mich nicht noch mehr Angriffsfläche zu bieten.

Er hob seinen Kopf und sein Gesichtsausdruck sprach Bände, da seine Schwester immer noch bewusstlos auf der Couch lag. Bevor er mich jedoch verbal angehen konnte, redete ich einfach darauf los.

„Alles was ich vorhin gesagt habe, entspricht der Wahrheit. Der Entführer ihrer Schwester wird sie suchen und leider denke ich sogar, dass er nicht lange nach ihr suchen muss."

Panik flackerte in seinen Augen auf und ich verpasste ihm eine frontale Breitseite.

„Denn ich glaube, dass er ganz genau weiß, wo er Eve finden kann."

„Aber …"

Er schüttelte seinen Kopf.

„Das kann unmöglich sein."

„Sind sie sich da wirklich sicher, Mr. Lindsey?"

Sein Gesichtsausdruck sprach Bände und ich redete weiter.

„Ich werde sie Beide noch heute ins Zeugenschutzprogramm überstellen."

Bei dem Wort Zeugenschutzprogramm weiteten sich seine Augen kurz.

„Keine Angst" versuchte ich ihn zu beruhigen.

„Ich werde ihnen alles erklären und wenn dass hier vorbei ist, dann ist der Zeugenschutz auch nur von temporärer Dauer."

„Und was ist, wenn sie diesen Dreckskerl nicht fassen?"

„Dann bleiben sie solange im Zeugenschutz, bis ich ihn gefasst habe."

„Und was ist, wenn sie ihn niemals kriegen?"

„Dann bleiben sie im Programm und können ein völlig neues Leben anfangen."

Diese Vorstellung war anscheinend nicht leicht für ihn, da er seine Augen schloss und leise stöhnend ausatmete, was mich hellhörig werden ließ.

„Haben sie ein Problem damit?" hakte ich nach und hoffte, dass sich mein Verdacht nicht bestätigte.

„Nein, nein" beteuerte er schnell.

„Ich habe kein Problem damit. Es ist alles in Ordnung."

Er log, aber damit musste ich mich später auseinandersetzen, jetzt brauchte ich Informationen, bevor ich mich diesem Problem widmen konnte und wechselte das Thema.

„Ihre Schwester wird in den nächsten paar Minuten wieder zu sich kommen."

Er nickte und ich reichte ihm das Glas mit dem Wasser.

„Und ich bitte sie mit ihr zu reden."

Gespielt nichtsahnend sah er mich an, obwohl er ganz genau wusste, auf was ich hinaus wollte.

„Ich weiß es wird schwer für Eve darüber zu reden. Sehr schwer sogar. Aber nur so kann ich ihnen und der Frau, die er jetzt gerade gefangen hält, helfen."

„Er hat noch eine Frau in seiner Gewalt?"

„Ja Chris und ihr rennt mittlerweile die Zeit davon."

„Ist das die Frau von diesem Collins, gegen den Eve ausgesagt hat?"

„Ja, es ist seine Frau und Collins dreht vor lauter Angst um sie fast durch."

Ich legte meine Hand auf seine Schulter.

„Wollen sie, dass er das Gleiche durchmacht wie sie? Und sogar noch um ein vielfaches mehr leidet, wenn ich seine Frau nur noch tot finde?"

Er schüttelte seinen Kopf und der Polizist kam in ihm durch.

„Was passiert mit Eve?"

„Nichts, das verspreche ich ihnen."

„Aber sie hat einen Meineid geschworen."

„Unter Zwang und dann zählt es nicht."

Er überlegte kurz.

„Muss sie gegen diesen …"

„Nein, es reicht, wenn Eve mir hier alles erzählt."

„Keine Aussage vor Gericht?" kam jetzt argwöhnisch und ich versuchte ihn zu beruhigen.

„Nein, keine weiteren Aussagen, da ich sie beide im Zeugenschutzprogramm unterbringen werde. Da gelten dann ganz andere Richtlinien."

„Und die wären?"

„Zulassung von aufgezeichneten Aussagen, sofern sie von einer autorisierten Person gemacht wurden."

„Und sie besitzen diese Autorität?"

„Ja, ich besitze diesen Zusatz und mein Partner Ronald Gordon hat ihn ebenfalls inne."

„Ist Sullivan wirklich ihr Name?"

„Ja, Pete Sullivan ist mein richtiger Name. Und ich habe auch nicht gelogen als ich sagte, dass ich vom FBI bin. Ich habe nur gelogen als ich behauptete, dass ich mich verfahren habe, der Rest entspricht leider der Wahrheit."

Ich zog meinen Geldbeutel aus der Hosentasche, zog meinen Dienstausweis heraus, legte diesen wortlos auf die Armlehne der Couch und ließ Chris mit seiner Schwester im Wohnzimmer zurück.

„Mister Sullivan?"

Chris stand mit meinem Ausweis in der Hand in der Haustüre.

„Meine Schwester ist bereit mit ihnen zu reden."

Er fing an meinen Dienstausweis nervös von einer Hand in die Andere gleiten zu lassen.

„Eve wird nichts passieren, das verspreche ich ihnen und meine Versprechen halte ich. Immer."

Keine Reaktion. Ich ging auf ihn zu und legte meine Hand beruhigend auf seinen Oberarm.

„Eve braucht Hilfe und sie können so auch nicht mehr weitermachen."

Er schüttelte seinen Kopf, da er stark für seine Schwester sein wollte.

„Doch Chris, denn ihrer beider Leben hat an dem Tag aufgehört, als dieser Bastard ihre Schwester entführt hat und sie sitzen in einer Art Schleife die niemals enden wird, wenn sie diese nicht versuchen zu durchbrechen. Und das können sie nur, wenn sie das Geschehene verarbeiten und nicht einfach totschweigen und so tun, als wäre das alles nicht passiert, denn das ist eine Lüge. Eine Lüge die sie beide zerstören wird, oder etwa nicht?"

Wieder kam dieses Kopfschütteln und ich brachte die Sache auf den Punkt.

„Alpträume, Angstzustände, Panikattacken, Weinkrämpfe …"

„Hören sie auf" flüsterte er und als er mich ansah, standen Tränen in seinen Augen.

„Sie ist gestorben, Eves Wesen ist gestorben und …"

Er brach ab und ich sprach es aus.

„Sie hat seitdem nicht mehr das Haus verlassen, oder?"

Er nickte.

„Sie ist nicht mehr Eve. Verstehen sie?"

„Ja Chris, ich verstehe es und genau deshalb müssen sie anfangen es zu verarbeiten und nicht so tun, als wäre das alles nicht passiert. Denn es ist passiert."

„Können sie meiner Schwester helfen?"

„Ja, das kann ich."

„Versprechen sie es?"

„Ich verspreche es."

„Und sie halten ihre …"

Ich ließ ihn gar nicht erst ausreden.

„Ich halte jedes Einzelne."

Er nickte und sah mir direkt in die Augen.

„Finden sie dieses Dreckschwein!"

„Das werde ich. Und das ist ebenfalls ein Versprechen!"

Sie saß wie ein Häufchen Elend auf der Couch und sah mich mit ihren blassblauen Augen ängstlich an, als ich näherkam und ich blieb stehen.

„Darf ich mich zu ihnen setzen oder ist ihnen die Entfernung lieber?"

Sie nickte, hielt meinem Blick jedoch nicht stand und ich versicherte mich aufs Neue.

„Es wäre vollkommen in Ordnung für mich, wenn ich hier stehenbleibe, Mrs. Lindsey.“

Chris, der sich mittlerweile neben seine Schwester gesetzt hatte, raunte ihr etwas zu, was sie dazu veranlasste mich anzusehen.

„Nein Mister Sullivan. Sie können sich setzen.“

„Würde es ihnen etwas ausmachen mich Pete zu nennen? Denn bei Mister Sullivan sehe ich immer meinen Vater vor mir.“

Sie nickte und ich setzte mich beiden gegenüber.

„Ihr Bruder hat ihnen erzählt, dass ich sie ins Zeugenschutzprogramm überstellen werde?“

Sie nickte.

„Sind sie denn auch damit einverstanden?“

Wieder kam nur dieses Nicken und ich entschloss mich ganz von vorne anzufangen, da ich so rein gar nichts Relevantes über ihren und Sarahs Entführer in Erfahrung bringen würde, solange sie kein Vertrauen zu mir hatte.

„Ich denke es wäre nur fair, wenn ich ihnen kurz etwas von mir erzähle, da ich ihnen gegenüber im Vorteil bin.“

Irritiert sahen mich beide an, doch meine Aufmerksamkeit galt Eve.

„Ich kenne ihre Akte.“

Beschämt blickte sie zu Boden und verschränkte instinktiv ihre Arme ineinander. Chris zog sie wie erwartet beschützend in den Arm und sah mich zornig an, blieb aber stumm.

„Ich weiß von ihrer Drogensucht …“

Sie zuckte zusammen.

„Und ich weiß, dass sie wegen Prostitution verhaftet wurden.“

„Es reicht!" platze es jetzt doch aus ihm heraus und ich hob beruhigend meine Hände nach oben und sprach weiter.

„Ich weiß aber auch, dass sie gar keine andere Wahl hatten, da ihre Eltern mehr im Knast saßen, als dass sie sich um sie und ihren jüngeren Bruder kümmern konnten. Sie taten was sie für richtig hielten, Mrs. Lindsey und wenn ich die Akte ihres Bruders lese, hatten sie Erfolg. Er ist ein top Polizist, oder eher, er war einer."

Zum ersten Mal sah sie mich direkt an, was aber eher meiner Enthüllung über ihren Bruder galt, als der Tatsache, dass sie meine Hilfe wollte.

„Er hat alles hingeworfen. Seine Ehe, seinen Job …"

„Das geht dich einen Scheiß an!" zischte Chris, als Eve ihn entsetzt ansah und mein vorheriger Verdacht wurde jetzt zur Gewissheit, was die Sache um einiges schwieriger und auch heikler machte.

„Du hast Meredith verlassen?"

„Ja, das hat er" antwortete ich für ihn, als er anfing seinen Kopf zu schütteln und nach einer plausiblen Geschichte zu suchen, die es allerdings nicht gab.

„Und genau deshalb bin ich hier. Ich will, dass sie ihr Leben zurückbekommen. Sie beide. Und ich will diesen Dreckskerl hinter Gitter bringen, damit er kein weiteres Leben mehr zerstören kann."

Chris sah mich flehentlich an, nicht noch mehr über seine Ehe und seinen Job zu erzählen. Ich tat ihm den Gefallen und wechselte das Thema.

„Aber jetzt zu mir, wie gesagt ich bin ihnen gegenüber im Vorteil und das will ich nicht."

Eve sah mich interessiert an, während bei ihrem Bruder der Polizist in ihm durchkam, da er es für eine List von mir hielt, um an Informationen zu kommen.

„Ich war ursprünglich Rennfahrer."

Diese Info saß wie immer, da sich niemand vorstellen konnte, dass ein FBI-Agent einmal im Motorsport tätig war.

„Erfolgreich sogar, aber dann passierten in meinem Leben einige Dinge, die mich nachdenklich machten und meine Liebe zum Rennsport wurde zweitrangig. Ich drückte wieder die Schulbank, studierte Kriminalistik mit dem Schwerpunkt Psychologie und ging danach zur Polizei. Meine Aufklärungsrate war enorm und kurze Zeit später landete ich als Profiler beim FBI. Das ist meine Geschichte, Mrs. Lindsey und ich hoffe ihnen damit geholfen zu haben.“

Eve hörte auf ihre Hände zu kneten, sah immer mal wieder hoch zu mir und ich wartete einfach ab. Diesen Schritt musste sie machen, sie ganz alleine und als Chris etwas sagen wollte, gab ich ihm mit einem kurzen aber extrem eindeutigen Wink meines Kopfes zu verstehen, den Mund zu halten. Wirdererwarten kam er meiner Aufforderung nach und dann war Eve endlich bereit darüber zu reden.

„Er war nett, sehr nett sogar. Aber dann …“

Sie kämpfte mit den Tränen und ich hakte ein.

„Hat er sich langsam verändert, oder von jetzt auf gleich?“

„Von jetzt auf gleich.“

„Inwiefern?“

„Er hat mich …“

Es kostete sie unheimliche Überwindung es zu sagen und die Anwesenheit ihres Bruders machte es nur noch schlimmer. Ihn zu bitten mich mit ihr alleine zu lassen, würde aber nur zur Eskalation führen, deshalb unterließ ich es.

„Er hat mich geschlagen.“

„Wie schlimm?“

Wieder wollte sich Chris einmischen, aber die Antwort seiner Schwester ließ ihn verstummen.

„Ich konnte mich tagelang nicht bewegen, so schlimm war es.“

„Hat er sich in dieser Zeit um sie gekümmert?"
Ein Kopfschütteln folgte und als ich schon dachte, sie würde
es dabei belassen, sprach sie weiter.
„Er hat nur immer wieder gesagt, wenn ich nicht genau das
machen würde was er von mir verlangt, wäre dies nur der
Anfang."
„War es denn nur der Anfang?"
Wieder schüttelte sie ihren Kopf, aber diesmal weil sie nicht
darüber sprechen wollte.
„Wie oft?"
Kopfschütteln.
„Zwei Mal?"
Keine Reaktion.
„Drei Mal?"
Wieder nichts.
„Vier Mal?"
Ein kaum wahrzunehmendes Nicken folgte und ich musste
mich zusammenreißen um nicht aus der Haut zu fahren.
Ihrem Bruder ging es ähnlich, da er sie fest in seine Arme
zog und mich hilfesuchend ansah.
„Wissen sie wo sie waren?"
Wieder schüttelte sie ihren Kopf anstatt verbal zu antworten.
„Haus, Hütte, Keller, Garage, Auto ..."
„Ein Haus oder eine Hütte."
„Und die Gegend? Wissen sie wie die Gegend aussah?"
„So wie hier."
„Wie hier? Meinen sie diese Maisfelder, oder eher die
Ranch?"
„Es war kein Mais, aber es war ländlich."
„Waren sie die ganze Zeit über an ein und demselben Ort,
oder ist er mit ihnen umhergefahren?"
„Nein, es war immer der gleiche Ort."
„Konnten sie sich frei bewegen?"

Jetzt kam wieder nur ein Kopfschütteln, wie immer, wenn sie sich an etwas erinnern sollte, was sie eigentlich lieber vergessen wollte.

„Wurde es ihnen verwehrt, weil sie in einem Zimmer gefangen gehalten worden waren, oder weil er sie durch Fesseln oder ähnliches daran gehindert hat?"

„Das Zweite" kam flüsternd und sie vergrub regelrecht ihre Hände zwischen ihren Oberschenkeln.

„Waren es Handschellen, Stricke oder Ketten?"

Sie antwortete nicht und auch die Gestik mit ihrem Kopf verwehrte sie mir und ein schrecklicher Verdacht kam in mir auf.

„Es waren Ketten, oder?"

Als sie kurz zu mir aufsah, standen Tränen in ihren Augen und meine Frage wurde somit leider positiv beantwortet. Trotzdem brauchte ich noch mehr, da genau diese Details wichtig für das Profil waren.

„Arme, Beine oder Hals?"

Sie griff sich instinktiv an diese Körperstelle, da sie die Bestätigung brauchte, nicht mehr gefesselt und hilflos zu sein.

„Mit einem Eisenring?" fragte ich leise nach, während ihre Finger immer noch ihren Hals umschlossen und dann liefen ihr einige Tränen über die Wange.

„Ja" bestätigte sie meine Annahme und als ich kurz überlegte, welche Frage ich ihr als nächstes stellen konnte, ohne dass sie zusammenbrach, fing sie tonlos an.

„Er war schrecklich schwer und …"

Sie suchte nach dem passenden Wort, fand aber anscheinend keines dafür, da sie ihren Kopf zu schütteln begann.

„Unbequem und grausam!" sagte ich und sie sah zu mir hoch.

„Ja, das war es."

Erneute Tränen liefen und ich wechselte das Thema.

„Wissen sie wie lange sie in etwa von ihrer Wohnung, aus der er sie entführt hat, bis zu ihrem Aufenthaltsort gefahren sind?“

„Nein, das habe ich nicht mitbekommen.“

„Hat er sie bewusstlos geschlagen, oder warum haben sie das nicht mitbekommen?“

„Nein, nicht geschlagen, aber er hat mir eine Spritze gegeben und dann bin ich einfach eingeschlafen. Ich weiß nur noch, dass ich panische Angst hatte, dass es Drogen waren und ich rückfällig werden könnte.“

„Waren es denn welche?“

„Nein, aber wenn ich jetzt so darüber nachdenke, wäre es mir lieber gewesen.“

„Eve“ mischte sich jetzt Chris ein, da ihm der Gedanke verdammt schwer viel, dass seine Schwester lieber wieder einen Entzug machen würde, als diese Tortur über sich ergehen zu lassen.

„Daran darfst du nicht einmal denken.“

„Daran denke ich aber die ganze Zeit, Chris.“

Sie schaffte es nicht mehr ihren Schmerz unter Kontrolle zu halten und ich gönnte den Beiden eine Pause.

„Wie läuft's da drin?“

„Besser als gedacht.“

Alles andere verschwieg ich ihm noch, da ich mir immer noch nicht sicher war, ob ich Eve soweit bringen konnte, dass sie von sich aus zu kämpfen anfing und nicht, weil das alle anderen von ihr wollten. Sie alleine war der Schlüssel und sonst niemand.

„Kaffee?“

Mein Partner streckte mir seine Kaffeetasse entgegen und ich verneinte seine Frage.

„Würde dir aber guttun, mein Freund.“

Ich nahm sie und trank einen Schluck.

„Hast du Lars schon kontaktiert?“
„Ja.“
„Und?“
„Morgen früh läuft Collins Flucht auf allen Sendern.“
„Gut“ bestätigte ich seine Info, obwohl ich dies alles andere
als gut fand, da mir die Zeit davon lief.
Ich leerte die Tasse, gab sie mit einem dankenden Nicken
zurück, atmete tief durch und ging wieder rein.

„Sie haben sich als Linda Dobrey ausgegeben, richtig?“
Sie nickte und sah ängstlich zu ihrem Bruder hoch, was
mich dazu veranlasste sie zu beruhigen.
„Es war kein Meineid, Mrs. Lindsey. Also müssen sie sich
keine Gedanken machen. Mich interessiert einzig und
alleine das Warum.“
Irritiert sah sie mich an und ich klärte sie auf.
„War dieser Name ihre oder seine Idee?“
Das Wort seine sprach ich betont behutsam aus und
trotzdem zuckte Eve merklich zusammen.
„Seine.“
„Wissen sie was dieser Name bedeuten könnte? Für ihn
bedeuten könnte?“
Sie schüttelte ihren Kopf und ich ließ es darauf beruhen.
„Wissen sie seinen Namen?“
Wieder kam dieses Schütteln ihres Kopfes.
„Kein Name?“
„Nein“ kam schnell, viel zu schnell und mir kam ein
schrecklicher Verdacht.
„Aber sie sagten vorhin doch, dass er anfänglich ganz nett
war.“
Sie sah aufgrund meiner versteckten Anschuldigung der
Lüge zu Boden.
„Da haben sie ihn doch garantiert auch angesprochen oder
etwa nicht?“

Sie versuchte das Unvermeidliche immer noch hinauszuzögern und trotz meines schreienden Gewissens machte ich weiter.

„Bitte Mrs. Lindsey."

„Glenn" flüsterte sie und schloss ihre Augen.

Leider wusste ich aufgrund ihrer ablehnenden Haltung, dass dies noch nicht alles war.

„Und dann?" hakte ich nach, aber sie blieb stumm.

„Bitte Eve, sagen sie es mir. Wie sollten sie ihn ansprechen, nachdem er sie in seine Gewalt gebracht hat?"

„Hören sie auf" bettelte sie, aber genau das konnte ich nicht.

„Ich will sie nicht quälen oder beschämen, Eve. Und unter anderen Umständen würde ich jetzt einfach aufstehen und gehen, aber genau das kann ich nicht. Noch nicht. Also bitte ich sie innständig mir diese Information zu geben."

„Warum? Warum ist das so wichtig für sie?"

Eve war den Tränen nahe.

„Weil ich nur so ein Profil über ihn erstellen kann."

„Und was hilft ihnen das?"

Ihre Stimme spiegelte pures Unverständnis wieder.

„Das hilft mir ihn zu fassen."

„Wie denn?" kam ungläubig und verständnislos.

„Indem sie aufschreiben, was er mir angetan hat, oder wie ich ihn ansprechen musste?"

Ich stellte meine Notizen ein und sah ihr direkt in die Augen, da ich wollte, dass sie meine nächsten Worte auch wirklich verstand.

„Diese Aufzeichnungen, Mrs. Lindsey …"

Ich hob meinen Notizblock kurz an.

„… helfen mir seine krankhaften Vorstellungen von Richtig und Falsch interpretieren zu können, denn nur so kann ich seinen nächsten Schritt vorausahnen und ihn zur Strecke bringen. Leider sind es aber die schmerzlichsten und grausamsten Erinnerungen die mir weiterhelfen, da sie markant und bezeichnend für sein weiteres Handeln sind. Verstehen sie das?"

„Meister" kam nach einer kurzen Pause kaum hörbar und Chris Kiefermuskeln traten augenblicklich hervor.

Diese Information war neu für ihn und diese nie verheilende Wunde auf seiner Seele wurde mit einem Ruck zum Bluten gebracht.

„Danke Eve."

Sie nickte nur und knetete weiterhin ihre Finger.

„Gab es außer den vier schweren handgreiflichen Übergriffen noch weitere?

Sie nickte.

„Willkürlich oder aufgrund von Zuwiderhandlungen ihrerseits?"

„Willkürlich" schrie sie mir entsetzt entgegen und ich verfluchte mich innerlich über meine Ausdrucksweise.

„Denn er hat mich behandelt als wäre ich sein Eigentum und kein selbständiges ..."

„Es tut mir Leid. Es tut mir aufrichtig Leid, dass ich mich so ausgedrückt habe. Natürlich waren alle Übergriffe auf sie willkürlich und schrecklich und das wollte ich auch garantiert nicht in Frage stellen. Ehrlich. Meine Frage galt eher aus der Sicht dieses miesen Dreckskerls."

Ich wählte mit Absicht diese Betitelung, da ich ihr unmissverständlich zeigen wollte, dass ich auf ihrer Seite stand.

„Für ihn waren sie gerechtfertigt, aber nicht für mich. Für mich waren sie brutal, erniedrigend und ... willkürlich."

Sie schluchzte auf, sah mich aber abwartend an, da sie sich für meine nächste Frage innerlich wappnete.

„Gab es sexuelle Übergriffe?"

Sie nickte und ihr Bruder kämpfte mit den Tränen.

„In einem bestimmtem Muster?"

Sie verstand mich nicht und ich musste leider deutlicher werden.

„Immer zur selben Tageszeit oder aus dem Trieb heraus?"

Alleinig ihr Blick reichte aus um meine Frage zu beantworten und ich machte einfach weiter, damit ich ihr wenigsten die verbale Antwort ersparte.

„Nahrungsentzug?"

„Ja" kam kaum hörbar und ich schloss für einen Moment meine Augen, da meine nächste Frage extrem heikel war.

„Wollte ihr Entführer eine Verbindung zu ihnen aufbauen, so ähnlich wie bei einem Paar oder standen eher Erniedrigung und absolute Beherrschung im Vordergrund."
Stille.

Innerlich betete ich darum, dass ich mich mit meiner bisherigen Einschätzung täuschte. Denn sollte ich Recht behalten, dann war Sarah Collins näher am Tod, als am Leben.

„Mrs. Lindsey, haben sie meine Frage verstanden?"

Sie schüttelte den Kopf, aber eher aus dem Impuls heraus nicht antworten zu wollen und stand ruckartig auf. Meine Frage hatte die Grenze überschritten und ihre Psyche übernahm die Kontrolle. Ausblenden war jetzt alles was sie wollte und sie trat die Flucht an.

„Eve?" rief ihr Chris hinterher und als er ihr nachlaufen wollte, hielt ich ihn davon ab, indem ich seinen Arm festhielt.

„Lassen sie sie. Ich habe meine Frage soeben beantwortet bekommen."

Ihr Bruder ließ sich zurück auf die Couch fallen und kämpfte mit den Tränen, als er einfach zu reden anfing.

„Sie war immer für mich da. Ihr ganzes Leben lang. Und …"

Jetzt sah er mir direkt in die Augen.

„Ich wusste es nicht. Ich wusste es wirklich nicht."

Ich nickte verständig und er sprach weiter.

„Ich habe sie gesehen, als ich noch ganz frisch bei der Drogenfahndung war. Eve wollte gerade zu diesem Dreckskerl ins Auto steigen."

„Haben sie Eve in eine Entzugsklinik gebracht?"

„Nein, ich war für sie da, das war ich ihr schuldig."

„Sie sind nicht daran schuld, Chris."

„Ach nein, wer denn dann, wenn nicht ich? Ich hatte durch sie schließlich eine Perspektive und habe es nicht einmal mitbekommen, was sie für mich tun musste, nur damit es mir gut geht."

„Ja, das hatten sie. Aber die Schuld tragen nicht sie, sondern ihre Eltern."

Er schnaubte auf.

„Oh ja, unsere ach so tollen Eltern."

„Leben sie noch?"

„Nein" kam verachtend.

„Sie haben sich beide zu Tode gesoffen."

„Sie müssen ihr Leben leben, Chris."

„Sie ist auf den Strich gegangen, nur damit ich auf die Polizeiakademie konnte und da sagen sie jetzt allen Ernstes ich soll mein Leben leben. Wie abgebrüht und eiskalt sind sie denn?"

„Ihre Frau liebt sie."

„Ich liebe sie auch, das können sie mir glauben, aber Eve braucht mich und ich werde für sie da sein. Egal was es mich kostet, jetzt ist Eve dran."

„Eve braucht einen Profi und nicht ihren Bruder, der ihr auch noch dabei hilft alles zu verdrängen."

„Sie will es so."

„Sind sie sich da wirklich sicher?"

Ich stand auf.

„Denn ich glaube sie würde es lieber verarbeiten, als weiterhin das Opfer zu sein."

Seine Mimik sprach Bände und ich gab ihm die Chance darüber nachzudenken und verließ das Haus.

„Alles klar?"
Ich nickte geistesabwesend.
„Wie geht es jetzt weiter?"
„Weiß ich nicht" blockte ich ab, da mir gerade viel zu viel durch den Kopf ging, aber Ron ließ sich nicht abwimmeln.
„Hör auf mit dem Scheiß und sag mir lieber was dir durch den Kopf geht."
Ich atmete tief durch, stützte mich dann mit beiden Händen am Geländer der Veranda ab und ließ meinen Partner an meinen Gedanken teilhaben, sah ihn aber dabei nicht an. Stattdessen starrte ich auf die unendlich erscheinenden Maisfelder.
„Ich glaube, dass das Zeugenschutzprogramm gestorben ist."
„Das ist jetzt nicht dein Ernst."
„Leider doch."
„Warum?"
Ron stellte sich jetzt direkt neben mich und ich drehte meinen Kopf zu ihm rüber, änderte meine Position sonst aber nicht.
„Weil Chris seine Frau noch liebt und du weißt was das bedeutet."
„Scheiße!"
Als ich nickte, verdrehte Ron genervt seine Augen und stützte sich dann ebenfalls mit den Händen am Geländer ab.
„Und jetzt?" fragte er ratlos und sah nun auch auf die Maispflanzen.
„Lars hat bereits alles ins Rollen gebracht."
„Ich weiß, aber unter diesen Umständen bin ich einfach nicht bereit dazu. Er verliert viel zu viel dadurch."
„Es ist seine Entscheidung, Pete."

„Nein Ron, denn er agiert aus dem schlechten Gewissen heraus und irgendwann wird ihm bewusst, dass er seine Frau im Stich gelassen hat und dann wird ihn nichts mehr davon abhalten zu ihr zu gehen, egal ob wir diesen Dreckskerl gefasst haben oder nicht.“
Ron stieß sich mit einem Ruck ab und legte mir seine Hand beruhigend auf den Oberarm.
„Wir kriegen ihn, Pete.“
Ich zog meine Schultern nach oben und stieß einen fäkalen Fluch aus.
„Und was schlägst du jetzt vor?“
 Ich atmete hörbar ein und aus.
„Ich würde am liebsten alles abblasen und vergessen, dass ich zu Mark in den Knast gefahren bin.“
„Das kannst du doch gar nicht“ wollte mich Ron aufbauen, aber ich warf ihm nur einen vernichtenden Blick zu und stellte mich ebenfalls wieder gerade hin, denn den Kopf in den Sand zu stecken, brachte uns auch nicht weiter.
„Was hältst du von einer rund um die Uhr Überwachung?“ ergriff mein Partner zuerst das Wort.
„Gar nichts“ konterte ich.
„Aber vermutlich fehlen uns die Optionen“ gab ich dann ehrlich zu, obwohl mir diese Vorstellung gehörig gegen den Strich ging, da hierbei immer etwas schiefgehen konnte.
„Dann machen wir es eben so, Pete.“
Ich gab ihm keine Antwort und mein Freund wurde massiver.
„Wie oft soll ich dir es jetzt noch sagen, an Greenwoods Tod trägst du keine Schuld. Und an Reds Verletzungen ebenfalls nicht, also höre endlich auf alle erdenklichen Optionen durchzuspielen, denn es gibt nie eine hundertprozentige Garantie und außerdem, wer garantiert dir eigentlich, dass dieser Dreckskerl nicht eines Tages auf die Idee kommt Eve aus dem Weg zu räumen.“

„Warum sollte er das tun?“

„Weil es ihm Spaß macht oder weil ihm langweilig ist. Vielleicht ja deshalb!“ konterte Ron gereizt.

„Kannst du das auch hundertprozentig ausschließen?“

„Nein, kann ich nicht“ gab ich zu, obwohl ich am liebsten ja gesagt hätte, nur damit er endlich seine Klappe hielt und ich in Ruhe überlegen konnte, wie ich die Beiden da raushalten konnte.

„Du suchst nach einer anderen Lösung“ fing Ron leise an.

„Und das verstehe ich ja auch, aber die Beiden stecken bis zum Hals mit drin.“

„Ich weiß.“

„Und wenn wir ein Double einsetzen?“

Auch Ron griff mittlerweile nach jedem Strohhalm.

„Dafür ist der Typ viel zu gerissen und er kennt Eve in und auswendig. Da könnten wir dann gleich ein Schild an die Türe hängen.“

„Dann bleibt uns keine andere Wahl, denn ansonsten ist Marks Frau Geschichte.“

„Das weiß ich auch. Trotzdem will ich diese Option nicht.“

„Wir haben aber sonst keine.“

„Ich weiß, verdammt nochmal! Aber ich habe das Gefühl, dass ich Eve gegen Sarah eintausche.“

Mein Freund nickte verständig und überlegte einen Moment.

„Ich weiß Pete, denn mir kam der Gedanke ebenfalls. Aber wir beide haben noch nie ein Leben über ein Anderes gestellt und das werden wir auch weiterhin nicht machen. Wir werden Eve beschützen, auch wenn wir unseren Focus auf Sarah richten. Denke an Sarah und an das, was dieser Bastard gerade mit ihr anstellt.“

„Das tue ich die ganze Zeit.“

„Gut, dann stelle ich dir jetzt eine Frage und ich will eine ehrliche Antwort darauf, glaubst du, dass du Sarah mit den Infos die wir momentan haben, finden kannst?“

„Nein" bekannte ich wahrheitsgemäß.

„Dann muss ich vermutlich nichts mehr sagen, oder?"

Ich schüttelte den Kopf.

„Sagst du es den Beiden, oder soll ich es ihnen beibringen? Bei Option zwei wäre ich der Buhmann und du aus dem Schneider."

„Ich mache es schon, aber danke für dein Angebot."

„Die beiden brauchen den Psychofreak in dir, also überlege es dir noch einmal."

„Danke für die Blumen, aber genau darum muss ich es machen."

„Kapier ich nicht, aber wie gesagt, der Psychokram ist dir vorbehalten, ich halte mich lieber an die harten Fakten."

Eve hatte ich bereits gleich nachdem ich sagte, dass ich der Überzeugung bin, dass ihr Entführer jederzeit wiederkommen könnte, da Angst, Panik und Entsetzen alles war, was mir entgegenschlug, aber Chris redete unaufhörlich auf sie ein, nicht auf mich zu hören. Er beteuerte immer und immer wieder, dass er sie beschützen könnte, aber ich wusste, dass er es nicht konnte. Einem Psychopathen war niemand gewachsen, der auch nur annähernd bei klarem Verstand war, da sie gegen alle Rationalität dachten und auch handelten. Nur wenn man sie verstand, was eine langjährige Ausbildung und auch Erfahrung mit solchen Leuten bedeutete, konnten man sich in diese kranken Gehirne wenigstens zu einem kleinen Teil einklinken, ohne dabei selbst den Bezug zu Gut und Böse zu verlieren. Obwohl ich bei Chris sämtliche Register zog, sei es bei meinen Ausführungen über Psychopathen, noch bei der Versicherung, dass wir Eve mit allem was wir hatten beschützen würden, überzeugte ich ihn nicht. Also war ich gezwungen die Keule auszupacken und erzählte Eve von meinem Verdacht, dass Chris seine Frau immer noch liebte, es aber wegen seinen Schulgefühlen ihr gegenüber leugnete. Auch erzählte ich, dass ihr Bruder durch das Zeugenschutzprogramm seine Frau nie wieder sehen konnte, falls uns Glenn durch die Lappen ging und auch sie folglich niemals frei sein würde, da ihre unterschwellige Angst dann niemals enden würde. Das war für Eve der entscheidende Moment sich gegen ihren Bruder zu stellen. Leider wurde die Stimmung zwischen Chris und mir dadurch zum Zerreißen gespannt und als er mich erneut lautstark anging, zog ihn ein Stück von seiner Schwester weg, damit sie unsere Unterhaltung nicht mitbekam.

„Wollen sie mir jetzt tatsächlich sagen, dass sie so weitermachen wollen? In irgendeinem beschissenen Kaff als Farmer, Versicherungsvertreter oder weiß der Geier was?"

„Ja" zischte er und ich machte gnadenlos weiter.

„Und was ist mit Eve? Wollen sie ihr das alles aufbürden?"
Er sah mich irritiert an.

„Dass sie alles für sie aufgegeben haben und es völlig umsonst war, weil dieser Bastard immer noch frei herumläuft und ihre Angst immer noch ihr ganzes Leben beherrscht?"

„Nein" antwortete er leise, aber seine Wut sprühte aus all seinen Poren.

„Dachte ich mir, also lassen sie mich endlich meine Arbeit machen."

„Sie wollen doch nur diese Sarah, damit sie ihre Statistik aufpolieren können!"
Dieser Satz beleidigte mich zutiefst und leider sah das Eves Bruder auch, da ich damit nicht im Geringsten gerechnet hatte. Trotzdem ging ich nicht darauf ein, sondern sprach betont beherrscht weiter.

„Eve hat sich entschieden und sie hat sich richtig entschieden. Und nur dass sie es wissen, Eve würde ich niemals als Köder benutzen, wenn ich mir nicht sicher wäre, dass ich sie beschützen kann. Und auch jetzt noch versuche ich sie da irgendwie herauszuhalten, deshalb stelle ich ihr diese Fragen, da ich einfach jedes Detail und sei es noch so unbedeutend über diesen kranken Bastard brauche. Denn ich stehe auf ihrer Seite und denke gar nicht daran mein Image aufzuwerten, denn ich bin bereits der Beste auf diesem ganzen scheiß Planeten!"

Ich hielt kurz inne, damit meine Worte wirken konnten.

„Und jetzt bitte ich sie zu gehen und mich mit ihrer Schwester alleine zu lassen, denn nur so wird sie zu reden anfangen, ohne sich permanent über ihre Psyche Gedanken zu machen."

„Vergiss es" spie er mir entgegen und mir blieb nichts anderes übrig, als die harten Geschütze aufzufahren.

„Es ist mir egal wie es ihnen geht und es ist mir ebenfalls egal ob sie sich ausgeschlossen fühlen. Was mir aber nicht egal ist, ist das Leben ihrer Schwester und das von Sarah Collins. Also entweder sie kommen meiner Bitte jetzt nach, oder ich werde dafür sorgen, dass sie mir nicht weiter dazwischenfunken werden. Jetzt verstanden? Oder wollen sie tatsächlich das volle Programm?"

Das hatte gesessen und obwohl er mir am liebsten eine verpasst hätte, drehte er sich zu seiner Schwester um, ging auf sie zu, beugte sich zu ihr nach unten und küsste sie auf die Stirn. Dann raunte er ihr etwas ins Ohr und verließ das Wohnzimmer.

„Verraten sie mir was er gesagt hat?" fragte ich einige Sekunden nachdem Chris gegangen war und Eve schüttelte den Kopf.

„Hat er mich als Arschloch betitelt oder ist es noch schlimmer?" ging ich in die Offensive, um die angespannte Situation aufzulockern und ihr huschte ein Grinsen übers Gesicht.

Das erste seitdem Ron und ich heute Morgen hier aufgekreuzt waren.

„Ihrer Reaktion nach entnehme ich, dass es etwas heftiger war."

Sie nickte.

„Aber er meinte, dass ich ihnen vertrauen soll" verteidigte sie ihren Bruder und ich lachte auf.

„Echt? Das hat er gesagt? Sind sie sich da wirklich sicher oder wollen sie nur, dass ich mich dadurch etwas besser fühle."

„Ja, ich bin mir sicher" kam jetzt lächelnd und auch aufrichtig.

„Dann hätte ich jetzt aber doch ganz gerne gewusst, mit welchem Schimpfwort mich ihr Bruder betitelt hat?"

Ich setzte mich mit diesen Worten zurück auf die Couch und sah Eve abwartend an. Als sie sich immer noch weigerte es zu verraten, breitete ich meine Hände aus und lachte sie an.

„Jetzt sagen sie es schon, bevor ich vor lauter Neugierde platze. Ich halte das aus, versprochen."

Ich zwinkerte ihr zu und endlich war sie soweit. Sie fing an mich nicht mehr als ihren Feind zu sehen, sondern als jemanden der ihr helfen konnte über das alles hinwegzukommen.

„Dreckiger Wichser" gestand sie leise und ich stöhnte gespielt entsetzt auf.

„Dann habe ich es mir mit ihrem Bruder ja wohl vergeigt."

„Nein, Chris will mich einfach nur beschützen."

Ich überging ihre Antwort, atmete tief ein und sah Eve direkt in die Augen.

„Hat er Recht, Eve? Bin ich ein dreckiger Wichser?"

Sie schüttelte ihren Kopf.

„Nein und Chris hat das auch nur gesagt, weil er mich liebt."

„Ich weiß, aber genau das steht ihnen im Wege. Deshalb habe ich ihn gebeten zu gehen."

„Ich würde es eher als gezwungen bezeichnen."

„Ertappt."

Ich beugte mich ein Stück nach vorne.

„Ist es denn in Ordnung für sie?"

„Ist die Frage nicht ein bisschen zu spät?"

„Ich denke die Frage stellt sich eigentlich nicht, oder?"

„Nein, denn sie haben Recht."

„Ich weiß, deshalb bin ich ja auch der Beste."

Eve zog eine Augenbraue nach oben.

„Bescheidenheit gehört eindeutig nicht zu ihren Stärken."

„Das höre ich immer wieder, aber Bescheidenheit hin oder her, fakt ist, ich bin der Beste."

Ich zwinkerte ihr zu, was sie dazu veranlasste ihren Kopf zu schütteln. Dann sah sie mich direkt an und atmete tief durch.

„Ich weiß, dass sie mir die Angst nehmen wollen, aber das können sie nicht."

„Ich weiß, aber ich möchte, dass sie wissen, dass sie mir vertrauen können."

„Können wir dann nicht einfach aufhören?"

„Sagen sie es mir."

Sie zog ahnungslos ihre Schultern nach oben, aber ihr Blick verriet sie. Eve wusste, dass sie darüber reden musste. Nur so konnte sie damit abschließen und ich fuhr mit meinen Fragen fort.

„Ihre Entführung und die von Mrs. Collins überschneiden sich um sechsunddreißig Tage."

Sie zuckte bei dem Wort Entführung sichtbar zusammen, verschloss sich aber nicht mehr davor und ich fiel mit der Türe ins Haus.

„Haben sie Sarah irgendwann einmal gesehen, Eve?"

„Nein" kam beschämt und ich verfluchte diesen Bastard innerlich, weil er sie an die Grenze ihrer psychischen und auch physischen Belastbarkeit getrieben hatte.

Leider war ich nicht besser, da ich Eve jetzt auch noch zwingen musste über ihre absolute Unterwürfigkeit und auch über ihre bedingungslose Aufgabe zu sprechen.

„Dann waren sie also nicht immer mit diesem Eisenring gefesselt?"

Meine Worte trafen sie wie eine schallende Ohrfeige und ich versuchte sie augenblicklich zu beruhigen, indem ich ihr mein Verständnis entgegenbrachte.

„Sie haben getan was sie tun mussten um zu überleben, Eve. Also bitte ich sie meine nächsten Fragen nicht als Unverständnis oder als Anschuldigung meinerseits zu sehen. Diese Fragen dienen einzig und alleine dem Zweck diesen Bastard ans Kreuz zu nageln."

Sie nickte, glaubte mir aber aufgrund ihrer eigenen Schamgefühle kein Wort.

„Er hat sie kontrolliert und mit ihrer Angst gelähmt. Sie konnten nur so handeln, denn wenn sie es nicht getan hätten, dann wären sie jetzt tot."

Sie fing aufgrund meiner Worte leise zu weinen an.

„Sie sind in eine Rolle geschlüpft, genau wie damals, als sie sich und ihren Bruder durchbringen mussten, mehr nicht."

Sie lachte zornig über meine Verharmlosung auf und wischte sich energisch die Tränen aus dem Gesicht, bevor sie mich trotzig ansah.

„Ich war keine Nutte, ich war viel schlimmer, da ich einfach alles getan habe, was er wollte. Ich habe meine Selbstachtung und meinen Stolz vollkommen ignoriert. Ich bin einfach nur dagesessen und habe auf seine Befehle gewartet. Ich bin nicht einmal auf die Idee gekommen wegzulaufen oder um Hilfe zu bitten. Ich bin einfach nur dagesessen und habe gewartet. Selbst als ich alleine war habe ich nichts anderes gemacht, als zu warten."

„Sie hatten Angst, Eve. Da ist so ein Verhalten völlig normal."

„Nein, das ist es nicht."
Wieder reckte sie mir trotzig ihr Kinn entgegen.
„Damals, als ich auf den Strich gegangen bin, habe ich
entschieden wie weit ich gehen wollte und auch konnte. Ich
war stark und habe mich nicht unterkriegen lassen, egal was
mir diese …"
Sie stockte kurz und entschied sich dann doch für eine
andere Wortwahl, als die ursprünglich angedachte.
„Ich hatte einige Freier die mich geschlagen haben, aber ich
habe mich gewehrt, da ich entweder zurückgeschlagen habe
oder davongelaufen bin. Aber jetzt war ich vor lauter Angst
wie gelähmt und habe alles gemacht."
Ihre Stimme war Verachtung pur, aber ihr Zorn bezog sich
leider auf sie selbst, anstatt auf ihren Peiniger.
„Er hat mich frei gelassen, mir ein Handy in die Hand
gedrückt und gesagt, dass ich genau hier auf seinen Anruf
warten sollte. Und wissen sie was ich getan habe?"
Sie sah mir jetzt direkt in die Augen, da sie meine Reaktion
auf ihre nächste Enthüllung sehen wollte.
„Ich habe gewartet!" schrie sie mir entgegen.
„Ich habe mich einfach hingesetzt und gewartet, anstatt
davon zu laufen! Zwei Tage, bei Regen und Kälte!"
Ihre Stimme begann zu brechen, aber sie dachte gar nicht
daran aufzuhören. Mir hingegen reichte es bereits
vollkommen um diesen Glenn als psychopatischen
Dreckskerl abzustempeln, trotzdem ließ ich sie weiterreden.
Eve wollte es sich endlich von der Seele reden.
„Wieso habe ich das getan? Wieso bin ich nicht einfach
davon gerannt? Können sie mir das erklären?"
Sie gab mir keine Zeit zu antworten, da sie mit ihren
Selbstvorwürfen nahtlos fortfuhr.
„Ich habe nichts getan! Ich bin einfach nur dagesessen und
habe auf dieses beschissene Telefon gestarrt und gewartet,
dass er anruft."

„Hat er denn angerufen?"

„Ja" schrie sie mir unter Tränen entgegen.

„Denn sonst würde ich immer noch da sitzen. Ich wäre eher verhungert und verdurstet, als mich seinem Befehl zu widersetzen. Verstehen sie?"

Ich nickte nur, da sie mit ihrer Verachtung, die sie für sich selbst empfand noch nicht fertig war und mir somit immer noch die Hände gebunden waren.

„Ich habe sogar einen unschuldigen Mann ins Gefängnis gebracht, obwohl ich ganz genau wusste, dass er seine Frau nicht ermordet hat. Aber anstatt in diesem Gerichtssaal, vor all diesen vielen Menschen die mir helfen hätten können, die Wahrheit zu sagen, habe ich gelogen."

Eve wischte sich die Tränen aus dem Gesicht und sprach dann den entscheidenden Satz aus.

„Ich wusste, dass er Sarah hat. Verstehen sie?"

Sie schluchzte verzweifelt auf.

„Ich wusste es, tief in mir drin wusste ich, dass mein Meister …"

Sie schlug entsetzt und völlig geschockt die Hände vor den Mund, als ihr bewusst wurde, dass ihr Entführer sie immer noch beherrschte und endlich konnte ich ihr helfen, dass alles zu verarbeiten, da sie es endlich erkannte. Leider ging diese Hilfe nur über die Wahrheit, die unbeschönigte und grausame Wahrheit.

„Er hätte sie eiskalt und ohne auch nur eine Sekunde darüber nachzudenken umgebracht, indem er ihnen ein Messer bis zum Anschlag ins Herz gerammt hätte. Das waren ihre Optionen, Eve. Hopp oder Topp, nur das und egal was sie auch denken, sie haben das einzig Richtige getan! Jetzt aber müssen sie kämpfen für das was ihnen wichtig ist, denn andernfalls verlieren sie alles. Also kämpfen sie endlich!"

„Das tue ich, jeden Tag sogar!" schleuderte sie mir wütend entgegen, aber die Resignation in ihren Augen verriet sie und ich sprach meinen Verdacht aus.

„Ach so, mit was denn? Indem sie sich nicht ihrem sehnlichsten Wunsch hingeben ihr Leben zu beenden!"

Meine Vermutung traf genau ins Schwarze und ich setzte gnadenlos nach.

„Ihr Bruder hat wegen ihnen seine Ehe in den Wind geschossen, obwohl er Meredith über alles liebt. Und sie denken nur an sich selbst! Also hören sie zu lügen auf, denn sie sind nichts weiter als ein angstzerfressender und egoistischer Feigling!"

„Nein!" schrie sie zurück.

„Ich bin kein Feigling, denn ich ..."

Sie überlegte und plötzlich fiel es ihr wie die sprichwörtlichen Schuppen von den Augen, da ihr ganzer Lebensinnhalt, wenn man denn davon sprechen konnte, eigentlich nur noch von dem Wunsch ihr Leben zu beenden beherrscht wurde, anstatt gegen ihr erlittenes Trauma anzukämpfen.

„Sie haben Recht" flüsterte sie und fing bitterlich zu weinen an, aber diesmal aufgrund dieser schrecklichen Erkenntnis, sich eigentlich das Leben nehmen zu wollen, es sich in letzter Konsequenz jedoch nicht traute.

Ich ging zu ihr, zog sie kurzerhand von der Couch nach oben und umschloss sie fest mit meinen Armen. Eve umklammerte mich regelrecht und dann sprach sie die entscheidenden Worte endlich aus.

„Ich will das nicht mehr. Ich will mein Leben zurück. Bitte helfen sie mir. Bitte Pete!"

Ron sahen mich mitleidig an, als ich auf die Veranda trat, da er genau wusste, dass ich am Ende meiner psychischen Belastbarkeit stand, da dies der schwerste und auch schwierigste Teil meiner Arbeit war, da ich einen zutiefst verletzten Menschen dazu bringen musste, sich mit seinen Dämonen auseinanderzusetzen. Chris hingegen verfiel sofort in seine Agressionshaltung zurück, da er es nicht ertrug seine Schwester leiden zu sehen.

„Was hast du ihr angetan?" zischte er zornig und wollte an mir vorbei.

Leider war ich emotional noch so aufgeladen, dass ich meine Wut, die ich auf diesen Glenn hatte, an ihm ausließ.

„Ich habe das in Ordnung gebracht, was du verbockt hast!"

Ich baute mich direkt vor ihm auf.

„Und wehe du versaust mir diesen Durchbruch, indem du sie wieder in Watte packst und zusiehst, wie sie Tag für Tag krepiert und darüber nachdenkt, wie sie ihrem beschissenen Dasein ein Ende …"

„Pete!" ermahnte mich Ron und zog mich energisch von Chris weg, der wie vom Donner gerührt dastand.

„Ja, ist gut" zischte ich, hob meine Hände leicht an und signalisierte somit meine Kapitulation.

Ron nickte, ließ mich wieder los und ich wand mich Chris zu.

„Es tut mir leid, so drastisch sollte es nicht rüberkommen, aber …"

„Fick dich!" zischte Chris uneinsichtig, rempelte mich an und verließ die Veranda, indem er ins Haus zu Eve ging.

Eigentlich wollte ich ihm hinterher, doch Ron hielt mich davon ab.

„Lass ihn, denn tief in ihm drin weiß er, dass du Recht hast. Also beruhige dich wieder."

„Ich bin ganz ruhig!"

Ron lachte auf.

„Dann bin ich der Weihnachtsmann."

Ich atmete tief durch, drehte mich um und starrte stoisch auf die Maispflanzen.

„So fertig wie du gerade bist, gehe ich davon aus, dass du
Eve geknackt hast?"
Ich nickte.
„Dann freue dich darüber."
Jetzt schnaubte ich auf, aber Ron redete unbeeindruckt
weiter.
„Du weißt, dass das der schwierigste, heikelste und auch der
emotionalste Schritt ist. Aber du hast es geschafft, nur das
zählt jetzt."
„Sie ist fertig, Ron!"
„Ja, das ist sie. Aber du hast ihr gerade die Chance gegeben
es verarbeiten zu können."
„Ja" knurrte ich, was Ron kurz auflachen ließ.
„Und ich denke, dass du jetzt auch weißt, wie dieser
Dreckskerl tickt."
„Vermutlich ja."
„Gut, wie geht es dann jetzt weiter?"
„Nach Plan, nur mit dem Unterschied, dass Eve nicht ins
Zeugenschutzprogramm geht, sondern gerade zum Köder
wurde."
„Wir kriegen ihn."
„Das hoffe ich."
Ich drehte mich zu meinem Partner um und rang mir ein
Lächeln ab.
„Eve wird nichts passieren und du findest garantiert auch
Sarah."
„Ich hoffe nur, dass wir sie auch schnell genug finden!"

Es lief bereits auf allen Sendern, aber die Befragung von
Eve zog sich länger hin als geplant. Außerdem musste ich
noch packen und mich von Alexis verabschieden, die mich
aber nicht gehen ließ, bevor ich ein paar Stunden geschlafen
hatte. Dementsprechend gereizt viel auch Marks Begrüßung
aus, als ich seine Zelle betrat.

„Ausgebrochen! Bist du jetzt völlig irre?"

„Nein, bin ich nicht. Also komm gefälligst mit."

„Ich gehe nirgendwo hin. Denn ich habe keine Lust mir eine Kugel wegen deinem Bockmist einzufangen."

„Es ist alles abgesprochen und von ganz oben abgesegnet, jetzt zufrieden?"

„Nein, ich bin nicht zufrieden. Ich will wissen was hier los ist."

Ich gab ihm einen kurzen Abriss meines Planes, unterließ es aber seine Frau in irgendeiner Art und Weise zu erwähnen. Als ich dann aber den Namen der Frau erwähnte, die ihn ins Gefängnis brachte, drehte er durch.

„Dobrey! Diese Schlampe hat mir das doch alles eingebrockt!"

„Hat sie nicht."

„Und wie sie das hat!"

„Jetzt beruhige dich, bitte."

Mark ließ sich auf seine Pritsche fallen und ich sah auf meine Uhr.

„Kann ich es dir auch im Auto erklären?"

„Nein, kannst du nicht."

„Verdammt Mark, mir rennt die Zeit davon."

„Dein Problem."

„Mein Problem, echt jetzt?"

Er nickte und ich flippte aus.

„Ich reiße mir hier gerade den Arsch für dich auf. Also komm endlich in die Gänge."

Ich spähte erneut auf meine Uhr, ließ mich dann aber doch zu einer Erklärung herab.

„Ok, ich kann mir denken was gerade in dir vorgeht und unter normalen Umständen hätte ich auch durchaus Verständnis dafür. Aber die Umstände sind nicht normal und deshalb bitte ich dich mir zu vertrauen, denn ich habe

dir im Gegenzug schließlich auch vertraut. Also, kommst du jetzt mit oder bleibst du lieber in dieser Zelle sitzen?"
Er antwortete nicht und ich wurde deutlicher.
„Ich werde in exakt drei Sekunden gehen. Mit oder ohne dir, also entscheide dich!"
„Warum soll ich überhaupt mit? Lass mich doch einfach hier sitzen."
„Ich will dich aber in meiner Nähe haben."
„Warum?"
„Weil ich dich beschützen will."
„Vor wem denn?"
„Vor diesem kranken Bastard, der deine Frau umgebracht hat."
„Dann bin ich hier doch bestens aufgehoben" erwiderte er immer noch völlig uneinsichtig.
„Der Typ hat dich in den Knast gebracht und ich habe keine Ahnung über welche Kreise er sonst noch verfügt. Also bitte ich dich ein letztes Mal mit mir mit zu kommen."
Mark stand knurrend auf.
„Ich komme ja mit, aber zu dieser Schlampe fahre ich ganz sicher nicht."
„Dann muss ich dich hierlassen, also entscheide dich! Diese Zelle oder Dobrey?"
„Scheiße!" fluchte er genervt und sah mich herausfordernd an.
„Aber verlange jetzt bloß nicht von mir, dass ich auch noch mit ihr rede, als wäre nichts von alle dem passiert."
„Selbstredend. Aber ich denke du wirst deine Meinung ändern, wenn ich dir alles erzählt habe."

Mark war von meinen Schilderungen mehr als geschockt, obwohl ich ihm nur die Hälfte erzählt hatte und ich sah in seinen Augen, dass er Dobrey oder vielmehr Eve zutiefst bedauerte. Ich sah aber auch den Schmerz darin, da er jetzt wusste welches Monster seine Frau getötet hatte. Am schlimmsten war jedoch seine Erleichterung, da ihr durch den Tot das Schlimmste erspart blieb und meine Entscheidung ihn im Dunkeln zu lassen, grenzte an Verrat. Obwohl ich es nur gut mit ihm meinte, wusste ich, dass er mir diese Lüge, egal aus welcher Motivation heraus, niemals verzeihen würde und ich holte mein Handy aus seiner Halterung am Armaturenbrett. Ich musste mich vergewissern, dass Ron, Eve und Chis ins Bild gesetzt hatte, denn andernfalls würde Mark Amok laufen und das wäre definitiv das Todesurteil für Sarah.

„Hi, ich bin´s.“

„Ja, alles klar“ beantwortet ich seine Frage, ob alles nach Plan lief.

„Und bei dir.“

Er bejahte es und ich sprach ihn daraufhin an.

„Hast du getan um was ich dich gebeten habe?“

Wieder ein ja, trotzdem hakte ich noch einmal nach.

„Bist du dir auch ganz sicher, Ron? Denn andernfalls …“

Ich sprach den Satz nicht zu Ende und mein Partner verstand mich auch so.

„Mach dir keine Gedanken. Es ist eindeutig rübergekommen.“

„Danke, du hast was gut bei mir.“

„Nein, denn du bist mein Freund und Partner. Schon vergessen?“

Er machte eine kurze Pause.

„Du tust das Richtige, Pete. Also hake es ab und konzentriere dich auf das Wesentliche, ok?“

Ich gab ihm zu verstehen, dass ich es verstanden hatte und legte wieder auf. Erleichtert war ich aber trotzdem nicht und ging mit mir noch einmal ins Gericht. Das Resultat es Collins zu verheimlichen blieb jedoch das Gleiche, da es bei einem Misserfolg einfach das Humanere war.

Wie erwartet war die Begrüßung von Eve von Schuldgefühlen nur so geplagt, während Mark ihr seine eindeutige Verachtung entgegenbrachte, indem er ihre Hand nicht ergriff. Eve flüchtete daraufhin mit den Tränen kämpfend ins Haus, während Chris klare Worte für ihn fand. Die Betitelung die er vor ein paar Stunden für mich übrig hatte, war noch nichts gegen das, was er Mark hier und jetzt an den Kopf warf. Bevor die Situation aber restlos eskalierte, ging Ron dazwischen und zwang Chris mit einem gezielten Griff in seinem Schulterbereich mit ihm ein Stück in Richtung der Maisfelder zu gehen. Mark hingegen blieb einfach stehen, sah ihnen nach und sagte keinen einzigen Ton. In seinem Kopf ging es aber drunter und drüber und ich suchte bereits nach einer plausiblen Erklärung, da Chris eindeutig durchblicken ließ, dass der Entführer seiner Schwester kein Mörder, sondern ein sadistisches Schwein sei, der Spaß daran hat seinen Opfern seine Macht aufzuzwingen. Mark war dies trotz seiner Wut nicht entgangen und genau das ließ ihn jetzt ins Grübeln kommen.
„Könnte es sein, dass meine Frau vielleicht …“
Er konnte den Satz nicht einmal aussprechen, so eine Angst hatte er vor meiner Antwort, da er sich der Konsequenz für Sarah voll bewusst war.
„Nein, dafür hat sie zu viel Blut verloren“ bog ich die Wahrheit und mir wurde von meiner eigenen Stimme schlecht.
„Gibt es wirklich keine Chance …“
„Nein“ sagte ich erneut und wurde somit zum eiskalten und berechnenden Lügner, denn mit biegen hatte dies absolut nichts mehr gemein.
Er nickte und alle Hoffnung verschwand so schnell wie sie entbrannt war.

„Vielleicht ist es ja besser so? Wer weiß was Sarah dadurch erspart geblieben ist?" versuchte er, in seiner Trauer um sie, sich selbst einzureden und mein Gewissen schrie mich lauthals an.

„Mark" rief ich ihn zurück, als auch er ein paar Meter gehen wollte, um seine Gedanken zu sortieren und als er sich zu mir umdrehte, wollte ich es ihm sagen.

Ich wollte ihm alles sagen, doch mein Verstand gewann in letzter Sekunde die Oberhand.

„Bleib in Sichtnähe" würgte ich regelrecht hervor, als er mich erwartungsvoll ansah.

Er nickte abwesend, drehte sich wieder um und ging davon. Ich selbst schlug mit der Faust so fest auf die B-Säule meines Wagens ein, dass die Haut über meinem Zeige- und Mittelfingerknöchel aufriss und zu bluten begann. Ich atmete gezwungen beherrscht in den einsetzenden Schmerz hinein, um nicht gänzlich die Kontrolle zu verlieren und sah mich kurz um. Zum Glück hatte niemand meinen Ausraster bemerkt und damit dies auch so blieb, fing ich kurzerhand an, das laufende Blut von meinen Fingern zu saugen.

6

„Scheiße, scheiße, scheiße" fluchte er und fing an nervös hin und her zu laufen.

Immer wieder blieb er stehen, folgte kurz dem laufenden Bericht im Fernseher, fluchte erneut und setzte seinen gehetzten Gang fort. Er war völlig durcheinander, fast schon hilflos und als der Bericht endete, zappte er so lange durch die einzelnen Kanäle, bis dieser erneut erschien und alles begann von vorne. Doch dann schien er einen Plan zu haben, da er die Fernbedienung achtlos auf die Couch warf und zielstrebig in die Küche ging. Zu allem bereit, riss er eine der Schubladen auf, griff nach einem der vielen Messer die darin lagen und verließ mit langen und energischen Schritten den Raum. Er durchquerte mit der gleichen Entschlossenheit das Wohnzimmer, trat auf den Flur und sperrte die zweite linke Türe, die sich am Ende des Ganges befand, auf. Den Schlüssel dafür trug er, trotz seiner Größe an einer Art Kette um seinen Hals, anstatt dass dieser wie üblich im Schloss steckte. Auch ließ er ihn nach dem Öffnen der Türe nicht hängen, sondern legte die Kette wieder über seinen Kopf und verstaute den Schlüssel schon fast ehrfürchtig unter seinem Shirt. Eine Treppe führte geradewegs in den Keller und als er das Licht anknipste, war ein kurzes kratzendes und metallisch klingendes Geräusch aus dem unteren Bereich zu hören, was ein zufriedenes Lächeln auf seine angespannten Gesichtszüge zauberte. Auch war von seiner vorherrschenden Unruhe nichts mehr zu sehen, da er jetzt extrem langsam eine Treppenstufe nach der Anderen nach unten stieg. Jeden Schritt ließ er verhallen, bevor er den Nächsten machte und es hatte den Anschein, als würde er den Gang genießen. Wie Stars die auf dem roten Teppich wandelten und sich den Kameras in all ihrer Schönheit zur

Schau stellten. In seinem Fall war es durch dieses relativ große Messer jedoch extrem morbide.

„Sarah" kam in einem unheilvollen Singsang und das kratzende Geräusch ertönte erneut.

„Sarah" flüsterte er noch langgezogener und jetzt war ein unterdrücktes Schluchzen zu hören.

„Dein Meister ist da und ich denke heute ist der Tag gekommen."

Schnelle aufeinanderfolgende klirrende Schlagfolgen, gepaart mit stöhnenden, aber resignierten Lauten folgten.

„Heute werde ich es zu Ende bringen."

Auf der letzten Stufe blieb er stehen und fing über die sich bietende Szenerie zu grinsen an. Es war ein machtvolles Grinsen, als er auf die Frau herunterblickte die in Todesangst an ihren Fesseln zerrte oder eher gesagt an ihrer Eisenkette riss.

„Oh Sarah, du bist immer noch so unbeugsam wie am ersten Tag."

Er ging in die Hocke und ließ das Messer von einer Hand in die Andere gleiten.

„Und ich werde dich vermissen."

Seine Gefangene stellte alle Befreiungsversuche ein und drehte sich zu ihm um. Ihr Gesicht war dreckig, blass, eingefallen und verweint und trotz ihrer Angst suchte sie den Kontakt zu ihrem vermeintlichen Peiniger.

„Bitte Glenn …"

„Wie nennst du mich?" kam herrisch und er umklammerte das Messer so fest, dass seine Fingerknöchel weiß wurden.

„Meister" korrigierte sich sein Opfer panisch und als sich ihr Entführer erhob und das Messer mit eindeutigen Absichten umklammerte, war es als ginge ein Ruck durch die Frau.

Trotzig sah sie dem Mann in die Augen und streckte ihre mit einem Stick gefesselten Hände ihn seine Richtung.

„Du hältst mich wie einen Hund."

Entschlossen umfasste sie nun den Eisenreifen der um ihren Hals lag und reckte ihr Kinn nach oben, sodass ihre entzündete Halspartie deutlich zu sehen war.

„Sogar schlimmer als einen Hund."

Sie ließ diesen wieder los.

„Du hast mich verprügelt, obwohl ich gefesselt war, wo und wann es nur ging erniedrigt, indem du mich gezwungen hast dich auf Knien um Wasser anzubetteln, dass du dann einfach über mich gegossen hast, sodass ich es vom Boden auflecken musste, tagelang hast du mich hungern lassen und dann zugesehen wie ich alles verschlang was du mir hingehalten hast" zischte sie und er blieb irritiert über die Heftigkeit ihres Ausbruches stehen.

„Aber eines garantiere ich dir, du hast mich nicht gebrochen und genau deshalb werde ich auch nicht mehr um mein Leben betteln."

Eine kurze Pause folgte und dann spie sie ihm seinen Vornamen so dermaßen verachtend entgegen, dass ihr Peiniger sie mit einem Fausthieb zu Boden streckte.

„Wie hast du mich genannt?" schrie er sie an und sie rappelte sich stöhnend auf ihre Füße zurück und wischte sich weinend aber energisch das Blut von ihrer aufgeplatzten Lippe.

„Glenn! Ich habe dich Glenn ge ..."

Ihre Strafe folgte bevor sie ihren Satz beenden konnte und obwohl sie vor Schmerz fast nicht atmen konnte, dachte sie nicht daran sich zu fügen.

„Glenn, Glenn, Glenn" wimmerte sie am Boden liegend in einem fort und er beugte sich zornig zu ihr herunter, griff in ihre Haare und setzte das Messer an ihrer Kehle, knapp über dem Eisenreifen an.

„Meister" zischte er und sie schüttelte den Kopf.

„Sag es!" schrie er und drückte dabei seine Waffe so fest gegen ihre empfindliche Halspartie, dass sich ein blutendes Rinnsal darunter abzeichnete.

„Nein" widersprach sie weiterhin und schloss dann einfach ihre Augen.

„Ich habe keine Angst mehr vor dir" flüsterte sie und wartete auf ihr Ende und die damit verbundene Erlösung von seiner Willkür.

Keine zehn Minuten später stand er in seiner Küche, warf das Messer in die Spüle und fing an sich seine blutbeschmierten Hände sauber zu waschen. Immer wieder hielt er jedoch inne und beobachtete das rötlich gefärbte Wasser wie es unaufhaltsam im Ausguss verschwand. Es hatte den Anschein, als würde er trauern, oder Reue empfinden, bis er plötzlich völlig ausflippte. Rasend vor Zorn warf er alles auf den Boden was er in seine Finger bekam und es war ihm egal um was es sich handelte. Anfänglich warf er nur Dinge umher, die auf der Küchenarbeitsfläche oder auf dem Tisch herumstanden, doch dann folgten seine Stühle, die er an der Wand zerschlug und am Ende zog er die Schubläden aus ihren Verankerungen, riss die Schränke auf und warf schreiend ganze Tellerstapel auf den Boden. Danach schlug er so lange auf die Schranktüren ein, bis die Scharniere ausrissen und die Türe nur noch schräg daran baumelte oder auf den Boden fiel. Erst als er mit seinem Fuß gegen einer der Unterschränke trat und sich an der Knöchelpartie verletzte, als er diese durchtrat und hängenblieb, stellte er seine Zerstörungswut ein. Stattdessen stieß er mehrere fäkale und frauenverachtende Flüche aus, die allesamt auf Sarah abzielten, während er humpelnd auf seine Couch zusteuerte und sich völlig verschwitzt und schweratmend darauf fallen ließ.

„Schlampe" zischte er erneut, legte seinen Kopf an der Lehne ab, schloss seine Augen und fing kurze Zeit später genüsslich zu grinsen an.

Er dachte an Sarahs letzten Blick zurück, kurz bevor er restlos mit ihr fertig war. Er hatte sie doch noch gebrochen und nur darauf kam es an. Sie war nicht stärker wie er, denn er war der Meister. Der, der alle Fäden zog und den Ton angab. Er kontrollierte einfach alles, er ganz alleine. Mit diesem Wissen verließ er das Haus. Er hatte etwas zu erledigen, was er schon lange hätte tun müssen und ein Lächeln umspielte seine Mundwinkel.

Es war genau zwei Uhr fünfundvierzig morgens und wie erwartet war alles ruhig. Nur der Wind, der durch die Maispflanzen wehte und die Blätter dadurch zum Rascheln brachte, war leise zu hören.

„Ich komme, Eve. Dein Meister ist ganz nah, aber ich denke das weißt du bereits" flüsterte er und ging siegessicher auf das kleine Haus zu.

Er machte sich nicht einmal die Mühe sich zu verstecken so übermächtig fühlt er sich. Eve war bis jetzt sein Meisterwerk, seine Krönung, da sie die Erste war, die er aus der Ferne heraus kontrollieren konnte. Dieses Machtgefühl war einfach unglaublich, als er mit Spannung den Prozess verfolgte. Jedes Wort von ihr, war, als hätte er durch sie gesprochen. Sie war sein persönliches Medium, seine Marionette. Haarklein hielt sie sich an den Plan und der Staatsanwalt erinnerte ihn an einen dressierten Hund, seinen dressierten Hund. Es war so dermaßen berauschend und belebend, dass er sich selbst befriedigte, weil sein Penis so dermaßen hart war, dass es schmerzte. Auch jetzt war seine Hose stramm gespannt und sein Glied zeichnete sich in seiner ganzen Pracht am Stoff ab, sodass er seine Hand fest darauf legte, diese ein paar Mal darüber gleiten ließ und seine Vorfreude auf Eve wuchs ins Unermessliche. Er würde noch ein letztes Mal in ihr kommen, ihr all seine Macht schenken, bevor er ihrem Leben ein Ende setzen würde. Der Meister schuf und der Meister beendet es, wenn er es für richtig hielt. Eves Zeit war gekommen und er würde ihr noch einmal erlauben von seiner Macht zu kosten. Seine Hand bewegte sich immer schneller und als ihn eine wohlige Benommenheit umfing, stellte er alles ein. Kurz vor dem Höhepunkt war seine Macht am größten. Seine Sinne waren geschärft und er umschloss mit seinen Fingern den Türgriff. Er war bereit. Bereit zu töten. Eve zu töten.

7

Ron stoppte meine Ausführung indem der mit seiner Hand eine abgehackte Bewegung knapp unter seinem Kinn machte und seine Waffe zog. Ich verstummte mitten im Satz, bewaffnete mich ebenfalls, ging rechts neben der Eingangstüre in Deckung und legte meine Hand auf den Knauf. Mit einem Nicken gab ich Ron zu verstehen, der links versetzt neben mir stand, dass ich bereit war. Augenblicklich hob er seinen Zeige-, Mittel- und Ringfinger nach oben, klappte einen nach dem Anderen wieder ein und als er seine Hand zur Faust ballte, drehte ich den Knauf. Ron schob die Türe mit seiner Hand auf, jedoch ohne seine sichere Position zu verlassen, während ich die Gegend taxierte. Dann klopfte mir mein Freund auf die Schulter und als ich nickte, rollte er sich lautlos auf die Veranda, verharrte mit einem Bein am Boden kniend und sah sich mit der Waffe im Anschlag um. Aber da war niemand. Trotzdem blieben wir noch einige Minuten so sitzen, bis Ron leise zu fluchen begann und sich erhob.
„Sorry, ich höre wohl schon die Flöhe husten."
„Kein Problem."
Ich stand ebenfalls auf, behielt meine Waffe jedoch in der Hand und ließ meinen Blick weiterhin in die Ferne schweifen.
„Lieber so, als überrascht zu werden."
Ron verengte seine Augen zu schlitzen und spähte in die Dunkelheit.
„Ich hätte schwören können, dass da etwas war."
Jetzt ging er langsam auf den Eingang zu und als die letzte Bodendiele vor der Tür leise zu knarzen anfing, hob er seine Waffe auf Brusthöhe an.
„Und wie da etwas war" knurrte er und rannte nach links in Richtung der Maisfelder.

Obwohl ich ihm am liebsten nachgerannt wäre, blieb ich wo ich war, um den Eingangsbereich und den rechten Grundstücksbereich abzusichern und sah auf meine Uhr. Zwei Minuten, länger durfte er für seine Stippvisite nicht brauchen. Ron schaffte es in eins-siebenundvierzig, aber anstatt beruhigt zu sein, schüttelte er seinen Kopf.

„Nichts" kam genervt und dann ging er wieder auf diese knarrende Diele zu.

„Genau dieses Geräusch habe ich gehört. Ich bin doch nicht bescheuert."

„Das habe ich auch mit keinem Wort gesagt" verteidigte ich mich, da mir dieser Gedanken nicht einmal im Ansatz kam und steckte meine Glock zurück ins Holster.

„Hier draußen gibt es unter Garantie eine Menge Tierzeugs. Vielleicht ist ja eines drüber gelaufen."

Nachdem Ron nichts dem Zufall überließ, ging er mit einem Bein auf die Knie und drückte nur mit seiner Handfläche auf das Brett. Es knarzte selbst unter diesem leichten Druck und er stand wieder auf.

„Tierzeugs, echt jetzt?"

Ich zog meine Schultern nach oben.

„Sind wohl nicht so deins, oder?"

„Nicht wirklich."

Kopfschüttelnd stecke jetzt auch er seine Pistole zurück.

„Keine Menschen, keine Tiere, was magst du überhaupt?"

„Genügend, aber wenn du so weitermachst, streiche ich dich von meiner Liste."

„Oh, du hast eine Liste. Sag bloß da stehen mehr wie drei Leute drauf?"

Ich täuschte einen Schlag an, den Ron grinsend abwehrte und wir beide gingen lachend ins Haus zurück.

Die restliche Nacht verlief ohne weitere Geräusche, zwischenmenschliche Streitigkeiten oder sonstige

Vorkommnisse und als wir alle beim Frühstück saßen, brachte es Ron schonungslos auf den Punkt, als eine schon fast eisige Stimmung den Raum beherrschte.

„Wir werden hier unter Garantie die nächsten fünf bis zehn Tage miteinander verbringen müssen und ich habe keine Lust permanent zwischen die Fronten zu geraten oder wie auf rohen Eier hier herumzuspazieren. Also reißen sie sich gefälligst alle zusammen, denn ich habe wichtigeres zu erledigen, als sie auseinander zu halten. Verstanden?"

Ein allgemeines Nicken folgte und ich setzte nach.

„Ron und ich können sie nicht schützen, wenn sie sich so weit wie möglich aus dem Weg gehen wollen, weil dieses Gelände durch den Mais viel zu viele Verstecke bietet. Ich glaube zwar nicht, dass dieser Glenn …"

Eve zuckte bei seinem Namen kurz zusammen, was auch Mark nicht verborgen blieb.

„… aus dem Hinterhalt agieren wird, da er viel zu narzisstisch veranlagt ist, aber Vorsicht ist bekanntlich besser als Nachsicht. Also bitte ich sie innständig ihre Differenzen beiseite zu legen oder diese wie zivilisierte Menschen auszudiskutieren, anstatt sich gegenseitig zu beschuldigen. Es gibt nämlich keinen Schuldigen, zumindest nicht in diesem Haus. Hier gibt es nur Opfer."

Mark sah mit einer Mischung von Wut und Verständnis zu Eve und fing zu nicken an, was sie dazu veranlasste beschämt zu Boden zu blicken. Chris zeigte keinerlei Reaktion und ich ließ es erstmal darauf beruhen und richtete meine nächsten Worte direkt an ihn.

„Haben sie Katzen hier?"

„Nein, ich bin allergisch auf die Viecher."

Bei seiner abfälligen Betitelung grinste ich in mich hinein und als ich zu Ron rüber sah, schüttelte er nur augenverdrehten seinen Kopf, da ich mal wieder einen Verbündeten gefunden hatte.

„Andere Tiere.“

„Da draußen garantiert, aber keine die ich füttern muss. Warum?“

„Nur so“ wiegelte ich ab und Ron sog scharf die Luft ein, da er genau wusste, auf was meine Fragen abzielten.

Wir hatten gestern also tatsächlich einen Besucher und wenn es tatsächlich dieser Glenn war, ist er um ein vielfaches Machtbezogener als ich ursprünglich annahm. Er dachte tatsächlich, dass er über den Dingen stand und diese Sorte von Psychopaten waren die gefährlichsten und unberechenbarsten von allen. Das Wort Meister, wie ihn Eve ansprechen sollte, bekam dadurch eine ganz andere Bedeutung und ich bereute es zutiefst sie als Köder eingesetzt zu haben. Auch würden wir Verstärkung brauchen, denn dieses mehr als unübersichtliche Gelände spielte ihm direkt in die Karten. Ein anderer Plan musste her und zwar schnell.

„Wir können hier nicht bleiben, Pete“ fing Ron leise an, als wir beide alleine auf der Veranda standen.

„Denn dieser Mistkerl könnte drei Meter von uns wegstehen und wir würden ihn durch diesen ganzen beschissenen Mais nicht sehen.“

„Ich weiß.“

„Das ist alles? Kein Plan?“

„Wenn du mich weiter volllaberst dann nicht.“

„Dann hast du was?“

„Noch nicht, aber ich arbeite daran.“

„Gut, dann lass ich dich und deine Psychozellen mal in Ruhe arbeiten.“

Er war im Begriff zu gehen, als ich ihn zurückrief.

„Wenn wir von hier verschwinden, will ich, dass Eve und Chris bei dir mitfahren.“

„Beide, bist du dir da sicher?“

„Ja, denn du und Chris, ihr beide scheint euch zu verstehen, was man von uns beiden nicht behaupten kann, nachdem ich ihn mehr oder weniger bedroht habe."

„Gut, ist eine Erklärung für Chris, aber Eve? Ich denke wir sollten sie auf alle Fälle trennen, wenn es brenzlich wird, sicher ist sicher."

Ich lachte auf.

„Keine Ahnung wie du das hinbekommen willst, denn ich denke nicht, dass Chris seine Schwester auch nur eine Sekunde allein lassen wird, wenn wir ihnen sagen, dass dieser Ort nicht sicher ist."

„Ok" kam resigniert.

„Du hast wie immer Recht, ich nehme die Beiden. Was diskutiere ich überhaupt?"

„Weil du immer noch denkst, dass du gewinnen könntest, mein Freund."

„Überheblicher Mistkerl."

„Du wolltest mich so."

„Ich wollte dich so? Wann bitte war denn das?

„Als du mich als ein Weichei und einen überheblichen Kotzbrocken in ein und demselben Satz bezichtigt hast."

„Ich wusste, dass mich das noch einholen würde. Ich wusste es."

Er verdrehte gespielt geschockt seine Augen, kam aber sofort wieder zum Kern der Sache zurück.

„Und wo soll es hingehen?"

„Collins geht zurück in den Bau, da wir es uns nicht leisten können, dass dieser Glenn ihn sieht und wir fahren etwa zehn Meilen nach Westen zurück, da habe ich bei der Anfahrt einen Schuppen gesehen, der für unsere Zwecke geradezu genial ist, da weit und breit nur kniehohe Wiesen anstatt dieser beschissen hohe Mais wächst."

„Und der Besitzer?"

„Lars Problem, denn wir beide haben bereits mehr als genug zu tun."

„Klingt gut."

„Es muss, denn wir haben im Moment nur Eve, da die Zeitspanne viel zu groß ist, als dass sich noch brauchbare Beweise finden lassen. Ich weiß momentan nur eines mit Sicherheit, Sarah rennt die Zeit davon, wenn sie überhaupt noch am Leben ist."

„Du zweifelst?"

„Ja, denn wenn er tatsächlich heute früh da war, dann ist er gefährlicher und unberechenbarer als ich angenommen habe und das ist für Sarah fatal."

„Warum?"

„Es sind mittlerweile hundertsiebenundvierzig Tage, Ron." Ich atmete tief durch.

„Und laut Eves Erzählungen ist jeder einzelne davon die Hölle und mir stellte sich die ganze Zeit die Frage, ob ich so lange durchhalten könnte ohne aufzugeben?"

„Du glaubst wirklich, dass dieser Dreckskerl sie tötet, wenn sie aufgibt?"

„Ja. Dieser Typus von Gewaltverbrecher braucht die Kontrolle und wenn er sie hat, ist sein Werk vollendet und er benötigt für seine sadistischen Neigungen eine neue Herausforderung."

„Ich hasse Serienkiller" zischte Ron und ging ins Haus zurück.

Ich hingegen stützte mich mit meinen Unterarmen am Geländer ab und sah mich suchend um. Glenn war irgendwo da draußen und ich konnte förmlich spüren wie er sich zwischen den einzelnen Maispflanzen verschanzte und jeden unserer Schritte beobachtete. Aus dem Impuls heraus fing ich an ihn zu provozieren, indem ich meine Hände zur Seite hin ausbreitete, zu grinsen anfing und mich einmal im Kreis herum drehte. Dann zog ich meine Handschellen aus meiner hinteren Hosentasche und ließ diese demonstrativ und immer noch breit grinsend an meinem Zeigefinger baumeln. Ich wollte ihm dadurch zeigen wer von uns beiden als Sieger den Platz verlassen würde, war mir aber im Gegenzug auch über die Konsequenz bewusst, dadurch in seinem zentralen Focus zu landen. Zum Glück war Ron schon wieder ins Haus gegangen, da er mich für diese Aktion sonst durch die Mangel gedreht hätte. Aber mir ging es wie ihm, ich hasste Serienmörder wie die Pest, obwohl es genau die waren, die aus psychologischer Sicht die wirklich interessanten sind und ich begann im Geiste meine Bücher zu wälzen.

Ron stritt sich gerade mit Chris als ich etwa eine Stunde später ins Haus zurückkam und anstatt ihren Streit einzustellen, in dem es ganz offensichtlich um mich ging, dachte Chris nicht einmal daran und ich war mir sicher, dass er jetzt sogar noch eine Schippe drauflegte, um es mir heimzuzahlen.

„Dieser Mistkerl hat mir gedroht, also höre auf ihn als den Guten hinzustellen, denn das ist er nicht."

„Dieser Mistkerl" zischte Ron zurück, zeigte kurz mit seinem Finger auf mich und baute sich dann vor seinem Gegenüber auf.

„Ist vermutlich der Einzige der den wirklichen Mistkerl in dieser Gleichung aus dem Verkehr ziehen kann, ohne dich oder deine Schwester zu gefährden. Das funktioniert aber nur, wenn du das tust was er von dir verlangt. Und wenn er will, dass du auf einem Bein hüpfst und dabei bellst, wirst du das ohne Wenn und Aber machen. Hast du das jetzt endlich verstanden oder muss ich tatsächlich noch deutlicher werden?"

„Lass es" ging ich dazwischen.

„Es sind nur zehn Meilen und ich denke nicht, dass er es im offenen Gelände versuchen wird. Also können beide bedenkenlos bei dir mitfahren. Wichtiger ist, dass Mark von hier verschwinden, ohne dass dieser Mistkerl ...“

Ich wählte mit Absicht dieses Wort und sah Chris dabei direkt in die Augen.

„... ihn sieht. Also ist jetzt meine Frage ...“

Erneut sah ich Chris direkt an.

„... hast du ein Cap oder ähnliches womit wir Marks Gesicht abschirmen können.“

Er nickte, vergrub seine Hände in den Hosentaschen und kam langsam auf mich zu.

„Eves ...“

Er brach ab, da er seinen Namen nicht einmal aussprechen konnte.

„Er ist da draußen, oder?“ formulierte er seinen Satz um und als ich nickte, spannten sich seine Kiefermuskeln.

„Und warum sucht ihr ihn dann nicht?“

Sein Schmerz verwandelte sich plötzlich in Wut.

„Wo ist das FBI, wenn man es braucht? Oder geht es hier nur um diesen Collins und Eve ist euch in Wirklichkeit völlig egal?“

„Nein, es geht nicht um Collins“ antwortete ich ruhig.

„Und nein, Eve ist mir nicht egal, denn wenn das so wäre, dann wäre ich garantiert nicht hier.“

„Wieso sucht du ihn dann nicht?“ ging er mich jetzt persönlich an und warf alle Förmlichkeiten über Bord.

„Und wieso seid nur ihr zwei hier, anstatt eine Hundertschaft von euch? Ihr tretet sonst doch auch nur in Rudeln auf. Also frage ich dich noch einmal, wo ist der verdammte Rest von euch?“

Seine letzten Worte sprühten nur so vor Verachtung und ich erhob meine Stimme nun ebenfalls und ließ, genau wie er, die förmliche Anrede beiseite.

„Ron und ich sind nicht der Rest, sondern die Besten die du weit und breit kriegen kannst. Wir sind die Elite und es wäre

schön, wenn du nicht alles in Frage stellen würdest, was wir beide hier machen. Denn du hast nicht die geringste Ahnung zu was wir und dieser Bastard fähig sind."
„Dann sag es mir, verdammt nochmal!"
„Du willst die Wahrheit?"
„Ja!" schrie er, aber seine Augen verrieten ihn.
Er wollte es nicht wissen, er wollte nur, dass seine Schwester in Sicherheit ist und ich zügelte meine Stimme.
„Dieser Glenn, oder wie er auch immer heißen mag ist gut, verdammt gut sogar."
Er schnaubte über meine Ausführung auf, aber ich ließ es darauf bewenden und sprach weiter.
„Bis vor drei Tagen wussten wir noch nicht einmal, dass Eve bereits sein drittes Oper war und ich denke, dass diese Zahl sogar noch weit nach oben korrigiert werden muss, da man sich diese Art von Psychotricks nicht von heute auf morgen aneignen kann oder sie in einem Lehrbuch findet. Das schafft man nur durch Übung. Und das kannst du mir glauben, dieser Bastard hat Übung darin und das schlimmste daran ist, er hatte auch noch Erfolg. So großen Erfolg, dass er sich jetzt als unbesiegbar empfindet und genau das macht ihn so gefährlich, da er jegliches Muster durchbrechen wird und somit so gut wie nicht einschätzbar oder vorhersehbar ist. Meine Aufgabe ist es ihm eine Falle zu stellen, aber dafür muss ich wissen wie er tickt und das schaffe ich nur, wenn ich ihm keinen Raum zum Agieren lasse."
„Willst du deshalb hier weg?" kam weiterhin anklagend.
„Weil er dir hier im Vorteil ist?"
„Nein, ich will hier weg um deine Schwester zu schützen und nicht weil er mir im Vorteil ist."
Leider reagierte ich aufgrund seiner Unterstellung zu heftig, was ihm eine Steilvorlage für sein Misstrauen gab.
„Die Statistik also" würgte er hervor.
„War ja klar, dass ihr Typen …"

Jetzt war es genug und ich hatte es satt.

„Wir Typen" zischte ich zurück.

„Sind es leid, dass man uns für alles verantwortlich macht was schiefgegangen ist, bloß weil alle anderen Behörden zu feige waren es selbst durchzuziehen. Oder warum glaubst du werden wir gerufen? Wegen unserer großen schwarzen Autos oder besser sitzenden Jacken garantiert nicht. Wir werden gerufen, wenn alle anderen bereits knietief in der Scheiße stecken, weil sie es durch ihre Ignoranz, es besser können zu wollen, vergeigt haben. Und das weißt du auch, denn lange genug bist du schließlich selbst Polizist gewesen. Aber das ist ja nebensächlich, da Sündenbock und FBI ja mittlerweile gleichbedeutend sind. Also was ist, vertraust du mir jetzt, oder soll ich die ganze Sache an die örtliche Polizei abgeben?"

Chris haderte mit sich und stellte mir dann die für sich entscheidende Frage.

„Ist dir der Schutz von Eve wichtiger, als ihn zu kriegen?"

„Ist es" gestand ich wahrheitsgemäß.

„Auch wenn es manchmal nicht immer so rüberkommt. Fakt ist aber, dass die Opfer ganz oben auf meiner Liste stehen. Ihnen fühle ich mich in erster Linie verpflichtet. Nicht meiner Marke und genauso wenig den Angehörigen."

Chris wollte etwas erwidern, aber ich redete einfach weiter.

„Ich weiß wie überheblich und kalt das klingt, aber die Angehörigen sind zweitrangig, da sie meist nur von Schuldgefühlen getrieben sind und leider auch zu fast dreiundneunzig Prozent absolut nichts gesehen, beziehungsweise etwas relevantes zu erzählen haben, dass mich weiterbringt. Schnelligkeit ist in meinem Job leider alles was zählt und ich kann es mir nicht leisten einfühlsam und nett zu sein, weil dies bedeutet wertvolle Zeit zu verlieren. Zeit die die Opfer meist nicht mehr haben.

Deshalb bin ich so und deshalb werde ich mich auch nicht ändern."

„Eve geht es irgendwie besser" gestand er nach einer kurzen Pause.

„Ich weiß" konterte ich und er verdrehte die Augen.

„Ich will mich gerade bei dir entschuldigen."

„Ich weiß" sagte ich erneut und Chis schnaubte auf.

„Du machst es einem nicht gerade leicht, weißt du das?"

„Ich weiß" kam zum dritten Mal von mir und Chris gab es kopfschüttelnd auf.

„Mach einfach was ich sage, dann funktioniert das schon mit uns."

Jetzt lachte er auf und stellte sich demonstrativ auf ein Bein.

„Wuff."

Ich fing ebenfalls zu lachen an.

„Ist es so besser?" hakte Chris provokant nach und ich konterte.

„Perfekt, aber an deinem Wuff müssen wir definitiv noch arbeiten."

Ron zwinkerte mir zu, als mir Chris seine Hand entgegenstreckte und im Gegenzug nickte ich dankend. Mein Partner war und blieb einfach die menschliche Variante zu mir, da er es meist schaffte die Wogen zu glätten, die ich mit meiner Rationalität verursacht hatte. Zwar war ich bereits um einiges Umgänglicher geworden, als noch vor drei Jahren, aber manchmal kam einfach mein altes Wesen in mir durch. Besonders wenn ich in meiner Arbeit behindert wurde, denn Ineffizienz und die damit einhergehende Zeitverschwendung konnte ich auf den Tod nicht leiden, denn genau dies war meist alles, was ich den Opfern bieten konnte um sie zu retten und genau deshalb verlor ich auch jetzt keine Zeit und gab meinem Partner zu verstehen, dass ich mit ihm reden wollte. Alleine reden wollte.

Ron reagierte im ersten Moment wie Lars, aber als ich ihm dann mein erstelltes Profil über Glenn darlegte und dann auch mit einigen Fallbeispielen untermauern konnte, war er meiner Meinung. Glenn war überaus gerissen und durch seine Machtbesessenheit extrem gefährlich und unberechenbar. Als ich ihm dann aber gestand ihn herausgefordert zu haben, legte er seine Kopf in den Nacken und fing an mich für meine Blödheit zum Teufel zu schicken. Worte wie, total bescheuert, verblödet, hirnverbrannt und lebensmüde fielen, bevor er sich wieder beruhigte. Als ich ihn dann aber erklärte, dass ich ihn somit aller Wahrscheinlichkeit nach in die für uns beste Lage geschupst hatte, wurde er etwas versöhnlicher, hakte aber trotzdem nach.

„Und Lars hat dir grünes Licht gegeben?"

„Noch nicht" gestand ich und bevor mein Freund eine erneute Schimpftetrade vom Stapel lassen konnte, redete ich schnell weiter.

„Er wollte erst mit einem unserer Brandexperten sprechen und wenn er sagt, dass es funktionieren könnte, gibt er uns sein Einverständnis."

„Ok" kam besänftigt.

„Aber was ist, wenn der Brandexperte kein grünes Licht gibt? Darüber auch schon nachgedacht?"

„Mache ich, wenn es soweit ist."

„Gut, aber bis dahin hältst du die Füße still, verstanden."

Ich nickte, da ich wusste dass er auf meine doch ziemlich gefährliche Provokation anspielte, denn machtgeile Typen reagierten extrem gereizt auf solche Aktionen.

Die Erlaubnis folgte eine knappe Stunde später und dann war es Mark der völlig ausflippte, als ich ihm sagte, dass er von meinem Boss in ein paar Stunden abgeholt werden würde. Ron und ich hatten alle Hände voll zu tun, ihn davon

abzuhalten nach draußen zu stürmen um den Mörder seiner Frau zu suchen. Rache war alles was ihn jetzt noch beherrschte und Ron sah mich bittend an, ihn aus dem Verkehr ziehen zu dürfen, doch ich schüttelte meinen Kopf. Noch gab ich nicht auf ihn mit Worten, anstatt mit Fäusten auf Kurs zu bringen.
„Wenn du jetzt da rausgehst, ist er weg und zwar für immer. Aber nur zu, geh, wenn du willst."
Ich zeigte auf die Türe.
„Schrei dir die Seele nach ihm aus dem Leib oder mach was immer du für richtig hältst. Aber dann musst du damit leben, dass er ungestraft davon gekommen ist, denn genau das wirst du mit dieser Aktion erreichen."
Er ging nicht, stattdessen setzte er sich auf einen der herumstehenden Stühle und vergrub sein Gesicht in den Händen.

8

„Dieser Dreckskerl" zischte er und zog sich ein Stück weiter in das Maisfeld zurück.

Seine Wut war ihm aber deutlich ins Gesicht geschrieben, da seine Augen zu Schlitzen verengt und seine Hände zu Fäusten geballt waren. Die Provokation des für ihn Fremden nagte an seiner Ehre und er schwor sich Rache. Bittere Rache, denn er war der Meister, er ganz alleine.

Sein Mund war ausgetrocknet, seine Lippen spröde und sein Hemd klebte mittlerweile an seinem verschwitzen Körper, als die Nachmittagssonne unbarmherzig auf ihn herniederbrannte. Trotz des Schutzes den das Maisfeld bot, war es unerträglich heiß und stickig, da kein einziger Windhauch dieses Dickicht durchdrang. Nur ganz oben bewegten sich die langen Blätter der Halme, aber unten war die Luft zum Schneiden dick. Trotzdem bewegte er sich keinen Millimeter oder zeigte irgendeinen Anschein von Schwäche aufgrund seiner einsetzenden Dehydration. Völlig bewegungslos saß er wie ein Felsen da und starrte auf das Haus, bis sich nach Stunden eine schwarze Limousine näherte. Mit nur einem einzigen Satz kam er auf seinen Füßen zum Stehen und sog jetzt jede Bewegung förmlich in sich auf, da er seine Arme zur Seite hin ausbreitete und extrem tiefe Atemzüge machte. Es war fast so, als würde er sich wie ein Computersystem neu starten. In einer kleinen Staubwolke hielt der Wagen an und ein einzelner Mann stieg aus. Er war groß, sportlich gebaut, dunkelhaarig und leger mit weißem Hemd und beiger Jeans bekleidet. Er warf die Türe ins Schloss, ging zum Heck seines Autos, öffnete den Kofferraum, holte etwas daraus hervor und schloss diesen wieder. Dann ging er schnurstracks, mit jeweils einer

176

kleinen Tüte rechts und links in der Hand auf das Haus zu, dessen Eingangstüre auch sofort geöffnet wurde, kaum dass er die Veranda betrat. Leider war der Winkel für den aufmerksamen Beobachter zu steil, sodass er weder das Gesicht des Neuankömmlings, noch den Inhalt der beiden Tüten oder das Profil des Türöffners erkennen konnte und er entschied sich seine Position zu wechseln. Fast wie ein Geist bewegte er sich blitzschnell zwischen den gepflanzten Reihen hin und her und war dabei so geschickt, dass an den Spitzen des Maises so gut wie keine Bewegung zu erkennen war. An seinem Endpunkt angekommen, setzte er sich seelenruhig auf den Boden und taxierte wieder völlig bewegungslos das Haus. Auch seine Atmung ließ keinerlei Rückschlüsse auf seine getätigte Kraftanstrengung zu, da er ruhig und gleichmäßig in seinen Bauch atmete. Nur das leichte Heben und Senken seines Brustkorbes verriet, dass er am Leben war. Er hatte seinen Körper vollkommen unter Kontrolle, da er sogar dem Impuls widerstand zu blinzeln. Er war eher eine perfekt funktionierende Maschine als ein Mensch mit Gefühlen und Bedürfnissen. Erst als sich die Türe langsam bewegte, beugte er sich vor und ging wie ein Hundertmetersprinter in Position, nur sah es bei ihm wie ein Raubtier auf dem Sprung aus, da jede Sehne und jeder Muskel in seinem Körper zum Zerreißen gespannt war. Und plötzlich huschte Enttäuschung über seine Gesichtszüge. Der Mann, den er erhoffte wiederzusehen war nicht dabei. Es war wieder der große Dunkelhaarige, der vor wenigen Minuten das Haus betrat und eine weitere männliche Person, die ein Baseballcap von den New York Yankees trug. Obwohl er sein Gesicht nicht sehen konnte, war er sich anhand der Körpermaße sicher, dass es sich nicht um den Mann handelte, der ihn heute Morgen so selbstherrlich und provokant herausforderte. Leider war es jetzt auch mit seiner Selbstbeherrschung dahin, da sein ganzer Körper regelrecht nach dieser Person schrie. Er wollte ihn und er wollte ihm seine grenzenlose Macht in jeder Faser seines Körpers spüren lassen und er wusste auch schon ganz genau wie er es anstellte. Sein Todeskampf würde sich stundenlang hinziehen und er würde dabei wissen, dass er besiegt worden war. Von ihm besiegt worden war und diese Gewissheit erregte ihn aufs Neue. Genüsslich schloss er seine Augen und fing an sich diesem berauschenden Gefühl hinzugeben, indem er seinen steifen Penis im stetigen Rhythmus bis kurz vor dem Höhepunkt stimulierte. Der Schmerz war unbeschreiblich als er aufhörte, da seine Erektion so hart war, dass alle erogenen Nervenspitzen um Erlösung bettelten. Einen Moment gab er sich seiner Schwäche hin, als seine Hand im Begriff war erneut zuzupacken, aber dann gewann seine grenzenlose Disziplin die Herrschaft über seinen Trieb und der Schmerz puschte seinen Körper, als stünde er im Drogenrausch.

Da war er endlich wieder. Seine Atmung wurde schneller und er wollte auf ihn zu rennen, schaffte es aber im letzten Moment sich zurückzuhalten. Die Zeit war noch nicht reif und er pirschte sich lautlos zwischen den Maisreihen hindurch, um das Gesicht seines Herausforderers besser erkennen zu können, hielt dann aber plötzlich inne, als ein weiterer Mann die Veranda betrat. Dem Mann seiner Begierde schien dies nicht zu passen, da er ihn augenblicklich ins Haus zurück schickte. Als dieser seiner Aufforderung nicht sofort nachkam, baute er sich direkt vor ihm auf, was seinen Gegenüber dazu veranlasste unterwürfig in den Boden zu starren. Wie ein geprügelter Hund zog er sich zurück und sein Gegner breitete wieder seine Hände aus, atmete tief durch und stellte sich dann leicht breitbeinig auf die oberste Stufe der Veranda.
„Ich töte dich" kam völlig ruhig und überzeugt.

„Denn ich bin dein Meister."
Bei dem Wort Meister, sprang sein Beobachter auf die Beine, blieb aber stehen, als der Mann seiner Begierde langsam die Treppe nach unten stieg.
„Und ich weiß genau, dass du da bist."
Er hielt seinen Atem an, als der Mann direkt in seine Richtung schaute, doch dann ging er links um das Haus herum, sodass er aus seinem Sichtbereich verschwand. Seine Stimme konnte er aber immer noch hören und sein Zorn wuchs ins Unermessliche. Dieser Mann verhöhnte ihn, ihn den Meister. Den wahren Meister, da er sich nicht von seinen Gefühlen leiten ließ. Er plante, er hatte alles in der Hand, während er auf der Suche nach ihm in der Gegend herumstolperte.
„Ich töte dich" flüsterte er und fing zu rennen an.
Aber auch jetzt bewegte sich kein Halm, als er sich geräuschlos durch die einzelnen Pflanzenreihen auf seinen Herausforderer zubewegte.

9

Ein fast unmerkliches Rascheln verriet mir, dass ich ihn an der Angel und Ron somit freie Bahn hatte. Jetzt musste ich ihn nur noch hinhalten, aber bei seinem Narzissmus war es ein Kinderspiel.

„Ich kriege dich!" fing ich gedehnt und selbstsicher an.

„Denn ich bin der einzige und wahre Meister in dieser Gleichung. Du hingegen bist nichts anderes als ein Wurm, der von Glück reden kann, wenn ich ihn nicht einfach zertrete."

Gespielt gelassen fing ich zu pfeifen an, da ich mich psychologisch gesehen auf sehr dünnem Eis bewegte. Psychopathen ihre Minderwertigkeit offen darzulegen grenzte an Selbstzerstörung, da dadurch jegliche Berechenbarkeit aus dem Raster viel und ich stellte mich auf alle Eventualitäten ein. Wenn ich ehrlich war, wollte ich sogar, dass er seinen Kopf verlor und einfach auf mich losging, denn dann war dieses Versteckspiel endlich vorbei und Sarahs Überlebenschancen stiegen weit nach oben. Leider hatte er sich besser im Griff als ich dachte und mir blieb nichts anderes übrig als nach Plan weiterzumachen.

„Ich werde dich ausräuchern und wenn ich hier alles niederbrennen muss um dich zu kriegen, bin ich bereit dazu. Du und ich, wir beide ganz alleine, das ist das was ich will. Also was ist, Lust auf ein Duell?"

Wieder breitete ich meine Arme aus und wieder geschah nichts. Also beschloss ich den Rückzug anzutreten, da Ron garantiert schon fertig war.

„Und" quetschte er mich aus, gleich nachdem ich das Haus betrat.

„Ich habe sämtliche Register gezogen."

„Und er hat sich trotzdem nicht blicken lassen?"

180

„Es war eine fünfzig – fünfzig Chance.“
„Hat er dann wenigstens angebissen?“
„Ich hoffe, denn deutlich genug war ich.“
„Kann ich mir vorstellen, denn durch die Blume kennst du nicht.“
Er grinse mich herausfordernd an und ich verdrehte die Augen.
„Wie lange gibst du ihm?“
Ich zog die Schultern kurz nach oben.
„Vermutlich heute Abend, aber nagle mich bitte nicht fest.“
„Gut, dann heißt es mal wieder warten.“
Ron ließ sich auf die Couch fallen, legte seinen Kopf an der Lehne ab und schloss seine Augen. Der Schlafmangel forderte schön langsam seinen Tribut.
„Gott sei Dank verstehen wir uns“ fing er grinsend an, ohne dass er seine Position veränderte oder seine Augen öffnete.
„Denn deine Einlage als herrischer Boss war Schauspielreif. Würde ich dich nicht besser kennen und wissen, dass dir die Hierarchie am Arsch vorbeigeht, hätte ich dir die machtgeile Tour definitiv abgenommen.“
„Gut, dann weiß ich ja jetzt was ich tun muss, wenn du mal wieder nicht spurst.“
Mein Partner schüttelte nur seinen Kopf, anstatt auf meine Vorlage zu reagieren, so müde war er und ich gönnte ihm eine Auszeit, da Sarahs Entführer unter Garantie erst in den späten Abendstunden zuschlagen würde.

„Es scheint loszugehen.“
Mein Partner sog die Luft prüfend ein und seinem Gesichtsausdruck nach, nahm er diesen leicht verbrannten Geruch ebenfalls wahr. Wir beiden agierten ohne ein einziges Wort miteinander zu wechseln, so eingespielt waren wir mittlerweile aufeinander. Ich sicherte die Türe, während Ron zum Lichtschalter ging und als ich ihm

zunickte und ihm somit zu verstehen gab, dass ich bereit war, legte er den Schalter um. Das Wohnzimmer tauchte in die Dunkelheit der Nacht und es vielen durch alle rechts gelegenen Fenster, flackernde rötliche Lichtreflexe.

„Wie machst du das nur?"

Ron durchquerte den Raum und sah zur anderen Seite hinaus.

„Der Drecksack macht genau das, was du gewollt hast und versucht uns auszuräuchern" kommentierte er mit harter Miene und ich öffnete vorsichtig die Türe.

Jedoch nur so weit, dass unser Gegenspieler dies nicht sehen konnte, ich aber die Zufahrtsstraße zum Haus im Blick hatte.

„Und?" fragte mein Partner ungeduldig und ich reckte den Daumen nach oben und schob die Türe wieder ins Schloss.

„Ich hasse Feuer" spie er in den Raum.

„Ich auch und diese Abneigung ist sogar noch gestiegen, als ich dachte ihr seid alle in die Luft geflogen."

„Unkraut vergeht nicht" kam zwinkernd und dann wurde er wieder ernst.

„Ich brauche um den Wagen zu checken höchstens vierzig Sekunden, also ist unsere Zeitspanne kein Problem, wenn nichts dazwischen komm."

„Dann werden wir nichts dazwischen kommen lassen."

Ron nickte, griff nach der Decke die auf der Couch lag, stopfte diese ins Spülbecken und drehte den Hahn voll auf. Das Wasser spritzte zu allen Seiten hin weg, aber er dachte nicht einmal daran einen Schritt zur Seite zu gehen. Stattdessen drücke er die Decke immer wieder unter den Wasserstrahl und drehte sie gleichzeitig hin und her. Ich hingegen verließ das Zimmer um Chris und Eve zu wecken, die sich ein Zimmer teilten, solange wir ihr Haus belagerten. Chris stieg gerade aus dem Bett und wollte zum Fenster gehen, als ich reinkam.

„Nicht" zischte ich und er blieb schlagartig stehen und sah mich mit besorgtem Gesichtsausdruck an.

Ich beantwortete seine stumme Frage mit einem Nicken und jetzt war er hellwach.

„Eve" kam gepresst und auch um eine Nuance dunkler als üblich und er fing gleichzeitig an, seine Schwester energisch an der Schulter zu rütteln.

„Wach auf, es brennt und wir müssen sofort hier weg."

Seine befehlenden Worte wischte ihre Schlaftrunkenheit aus sämtlichen Gliedern, da sie regelrecht aus dem Bett sprang und mich panisch ansah. Nachdem ihr Bruder anfing sich schnellstmöglich anzuziehen und sie starr vor Angst war, da sie genau wusste, dass ihr damaliger Peiniger dieses Feuer gelegte hatte, ging ich auf sie zu und legte meine Hände beruhigend aber bestimmt auf ihre Schultern.

„Keine Angst, es passiert ihnen nichts. Ok?"

Sie nickte, aber es war rein gar nichts ok für sie und ich versuchte es erneut.

„Wir haben damit gerechnet und bereits Vorkehrungen für unsere Flucht getroffen. Also bleiben sie ganz ruhig und machen sie was Ron ihnen sagt, ok?"

„Ok" kam dünn und so gerne ich ihr ihre Angst genommen hätte, blieb mir nicht die nötige Zeit, da der giftige Qualm bereits ins Haus drang.

Ihr Bruder hielt ihr einen Pulli entgegen, den er wahllos aus ihrem Schrank gezerrt hatte, den ich ihr aber wieder nahm, da er weder enganliegend noch aus dem geeigneten Stoff war, um durch eine Feuerhölle zu marschieren. Stattdessen wählte ich ein Shirt aus, das auf dem ersten Blick wie Baumwolle aussah. Natürlich war auch dieses nicht feuerfest, aber es schmolz zumindest nicht, wenn es großer Hitze ausgesetzt wurde.

„Wo bleibt ihr?" drang Rons Stimme zu uns und ich trieb die Beiden vor mir aus dem Zimmer.

Mein Partner ging schnurstracks auf Eve zu und legte ihr die klitschnasse Decke über die Schultern.

„Sobald wir draußen sind, versuchen sie sich damit zu schützen."

Sie nickte in ihrer Panik nur.

„Wenn ich sage sie sollen in Deckung gehen, knien sie sich hin und igeln sich in die Decke. Sie strecken ihren Kopf erst wieder raus, wenn ich es ihnen sage. Auf gar keinen Fall vorher. Auch verstanden?"

„Ja" kam dünn.

„Aber was ist, wenn …"

„Kein aber" kam harsch.

„Unten bleiben, bis sie von mir oder von Pete ein anderes Kommando hören!"

Sie sah zu ihrem Bruder und Ron packte sie am Arm.

„Ich oder Pete, sonst niemand!"

Seine heftige Geste, gepaart mit seinen strengen Worten zeigten Wirkung. Leider auch den Ernst unsere Lage und ich versuchte die Situation zu entschärfen.

„Wir sind darauf vorbereitet, also vertrauen sie uns einfach."

„Vorbereitet?" echote Chris und mein Freund ging mit einer Flasche Wasser in der Hand, die er gerade aufdrehte, auf ihn zu.

„Ja vorbereitet."

Er drückte sie Chris in die Hand.

„Mach dich nass, besonders den Kopf und ab jetzt hältst du die Klappe. Pete und ich geben die Kommandos und wenn du überleben willst, dann halte dich daran" setzte Ron dem Ganzen einen Schlussstrich und sah dann zu mir.

„Kann´s losgehen?"

„Ja" bestätigte ich, zog meine Glock, ging zur Türe und öffnete diese einen Spalt.

Dann nickte ich meinem Partner zu, der umgehend einen Knopf an seiner Armbanduhr drückte und es ging los.

Routiniert legte ich auf mein Ziel an und schoss. Der Knall der Explosion war ohrenbetäubend, sodass mein nächster Schuss fast nicht zu hören war, aber genau darauf hatten wir gebaut. Der nächste Brandsatz explodierte und Sekunden später ging der Mais rechts und links der Zufahrt entlang in Flammen auf und fraß sich blitzschnell durch die einzelnen Pflanzen.

„Jetzt" schrie ich über meine Schulter und sah, dass Ron nach einer weiteren Flasche griff und dann Eves Arm packte.

Ich stieß die Türe auf und trat mit der Waffe im Anschlag auf die Veranda. Mein Partner folgte mit Eve im Schlepptau und rannte mit ihr durch den schmalen Korridor, der einst die Straße war und jetzt wie ein rettender Tunnel zwischen der Flammenhölle aussah. Chris folgte knapp dahinter und kippte sich im Laufen das Wasser über den Kopf. Ich blieb inmitten der höhergelegenen Veranda stehen und sicherte ihren Fluchtweg, indem ich die Straße ins Visier nahm. Sollte Glenn aus dem Maisfeld kommen, was ich durch die Flammen mittlerweile mehr als bezweifelte, würde ich ihm gnadenlos eine Kugel in den Kopf jagen. Dann folgte Rons Befehl in Deckung zu gehen und beide Lindseys ließen sich augenblicklich zu Boden fallen, während Chris seinen Arm beschützend um Eve legte. Ich sicherte weiterhin, tat mir durch den Qualm aber mittlerweile schwer. Zum einen, weil die Sicht immer schlechter und zum anderen, die Luft immer sauerstoffärmer wurde. Obwohl ich bereits zu husten begann und meine Augen tränten, sicherte ich weiter die Umgebung und erst als ich den kurzen Huplaut von meinem Wagen hörte, setzte ich mich langsam in Bewegung. Das war unser vereinbartes Zeichen, dass alles in Ordnung war, aber solange ich Ron nicht sah, war ich vorsichtig. Erst als ich die Treppe passierte, erkannte ich meinen Partner schemenhaft im Rauch, als er bei den Lindseys stand und sie zum Weiterlaufen animierte. Ich gab ihnen einen kurzen Vorsprung und sprintete dann selbst drauf los. Meine Waffe hielt ich weiterhin in der Hand, um für alle Eventualitäten gerüstet zu sein. Die Hitze fühlte sich mittlerweile unerträglich auf meiner Haut an und ich fühlte mich für einen kurzen Moment in der Zeit zurückversetzt, da es noch gar nicht so lange her war, als ich in einer ähnlichen Situation steckte, nur glaubte ich damals, dass meine besten Freunde den Tot in den Flammen fanden und ich verzweifelt versuchte sie zu retten. Zum Glück lichtete sich der Rauch etwas und ich sah Ron mit gezogener Waffe direkt neben der offenen Beifahrertüre meines Wagens stehen. Er sicherte meinen Rückzug und der Motor des Autos lief bereits. Keine halbe Minute später schwang ich mich auf den Fahrersitz und trat das Gaspedal erbarmungslos in den Boden.

„Alles klar?" fragte mich Ron beunruhigt, da ich das Husten gar nicht mehr aufhören konnte und hielt mir eine bereits geöffnete Wasserflasche entgegen.

„Danke" krächzte ich und trank einen Schluck, den ich durch den Husten beinahe wieder von mir gegeben hätte.

„Soll ich fahren?"

Das fragte er mich immer, obwohl er genau wusste, dass das niemals der Fall sein würde, solange ich noch einigermaßen lebte, da ich durch meine Rennsportkarriere der neurotischste Beifahrer auf dem ganzen Planeten war.

„Vergiss es" konterte ich lachend, aber hustend und Rons angespannter und besorgter Blick verschwand nun endlich aus seinen Zügen.

Er lehnte seinen Kopf gegen die Kopfstütze, schloss seine Augen, atmete ein paar Mal ein und aus und sah dann wieder zu mir.

„Ich kann mich nur wiederholen und frage dich erneut, wie zum Teufel machst du das? Er hat haargenau das getan, was du vorhergesagt hast."
„Ich bin halt der …"
„Sag es nicht. Bitte sag es nicht."
Ich grinste und ein erneuter Hustenanfall schüttelte mich. Ich hob keuchend die Flasche in seine Richtung, um mich für seine Geistesgegenwärtigkeit zu bedanken und widmete nun meine ganze Aufmerksamkeit dem Fahren und dem schluckweisen Trinken, um den nervenden Hustenreiz zu stoppen.

Eine halbe Stunden später kamen wir an diesem Schuppen an und ich war noch nicht einmal richtig ausgestiegen, als mich Chris ein Stück vom Auto wegzerrte, da er nicht wollte, dass seine Schwester unser Gespräch mitbekam.
„Was war da gerade los?" zischte er.
„Und wieso sind wir hier?"
Er sah sich irritiert in der Gegend um und sein Blick blieb an seiner Schwester hängen. Red nahm ihr gerade die Decke ab und bat sie mit einem Wink seiner Hand in den Schuppen mit ihm zu gehen, was Chris nur noch wütender werden ließ.
„Rede mit mir, verdammt nochmal!"
„Jetzt beruhige dich" versuchte ich es vorsichtig und er fuhr sich mit beiden Händen fahrig übers Gesicht.
„Wir sind hier, weil wir auf die Bestätigung warten, ob …"
„Welche Bestätigung?" fiel er mir ins Wort, da er mit den Nerven völlig am Ende war.
„Die Bestätigung, dass wir diesen Dreckskerl erwischt haben."
„Wir? Wer zum Henker ist wir?"
Chris verstand gar nichts mehr.
„Dieser kranke Wichser hätte uns beinahe abgefackelt."

„Nein, das hätte er nicht.“
Ich hob meine Hände leicht an, da er etwas sagen wollte.
„Lass mich bitte ausreden, Chris.“
Er sagte nichts und ich klärte ihn auf.
„Dieser Mistkerl hatte genau drei Optionen. Entweder er agiert aus der Deckung heraus, was ich allerdings für die unwahrscheinlichste Variante hielt, da er viel zu sehr darauf fixiert ist, seinen Opfern seine Macht zu demonstrieren. Zweitens, er legt unseren Wagen lahm und zwingt uns die Maisfelder zu passieren, oder drittens …“
„Er zündet sie an“ beendete Chris meinen Satz für mich.
„Genau.“
„Genau? Spinnst du jetzt völlig? Das war verdammt knapp.“
„Glaubst du tatsächlich, dass ich euch so einer Gefahr ausgesetzt hätte, ohne einen Plan B in der Hinterhand zu haben.“
„Plan B? Welcher Plan B bitte? Und von welcher Bestätigung hast du vorhin gesprochen?“
„Unsere Leute waren keine fünf Minuten entfernt und hätten jederzeit eingreifen können, wenn es brenzlich für uns geworden wäre.“
„Wir sind durch ein brennendes Inferno gerannt. Was zur Hölle muss passieren, damit du es als brenzlich deklarierst?“
„Ok, du hast Recht. Es war nicht ganz ohne. Aber nur so hatten wir die Chance ihn zu kriegen.“
„Ihn zu kriegen? Dieser Drecksack hat sich doch nicht mal blicken lassen, stattdessen hat er zwei Brandbomben gezündet.“
„Das war ich und nicht er.“
„Du, das glaube ich ja jetzt nicht!“
„Du verstehst es nicht, oder?“
„Nein, ich verstehe es nicht!“
„Gut“ versuchte ich ihn zu beruhigen und ging mit einem Bein auf die Knie.

„Das hier ist das Haus.“
Ich zeichnete mit meinem Finger ein Viereck in den sandigen Boden.
„Und das hier sind die Maisfelder.“
Jetzt ritzte ich recht, links und hinter dem Haus erneute Vierecke ein, aber etwas länglicher, als ich das Haus malte.
„Das ist die Straße und hier die beiden Felder die rechts und links daneben stehen.“
Weitere Linien folgten.
„Soweit alles klar?“
Chris verdrehte über meine Wortwahl die Augen und ich sprach weiter.
„Ok, was passiert, wenn er diese Felder …“
Ich zeigte auf die drei, die ich zuerst gemalt hatte.
„… anzündet?“
Ich sah es an seiner Reaktion, er wusste worauf ich hinauswollte.
„Ganz genau, uns bleibt nur die Flucht über die Straße. Und genau darin liegt das Problem. Er sieht uns, wir ihn aber nicht. Deshalb hat Lars mir zwei Sprengladungen mitgebracht, die ich vor unsere Flucht gezündet habe.“
„Verdammt Pete, ich dachte du hättest auf ihn geschossen. Weißt du eigentlich wie viel Angst ich um Eve hatte?“
„Nein“ gestand ich ehrlich, da ich mir darüber absolut keine Gedanken gemacht hatte und er legte seinen Kopf in den Nacken.
„Tut mir leid, aber ich hatte anderes zu tun.“
Er schnaubte auf und sah mich dann an.
„War er die ganze Zeit über da?“ kam konträr zu meiner Annahme, dass er mich angehen würde.
„Ja.“
„Hast du ihn gesehen?“
„Nein, aber gehört und gespürt.“

„Und wie hast du dann die Sprengladungen verstecken können?“

„Das war Ron.“

„Und wie hat Ron sie versteckt“ am leicht genervt.

„Ich habe ihn abgelenkt.“

„Und wie?“

Chris verdrehte die Augen.

„Ich dachte du hättest ihn nicht gesehen.“

Ich unterließ meine zwei Wort Sätze und erzählte ihm von dem Abend, als Ron dieses Geräusch wahrnahm und meine folgende Provokation auf der Veranda. Dann erklärte ich ihm ausführlich das Profil von Glenn, welches ich anhand der Aussage seiner Schwester und den beiden anderen Mordopfern erstellte und meine Einschätzung von seiner möglichen Vorgehensweise, uns durch ein Feuer in die Falle zu locken. Ebenfalls, dass Lars von unserem Sprengexperten die Risiken einer Brandfalle abklären ließ und dass uns ein Zeitfenster von mindestens fünf Minuten blieb, um die knappen fünfzig Meter zu passieren und somit also auch fast risikolos zu schaffen war. Bei dem Wort risikolos schüttelte Chris seinen Kopf und schnaubte kurz auf, da er risikolos definitiv anders interpretierte. Ich zog kurz die Schultern nach oben und kam auf die Details zu sprechen, als Ron die beiden Kanister platzierte, während ich diesen Mistkerl ablenkte und ihn zwang mir zu folgen. Zuletzt erwähnte ich unsere Leute, die sich, sobald die beiden Explosionen zu hören waren, in Position brachten, um Glenn zur Strecke zu bringen, wenn er buchstäblich um sein Leben rannte, da sich das Feuer durch die lange Dürreperiode extrem schnell und unkontrolliert ausbreiten würde.

„Und?“

„Ich habe noch keine Rückmeldung.“

„Kann er auch verbrannt sein?“

„Ich hoffe nicht.“

„Ich schon" kam aus tiefstem Herzen.

„Und ich hoffe, dass er es verdammt nochmal mitgekriegt hat, wie das Feuer sich unaufhaltsam durch sein Fleisch gefressen hat."

Ich sagte nichts darauf. Stattdessen betete ich darum, dass er noch lebte. Denn sonst war ich gezwungen Collins zu sagen, dass durch meine Schuld Sarahs Peiniger zu Tode kam und ich immer noch keinen Anhaltspunkt über ihren Aufenthaltsort besaß, geschweige denn seinen richtigen Namen kannte. Ich stand immer noch am Anfang und das kratzte ziemlich an meinem Ego, da Aufgeben keine Option für mich war. Niemals und ich würde heute auch garantiert nicht damit anfangen, denn eher würde ich in die Hölle hinab steigen, um dieses Schwein zurückzuholen und zum Reden zu bringen.

„Nichts!" blaffte ich in mein Handy.

„Das kann doch gar nicht sein, Lars. Habt ihr auch wirklich alles überwacht und durchsucht?"

Es folgte ein ja und ich war drauf und dran mein Telefon in die Pampa zu werfen, so wütend und gleichzeitig resigniert war ich.

„Habt ihr dann wenigstens einen Wagen gefunden? … Auch nicht, aber das gibt es doch gar nicht."

Ron legte mir seine Hand auf die Schulter, was so viel wie, Lars kann nichts dafür bedeutete und ich senkte meine Stimme.

„Sorry Boss, aber ich bin gerade ziemlich durch den Wind."

Ich atmete tief durch.

„Kann es sein, dass er schon weg war, bevor ich den Sprengsatz …"

Lars unterbrach mich mitten im Satz, indem er sagte, dass er sich wieder melden würde und legte dann einfach auf.

„Was ist?" wollte Ron wissen und ich musste ihn nur ansehen.

„Ist er …"

„Vermutlich" fiel ich ihm mit einer niederschlagenden Realität ins Wort, das es ganz aus war.

„Lars hat aufgelegt, weil sie etwas gefunden haben."

„Pete" fing mein Freund vorsichtig an und ich schüttelte nur den Kopf.

„Es ist aus Ron. Ich habe es vergeigt."

„Hast du nicht."

„Ach nein?" ging ich ihn an.

„Dann sag mir was ich jetzt machen soll? Mit nichts, mit absolut gar nichts!"

„Du findest etwas."

Ich schnaubte auf.

„Hör auf, denn du weißt genauso gut wie ich, wie schwer es ist von einem Brandopfer Fingerabdrücke zu bekommen und ohne diesen weiß ich nicht einmal wo oder wie ich ansetzen soll."

„Du wirst etwas finden."

Seine Optimismus ging mir tierisch auf die Nerven und leider vielen meine nächste Worte auch dementsprechend hart aus.

„Es ist vorbei. Und jetzt muss ich Mark sagen, dass seine Frau wegen meine Falscheinschätzung tot ist und ich auch nicht weiß wo ich ihre Leiche finden kann."

„Das ist doch noch gar nicht sicher."

„Ach nein? Glaubst du denn tatsächlich, dass dieser Wichser ihr Essen und Trinken für die nächsten fünf bis sieben Tage hingestellt hat. Denn das ist die Zeitspanne um Fingerabdrücke eines völlig verkohlten Leichnams zu extrahieren. Also sag du mir nicht, dass es noch nicht vorbei ist. Denn hier ist ein Wunder von Nöten und daran glaube ich schon lange nicht mehr."

Mein Partner blieb stumm, da er dies in seiner Rechnung nicht mit einbezogen hatte und ich ging in Richtung des kleinen Waldes, der keine halbe Meile von unserer jetzigen Position entfernt in den Himmel ragte. Ich stellte sogar mein Handy auf stumm, da ich Zeit für mich brauchte. Das resignierte Fluchen meines Partners konnte ich aber noch deutlich hören und es brachte meine eigene mehr als depressive Stimmung perfekt auf den Punkt.

Zum ersten Mal in seinem Leben war er in Panik. Um ihn herum brannte alles lichterloh und er wusste nicht einmal warum. Der Wind kam von der entgegengesetzten Richtung und er hatte auch keine brennbaren Materialien im Feld gesehen, die eine solche gewaltige Explosion hervorrufen hätten können. Fahrig sah er sich nach einem gangbaren Fluchtweg um und riss instinktiv seine Arme schützend vor sein Gesicht, als keine zehn Zentimeter vor ihm der Mais wie von Geisterhand zu brennen anfing. Ein höllischer Schmerz durchfuhr seinen ganzen Körper, als das Feuer seine Haut versengte. Er torkelte nach hinten, während er die züngelnden Flammen, die sich sein Shirt emporfraßen, mit seinen bloßen Händen zu ersticken versuchte, indem er auf diese schreiend einschlug. Kaum waren diese erstickt, erschien wie aus dem Nichts rechts neben ihm eine weitere Feuerwand und er begann zu rennen. Die Geschmeidigkeit seiner Bewegungen wurde durch Überlebenswillen ersetzt und er mobilisierte ungeahnte Kräfte und Ausdauer. Sein Atem ging schwer und abgehakt, aber auch das war ihm egal. Flucht und am Leben zu bleiben war alles was ihn beherrschte und er ignorierte den rasenden Schmerz in seinen Unterarmen. Das Atmen wurde mittlerweile zur Qual und er besaß das Gefühl, seine Augenlieder würden mit seinen Augäpfeln verschmelzen, so heiß war es um ihn herum. Zwar loderten keine alles verzehrenden Flammen mehr um ihn herum auf, aber die Hitze verschlang ihn regelrecht. Immer wieder stolperte er, da seine Sicht immer schlechter wurde und er von Hustenanfällen nur so geschüttelt wurde. Ein paar Mal fiel er deswegen sogar hin und als er wieder einmal am Boden lag, schlich sich ein schrecklicher Gedanke in sein Gehirn. Er, der Meister wurde besiegt, von dem Mann besiegt, dessen Namen er nicht einmal kannte und im ersten Moment ergab er sich seinem Schicksal. Bei lebendigem Leibe zu verbrennen war seine gerechte Strafe für sein Versagen, aber dann ging ein Ruck durch seinen Körper. Er würde nicht aufgeben. Niemals, denn er war Unbesiegbar. Er war der Meister. Der einzige Meister und dies war nur eine Prüfung. Eine Prüfung ob er der Macht, die er inne hatte, wirklich würdig war.

Ich war so in meinen Gedanken versunken, dass ich das leise knackende Geräusch hinter mir als unbedeutend abtat und mich dementsprechend langsam und auch unvorbereitet umdrehte. Dem Ast, der rasend schnell auf mich zukam, konnte ich nichts mehr entgegensetzen, sodass er ungebremst sein Ziel erreichte. Benommen sackte ich zur Seite hin weg und als ich am Boden aufschlug, kämpfte ich mit aller Macht gegen die aufsteigende Ohnmacht an. Den nächsten Schlag schaffte ich zumindest abzuwehren, da ich meine Arme gerade noch nach oben riss, um meinen Kopf zu schützen. Durch die Wucht des Aufpralls auf meinem linken Unterarm, zerbrach der Stock und dem Schmerz nach, sah es um meinen Unterarmknochen nicht besser bestellt aus. Völlig ausgeliefert lag ich mit dem Rücken voran am Boden, da der erste Hieb frontal meinen Kopf erwischte und ich aufgrund dessen mit erheblichen Koordinationsproblemen zu kämpfen hatte. Außerdem blutete ich ziemlich stark, sah alles nur noch verschwommen und zum Teil doppelt. Das schräg einfallende Licht der aufgehenden Herbstsonne tat sein Übriges, da ich so lag, dass ich direkt hineinsehen musste. Das Einzige was ich im Moment wirklich tun konnte, war mich auf einen erneuten harten Schlag zu wappnen, doch es folgte keine weitere Attacke. Stattdessen spürte ich, dass sich jemand neben mich kniete und meinen Oberkörper prüfend abtastete. Ich wollte ihn noch daran hindern meine Waffe an sich zu nehmen, aber meine Bewegungen glichen dem eines Betrunkenen, da sie extrem unkoordiniert und kraftlos waren.

„Hoch mit dir" kam der knappe Befehl, aber ich konnte nicht.

Ich schaffte es ja nicht einmal klar zu denken, geschweige denn aufzustehen.

„Ich knall dich ab" zischte mein Angreifer erneut und ich spürte den Lauf meiner Waffe an meiner Stirn.

„Also steh endlich auf."

„FBI" brachte ich abgehackt hervor, um meinen Angreifer zur Räson zu bringen.

Weiter kam ich jedoch nicht, da sich plötzlich alles im Kreise zu drehen begann und mir fürchterlich schlecht wurde. Es war so schlimm, dass ich meinen kompletten Mageninhalt von mir gab. Leider schien ich meinen Angreifer nur noch mehr zu verärgern, da er mir einen Tritt in meine linke Flanke verpasste und ich zurück auf meinen Rücken fiel.

„Steh endlich auf" schrie er erneut, beugte sich so weit zu mir runter, dass ich sein Gesicht sehen konnte und aufgrund seines desolaten Aussehens, fingen meine Gehirnzellen endlich wieder zu arbeiten an.

Der Mann der über mir stand und meine Waffe in Händen hielt, war Glenn. Er hatte überlebt. Mit schweren Verbrennungen, aber er lebte. Ich brauchte eine Strategie und zwar sofort, wenn ich überleben wollte, aber meine Kopfschmerzen brachten mich fast um. Stöhnend presste ich meine Hand auf die Wunde und ich spürte einen tiefen Riss der sich von meiner Schläfe quer nach oben über meine komplette Stirn zog und dann etwa vier Zentimeter nach meinem Haaransatz stoppte.

Wieder kam sein harscher Befehl aufzustehen und wieder schaffte ich es nicht einmal mich aufzusetzen. Auch mein sonst so genialer Verstand lief alles andere als auf Hochtouren, bis ich endlich eine Idee hatte.

„Meister" flüsterte ich und bekam zum Glück die gewünschte Reaktion.

„Oh ja, der bin ich."

Er ging neben mir in die Hocke und drehte meine Glock in seiner Hand hin und her.

„Und ich werde es dir beweisen."

Noch bevor ich überhaupt etwas sagen konnte, holte er aus und das Letzte was ich wahrnahm, war meine immer näher kommende Pistole.

Ich wachte mit höllischen Kopfschmerzen wieder auf und war sofort hellwach. Leider kam mit meiner schnellen Kopfbewegung auch wieder diese Übelkeit zurück und ich schaffte es gerade noch dem Impuls mich zu übergeben zu widerstehen. Ich zwang mich langsam und beherrscht ein und aus zu atmen, was durch meine rasenden Gedanken zur Herausforderung wurde. Aber hier, in diesem engen Kofferraum wollte ich mich nicht übergeben und ich konzentrierte mich nur noch auf meine Atmung.

Ein und aus, ein und aus.

Ich muss hier raus.

Nicht denken. Ruhig ein- und ausatmen. Ein und aus.

Nach einer gefühlten Ewigkeit wurde es besser und dann ging es in meinem Kopf drunter und drüber. Hier raus zu kommen, war alles was mich beherrschte und ich versuchte an mein Telefon zu kommen, falls sich dieses überhaupt noch in meinem Besitz befand. Dadurch, dass meine Hände im Rücken gefesselt waren, war dies gar nicht so einfach und mein gebrochener Unterarm machte es auch nicht besser. Also versuchte ich die Fesseln loszuwerden, aber als ich dieses typische metallische Geräusch hörte, stellte ich alle weiteren Versuche ein. Es waren Handschellen. Resigniert atmete ich aus und dann drängte sich mir ein Verdacht auf. Es waren nicht die meinen, meine lagen im Büro, da ich diese achtlos in meine Schreibtischschublade warf, nachdem ich sie von Collins Handgelenken gelöst hatte. Und dann fiel es mir wie Schuppen von den Augen.

Lars beendete das Gespräch so abrupt, weil einer von uns zu Tode kam und in genau dessen Wagen lag ich jetzt. So war diesem Bastard also die Flucht gelungen. Am liebsten hätte ich laut aufgeschrien, so wütend war ich auf mich selbst. Ich lag verschnürt wie ein Paket und mit einer massiven Gehirnerschütterung in diesem scheiß Kofferraum, da ich Lars Reaktion völlig falsch interpretierte und dann in meinem Selbstmitleid förmlich dahinschmolz. Und jetzt meldete auch noch mein geschundener Körper sich eine Auszeit nehmen zu wollen, da mein Gesichtsfeld immer enger und dunkler wurde. Mit aller Kraft wehrte ich mich gegen den Impuls meine Augen zu schließen und trotzte erfolgreich der aufkommenden Bewusstlosigkeit. Ich atmete noch ein paar Mal tief durch und dann konzentrierte ich mich voll und ganz darauf mein Handy zwischen die Finger zu bekommen. Meine Fingerspitzen ertasteten das Gehäuse und eine Welle der Erleichterung durchfuhr mich, als ich es endlich schaffte es aus meiner hinteren Hosentasche zu bekommen. Leider musste ich jetzt völlig blind einen Anruf tätigen und ich konnte nur hoffen, dass ich die richtige Tastenfolge drücken würde, um entweder Ron oder Lars an den Hörer zu kriegen. Auch durfte ich unter keinen Umständen die Laufsprecherfunktion aktiveren, da mein Anruf sonst bis in das Wageninnere zu hören war. Ich atmete tief durch und ließ meine Finger tastend über das Telefon gleiten, da ich nicht einmal wusste, wo oben und unten war.

Konzentriere dich!

Akribisch suchte ich die langen Seiten ab, da sich im oberen Drittel kleine Drucktasten befanden. Ich spürte auf der einen Seite eine und auf der Anderen zwei von ihnen.

Überleg, welche Seite ist welche?

Zum ersten Mal hasste ich meine Technikbegeisterung, da es mit einem uralten Tastenhandy ein Kinderspiel gewesen wäre.

Denk nach! Die Tasten sind oben, also wie ist die Schutzhülle drauf?

Die Ränder waren spürbar und die Frage von links und rechts und von oben und unten war geklärt, aber jetzt drängten sich mir erneute Misserfolgsgedanken auf.

Wie aktivere ich den Kurzwahlspeicher, wenn ich das Display nicht sehen kann?

Ich wusste ja nicht einmal auf welcher genauen Position sich die Zwei oder Drei befand, durch diese nicht zu tastende Zahlen, denn wenn ich nur einen Zentimeter von deren Position abweiche, wählte ich ins Nirwana.

Ist doch scheiß egal! Hauptsache du erreichst überhaupt jemanden!

Ich zwang meine wirren Gedanken in die Schranken, indem ich ein paar Mal tief ein und ausatmete. Diese Atemübung hatte ich schon einigen Opfern empfohlen, damit sie sich beruhigten und sich an das Wesentliche erinnern konnten. Es half, da ich jetzt logisch und rational an die Sache ging.

Dreh dich einfach um und bediene dieses Scheißteil mit der Zunge. Geht das überhaupt, ein Handy mit der Zunge bedienen? Warum nicht! Also mach es endlich!

Ich versuchte mich umzudrehen, was durch den Platzmangel zur Herausforderung wurde. Zuerst streckte ich meine Beine so weit wie es mir möglich war, da ich mit den Knien immer wieder am Deckel des Kofferraumes hängen blieb und es somit nicht schaffte, diese auf die andere Seite zu drehen. Selbst jetzt funktionierte es nur mit Gewalt und meine Kniescheiben bettelten förmlich um Erlösung, als diese am Deckel entlang schrammten. Leider zog auch jede Bewegung meines Kopfes eine so massive Schmerzwelle mit sich, dass mir schlecht wurde. Es war sogar so schlimm, dass ich kurz davor war mich zu übergeben. Durch die Enge und meiner jetzigen Liegeposition lagerte nun mein ganzes Gewicht auf meinem gebrochenen Unterarm, was noch zusätzliche Schmerzen mit sich zog. Mit zusammengebissenen Zähnen und gepressten Atemzügen versuchte ich meinem Impuls zu schreien Herr zu werden und eine unbeschreibliche Wut stieg in mir auf. Ich hatte mich aufgrund meines Selbstmitleides überrumpeln lassen, schlimmer noch, es wurde mir zum Verhängnis. Meine Zeit war abgelaufen, das war mir bereits klar, aber tatenlos wollte ich nicht draufgehen. Mein Zorn überlagerte meinen Schmerz und ich konzentrierte mich akribisch auf mein Vorhaben Informationen über diesen Bastard weiterzugeben. Völlig verschwitzt und kurzatmig lag ich dann endlich in Position und es funktionierte tatsächlich. Man konnte ein Smartphone mit der Zunge bedienen und beim dritten Anlauf befand ich mich dann auch endlich in meinem Kurzwahlspeicher. Da es mir völlig gleichgültig war, ob ich meinen Partner oder meinen Boss erwischte, peilte ich mit meinem Fingerersatz genau die Mitte der beiden Ziffern an und endlich hörte ich das dumpfe Klingelsignal und atmete erleichtert aus. Ich hatte es geschafft und dann höre ich Rons anklagende aber auch erleichterte Stimme.

„Bist du irre? Weißt du eigentlich was Lars hier gerade veranstaltet, nachdem du dein verdammtes Handy ignorierst? Er lässt gerade den ganzen Wald nach dir absuchen, da er denkt …“

„Peil mich an“ fiel ich ihm matt ins Wort, da ich wieder das Gefühl hatte Karussell zu fahren und ich hörte Rons entsetzte Stimme, als er einige harsche Befehle in der Gegend herum schrie, bevor er wieder mit mir sprach.

„Peilung läuft, also mach ja keinen Scheiß, hörst du.“

Ich nickte, obwohl er mich nicht sehen konnte und dann stellte ich die alles entscheidende Frage.

„Wie lange …“

Ein Würgereiz ergriff mich, aber zum Glück blieb mein Mageninhalt da wo er war.

„Neunzig Minuten“ antwortete mein Partner, da er wusste worauf ich hinauswollte und dann hörte ich plötzlich die Stimme von meinem Boss.

„Wir haben dich gleich.“

Meine Antwort war nur ein undefiniertes Stöhnen, da ich wieder Karussell fuhr.

„Ich finde dich, hörst du!“ schrie er aufgebracht, aber eher aus der Hilflosigkeit heraus.

„Die Peilung läuft bereits, mein Freund. Bist du noch in diesem Wald?“

„Nein.“

„Wo bist du dann?“ schrie er erneut, beruhigte sich aber gleich wieder und versprach mir ein weiteres Mal, dass er mich finden würde.

„Auto … Kofferraum.“

Reden glich einem Kraftakt und ich ließ alles Irrelevante einfach weg. Die Angst meines Freundes wurde dadurch aber leider immer größer.

„Verletzt?“

„Ja.“

„Angeschossen?“

„Nein.“

Sein erleichtertes Ausatmen konnte ich deutlich hören.

„Gehirnerschütterung“ setzte ich nach und seine Stimme bekam einen besorgten Unterton.

„Physische Aussetzer?“

„Ja.“

Lars stieß einen fäkalen Fluch aus.

„Sehverlust, Übelkeit, Schwindel, Koordination?“

„Alles.“

Weitere Flüche folgten.

„Weißt du in welchem Auto du bist?“
„Limousine … Stufenheck … älter.“
„Farbe, oder sonstige Details?“
„Nichts, aber es …“
„Spar deine Kräfte Pete, denn es ist egal. Wir finden dich über die …“
Er stockte, da ein Anderer kurz mit ihm sprach und dann verteilte er bellende Befehlt.
„Wir haben dich.“
Sein Atem ging schneller. Er schien zu rennen und dann hörte ich, wie er zu Ron sagte, dass er fahren sollte. Sie waren also auf dem Weg, aber eineinhalb Stunden waren eine verdammt lange Zeitspanne und ich wusste, dass ich diese Zeit nicht mehr haben würde.
„Halte durch Pete, wir sind auf dem Weg.“
Ich antwortete nicht.
„Pete, rede mit mir, bitte“ ging er mich verzweifelt an und ich riss mich am Riemen.
„Fürchterlich müde … und schlecht.“
„Ich weiß mein Freund. Wir sind bald da, also versuche wach zu bleiben und weiter mit mir zu reden.“
Er hatte Recht, ich musste so lange wie möglich wach bleiben und mit ihm reden, aber aus einem anderen Grund. Ich hatte noch einige Dinge nicht geregelt.
„Alexis … sage ihr, dass ich sie liebe … und Sofia, dass …“
„Nichts werde ich sagen, hörst du! Denn das wirst du gefälligst selbst erledigen.“
„Keine … Zeit mehr.“
„Halt die Klappe!“ schleuderte er mich so dermaßen wütend entgegen, dass es mir alle Nackenhaare aufstellte.
„Ich will das nicht hören, hörst du!“
„Ich weiß, aber diesmal … Ich werde es … nicht schaffen.“

„Bullshit! Und wie du das schaffen wirst, denn ich werde dich garantiert nicht im Stich lassen. Hörst du! Wir sind Unterwegs, also wage es ja nicht ...“

Lars sprach seinen Satz nicht zu Ende und ich fing einfach an. Solange ich noch bei Bewusstsein war, wollte ich diesen Bastard ans Messer liefen.

„Eins-achtzig bis eins-fünfundachtzig, Brandwunden an Armen und Torso ...“

„Hör auf!“ zischte mein Freund, aber ich ignorierte ihn.

„Hellbraune Haare ... braune Augen ... Vollbart ... Narbe über der rechten Augenbraue ...“

Ich stoppte und atmete ein paar Mal langsam ein und aus, was Lars panisch werden ließ.

„Pete ... Pete.“

Ich stöhnte auf und er beruhigte sich wieder.

„Bleib ganz ruhig liegen, beweg dich nicht und hör verdammt nochmal dein Reden auf.

„Kann nicht.“

„Rechts verdammt“ befahl Lars zornig und ich konnte hören, wie Ron jetzt lauthals zu fluchen anfing und das Geräusch, wenn ein Wagen abrupt gewendet wurde.

„Gib ihm ... Zeit und lass nicht zu ... dass er kündigt.“

„Dazu kommt es nicht, mein Freund.“

„Versprich es ... mir.“

„Ich verspreche dir gar nichts, hast du das verstanden! Denn wenn du ihm etwas zu sagen hast, dann mach das gefälligst selbst!“

Der Wagen kam zum Stillstand.

„Er ... hat angehalten.“

„Egal was er tut, bitte halte durch. Bitte Pete.“

„Kümmere dich ... um Alexis.“

„Kümmere dich gefälligst selbst um sie!“

Obwohl er mich anschrie, war seine Stimme gebrochen. Es gab noch so viel zu sagen, aber mein Entführer stellte den Motor ab und mir blieben nur noch Sekunden.

„Danke … für alles … mein Freund."

„Tu mir das nicht an, Pete. Bitte tu mir das nicht an!"

Eine Autotür fiel ins Schloss.

„Im Safe" waren meine letzten Worte, bevor ich dem Unvermeidlichen in die Augen sehen musste.

„Du gottverdammter …" hörte ich noch, bevor ich die Verbindung trennte.

So schnell es mir möglich war, schob ich mein Handy mit Hilfe meines Kopfes so weit in den Kofferraum, dass er es nicht sehen konnte und meine beiden Freunde ihn somit weiter verfolgen konnten. Wo sie mich letzten Endes finden würden, wussten sie aufgrund des sich nicht mehr bewegenden Signals meiner jetzigen GPS-Koordinaten. Ich schloss meine Augen als der Deckel des Kofferraumes geöffnet wurde und sah wie in einem Zeitraffer die Gesichter der Menschen, die mir am Herzen lagen.

„Raus!" befahl er und holte mich mit dieser Ansage in die Realität zurück.

Mühsam setzte ich mich auf, aber mit den im Rücken gefesselten Händen, war dies gar nicht so einfach und als ich endlich saß, war mir so schwindlig, dass ich zu keiner weiteren Aktion fähig war.

„Sofort!" zischte er und bevor ich überhaupt darauf reagieren konnte, zerrte er mich unsanft aus dem Wagen.

Ich landete auf den Knien und hatte aufgrund meines desolaten Kreislaufzustandes erhebliche Probleme diese Position zu halten. Aber liegend hätte ich so gar keine Chance und ich konzentrierte mich krampfhaft auf meine Umwelt, um einer Ohnmacht zu trotzen. Anfänglich sah alles um mich herum wie ein wankendes und grünbraunes Wirrwarr aus, da ich alles nur schemenhaft und verschwommen wahrnahm, bis es langsam besser wurde. Mein Verstand signalisierte leider nichts Gutes, als ich erkannte, dass er mich in einen Wald verschleppt hatte.

Rede mit ihm!

„Was hast du …“

Weiter kam ich nicht, da ich einen heftigen Tritt in meine Seite einstecken musste, was irrwitzigerweise einen explosionsartigen Schmerz in meinem Kopf auslöste, anstatt im meiner Flanke.

„Halte deine Klappe und steh endlich auf, denn wir sind noch nicht da.“

Noch nicht da?

Ich schöpfte neuen Mut, denn wir waren nicht hier damit er kurzen Prozess mit mir machte. Nein, er hatte irgendetwas vor und Zeit gewinnen, war jetzt alles an was ich denken konnte. Ich ließ mich auf meine Fersen zurückfallen, schloss kurz meine Augen und atmete einmal ruhig ein und aus, da ich wollte, dass meine nächsten Worte sich nicht matt oder gebrochen anhörten.

„Erschieß mich doch einfach“ spie ich ihm entgegen, gleich nachdem ich meine Augen wieder öffnete und fing innerlich zu beten an, da ich mich aufgrund seines Machtkomplexes auf sehr dünnem Eis bewegte.

„Oh nein, das wäre viel zu einfach für dich“ kam überheblich grinsend und mein anfänglicher Verdacht verhärtete sich zum Glück.

Ich habe noch etwas Zeit und die werde ich verdammt nochmal auch nutzen.

„Was hast du … mit mir vor … du kranker Mistkerl!“

Meine Provokation blieb wie erwartet nicht ungestraft, da er mir sein Knie gegen den Kopf rammte und meine Kopfwunde wieder zum Bluten brachte. Auch das Sehen wurde dadurch wieder schemenhaft und mein Impuls mich zu übergeben stieg ins Unermessliche. Trotzdem

triumphierte ich innerlich, da ich jetzt nicht selbst dafür sorgen musste, um eine sichtbare Spur zu hinterlassen. Unaufhörlich tropfte mein Blut auf den Boden und dann wurde ich nach oben gezerrt, direkt in das Dickicht hinein.
„Du sollst ganz genau wissen, dass ich der Meister bin und dass ich dich besiegt habe."
„Nichts hast du" zischte ich und erhielt leider nicht die erhoffte Reaktion, da er mich einfach weiterzerrte.
Ich versuchte so viele Zweige wie möglich zu beschädigen, indem ich mich immer wieder versuchte loszureißen. Jedes einzelne Knacken eines abgebrochenen Astes und jede eindeutige Fußspur, aufgrund des kurzen Handgemenges, ließ mich aufatmen, bis wir eine Lichtung überquerten. Leider versiegte das Blut meiner Wunde und ich musste andere Geschütze auffahren.
„Elender Feigling" beschimpfte ich ihn.
„Du traust dich doch nur, weil ich …"
Seine Faust traf mich mittig im Gesicht und ich musste gar nicht so tun, als würde ich zu Boden gehen. Verzweifelt kämpfte ich wegen der schnellen Richtungsveränderung meines Kopfes, gegen eine Ohnmacht an, da ich unter allen Umständen wach bleiben musste.
„Dein Todeskampf wird ewig dauern" drohte er mir und als er mich nach oben zerren wollte, gab ich ihm Paroli.
„Dann habe ich ja Zeit… dir zu zeigen, wer von uns … der wahre Meister ist."
Sein Tritt in meinen Unterbauch war zu viel für meinen eh schon gestressten Magen und ich übergab mich aufs Neue, doch diesmal nutzte ich meinen Mageninhalt als Botschaft, da ich mit meiner Hand eine Spur in die Richtung wischte, in die er mich noch vor Sekunden zerrte.
„Sieh dich an" spottete Glenn.
„Ein elender Wurm bist du."

Ich konnte ihm nicht einmal antworten, so fertig war ich und er verhöhnte mich weiter.

„Du kriechst vor mir im Dreck.“

Er fing hämisch zu lachen ein.

„Schlimmer noch, du liegst in deinem eigenen Erbrochenen. Du bist kein Dreck, du bist elender Abschaum und sonst nichts. Eigentlich verdienst du es gar nicht, dass ich dich erlöse, dich rette und dir die Unsterblichkeit im ewigen Sein schenke.“

Der religiöse Aspekt war neu für mich, aber leider auch gar nicht so abwegig, wenn man das Wort Meister auseinander nahm. Meisterlich oder auch Meisterstück, bezeichnet ein besonders gelungenes Werk in der Hochphase des künstlerischen Schaffens. Nur war es bei ihm kein Bild oder ein Bauwerk, sondern der Wille seiner Opfer. Diesen zu brechen und nach seinem Willen neu zu erschaffen war sein krönendes und alles überragendes Werk. Er war der Meister. Er besaß diese Gabe und der Tot dieser Frauen, war die Huldigung für die höhere Macht, die ihm diese Gabe verliehen hatte.

„Trotzdem werde ich dir meine Macht schenken und wenn du deinen letzten Atemzug machst, weißt du, dass ich der wahre und einzige Meister bin.“

„Dann bring es endlich zu Ende“ zischte ich, wischte mir die Spuren meines Mageninhaltes vom Gesicht und rappelte mich mühsam in die Höhe.

„Oder auf was wartest du noch? Dass ich dich anbettle es nicht zu tun?“

Er fing über diese Vorstellung zu grinsen an und seine Augen verrieten ihn. Es machte ihn an und ich tat ihm den Gefallen. Denn Zeit gewinnen war alles was ich wollte und ich sank auf meine Knie zurück.

„Bitte“ flehte ich.

„Töte mich nicht, denn ich habe Kinder. Kleine Kinder" log ich.

„Und ich habe Geld, viel Geld sogar. Also bitte, sag was du willst. Egal was, es ist dein."

Wie erwartet hatte ich ihn zutiefst mit meinem Geldangebot beleidigt, da seine Motivation allein aus der Machtausübung ausging. Alles andere war ein Affront.

„Geld" echote er und kam mit geballten Fäusten auf mich zu.

„Geld ist nichts, gegen die Macht."

Wieder schlug er mich und als ich mit einem Stöhnen auf meinen Rücken fiel, beugte er sich zornig über mich, unterließ aber jede weitere körperliche Attacke.

„Du wirst sie zu spüren bekommen und du wirst wissen, dass ich es war, der dich bezwungen hat."

„Dann tu es doch endlich!"

Er fing lauthals zu lachen an und ich hielt den Atem an, da er im Begriff war, mir alles zu verraten.

„Riechst du das?"

Er riss ein Stück Moos ab und warf es mir hin.

„Dieser Geruch von frischer Erde ist durch nichts zu ersetzen."

Er schloss für einen kurzen Moment seine Augen und um seine Mundwinkel zuckte ein Lächeln. Fast so als würde er sich an etwas erinnern.

„Rein, natürlich und unverdorben" schwärmte er und mir wurde schlecht, aber nicht wegen meiner Verletzung.

„Dann werde doch Leichenfledderer, wenn du es so …"

Weiter kam ich nicht, da er sich auf mich stürzte und ich schrie vor Schmerz auf, da meine gebrochene Unterarmspeiche gegen die Fraktur rieb.

„Wag es nicht so darüber zu sprechen!"

Plötzlich umklammerte er mit beiden Händen meinen Hals und ich konnte rein gar nichts dagegen tun, da ich immer noch gefesselt war. Ich begann zu röcheln, aber es interessierte ihn nicht im Geringsten, da er weiter auf mich einschrie.

„Du bist mir eigentlich gar nicht würdig, du bist der Reinheit nicht würdig!"

Mein Gesichtsfeld trübte sich ein, mein Körper bäumte sich auf und ich versuchte mit Hilfe meiner Beine irgendwie zu entfliehen, aber es brachte nichts. Ich versuchte noch ein letztes verzweifeltes Mal Luft in meine Lungen zu bekommen, aber es gelang mir nicht und dann ließ ich los.

Alexis, meine Alexis.

Keuchend und röchelnd kam ich zu mir. Das Bild von Alexis löste sich auf und wurde durch Büsche und Bäume ersetzt.

„Nie wieder, wirst du so darüber reden!" schrie er mich trotz meines Zustandes an und ließ dann von mir ab, als wäre nichts von alle dem passiert.

„Ich schenke dir diese Reinheit und Ruhe, also danke mir gefälligst dafür, denn dir wurde gewährt es zu genießen, während du auf deinen Tod wartest!"

Plötzlich war ich hellwach, da das Adrenalin der Panik meinen Körper durchdrang und mein Verstand ratterte auf Hochtouren.

Lebendig begraben. Der Typ will dich tatsächlich lebendig begraben. Wie lange kann ich das überleben und wie lange geht das hier schon? Zehn Minuten, Zwanzig? Sind meine Freunde schnell genug? Können sie mich überhaupt finden? Neunzig Minuten? Niemals, das ist viel zu lange in einem Grab. Nein, alles nur das nicht. Nicht lebendig begraben.

Dreh jetzt bloß nicht durch, verdammt. Noch ist es nicht vorbei. Also reiß dich gefälligst am Riemen und lass dir etwas einfallen!

„Wie soll ich es genießen, wenn ich innerhalb von Sekunden ersticke?" hörte ich mich fragen und er schüttelte seinen Kopf.

„Das tust du nicht, denn dann wäre es ja viel zu schnell vorbei."

Er beugte sich ganz dicht zu mir herunter.

„Siehst du jetzt ein, dass ich der Meister bin?"

Ich spuckte ihm ins Gesicht, aber anstatt mir eine Abreibung zu verpassen, ignorierte er es einfach. Er putzte es ja nicht einmal weg. Stattdessen packte er mich, zog mich auf die Beine und zerrte mich weiter.

Neunzig Minuten.

Stolpernd kam ich vorwärts und schaffte es dadurch eine eindeutige Spur zu ziehen. Immer wieder ließ ich mich hinfallen und riss größere Teile des Moosteppiches aus dem Boden, um die Spur für meine Freunde zu legen. Dann ließ er mich plötzlich los, was einen weiteren Kniefall von mir nach sich zog, da meine Beine nachgaben, als wären sie aus Pudding. Leider war dies zu viel für meinen gestressten Magen und ich übergab mich erneut. Als der Würgereiz endlich nachließ und ich meinen Kopf anhob, sah ich das ganze Ausmaß des Grauens. Ich kauerte vor einem etwa zwei Meter tiefen Loch, indem eine Art Kiste lag, die die Maße eines Menschen aufnehmen konnte.

„Das war eigentlich nicht für dich bestimmt."

Er zeigte in das Loch.

„Aber jetzt finde ich, dass es perfekt für dich passt."

Noch bevor ich überhaupt reagieren konnte, fixierte er mich am Boden, indem er sich mit einem Bein auf mich kniete. Mehr war durch meinen desolaten Zustand gar nicht mehr nötig. Ich wehrte mich ja nicht einmal mehr und dann spürte ich einen Einstich direkt an meinem Hals. Es brannte wie die Hölle, es war sogar so stark, dass ich dachte er würde mir geschmolzenes Eisen spritzen.

„Oh ja, es brennt und du wirst in ein paar Minuten denken, dass es dich von innen heraus verzehren wird."

„Was ist das?" brachte ich zwischen zusammengebissenen Zähnen hervor, da ich ihm die Genugtuung nicht geben wollte zu schreien.

„Formaldehyd und damit du auch alles mitbekommst, habe ich noch Adrenalin dabei."

Ich versuchte ihn davon abzuhalten, aber er presste meinen Kopf gnadenlos in den Boden und durch meine gefesselten Hände hatte nicht den Hauch einer Chance.

„Das wird dein Herz davon abhalten einfach zu versagen, denn ich will, dass du mitbekommst, wenn du stirbst. Langsam und kläglich."

Er ließ von mir ab.

„Siehst du."

Er breitete seine Hände aus.

„Der perfekte Ort zum Sterben."

Ich versuchte auf meine Beine zu kommen, aber er war schneller. Unaufhaltsam zerrte er mich an meinen Schultern haltend dem Loch entgegen und obwohl ich alles tat um dem Unausweichlichen doch noch zu trotzen, war es ein leichtes für ihn. Selbst als er kurz stoppte und in das Loch sprang hatte ich keine Chance, da auch eine Hand von ihm ausreichte um mich festzuhalten. Dann kam ein kurzer letzter Ruck und ich fiel über die Kante nach unten. Das Letzte was ich bewusst mitbekam war seine Faust und sein überheblich, triumphierender Gesichtsausdruck. Er war der Meister und er entschied über Leben und Tod.

Schmerz, unerträglicher Schmerz, modriger Geruch.

Ich riss die Augen auf, aber es war stockdunkel und ich hob meine Hände tastend nach oben. Sie waren nicht mehr gefesselt, aber das mussten sie auch nicht. Verzweifelt stemmte ich mich gegen die Barriere und hämmerte mit meinen Fäusten dagegen, aber sie bewegte sich keinen Millimeter von der Stelle. Stattdessen rieselte Erde zu mir herunter und ich stieß einen undefinierbaren Schrei aus. Ich war gefangen, schlimmer noch ich war ausgeliefert und ohne fremder Hilfe würde ich hier nicht mehr herauskommen. Ich versuchte meine Panik in den Griff zu bekommen, da jetzt Ruhe alles war, was mir jetzt noch helfen konnte nicht zu ersticken. Zum einen wegen der immer sauerstoffärmer werdenden Luft und zum anderen, dass das Formaldehyd möglichst langsam durch meinen Körper strömte. Aufhalten konnte ich beides nicht mehr, dies ging nur noch mit den passenden Gegenmaßnahmen und in diesem Sarg hatte ich nichts, gar nichts, nur meine Hoffnung, dass mich meine beiden Freunde rechtzeitig finden würden. Also versuchte ich mich abzulenken, indem ich mir meine gewonnenen Erkenntnisse ins Gedächtnis zurück rief, aber die Schmerzen und die Angst hier zu sterben waren so übermächtig, dass ich mich nicht konzentrieren, geschweige denn einen klaren Gedanken fassen konnte.

Findet mich. Bitte findet mich!

Trotz meiner Panik zwang ich mich ruhig und gleichmäßig zu atmen.

Einatmen und wieder ausatmen. Ganz ruhig und an nichts anderes denken. Nur Ein- und wieder ausatmen. Ein- und ausatmen. Ein- und ausatmen.

**Es gibt Menschen
die töten um zu leben,
wenn sie aber leben um zu töten,
gibt es dann noch Menschen?**

Unbekannt

12

Durst, war mittlerweile alles was mich beherrschte. Selbst die Schmerzen seines letzten Übergriffes, bei dem ich dachte, dass er mich töten würde, rückten in den Hintergrund und ich startete einen weiteren verzweifelten Versuch mich zu befreien. Aber es war wie die Male zuvor ein ergebnisloses Unterfangen.

„Hilf mir!" bettelte ich weinerlich und ließ mich kraftlos auf meine Fersen zurückfallen.

„Wo bist du? Du kannst mich hier doch nicht einfach alleine lassen. Komm zurück. Bitte komm zurück."

Mein Selbstmittleid umschloss mich mit eiserner Faust und mein anfängliches Weinen, verwandelte sich in ein hoffnungsloses Schluchzen, da ich wusste, dass es vorbei war. All die Wochen und Monate hielt mich meine Hoffnung hier wieder herauszukommen am Leben. Sie war sogar so stark, dass ich mich bei seinen handgreiflichen Attacken daran festhielt, aber jetzt wollte ich nur noch sterben. Ich wollte, dass es endlich vorbei war, meine Angst, meine Schmerzen, meine Hilflosigkeit und auch meine Hoffnung diesem Grauen irgendwie entfliehen zu können. Ich konnte und ich wollte nicht mehr, körperlich, sowie psychisch. Ich hatte genug gelitten, hundertneunundvierzig Tage gelitten und gehofft, dass ich mich befreien kann, aber jetzt war es vorbei. Selbst wenn ich es schaffen sollte diesen verdammten Eisenring von meinem Hals zu bekommen, wäre ich mittlerweile viel zu schwach um überhaupt davonrennen zu können. Immer noch weinend rollte ich mich zusammen und als ich anfing mich hin und her zu wiegen, sah ich plötzlich Mark neben mir stehen.

„Sarah" flüsterte er und streckte die Hand nach mir aus.

„Komm, lass uns nach Hause gehen."

Er lächelte mich an und als ich meine Hand nach der Seinen ausstreckte, war er verschwunden.

„Mark" rief ich verzweifelt und setzte mich auf.

„Mark" hörte ich mich noch einmal rufen und dann prallte die Realität voll auf mich ein.

Ich hatte aufgrund meines Flüssigkeitsmangels halluziniert. Mark war nicht hier und er würde auch nicht kommen, da er wegen Mordes an mir im Gefängnis saß. Jeden einzelnen Verhandlungstag zwang mich Glenn damals anzusehen und es war, als wäre ich in der Zeit zurückversetzt.

„Sieh hin" schrie er, packte mich an den Haaren und zwang mich weiterhin auf sein Handydisplay zu sehen.

Mein Mann steckte in einem Anzug der genauso grau wie sein Teint war, seine Wangen waren eingefallen und sein Blick glich dem eines verletzten Tieres, dessen Tod kurz bevor stand. Trotz dieser Hoffnungslosigkeit wehrte er sich gegen die soeben ausgesprochene Beschuldigung und als er seine Hände anhob, sah ich, dass er genau wie ich mit Handschellen gefesselt war.

„Ich habe Sarah nicht getötet und ich habe sie auch niemals betrogen."

Er sah mit rot geränderten Augen zu meinem Vater, der im Zeugenstand saß.

„Ich weiß, wir hatten unsere Differenzen und haben sie auch immer noch, aber eines musst du mir glauben, ich habe Sarah nicht umgebracht. Ich habe Sarah geliebt."

„Betrogen hast du sie" spie mein Vater zurück und Mark schüttelte seinen Kopf.

„Nein, habe ich nicht. Niemals! Ich kenne diese Frau nicht und ich weiß auch nicht warum sie diese Lügen erzählt."

„Lügner" schrie mein Vater jetzt ebenfalls und sprang auf, was den Richter dazu veranlasste mit seinem Hammer ein paar Mal auf den Tisch zu schlagen.

„Mister Carver" ermahnte er ihn streng.

„Ich weiß, dass dies alles sehr schwer für sie sein muss, aber ich muss sie bitten sich zu beruhigen."

Mein Vater nickte und setzte sich wieder hin, was den Staatsanwalt dazu veranlasste seine nächste Frage zu stellen.

„Ist es wahr, Mister Carver, dass ihre Tochter bei einem Autounfall nur knapp mit dem Leben davonkam, weil der Angeklagte Mark Collins..."

Dieser Holland zeigte mit dem Finger auf Mark und ich wusste was jetzt kommen würde.

„... völlig betrunken war."

„Einspruch!" schrie Marks Verteidiger und sprang von seinem Stuhl auf.

„Das ist vollkommen irrelevant, weil mein Mandant nicht gefahren ist."

„Ja" bestätigte Holland.

„Da haben sie Recht, werter Kollege. Ihr Mandant ist nicht selbst gefahren, aber er war der Grund, warum Mrs. Carver überhaupt unterwegs war."

„Die Relevanz?" hakte der Richter nach und wartete auf eine Erklärung des Staatsanwaltes, der sich auch gleich ins Zeug legte.

„Ich möchte darlegen und auch beweisen, dass Mister Collins nicht der vorzeige Ehemann ist, für den ihn sein Verteidiger vor gerade einmal zwei Minuten hingestellt hat, euer Ehren."

„Einspruch abgelehnt, Mister Drake" kam vom Richter und Marks Verteidiger ließ sich kopfschüttelnd in seinen Stuhl zurückfallen, was Glenn dazu veranlasste die Aufnahme zu stoppen.

„Siehst du, meine kleine Sarah. Da musste ich gar nichts machen, denn das hat dieser Witz von Verteidiger ganz alleine vermasselt, indem er sagte, dass sein Mandant ein liebender, fürsorglicher und sehr emotionaler Ehemann war."

„Warum tust du das?"

„Weil ich es kann."

Er beugte sich ganz dicht zu mir herunter.

„Und weil ich es will."

„Warum? Mark hat dir nichts getan."

„Er nicht."

Glenn packte mein Kinn und meine Tränen begannen zu laufen.

„Du bist dafür verantwortlich Sarah, du ganz alleine."

Schon fast angewidert ließ er mich los und beendete fast gleichzeitig die Pause, was die Stimme von diesem Staatsanwalt zur Folge hatte.

„Ist das wahr, Mister Carver? Hatte ihre Tochter einen Autounfall, bloß weil Mister Collins betrunken war?"

„Ja, das ist wahr. Sarah, meine Tochter hatte einen Unfall und Mark war es völlig gleichgültig."

Mein Mann sah zu Boden und schüttelte seinen Kopf.

„Gleichgültig? Wie kommen sie auf diese Behauptung?" hakte Holland nach und mein Vater sah den Jurymitgliedern direkt in die Augen.

„Ich komme auf diese Behauptung, da mein lieber Herr Schwiegersohn nichts anderes zu tun hatte, als weiter zu feiern, während meine Tochter von der Feuerwehr aus dem Auto geschnitten wurde."

Ich sah es an den Gesichtern der Jury, sie verurteilten Mark bereits und auch sein Anwalt dachte nicht daran diese Behauptung meines Vaters richtig zu stellen. Stattdessen blieb er stumm. Er blieb auch stumm, als er Mark als ignoranten und widerlichen Kotzbrocken betitelte und er sich wünschte, dass er mich niemals getroffen hätte. Am schlimmsten war aber die Aussage dieser Linda. Sie beschrieb unter Tränen wie Mark sie einmal schlug, weil sie ihm bezüglich meiner Ermordung ins Gewissen redete, was meinen Entführer erneut veranlasste die Aufnahme zu stoppen.

„Sie ist gut, oder Sarah?"

Ich schüttelte den Kopf, da ich zu mehr im Moment nicht fähig war. Linda war gut, sie war sogar so gut, dass selbst ich ins Zweifeln kam und mich Unmengen an Fragen quälten.

„Oh ja" kam gehässig grinsend von meinem Entführer.

„Sie ist gut. Aber ich kann dich beruhigen. Sie spricht nicht von deinem ach so tollen Ehemann. Er hat damit rein gar nichts zu tun, denn ich habe sie verprügelt."

Alleinig der Gedanke daran ließ ihn zufrieden lächeln und mir lief es eiskalt den Rücken herunter, was meinem Gegenüber lieder nicht verborgen blieb.

„Es musste sein, meine kleine Sarah. Denn sie muss es schließlich überzeugend darstellen."

Er stoppte und begab sich auf Augenhöhe zu mir.

„Sie tut was immer ich ihr sage."

Ich zuckte zusammen, als er über meine Wange strich.

„Und du wirst dies auch bald tun."

„Bitte Glenn" fing ich zu betteln an, was ihn dazu veranlasse mein Kinn zu packen.

„Meister!" zischte er und im ersten Moment wusste ich gar nicht was er meinte.

„So und nicht anders wirst du mich in Zukunft nennen. Hast du das verstanden?“

Ich nickte, doch diese Reaktion war ihm nicht genug.

„Sag es!“

„Ja, ich habe es verstanden.“

Ohne Vorwarnung bekam ich eine Ohrfeige.

„Du sollst es sagen!“

Er spie mir diese Worte mit so einer Heftigkeit entgegen, dass ich seine Spucke in meinem Gesicht spürte und leider auch wieder seine Hand. Nur diesmal um einiges schmerzhafter.

„Meister“ stammelte ich, als er im Begriff war erneut zuzuschlagen und hob meine gefesselten Hände schützen vor mein Gesicht.

Aber anstatt vor mir abzulassen, ging die Tortur jetzt erst so richtig los, indem er mich zwang mich hinzuknien.

„So und nicht anders ...“

Er spielte auf meine unterwürfige Position an.

„... wirst du mit mir reden. Egal was es auch ist, sobald du deinen Mund aufmachst, kniest du dich hin und du wirst jeden einzelnen Satz mit Meister beginnen. Hast du das verstanden, kleine Sarah.“

„Ja.“

Sein Handrücken traf mich ungebremst. Ich kippte zur Seite hin weg und fing vor lauter Panik zu weinen an.

„Bitte“ bettelte ich immer noch am Boden liegend und dann brach die Hölle los.

Ich zwang mich den Gedanken fortzuwischen, alle Gedanken an seine brutalen und erniedrigenden Übergriffe, aber es waren einfach viel zu viele und ich driftete in eine erneute Erinnerung ab.

„Bitte!"
Ich kniete auf meinen Fersen sitzend vor ihm und eine Träne rollte stumm über meine Wange, was ihn dazu veranlasste zufrieden zu lächeln und den Teller mit Essen ein Stück in meine Richtung zu schieben. Obwohl ich wusste, dass es immer noch nicht reichen würde, ging ich auf alle Viere und streckte meine Hand soweit es mir möglich war danach aus.
„Bitte" bettelte ich erneut, erntete aber nur Häme.
„Du weißt was du tun musst, wenn du es willst."
Er ging in die Hocke, nahm das Käsebrot in die Hand und drehte es hin und her.
„Wenn du noch länger wartest wird es zu schimmeln anfangen."
Herausfordernd sah er mir direkt in die Augen.
„Und nur dass du es weißt, ich werde dir erst ein Neues machen, wenn du dieses gegessen hast."
Er hielt mir das Brot direkt vor die Nase und ich versuchte es ihm aus der Hand zu reißen, was ein lautes Auflachen zur Folge hatte, als er es wegzog und ich ins Leere griff.
„Nicht so schnell, Sarah."
Er legte es auf den Teller zurück und stand auf.
„Vielleicht bist du ja morgen bereit dazu, aber ich denke, dann ist es ungenießbar."
Er drehte sich um und als er den Treppenabsatz erreichte, gab ich auf.
„Nicht!" schrie ich panisch und als er sich umdrehte, kniete ich bereits, was ihn dazu veranlasste seinen Kopf erwartend zur Seite zu neigen.
„Kann ich bitte etwas zu essen haben, Meister?"
Ich hasste mich dafür und hätte aufgrund seines Gesichtsausdruckes am lieben gebrüllte, dass er sich sein Brot sonst wo hinstecken konnte, aber mein Hunger war

mittlerweile stärker als mein Stolz. Seit vier Tagen kam er morgens und abends die Treppe herunterstolziert und seit dieser Zeit stand dieser verdammte Teller gerade so weit von mir weg, dass ich ihn nicht erreichen konnte. Anfänglich gelang es mir noch diesen Teller zu ignorieren, aber seit gestern Mittag drehten sich meine Gedanken nur noch um diese Essensration.

„Natürlich kannst du etwas zu essen bekommen."
Er kam zurück, ging erneut in die Hocke und schob mir den Teller hin. Gierig nahm ich das Brot und biss hinein.
„Soweit hätte es gar nicht kommen müssen, kleine Sarah."
Ich hasste ihn für diese Betitelung, da er dieses kleine Sarah so dermaßen selbstgefällig aussprach, dass ich eine Gänsehaut bekam.
„Denn du weißt ganz genau, was ich von dir erwarte und im Grunde ist es eigentlich auch ganz einfach."
Mit einem leichten Grinsen auf den Lippen beobachtete er mich, als ich meinen letzten Bissen herunterschluckte.
„Noch ein Brot?" fragte er wie beiläufig und obwohl mein Hunger noch nicht einmal im Ansatz gestillt war, schüttelte ich meinen Kopf und er stand auf.
„Ganz wie du willst."
Endlich ging er und als die Türe ins Schloss fiel, kämpfte ich mit den Tränen. Leider war er heute noch nicht fertig mit mir und ich wischte mir fahrig übers Gesicht, als die Kellertüre wieder geöffnet wurde. Als erstes sah ich immer seine makellos geputzten Schuhe, egal ob es sich dabei um typische Arbeitsstiefel oder um Businessschuhe handelte. Ich rutsche instinktiv zurück bis zur Wand, zog die Beine an und beobachtete je Bewegung von ihm. Glenn hatte einen Wasserträger in der Hand, stellte diesen direkt neben dem Treppenabgang, zog eine Flasche heraus und kam dann

extrem langsam auf mich zu. So war es immer, da er meine Angst voll und ganz auskosten wollte.

„Hier Sarah."

Er ging in die Hocke und hielt mir die Flasche entgegen. Ich griff danach, aber er verwehrte sie mir im letzten Moment.

„Ab heute wirst du mich auch darum bitten müssen, meine kleine Sarah."

Er stand wieder auf, da er es genoss auf mich herab zu sehen, wenn ich vor ihm kniete und leider fing ich jetzt auch noch zu weinen an, als ich meine unterwürfige Geste einnahm.

„Bitte Meister" brachte ich abgehackt hervor und starrte verzweifelt in den Boden, während ich meine gefesselten Hände zu ihm hochstreckte.

„Sieh mich an, wenn du mich ansprichst" kam streng und es kostete mich eine unheimliche Überwindung seiner Aufforderung nachzukommen.

Ich wollte ihm meine Verzweiflung nicht sehen lassen, da ich mich selbst dafür verachtete und es entbrannte ein regelrechter Kampf in meinem Kopf. Tu es einfach, bevor er dich wieder schlägt, oder dich hungern lässt, schrie mein Selbsterhaltungstrieb, aber mein Stolz war ganz anderer Meinung. Stell dich hin und sage ihm was du wirklich von ihm denkst, egal welche Konsequenz es zur Folge hat. Soll er dich doch schlagen, oder verdursten lassen, dann ist es wenigstens vorbei.

„Sag es!" zischte er plötzlich zornig und ich zuckte zusammen, was meine innere Rebellion augenblicklich in die Schranken wies.

„Bitte Meister" brachte ich flüstern hervor, bevor er seine Hand gegen mich erheben konnte und besänftigte ihn somit.

„So ist es gut und jetzt frage mich noch einmal."
Wie konnte ein Mensch nur so grausam sein? Seine ganze Haltung sprühte nur so von seiner grenzenlosen Boshaftigkeit und ich ergab mich in mein Schicksal.
„Kann ich bitte etwas zu trinken bekommen?"
Er lachte auf und ging direkt vor mir in die Hocke.
„Hast du nicht etwas vergessen, kleine Sarah?"
Spuck diesem Dreckskerl ins Gesicht, schrie mein innerer Rebell, aber die Realität sah anders aus.
„Meister" flüsterte ich stattdessen kaum hörbar und mein innerer Aufrührer beschimpfte mich als jämmerlichen Feigling.
„Sehr gut Sarah."
Er gab mir das Wasser, ließ es aber noch nicht los.
„Ich freue mich schon sehr darauf."
Schon fast zärtlich strich er über meine Wange und ich wich instinktiv mit dem Kopf ein Stück zurück, da ich weder seine Worte noch seine Geste einsortieren konnte. Seinem erwartungsvollem Lächeln nach zu urteilen war dies erst der Anfang und von zärtlich oder sogar mitleidig meilenweit entfernt.
„Denn ich glaube, dass es bei dir eine Herausforderung sein wird, bis ich dich gebrochen habe."
Ich schloss meine Augen, da Tränen darin brannten.
„Aber eines verspreche ich dir, ich breche dich, denn ich habe Zeit, viel Zeit sogar."
„Mark findet mich" schrie ich ihm entgegen und er fing lauthals zu lachen an.
„Wie denn, kleine dumme Sarah? Er ist wegen Mordes an dir angeklagt. Also, wie soll er dich finden, wenn er im Knast sitzt? Sag es mir, wie soll das gehen?"

Ich war zu keiner Reaktion fähig so schockiert war ich, da er Recht hatte. Es würde mich keine Menschenseele suchen, da ich offiziell tot war.

„Siehst du, es ist aussichtslos. Du hast nur das hier."

Er zog mit seiner Hand einen Bogen quer durch den Keller und diese Erkenntnis war so dermaßen vernichtend, dass ich es nicht länger schaffte meine Angst im Zaum zu halten und ich fing gleichzeitig zu zittern und zu weinen an.

„Warum tust du Mark das an? Warum tust du mir das an?" fragte ich verzweifelt und erntete wie immer die gleiche Antwort.

„Weil ich es kann und weil ich es will. Ich bin der Meister, der einzige und wahre Meister. Ich treffe die Entscheidungen. Ich lenke und ich diktiere, denn ich habe die Macht. Ich ganz alleine."

„Nein" spie ich ihm wütend entgegen, sprang auf und wollte mich auf ihn stürzen.

Leider stoppte mich die Eisenkette, die an einem Ende in der Wand des Kellers und an ihrem anderen Ende mit einem Eisenring um meinen Hals befestigt war und ich fiel durch den Ruck keuchend zu Boden. Leider verlor ich dadurch die Plastikflasche mit Wasser und sie rollte quer über den kalten Fliesenboden aus meinem Aktionsradius.

„Lass mich hier raus!" schrie ich noch einmal und dann brach das Selbstmitleid über mich herein.

„Bitte lass mich gehen" bettelte ich, obwohl ich genau wusste, dass es keinen Sinn haben würde.

„Bitte lass mich hier raus. Bitte Glenn."

Ich hatte das letzte Wort noch nicht richtig ausgesprochen, da folgte meine Strafe bereits in Form eines Trittes in meine Seite. Trotz des Schmerzes versuchte ich meinen Fehler noch ungeschehen zu machen, aber es war bereits zu spät und ich tat das Einzige was mir noch blieb. Ich rollte mich zusammen und betete, dass er mich nicht erschlagen würde.

Er war wieder da. Endlich würde ich etwas zu trinken bekommen und ich begab mich schon jetzt in meine kniende Position. Ich brauchte dieses Wasser und etwas zu essen und es war mir egal wie sehr ich mich dafür erniedrigen musste. Morgen würde ich wieder kämpfen, doch jetzt ging es um mein Leben und ich war heute noch nicht bereit um zu sterben.
Wo bleibt er denn? Er kommt doch sonst immer sofort hier runter. Bitte Meister, komm endlich.
Ich stockte kurz, da ich ihn in meinen Gedanken noch nie Meister nannte, sondern immer nur Glenn.
Habe ich aufgegeben?
Schnell verneinte ich meine stumme Frage, da ich es nicht wahrhaben wollte und auch nicht konnte. Aufgeben war gleichzusetzen mit meinem Tod und diesen Triumpf über mich wollte ich ihm nicht geben, niemals.
Die Zeit verging quälend langsam und jedes Mal, wenn ich von oben ein Geräusch hörte, hielt ich den Atem an und lauschte. Schränke wurden aufgemacht und wieder geschlossen, unregelmäßige fast schwerfällige Schritte, dann rauschte Wasser, wieder Schritte und dann war es still. Viel zu still und eine schreckliche Vorahnung ergriff mich. Er hatte sich hingelegt und das bedeutete, dass ich noch eine Nacht durchhalten musste, bevor ich endlich meinen Durst löschen konnte.

„Nein, das ist nicht wahr" verteidigte Kira meinen Mann und Glenn hielt die Aufnahme an, als die Geschworenen zu sehen waren.
„Deine eigene Schwester" kam verachtend.
„Verteidigt deinen Ehemann, deinen Mörder."

Er deutete auf die Geschworenen.

„Siehst du ihre Gesichter."

Er wartete einen Moment.

„Sie sind angewidert von ihr. Aber es wird noch besser."

Das Video ging weiter und der Staatsanwalt stellte seine nächste vernichtende Frage.

„Verstehe ich sie da richtig, Mrs. Carver? Sie verteidigen den Mörder ihrer Schwester? Ihrer einzigen Schwester?"

Kira zögerte kurz und sah zu meinem Mann, der zusammengesunken und völlig bleich auf seinem Stuhl saß.

„Ich kann es mir einfach nicht vorstellen, weil er immer so liebenswürdig und …"

„Ja oder nein, Mrs. Carver" platzte ihr Holland ins Wort.

„Nein" antwortete meine Schwester und der Staatsanwalt zog eine Augenbraue nach oben.

„Sie verteidigen ihn also nicht, verstehe ich sie da richtig?"

„Nein" kam schnell und sie suchte erneut den Blickkontakt zu meinem Ehemann.

„Mark hat Sarah geliebt und ich glaube nicht, dass er sie …"

Meine Schwester stockte kurz, da es ihr sichtlich schwerviel es auszusprechen.

„… ermordet hat."

Es war als hätte ihr Gegenüber darauf gewartet, da er gnadenlos nachsetzte.

„Haben, oder hatten sie ein intimes Verhältnis mit Mark Collins, dem Ehemann ihrer Schwester?"

„Nein!" kam kreischend.

„Ich würde doch niemals …"

Sie brach ab und ihr Gesicht wurde durch das der Geschworenen ersetzt und dann fror das Bild wieder ein.

„Siehst du. Sie glauben ihr kein Wort. Anstatt deinem Mann zu helfen, hat sie ihm geschadet, genau wie von mir beabsichtig.“

Tränen rannen mir über die Wange, da mich Marks verzweifelter und hoffnungsloser Gesichtsausdruck nicht mehr losließ. Er war in einem Alptraum gefangen und seine Trauer um mich fraß ihn innerlich regelrecht auf. Aber anstatt in Ruhe trauern zu können, musste er sich diese Lügen und Unterstellungen anhören. Zuerst mein Vater, dann diese Linda und jetzt auch noch die Geschworenen, die meine Schwester als Ehezerstörerin vorverurteilten.

„Wieso tust du das?“ ging ich ihn an.

„Lass Mark doch einfach in Ruhe!“

Aber anstatt eine Antwort zu bekommen, erntete ich mal wieder eine brennende Ohrfeige.

„Wage es nicht so mit mir zu sprechen, hast du das verstanden!“

„Ja“ bekannte ich nickend und obwohl mir die Tränen in den Augen brannten, haderte ich kurz mit mir.

Aber sein letzter körperlicher Übergriff steckte mir immer noch in den Gliedern und einem Weitern war ich momentan nicht gewachsen.

„Meister“ setzte ich dann doch noch nach und Glenn war besänftigt.

„Gut so, kleine Sarah. Aber das nächste Mal gehst du auf die Knie, wenn du mit mir sprichst, auch verstanden?“

„Ja, Meister“ antwortete ich erneut und ging dabei in die geforderte Demutshaltung, denn soweit kannte ich seine sadistische Perversion bereits.

Er genoss es zu bestrafen und er kannte auch keine Gnade oder Mitleid. Für ihn zählte einzig und alleine die Macht, die er dabei über mich hatte. Egal wie sehr ich auch bettelte, weinte, schrie oder wimmerte, er hörte erst auf, wenn er befriedigt war.

Jedes Schlucken wurde zur Qual und meine Kraft schwand jetzt von Minute zu Minute. Ich war mittlerweile sogar so schwach, dass ich nicht einmal mehr meine Augen offen halten konnte. Und dann passierte das nicht mehr für möglich gehaltene. Die Türe zum Keller wurde aufgesperrt und ich versuchte mich aufzurappeln um mich hinzuknien, aber es war zu spät. Ich schaffte es einfach nicht mehr. Sein Schatten fiel über mich und ich tat das Einzige was ich noch konnte.
„Durst.“
Meine Stimme war so dünn, dass selbst ich sie fast nicht hören konnte und als ich mit den Lippen das für ihn so wichtige Wort formte, hob er meinen Oberkörper leicht nach oben.
„Trink!“ kam sein knapper Befehl und im ersten Moment wusste ich gar nicht, was da an meiner rechten Halsseite hinunterrann und sich als nasses und kaltes Etwas in meinem Shirt niederschlug.
„Trink!“ kam erneut und dann füllte sich mein Mund mit Wasser.
Gierig trank ich, verschluckte mich dabei und fing zu husten an. Leider spie ich dadurch alles wieder aus, was ich vorher mühsam heruntergeschluckt hatte.
„Trink langsam!“
Der leichte Druck auf meinen Lippen verschwand und leider auch die rettende Flüssigkeitszufuhr. Stattdessen zog er mich an meinen Achseln haltend quer über den Boden und lehnte mich dann mit dem Rücken voran gegen die Wand.
„Nimm sie selbst!“
Er drückte mir etwas in die Hand und als ich meine Augen öffnete, erkannte ich den Gegenstand.

„Aber trink gefälligst langsam!“

Nach vier unendlich langen Tagen bekam ich endlich etwas zu trinken und obwohl ich die Flasche am liebsten in mich hineingekippt hätte, begann ich in kleinen Schlucken daran zu nippen. Das Husten und Verschlucken blieb aus und als die Flasche leer war, ging es mir etwas besser. Trotzdem reichte es noch lange nicht um meinen Wasserhaushalt ins Gleichgewicht zu bringen und ich rappelte mich nach oben, in meine einzige geduldete Redeposition.

„Bitte Meister, ich brauche noch mehr.“

Er erhob sich, aber seine sonstige Geschmeidigkeit blieb aus, da er seiner Bewegung nach ziemliche Schmerzen haben musste. Auch humpelte er leicht, als er sich ein Stück in Richtung der Treppe bewegte. Mit einem unterdrücken Stöhnen griff er nach zwei weiteren Plastikflaschen aus dem Kasten und als er sich zu mir zurückdrehte, glaubte ich zunächst mich getäuscht zu haben. Aber je näher er mir kam, umso deutlicher konnte ich es sehen. Seine Hände und seine Unterarme waren massiv verbrannt und als er sich zu mir herunter beugte und sein Hemd leicht nach unten hing, sah ich die gleichen Wunden auch an seinem Oberkörper. Seine Unterarme und seine linke Hand waren aber am schlimmsten betroffen, da sie von Brandblasen nur so übersäht waren. Keine Ahnung wie er es überhaupt schaffte sich auf den Beinen zu halten und mir kam eine Idee.

„Du bist verletzt, Meister“ heuchelte ich Mitgefühl, als er mir die zweite Flasche übergab.

Obwohl ich diese gerne geleert hätte, hielt ich mich zurück.

„Lass mich dir helfen, bitte Meister.“

Er sah mich nur an und ich setzte alles auf eine Karte.

„Du bist schwer verletzt. Bitte lass dir von mir helfen.“

„Trink!“ kam schroff und er warf mir noch eine Flasche vor die Füße, bevor er sich umdrehte und wortlos wieder verschwand.

Langsam ging es mir besser. Zum einen, weil mein Durst endlich gestillt war und zum anderen, weil meine Idee immer mehr zu einem Plan wurde. Einem Plan hier endlich rauszukommen, aber dies gelang mir nur, wenn ich sein Vertrauen gewinnen konnte. Ich musste aus diesem Keller raus, egal wie und ich war zu allem bereit, selbst wenn dies bedeutete, dass ich ihn töten musste. Endlich hatte ich wieder etwas gefunden an dem ich mich festhalten konnte und wofür es sich zu kämpfen lohnt, sozusagen ein schwacher Lichtschein in diesem nicht enden wollenden Alptraum. Aber dafür musste er verdammt nochmal wieder hier herunterkommen, denn andernfalls waren mir im wahrsten Sinne des Wortes die Hände gebunden. Und endlich war es so weit, der Schlüssel zu meinem Verließ wurde ins Schloss gesteckt. Schnell rutschte ich zur Wand, zog die Beine an und wartete wortlos bis er direkt vor mir stand. Erst dann kniete ich mich vor ihn und sah auf seine mittlerweile verbundenen Hände. Obwohl ich dieses Gespräch tausendmal im Geiste durchgegangen war, fehlten mir jetzt die Worte, da meine Angst mich regelrecht lähmte.
„Du kannst mir helfen?"
„Ja, Meister" brachte ich zittern hervor.
„Wie, kleine Sarah?"
Seinem Wortlaut nach glaubte er es nicht und ich überlegte fieberhaft was ich sagen sollte.
„Ich kann die Wunden sauber machen, damit …"
„Das kann ich auch selbst. Also sag mir wie du mir helfen könntest?"
Überleg Sarah! Schnell, bevor er wieder geht!
„Ja Meister, das kannst du" ging ich in die Offensive.
„Aber wenn ich es mache, dann könntest du dich entspannen und der Schmerz wäre vielleicht nicht so schlimm."
Er überlegte.

„Was brauchst du?“

„Wasser, Handtücher, eine Pinzette, Brandsalbe, einen Spatel, sterile Mullbinden und Verbandszeug.“

„Ist das alles?“

Jetzt überlegte ich.

„Vielleicht etwas zum Kühlen?“

Trotz seiner Schmerzen entging ihm mein Fehler nicht.

„Meister“ setzte ich schnell nach und er fing zu nicken an.

„Gut, dann werde ich es besorgen.“

Erst als die Türe wieder geschossen wurde, atmete ich erleichtert aus. Dies war die erste Konversation, die ich mit Glenn führte, seitdem ich seine Gefangene war. Sonst gehorchte ich immer nur seinem Befehl, egal wie absurd diese auch waren. Das tägliche Waschritual war am Anfang am schlimmsten, da er jede Bewegung die ich beim Ausziehen machte in sich aufsog und mich dann wie ein Stück Vieh von oben bis unten musterte, als ich nackt vor ihm stand. Die ersten Wochen dachte ich jeden Tag, dass er mich vergewaltigen würde, da seine Hose sichtlich gespannt war und auch seine Hand auf seinem erigierten Glied lag, doch er sah mich nur an. Es kam mir vor als testete er seine Willenskraft mir zu widerstehen, denn gierig war er. Manchmal presste er seine Hand fest gegen sein Glied, welches sich unter der Jeans wölbte und bewegte diese mit glasigen Augen auf und ab. Er genoss dieses Gefühl, gab sich ihm jedoch nie hin, da er meist gleich wieder aufhörte. Seinem Gesichtsausdruck nach war sein Körper vollkommen überreizt und genau diese Qual schien er zu brauchen, um sich als überlegen zu fühlen.

„Siehst du“ flüsterte er mir einmal ins Ohr, als ich mich wieder angezogen hatte und presste sich fest an mich, sodass ich seine Erektion an meinem Unterbauch deutlich spüren konnte.

„Ich bin der Meister. Ich habe das triebgesteuerte Tier in mir
gebändigt. Es hat keine Macht mehr über mich."
Dann setzte er sich wieder hin, sah auf seinen Schritt und
fing siegessicher zu lächeln an, als sein Penis in seinen
ursprünglichen Zustand zurückschrumpfte. Glenn ging es
nicht um Sex, ihm ging es um die Kontrolle seines eigenen
Triebes. Leider musste er diesen Kampf jeden Tag aufs
Neue ausfechten und ich wusste genau, dass er ihn
irgendwann verlieren und dann gnadenlos über mich
herfallen würde. Aber jetzt wollte ich nicht daran denken,
denn jetzt war nur eines wichtig. Ich musste hier raus, denn
nur so konnte ich seiner sadistischen und völlig kranken
Willkür entfliehen.

13

„**S**ind die Geschworenen zu einem Urteil gekommen?" fragte der Richter und der Vorderste von ihnen stand auf.

„Ja, euer Ehren."

Eine bedeutungsschwere Pause folgte, während er den Zettel den er in der Hand hielt auseinanderfaltete.

„Wir, die Geschworenen befinden den Angeklagten Mark Collins, für den Mord …"

Die Kamera schwenkte und fing jetzt das Gesicht meines Mannes ein, der wie versteinert dastand.

„… an seiner Ehefrau Sarah Collins für schuldig."

Mein Mann schloss die Augen und als er sie wieder öffnete, standen Tränen darin. Trotzdem sagte er keinen einzigen Ton und als der Richter das Wort ergriff, um sein Strafmaß zu verkünden, senkte er seinen Kopf und fing an ihn langsam hin und her zu schütteln. Als der Richter dann sagte, dass er zu zwölf Jahren ohne Bewährung verurteilt wird, ging ein Ruck durch Mark. Geschockt hob er seinen Kopf an und als er seinen Mund öffnete, um etwas zu sagen, gefror die Aufnahme.

„Jetzt kommt das Beste von allem, Sarah" kam gehässig von Glenn und das Video ging weiter.

„Ich war das nicht!" schrie mein Mann zornig.

„Ich habe Sarah geliebt."

Ein Wachmann versuchte ihn zum Hinsetzen zu nötigen, doch Mark fing an sich gegen ihn zu wehren und schrie gleichzeitig weiter.

„Ihr Mörder ist noch da draußen, ihr habt den Falschen."

Ein zweiter Wachmann folgte, aber auch jetzt schafften sie es nicht meinen Mann zu stoppen.

„Sucht ihn gefälligst, ihr Mistkerle."

Mark stöhnte schmerzhaft auf, da einer der Wachen ihm in die Kniekehle trat. Trotzdem schaffte er es auf den Beinen zu bleiben.
„Ich war es nicht! Bitte, irgendjemand muss mir doch glauben. Sarahs Mörder rennt noch frei herum."
Den Wachen gelang es ihn niederzuringen und sie fixierten ihn am Boden.
„Bitte" startete er noch einen letzten Versuch und dann wurde das Display schwarz.
„Herzzerreißend, nicht wahr?"
Ich schüttelte meinen Kopf und fing zu weinen an, da ich meinen Mann so hilflos und verzweifelt noch nie gesehen hatte. Bis jetzt war Mark mein unerschütterlicher Felsen, mein Anker, aber jetzt litt er Höllenqualen. Aber nicht, weil er verurteilt wurde und ins Gefängnis kam, sondern weil er der Sache vollkommen machtlos gegenüberstand. All seine Hoffnung mich vielleicht doch noch zu finden oder meinen wahren Mörder hinter Schloss und Riegel zu bringen, verpuffte im Nichts. Er konnte absolut nichts mehr dagegen tun und genau dieses Wissen zerriss ihn innerlich.
„Wieso tust du das?" stammelte ich weinend und wischte meine Tränen energisch weg, da ich ihm nicht zeigen wollte, wie sehr ich selbst unter Marks Verzweiflung litt.
„Er hat dir nichts getan" schrie ich ihn jetzt wütend an und als ich ihn angehen wollte, streckte er mich mit einem einzigen Faustschlag zu Boden.
Benommen schlug ich am Boden auf und kämpfte mit einer Ohnmacht, so fest schlug er zu. Den Schmerz spürte ich erst bei seinem zweiten Schlag, als er mich erbarmungslos ein Stück nach oben zerrte und nachsetzte.

Der Schlüssel wurde ins Schloss gesteckt und keine zehn Sekunden später stand Glenn wieder vor mir. Er hielt einen kleinen Karton in der Hand und sah wortlos auf mich herab. In seinem Kopf ging es aber drunter und drüber, dass konnte ich deutlich in seinen Augen und an seiner Mimik erkennen und ich ging vorsichtshalber auf meine Knie.

„Ich habe die Sachen besorgt" kam schroff und er stellte den Karton am Boden ab.

„Soll ich es mir ansehen, Meister?"

Er sagte nichts, er sah mich nur an und ich setzte alles auf eine Karte, da dies vermutlich meine einzige Chance war sein Vertrauen zu gewinnen. Nur wenn mir das gelang, würde ich hier rauskommen und ich war mittlerweile zu allem bereit.

„Du bist der Meister und ich mache was immer du sagst" heuchelte ich demütig und fing innerlich zu beten an, dass mein Plan funktionieren würde.

Immer noch kam keine Regung von ihm und ich traute mich nicht noch weiter vorzupreschen, da er viel zu gerissen war. Vielleicht war das alles auch nur Berechnung von ihm, weil er wissen wollte wie weit ich bereit war zu gehen. Also entschloss ich mich einfach abzuwarten und setzte mich auf meine Fersen zurück. Es war als würde die Zeit stillstehen, während ich auf eine Reaktion von ihm wartete. Doch dann drehte er sich plötzlich um und als ich schon dachte, Glenn würde einfach wieder gehen, griff er nach dem Stuhl der ein Stück hinter dem Treppenaufgang stand, kam zurück, stellte diesen direkt vor mir ab und setzte sich hin.

„Na los" herrschte er mich an, als ich nichts tat.

„Sieh es dir gefälligst an!"

Ich gehorchte augenblicklich, obwohl ich es mir eigentlich anders erhofft hatte. Aber er dachte nicht daran meine Fesseln um meine Hände zu lösen, geschweige denn, die um meinen Hals. Gerade eben so kam ich mit meinen

Fingerspitzen an den Karton heran und obwohl ich meine Position zwei Mal änderte, um diesen überhaupt zu erreichen, half er mir nicht. Stattdessen beobachtete er meine Bemühungen unbeeindruckt. Selbst als mir der Eisenring die Luft abschnürte, tat er nichts und ich brauchte drei Anläufe bis sich der Karton endlich in meinem Besitz befand.

„Siehst du, wenn man will schafft man alles, meine kleine Sarah."

Mit einer Mischung von Stolz und Begierde sah er auf mich herunter und ich begann zu zittern. Meine kleine Sarah hatte bis dato immer die Intension mich als klein, unbedeutend und vollkommen seiner Willkür zu unterstehen, aber diesmal war es auf mein Geschlecht bezogen und ich zweifelte die Genialität meines Planes mehr als an.

Schüre ich damit seine kranken Phantasien vielleicht nur noch mehr? Und wenn ja, was hat dies zur Konsequenz? Noch mehr Qualen, weil er seine unterdrückten sexuellen Phantasien an mir auslebte, oder sogar meinen Tod?

Leider war es für diese Überlegungen bereits zu spät, jetzt gab es kein Zurück mehr, da er mir seine Hand entgegenstreckte und ich musste da durch, ob ich wollte oder nicht. Extrem vorsichtig wickelte ich ihm den Verband ab, stieß jedoch immer wieder mit den Handschellen, aufgrund meines geringen Aktionsradius, gegen seine Verletzungen, was ihn kurz zusammenzucken ließ. Als ich das gefühlte hundertste Mal dagegen kam, kassierte ich eine heftige Ohrfeige.

„Dumme Kuh!" zischte er schmerzverzerrt.

„Pass gefälligst auf."

„Ich versuche es ja, Meister" fing ich unterwürfig an und hob meine Hände schützend vors Gesicht.

„Aber …"

„Aber was?" fiel er mir vollkommen außer sich vor Zorn ins Wort.

„Zweifelst du vielleicht meine Entscheidungen an?"

„Nein!" kreischte ich als er aufstand und rutsche instinktiv gegen die Wand.

„Bitte" fing ich zu betteln.

„Bitte schlag mich nicht. Bitte, ich wollte dir wirklich nur helfen."

„Ich brauche keine Hilfe und von dir schon gar nicht!"

Er riss mich an meinen Oberarmen haltend grob nach oben und ich zog alle Register. Diesmal aber in Panik und nicht aus der Berechnung heraus.

„Ich weiß, denn du bist der Meister. Du ganz alleine."

Tränen rannen mir über die Wangen und dann passierte etwas, dass ich niemals für möglich gehalten hätte. Anstatt wie sonst vollkommen die Kontrolle zu verlieren, stellte er seinen körperlichen Übergriff auf mich ein und wich sogar noch einen Schritt zurück. Minutenlang sah er mich wortlos an und setzte sich dann zurück auf den Stuhl.

„Komm her" wies er mich relativ neutral an und ich gehorchte sofort.

Schnell stellte ich mich vor ihn, ging dann auf meine Knie und starrte in den Boden. Im Augenwinkel sah ich, dass er etwas aus seiner Brusttasche des Hemdes angelte.

„Streck sie aus."

Ich wusste gar nicht was er meinte und sah ängstlich zu ihm hoch.

„Die Hände, strecke sie aus."

Augenblicklich gehorchte ich und dann entriegelte er den Sperrmechanismus. Zur ersten Mal seit dem er mich in seine Gewalt gebracht hatte, löste er die Handschellen. Dunkelrote und leicht entzündete Striemen zierten jetzt wie ein Mahnmal meine Gelenke und legten meine Machtlosigkeit schonungslos dar. Gerne hätte ich sie gerieben, aber ich

traute mich nicht, da er im Moment mehr als Unberechenbar
war.
„So und jetzt mach weiter und wehe …“
Er sprach seinen Satz nicht zu Ende, aber das musste er auch
gar nicht und ich fing verständig zu nicken an.

Gute zwei Stunden und fünf weiteren körperlichen
Demütigungen später, war ich endlich fertig, seine
Brandwunden waren versorgt und er begutachtete seinen
neuen Verband.
„Gut, meine kleine Sarah“ lobte er, stand auf und hob die
Handschellen vom Boden auf.
„Deine Hände, strecke sie aus.“
Als ich kurz zögerte, da ich überlegte, ob ich ihn bitten
sollte sie wenigsten für ein paar Stunden wegzulassen,
umschloss er mein rechtes Handgelenk und zerrte mich zu
sich. Aufgrund meiner knienden Position schürfte ich mir
wegen der abrupten Richtungsveränderung das Knie an
einer Unregelmäßigkeit im Betonboden auf und stöhnte
schmerzlich auf. Was Glenn dazu veranlasste mich
loszulassen.
„Tut mir leid, ich wollte dir nicht zuwider …“ redete ich
panisch drauf los, aber er stoppte mich, indem er mir mit
seiner Hand einen eindeutigen Wink gab, sofort meinen
Mund zu halten.
Schnell presste ich beide Hände vor den Mund, damit ja
kein Laut mehr zu hören war und als er sich zu mir beugte,
schloss ich mit einem ängstlichen Wimmern meine Augen.
Widererwarten schlug er mich nicht, stattdessen spürte ich
seine Finger an meinem Knie und öffnete meine Augen
wieder. Wortlos stand er auf, fing an in seinem
mitgebrachten Karton zu wühlen und als er das Gesuchte
fand, kam er zu mir zurück und kniete sich vor mich.
„Dein Bein, zeig es mir.“

Ich tat was er wollte, während er eine Mullbinde mit Alkohol tränkte. Für seine Verhältnisse tupfte er sanft über meine Wunde und ich unterdrückte ein Stöhnen, zuckte aber immer wieder schmerzlich zusammen.
„Gleich ist es vorbei."
Dieser Satz brachte mich dazu augenblicklich meine Atmung einzustellen. Wie versteinert saß ich da und sein Satz hallte wie ein immer wiederkehrendes Mantra in meinem Kopf. Es war jedoch nicht der zweideutige Wortlaut der mich bis ins Mark erschütterte, sondern sein weicher und mitfühlender Tonfall.

Seit Stunden quälten mich jetzt schon die schlimmsten Gedanken, da sich Glenn verändert hatte. Er war zwar immer noch herrisch und gewalttätig, aber jetzt brachen hin und wieder mitleidige Regungen in ihm durch, die ich jedoch nicht einmal im Ansatz verstand. Seine Bestrafungen, wenn ich ihm zuwiderhandelte waren weiterhin äußerst brutal und völlig erbarmungslos, aber als ich mir vorhin mein Knie aufschürfte, hatte er Mitleid mit mir.
Ist es, weil es einfach so passiert ist, ohne dass er es wollte, oder bestimmte? Oder ist es, weil er verletzt ist und selbst große Schmerzen hat? Vielleicht ist es aber auch, weil er meiner überdrüssig geworden ist, oder mich jetzt sexuell begehrt?
Ist es wirklich so einfach? Geht es wirklich nur um seinen eigenen Trieb, den er schon fast krankhaft versucht zu unterdrücken?
Kontrolle ist alles für ihn, aber was passiert, wenn er sich nicht mehr unter Kontrolle hat?
Tötet er mich, nachdem er seinen sexuellen Phantasien erlegen ist? Oder bleibe ich weiterhin seine Verlockung, bis er sich erneut an mir vergeht?

Immer und immer wieder, bis er sich selbst eingestehen muss, dass er nicht so stark und unbesiegbar ist, wie er glaubt?

Das Geräusch eines Schlüssels, wenn er ins Schloss gesteckt wurde, riss mich aus meinen quälenden Gedanken und ich kauerte mich instinktiv in der hintersten Ecke zusammen, ließ die Treppe aber keine Sekunde aus den Augen. Auch wappnete ich mich innerlich auf sein krankhaftes Spiel, wenn er wie in Zeitlupe die Treppe nach unten stieg. Er genoss meine Angst bei jeder einzelnen verdammten Stufe und es waren zwölf. Zwölf Schritte, auf denen immer eine Pause von exakt vier Sekunden folgte. Am Anfang hörte ich nur diesen einzigen unheilvoll hallenden Schritt, bei dem ich jedes Mal die Luft anhielt. Beim Zweiten rutsche ich bereits in die hinterste Ecke vor lauter Angst und wenn ich beim Dritten, dann seinen Stiefel erkennen konnte, fing ich entweder zu weinen oder an meinen Fesseln panisch und völlig verzweifelt zu rütteln an. Die Treppe ließ ich selbst bei dieser Aktion nicht aus den Augen und als er dann ab dem vierten Schritt mit diesem unheilvoll geraunten Sarah anfing, lagen meine Nerven blank und mein Fluchttrieb übernahm die Kontrolle. Erst wenn ich, ab dem achten Schritt sein Gesicht sehen konnte, wie er seinen Kopf amüsiert hin und her schüttelte, wurde der Fluchtreflex vom Überlebenswillen überlagert und ich nahm meine unterwürfige Haltung ein, indem ich auf meine Knie ging. Es war immer das Gleiche, egal wie oft ich mir auch vornahm dies alles nicht zu tun und einfach sitzen zu bleiben. Die Panik ließ nichts anderes zu, aber heute war es anders. Meine Panik war wie immer, aber Glenns perfides Spiel blieb aus. Er stieg die Treppe zwar langsam herunter, aber der Nachdruck des Auftrittes fehlte. Es hörte sich heute eher torkelnd und schwerfällig als berechnend und genießend an. Auch dieses langgezogene und geflüsterte

Sarah blieb aus. Trotzdem blieb ich kauernd sitzen und fixierte ohne Unterlass die Treppe.

Diesmal sah ich jedoch keine Stiefel, sondern seine nackten Füße, auch die Hose war diesmal keine Jeans, sonders eine Art von Jogginghose. Die Schienbeine wurde sichtbar, die Knie, weiter zum Oberschenkel und jetzt erschien der Torso samt Armen. Das übliche Businesshemd war heute ein weißes Shirt, mit einigen rötlich-braunen Flecken darauf. Ein erneuter fast unsicherer Schritt folgte und als ich ihn dann komplett sah, stellte ich meine Atmung für einige Sekunden geschockt ein. Mein Entführer stand schwer atmend oder eher leicht keuchend auf der Treppe und hielt sich schon fast krampfhaft am Handlauf fest. Sein Gesicht war schmerzverzerrt, seine Lippen waren nur noch ein schmaler Schlitz, so presste er diese aufeinander, Schweißperlen standen ihm auf der Stirn, liefen in kleinen Bächen an seinen Schläfen hinab und versiegten im Kragen seines Shirts, welches wie eine zweite Haut an ihm klebte, so feucht war es bereits. Aber am schlimmsten war sein Teint, fast weiß leuchtete er und seine Augen waren rot gerändert und glasig. Glenn war krank, schwer krank sogar und ich stand langsam auf, als er gefährlich zu wanken begann.

„Was hast du getan?" klagte er mich an und obwohl seine Stimme nur ein heiseres Flüstern war, wich ich zurück.

„Nichts" kreischte ich und ich ging auf die Knie, als er die letzte Stufe passierte.

„Das schwöre ich. Das kommt von den Brandwunden, sie haben sich bestimmt …"

Er machte eine fahrige Handbewegung und ich verstummte mitten im Satz, als er leise aufstöhnte.

„Du wirst mich ver…"

Weiter kam er nicht, da er an Ort und Stelle einfach zusammenbrach. Mit einem dumpfen Aufprall ging er zu

Boden und rührte sich nicht mehr. Wie versteinert blieb ich in meiner knienden Position und starrte vollkommen irritiert und auch geschockt auf seinen leblosen Körper. Und als ich endlich realisierte, was soeben passiert war, fing ich zu weinen an. Aber aus Freude und unendlicher Erleichterung, da ich endlich hier raus konnte. Meine erste Chance seit Monaten und ich ergriff sie.

„Meister?"

Keine Reaktion und ich erhob mich extrem langsam, da ich insgeheim immer noch damit rechnete, dass er wieder aufstand.

„Meister … Kannst du mich hören?"

Wieder nichts und ich wurde etwas lauter.

„Meister … Hörst du mich?"

Nichts und mein Mut gewann die Oberhand.

„Glenn … Glenn, hörst du mich?"

Er blieb trotz meiner Betitelung, die er als absoluten Affront auffasste, reglos liegen und ich wurde massiver.

„Glenn" rief ich jetzt und als wieder nichts kam, ging ich vorsichtig auf ihn zu.

Leider bremste mich die Kette um meinen Hals jäh ab, sodass ich auf meine Knie ging, um noch etwas näher an meinen Peiniger zu kommen. Mit ach und krach erreichte ich seinen Arm und stupste ihn an, zuerst ganz leicht und als keine erkennbare Reaktion kam, etwas fester. Wieder nichts und dann gab es kein Halten mehr, da mein Wille hier endlich herauszukommen die Vorherrschaft übernahm. Obwohl mir der Eisenring die Luft abschnürte, weil ich mich so weit nach vorne beugen musste, ignorierte ich es, da ich ihn irgendwie greifen musste. Nur wenn mir dies gelang, konnte ich ihn zu mir ziehen, denn nur so konnte ich ihn durchsuchen. Der Schlüssel war alles war mich interessierte und endlich bekam ich sein Handgelenk zu fassen. Wie eine Verrückte zog ich ihn zu mir her und als ich es endlich geschaffte hatte, ließ ich mich völlig fertig auf meine Knie fallen und atmete ein paar Mal tief durch. Mein Entführer war zwar schlank, aber bewusstlos war er tonnenschwer und durch meine Fesseln wurde die paar Meter zur Herausforderung. Aber Aufgeben war keine Option und ich mobilisierte Kräfte in mir, die ich niemals für möglich gehalten hätte. Und endlich war es soweit, ich fing an Glenn abzutasten. Leider lag er auf dem Bauch und ich kam an keine seiner Hosentaschen heran, außer an seine Hinteren und die waren leider leer. Also blieb mir nichts anderes übrig, als ihn umzudrehen. Zwei Mal hätte ich es beinahe geschaffte, aber mir ging im letzten Moment die Kraft aus und er rollte zurück auf seine Vorderansicht.

„Nein!" schrie ich verzweifelt, als er mir wieder entglitt und Tränen der Wut und der Verzweiflung stiegen in mir auf.

„Stell dich nicht so an" schimpfte ich mich selbst, atmete tief durch und startete einen erneuten verzweifelten Versuch. Als er mir fast wieder zurückgerollt wäre, stieß ich einen undefinierbaren Schrei aus und dann kippte er plötzlich in meine Richtung. Jetzt begannen meine Tränen zu rollen, da meine Hoffnung ins Unermessliche stieg.

Du kommst hier raus, du kommst endlich hier raus!

Trotz seiner schweren Brandwunden hatte ich kein Mitleid mit ihm, ganz im Gegenteil sogar, es freute mich, als ich die rotbrauen Flecken als sein Blut identifizierte. Endlich wusste er was Schmerzen waren und ich hoffte, dass er Angst hatte zu verbrennen. Ich wollte die Genugtuung, dass er sich genauso hilflos und ausgeliefert gefühlt hatte, wie ich, wenn er gnadenlos auf mich einschlug. Ein paar Mal dachte ich sogar, dass er mich erschlagen würde, so brutal ging er auf mich los. Nach solch einem Übergriff brauchte ich meist Tage um mich davon zu erholen, physisch und auch psychisch. Trotzdem hatte ich nicht aufgegeben, obwohl ich nahe dran war und plötzlich gewann meine Wut die Oberhand.

„Du Mistkerl" schrie ich und schlug auf seinen Torso ein.

„Du dreckiger, sadistischer und widerlicher Mistkerl! Wie konntest du mir das nur antun?"

Er regte sich stöhnend und ich stellte meinen Übergriff sofort ein.

Oh Gott, was habe ich getan! Nicht aufwachen! Bitte nicht aufwachen. Bitte bleib liegen. Bitte!

Er wachte zum Glück nicht auf und ich verharrte noch einige Minuten, da ich mir ganz sicher sein wollte. Aber dann quetschte ich meine Hand hoffnungsvoll in seine linke Hosentasche, aber da war nichts.

Nein, das kann nicht sein. Wo ist er?

Noch einmal durchsuchte ich die Tasche, aber sie war tatsächlich leer und ich wurde panisch.

Was ist, wenn er ihn nicht hat?

Zitternd widmete mich der Anderen, verharrte jedoch einen Moment über dem Eingriffsloch.

Bitte, lass den Schlüssel da drin sein. Bitte!

Zaghaft und immer noch innerlich betend, steckte ich mein Hand hinein und dann hatte ich das Gefühl nicht mehr atmen zu können.

Nein! Nein, nein, nein!

Immer und immer wieder suchte ich jetzt beide Taschen ab, aber sie waren leer. Kein Schlüssel, weder für meine Handschellen, noch für diesen verdammten Eisenring um meinen Hals.

Vielleicht hat er ihn beim Sturz verloren?

Schnell suchte ich die Stelle ab, wo er am Boden aufschlug, aber da war nichts. Ich war weiterhin seine Gefangene und ohne diesen Schlüssel absolut chancenlos.

Ich wusste nicht wie lange ich mich in meinem Selbstmitleid suhlte, bevor ich wieder einen klaren Gedanken fassen konnte und eigentlich war es mir auch egal, da mein Wille hier heraus zu kommen weiterhin ungebrochen war. Es war einfach noch nicht die Zeit danach, aber meine Zeit würde kommen, egal wie lange es auch dauern würde.

„Ich komme hier raus!" spie ich meinem Peiniger entgegen. „Und wenn es das Letzte ist was ich mache, aber ich komme hier raus!"

Und plötzlich hatte ich eine Idee und fing auch gleich an diese in die Tat umzusetzen. Vorsichtig zog ich Glenn auf die alte modrige Matratze, die seit Monaten als Bettersatz für mich diente. Anfänglich wurde mir bei diesem Geruch noch übel, aber mittlerweile empfand ich es als nicht mehr schlimm. Sie war, wie meine Fesseln zur Alltäglichkeit geworden und gehörten mittlerweile zu meinem Leben dazu. Ich hätte nie gedachte, dass ich einmal so darüber denken würde, aber auch das enorme Gewicht des Eisenringes um meinen Hals, weswegen ich anfänglich massive Genick-, Nacken-, Kopf- und Rückenschmerzen hatte, gehörte zu meinem jetzigen Dasein. Ich wehrte mich nicht mehr dagegen, sondern nahm es hin. Wiedererwarten wurden die Schmerzen erträglicher, als ich mich nicht mehr gegen das Unvermeidliche auflehnte.

Als Glenn endlich an seinem Platz lag, ging mein Atem erneut schwer, aber diesmal dachte ich nicht daran mir eine Pause zu gönnen, da, wenn Glenn aufwachte, er sehen sollte, dass ich mich um ihn kümmerte. Vielleicht würde er dann Mitleid mit mir empfinden, wenn ich ihm meine Wunden aufzeigte. Ich versuchte sein Shirt auszuziehen, aber ich konnte ihn in einer sitzenden Position nicht halten, wenn ich gleichzeitig an seinem Shirt zerrte. Also legte ich ihn zurück und versuchte mit Hilfe meiner Zähne den Stoff am Saum zu zerreißen, da ich es mit meinen Händen alleine nicht

schaffte. Ein paar Minuten später sah ich das ganze verheerende Ausmaß seiner Verbrennung, als ich seinen Oberkörper freilegte. Unzählige Brandblasen zierten den oberen Bereich der Brust, teils offen und blutig, teils mit blassroter Flüssigkeit gefüllt. Ich sah mich um und entdeckte drei Wasserflaschen, die am Kopfende der Matratze lagen und griff beherzt danach. Dann knüllte ich sein Shirt zusammen und befeuchtete dieses mit dem kühlen Nass. Vorsichtig tupfe ich damit über seinen Oberkörper, um die Wunden zu säubern. Danach versuchte ich ihm einige Schlucke Wasser einzuflößen, gab es aber auf, da es am Mundwinkel einfach wieder herausfloss. Als er, obwohl er immer noch stark schwitzte, zu zittern begann, legte ich ihm meine Decke, in Form eines Lackens über und fühlte seine Stirn. Er kochte regelrecht und meine Angst kam zurück.
Was ist, wenn er stirbt? Sterbe ich dann auch?
Nein, du stirbst nicht! Denn du kommst hier raus!

Glenns unterdrücktes Stöhnen ließ mich hochschrecken und ich brauchte einige Sekunden um mich an die dunklen Lichtverhältnisse zu gewöhnen.
„Gl … Meister" verbesserte ich mich schnell und hoffte, dass er es nicht mitbekommen hatte.
„Kannst du mich hören?"
Ein weiteres Stöhnen kam und ich griff nach dem restlichen Wasser.
„Du musst etwas trinken" sagte ich besorgt, hob ihn am Nacken leicht an und setzte die Flasche an seine Lippen.
Diesmal lief zwar auch etliches zur Seite hin heraus, aber um einiges weniger, als ich ihm einflößte und als ich aufhören wollte, stöhnte er erneut. Ich machte weiter, bis seine Aufforderung ihm mehr zu geben ausblieb. Leider schrumpfte unser Vorrat auf ein Minimum zusammen und ich unterdrückte meinen eigenen Impuls, ebenfalls etwas zu

trinken, denn das Wohl meines Entführer stand jetzt über dem Meinen, da ich sonst definitiv sterben würde und ich war noch nicht bereit dazu. Heute zumindest noch nicht.

Ich wischte ihm gerade den Schweiß von der Stirn, als er die Augen aufschlug.
„Schscht, ganz ruhig."
Ich drückte ihn sanft zurück auf die Matratze, als er seinen Kopf mit schmerzverzerrter Miene anhob.
„Du bist krank, Meister."
Er hörte nicht auf mich und setzte sich mit einem unterdrücken Stöhnen auf. Ich hingegen begab mich sofort in seine gewünschte unterwürfige Haltung, da ich jetzt nichts falsch machen wollte und auch durfte und fing an sein Shirt nervös zu kneten, als er sich kurz orientierte und mich dann wortlos ansah.
„Wieso liege ich hier?" kam hart und verständnislos, trotz seiner sichtbaren Schmerzen und meine Hoffnung fiel ins Bodenlose.
Du kommst hier nicht raus! Niemals Sarah!
„Du bist gestürzt und warst ohnmächtig" gestand ich ehrlich und kämpfte mit den Tränen.
Tief in mir drin wusste ich bereits, dass es vorbei war, ich wollte es mir nur noch nicht eingestehen.
„Ich habe dich …"
„Sei still!" ermahnte er mich, packte meinen Eisenring und zog mich ganz dicht zu sich.
„Hast du nicht etwas vergessen?" zischte er und plötzlich war mir alles egal, da die Erkenntnis hier nie wieder herauszukommen, voll über mich hereinbrach.
Ich konnte nicht mehr und ich war bereit zu sterben. Hier und jetzt.
„Nein, habe ich nicht!" kreischte ich und riss mich los, indem ich mein Gewicht nach hinten verlagerte.

„Ich habe dich drei Tage lang gepflegt, deine Wunden gereinigt und dir Wasser gegeben, weil ich Angst hatte, dass du stirbst. Und anstatt dankbar zu sein, drohst du mir, weil ich vergessen habe dich mit Meister anzu…"
Weiter kam ich nicht, da er aufsprang und mit eine schallende Ohrfeige verpasste.
„Du widersprichst mir?"
„Ja" schrie ich ihm jetzt entgegen und sprang auf.
„Denn du wärst gestorben, wenn ich mich nicht um dich gekümmert hätte, Meister."
Seine Betitelung spie ich ihm regelrecht entgegen und obwohl ich damit rechnete geschlagen zu werden, passierte nichts dergleichen.
„Mein Wasser …" fing ich völlig verzweifelt an und zeigte auf die drei leeren Flaschen.
„… habe ich dir gegeben."
Ich schluchzte auf und wischte mir energisch die Tränen aus dem Gesicht.
„Obwohl ich selbst am Verdursten bin, habe ich nichts getrunken, weil …"
Ich brach ab, da ich mit den Nerven so dermaßen am Ende war, dass ich haltlos zu weinen begann. Ich sank auf meine Knie, schlang meine Arme um meinen Körper und fing an mich beruhigend hin und her zu wiegen. Es war vorbei und ich dachte unwillkürlich an Mark. Ihn wollte ich als letztes sehen und ich klammerte mich krampfhaft an die Erinnerung an ihn, während ich darauf wartete, dass Glenn über mich herfiel um mich zu töten. Aber nichts dergleichen geschah und als ich aufblickte, erkannte ich, dass ich alleine war. Mit all meinem Schmerz und meiner Angst.

Es war bereits hell, als ich meinen Entführer wieder hörte, als er die Türe des Kellers öffnete. Das typische Sperrgeräusch des Schlüssels blieb diesmal aber aus. Zum ersten Mal kauerte ich mich nicht panisch zusammen und ich ging auch nicht auf meine Knie. Stattdessen blieb ich einfach liegen und hielt meine Augen geschlossen, um dem Unvermeidlichen nicht auch noch entgegen sehen zu müssen.

„Sieh mich an, meine kleine Sarah.“

Nein! Und ich bin nicht deine kleine Sarah!

„Sieh mich an“ kam erneut und ich spürte seine Hand auf meinem Bein.

Leise wimmernd kniff ich meine Augen so fest wie es mir möglich war zusammen.

Mark. Mark. Mark.

Der Schmerz blieb aus, stattdessen spürte ich seine Finger an meiner Wange wie sie zärtlich darüber strichen.

„Du hast mich gerettet, kleine Sarah“ flüsterte er und jetzt rette ich dich.

Mark. Ich liebe dich. Mark.

Der einsetzende Druck auf meinem Hals hinderte mich beim Atmen und ich konzentrierte mich nur noch auf das geistige Bild meines lächelnden Mannes, während ich mich in mein Schicksal ergab. Zum Glück war diese Todesart um einiges Humaner, als erschlagen oder erstochen zu werden. Aber dann verschwand plötzlich dieses beklemmende Gefühl, keine Luft mehr zu bekommen. Stattdessen wurde mein Kopf hin und hergedreht, dann leicht angehoben und ich verspürte fast gleichzeitig ein kurzes Kratzen an meiner linken Halsseite. Keine Sekunde später hörte ich etwas rasselnd und leicht klirrend zu Boden fallen.

Nein, das kann nicht sein.

Ich ließ den Gedanken nicht zu, kämpfte ihn sogar verzweifelt nieder, da ich Angst davor hatte, diese erneute Hoffnung zuzulassen, da ich mich schon einmal verzweifelt an diesen Gedanken geklammert hatte, es schaffen zu können und zutiefst enttäuscht wurde. Ein zweites Mal

wollte ich mir diese bittere Erkenntnis ersparen, da der Tod um ein vielfaches tröstlicher war, als das Wissen hier weitere Tage, Wochen, Monate, oder schlimmstenfalls sogar mein ganzes verdammtes Leben fristen zu müssen.
„Steh auf, kleine Sarah" hörte ich jetzt wieder seine Stimme, jedoch ohne seines üblichen harschen Tonfalls.
„Und komm mit mir."
Langsam öffnete ich meine Augen und tastete gleichzeitig mit meinen beiden Händen, die immer noch mit Handschellen aneinandergebunden waren, meinen Hals ab. Der Eisenring war tatsächlich verschwunden, aber ich spürte sein Gewicht immer noch, obwohl er eindeutig rechts neben mir am Boden lag. Glenn stand während der ganzen Zeit wortlos vor mir, sog aber jede Geste und jede Regung von mir in sich auf. Es war fast so als wäre ich ein extrem seltenes Studienobjekt.
„Komm, meine kleine Sarah."
Er streckte mir abwartend seine Hand entgegen und als er seinen Kopf fragend zur Seite neigte als ich nicht reagierte, legte ich meine zusammengebunden Hände zitternd hinein, da ich dachte, dass es sich nur um ein weiteres grausames und perfides Spiel handelte. Mich in Sicherheit zu wiegen nur damit er meine Angst um ein vielfaches mehr genießen konnte, wenn ich feststellte, dass es nicht so war und seine nun folgenden Demütigungen sogar noch all meine Vorstellungen übertrafen. Und mittlerweile konnte ich mir leider viel zu viel vorstellen.
„Du brauchst keine Angst zu haben" versuchte er mich zu beruhigen, was aber alles nur noch schlimmer machte, da er bis jetzt nur Befehle an mich verteilte.
Diese herrische Art konnte ich mittlerweile relativ gut einschätzen, aber das hier war neu und ich nahm mir vor ihn nicht zu reizen.
„Ja, Meister."

Ich wollte auf die Knie gehen, aber er schüttelte seinen Kopf und hielt mich davon ab.

„Das brauchst du nicht mehr, denn du hast mir gezeigt, dass du würdig bist."

Würdig? Zu was bin ich würdig?

Du bist würdig zu sterben!

Tränen stiegen mir bei dieser bitteren Erkenntnis in die Augen, die Glenn zum Glück nicht sah, da er sich umdrehte und mich, an meinem Handgelenk haltend, mit sich zog. Die zwölf Stufen wollten kein Ende nehmen und obwohl mein Selberhaltungstrieb lauthals schrie mich loszureißen, lief ich wie in Trance hinter ihm her und als wir oben ankamen, rannen meine Tränen unaufhaltsam über meine Wangen.

„Keine Angst, meine Sarah, denn du bist in Sicherheit. Keiner wird dir je wieder etwas tun."

Mir hat noch nie jemand etwas getan! Außer dir! Also hör auf mit mir zu spielen und bringe es endlich zu ende.

Entgegen meiner Erwartung strich er mir mit seinem Daumen die laufenden Tränen aus dem Gesicht und steckte mir einige widerspenstige Haarsträhnen hinters Ohr.

„Das ist dein Zuhause, meine Sarah und wenn du brav bist, sperre ich dich auch nicht mehr in den Keller. Hast du das verstanden?"

„Ja Meister, ich habe es verstanden."

„So ist es gut" lobte er mich und führte mich weiter.

Das Haus war schon älter und als ich einen Blick durchs Fenster erhaschte, sah ich, dass es in einem Wald stand. Glenn erklärte mir einige für ihn wichtige Dinge, aber ich hatte nur Augen für das nächste Fenster, das sich leicht schräg versetzt gegenüber dem Ersten befand.

Bitte lass es keinen Wald sein. Alles nur keinen Wald.

Obwohl ich am liebsten darauf zugerannt wäre, blieb ich stehen. Glenns Mund bewegte sich immer noch und ich versuchte mich krampfhaft auf das zu konzentrieren was er sagte.

„… wenn du dich daran hältst, werde ich dich nicht mehr nach unten schicken …“

Keinen Wald, bitte keinen Wald.

„… früh aufstehen und als erstes zusammen beten.“

Er zeigte auf eine Art Altar und obwohl ich seinem Fingerzeig folgte und mich auch bemühte seinen Ausführungen zu folgen, gelang es mich nicht, da es in meinem Kopf nur noch einen einzigen Gedanken gab und der hieß Flucht.

Geh endlich weiter, denn ich will wissen, was hinter diesem Fenster ist!

Endlich war es soweit, er führte mich weiter durch sein Haus.

Keinen Wald, bitte keinen Wald.

Die Ernüchterung traf mich genauso hart wie seine körperlichen Bestrafungen und ich kämpfte mit meinen Tränen. Wald, überall Wald. Wo man auch hinsah waren Bäume und unendlich erscheinendes Dickicht.

Nein, nein, nein. Das kann nicht sein.

Glenns harter Griff an meinem Oberarm riss mich aus meinem Selbstmitleid.

„Du wirst dich von dieser Türe fernhalten.“

Jetzt deutete er auf eine verblasste rötliche Markierung die in einem Abstand von zwei Metern um die Eingangstüre gezogen wurde.

„Diese Linie wirst du nicht übertreten, denn andernfalls werde ich dich bestrafen, kleine Sarah.“

Ich nickte schnell und plötzlich keimte wieder Hoffnung in mir auf.

Ich komme hier raus. Ich komme endlich hier weg.

Eine einzige Türe trennte mich jetzt noch von meiner Freiheit, keine Eisenkette mehr, sondern nur noch eine einzige Türe.

Bald ist es vorbei.

Wieder spürte ich Tränen in mir aufsteigen, aber diesmal jedoch aus der Hoffnung und der Zuversicht heraus.

Glenn zerrte mich weiter, vorbei an einer offen stehenden Zimmertüre, die er mit seinem Fuß zuschob, da er sich anscheinend dafür schämte. Dem kurzen Blick nach war es die Küche und sie sah verheerend aus. Sämtliche Schränke standen offen, einige Türen der Oberschränke hingen nur noch ein einer einzigen Angel und die unteren Schränke wiesen bei fast allen ein ausgefranztes Loch auf. Glenn musste diese mit voller Wucht durchtreten haben. Der Schrankinhalt ergoss sich auf dem Fußboden und was der rasenden Zerstörungswut nicht standhielt, lag in Scherben verstreut herum. Teller, Tassen, Gläser, Töpfe, Essenspackungen, einfach alles lag auf dem Boden.

„Hier wirst du in Zukunft schlafen, kleine Sarah. Außer du widersetzt dich mir."

„Ja Meister" brachte ich stottern hervor, als er mich abwartend ansah, was ein zufriedenes Lächeln auf seine Gesichtszüge zauberte, als er mit mir im Türrahmen des Schlafzimmers stand.

Das Bett war maximal einen Meter vierzig breit und mir wurde alleinig von dem Gedanken schlecht, so dicht bei ihm liegen zu müssen. Alles andere versuchte ich verzweifelt auszublenden, was mir aufgrund seines Blickes, der nur so vor Vorfreude gierte, nicht gelang und ich klammerte mich verzweifelt an meine Flucht.

Du schaffst das, also drehe jetzt bloß nicht durch. Es ist nur eine Türe, eine einzige verdammte Türe.

„Hast du alle Regeln verstanden?"

Es folgte die gleiche Bestätigung wie zu meinem zukünftigen Schlafplatz, doch diesmal hakte er nach.

„Dann zähle sie auf."

Er hob seinen Daumen in die Höhe, was so viel wie Erstens bedeutete und ich überlegte fieberhaft, was er vorhin sagte, aber mir fiel nichts ein.

„Das ich dir nicht zuwider handeln soll."

Meine Antwort klang eher wie eine Frage, aber ich schien das Richtige gesagt zu haben, da er jetzt zu seinem Daumen auch noch den Zeigefinger ausstreckte.

„Und was noch?"

Was hat er gesagt? Überlege! Was hat er gesagt?

„Dass ich die rote Linie nicht übertreten darf."

Er nickte und Finger Nummer Drei folgte, was meine Angst auf den Plan rief, da ich keine Ahnung besaß, was er hören wollte.

„Was Sarah?" schrie er plötzlich und zog mich an der kurzen Kette der Handschellen mit einem Ruck zu sich.

„Beten" platzte es aus mir heraus, als er mit seiner Hand eindeutig auszog, um mich zu schlagen.

„Ich soll gleich nach dem Aufstehen beten."

Er nickte zum Glück und nahm seine Hand wieder herunter.

Ich fühlte mich wie eine Fliege im Netz, da Glenn mich keine einzige Sekunde aus den Augen ließ. Anspannung, Angst und Unsicherheit waren seit Stunden meine permanenten Begleiter und ich sehnte mich nach der Einsamkeit des Kellers zurück. Mein Peiniger hielt mich dort zwar wie einen Hund, aber ich war zumindest allein. Jetzt spürte ich seinen Blick bei jeder einzelnen Bewegung von mir, während ich die Sekunden mitzählte, die die Wanduhr mit leisem Ticken von sich gab, während ich auf der Couch saß. Glenn saß mir gegenüber und tat so, als würde er Zeitung lesen. In Wahrheit aber beobachtete er

mich und sog wie ein Schwamm jede Regung von mir auf, seitdem er mir meine Handschellen abnahm. Jeden unruhigen Rutsch und sei er auch noch klein, blieb ihm nicht verborgen und seinem süffisanten Grinsen nach zu urteilen, wenn er mich dabei erwischte, wie ich die rettende Türe anstarrte, wusste er auch um mein Gedankenchaos Bescheid. Ich schwankte permanent zwischen Flucht und sitzenbleiben hin und her und je länger ich zu diesem Nichtstun verdammt wurde umso schlimmer wurde es. Flucht war mittlerweile alles was ich wollte und es kostete mich unheimliche Überwindung es nicht zu tun, obwohl ich wusste, dass ich keine Chance haben würde, da die Türe unter Garantie abgeschlossen war. Mein Entführer liebte solche Psychospielchen, denn er wusste genau, dass sie voll ins Schwarze trafen. Mein Mut wurde immer größer und als die nächste Minute anbrach, sprang ich plötzlich auf. Ich wusste selbst nicht warum, ich wusste nur, dass ich es zumindest versuchen musste. Glenn sah mich über seine Zeitung hinweg nur an, er machte sich nicht einmal die Mühe diese wegzulegen oder sich aufrecht hinzusetzen. Seelenruhig blickte er zu mir auf und wartete ab. Es kam mir vor wie eine Ewigkeit und als Glenn eine Augenbraue nach oben zog, löste sich meine Starre. Abrupt drehte ich mich von ihm weg und setzte mich in Bewegung. Zuerst ging ich, doch als ich dem Geräusch nach hörte, dass Glenn seine Zeitung zur Seite lege, wurde ich schneller.
Du schaffst das, also lauf!
Leider übersah ich das kleine Tischchen, stolperte darüber und die darauf stehende Lampe fiel mit einem Klirren zu Boden.
Geh weiter!
Die u-förmige und mahnend rote Begrenzung kam näher und näher und plötzlich übernahm mein Verstand mein Handeln. Zum Glück, denn als ich mich umdrehte, stand

Glenn direkt hinter mir. Er war mir so nahe, dass ich beinahe gegen ihn gestoßen wäre.
„Entschuldigung Meister" fing ich an und hoffte, dass ich überzeugend klang.
„… ich habe vergessen dich zu fragen."
Argwöhnisch sah er auf mich herunter und ich machte stammelnd weiter.
„Die Küche … darf ich die Küche aufräumen … Meister?"
Glenn war im ersten Moment völlig überrascht, doch dann verengte er seine Augen.
„Die Küche? Bist du dir da wirklich sicher, kleine Sarah?"
Eine theatralische Pause folgte.
„Denn mir sah es eher so aus, als wolltest du fliehen."
Er sah kurz auf die kaputte Lampe und dann wieder zu mir.
„Oder etwa nicht?"
Sein Blick ging mir durch und durch.
„Nein" kreischte ich, als er sich zu mir herunterbeugte und meine Atmung wurde schnell und unkontrolliert.
„Warum sollte ich fliehen?"
Als Glenn sich aufrecht hinstellte, ging ich automatisch in Deckung, indem ich ein paar Schritte nach hinten wich und meine Hände schützend vor mein Gesicht hielt. Aber er schlug mich nicht, stattdessen packte er mich am Oberarm, ging mit mir zur Türe, riss diese auf und schupst mich hinaus ins Freie.
„Na los, lauf!"
Er machte eine wedelnde Handbewegung.
„Auf was wartest du noch?"
Ich war gleichermaßen verwirrt und panisch entsetzt über seine Worte, da ich sie oder besser gesagt ihn nicht einschätzen konnte. Wie angewurzelt blieb ich stehen und er spornte mich weiter an.
„Na los, lauf weg, denn noch eine Gelegenheit wirst du nicht bekommen."

Alles in mir schrie, lauf. Aber ich wusste genau, dass es eine Falle war. Er testete mich, weil er genau wusste, dass ich keine Chance gegen ihn haben würde. Er würde mich spielend einholen.

„Ich will nicht weg, Meister. Ich wollte wirklich nur die Küche aufräumen."

Tränen liefen mir über meine Wangen, da ich mich innerlich über meine Blödheit verfluchte.

Was hast du dir nur dabei gedacht? Wie konntest du nur so blöd sein? Du kannst ihm nicht entkommen, nicht so!

Ich war so nah dran und doch so verdammt weit weg. Auch mein Peiniger schien enttäuscht zu sein, da sich seine nicht zu übersehende Erektion wieder zurückzog.

„Ganz wie du meinst, kleine Sarah" kam enttäuscht.

„Vielleicht habe ich mich ja doch in dir getäuscht und alles war umsonst."

Seine Hand bewegte sich und ich zuckte zusammen, entspannte mich jedoch wieder als er in seine Hosentasche griff und einen schmalen Gegenstand herausholte.

„Ich dachte nicht, dass ich es bei dir auch benutzen muss."

Mit einem leisen Klicken sprang etwas aus dem länglichen Ding nach vorne und als ich erkannte um was es sich handelte, gefror mir das Blut in den Adern.

„Nicht, bitte tu das nicht."

Völlig verängstigt wich ich zurück und hob meine Hände besänftigend vor meinem Körper an.

„Ich mache was immer du willst, aber bitte … tu das nicht."

Leider machte ihn mein Betteln diesmal so dermaßen an, dass sich seine Erektion erneut in voller Pracht unter seiner Hose abzeichnete.

„Dann lauf, meine kleine Sarah. Denn andernfalls werde ich es benutzen."

Als ich immer noch wie versteinert stehen blieb, machte er einen schnellen Schritt nach vorne und mein

Überlebenswille übernahm. Ich begann um mein Leben zu rennen und eröffnete somit sein diabolisches Spiel.

„Eins … zwei … drei … vier …" hörte ich ihn hinter mir erregt zählen und plötzlich verstand ich, um was es ihm eigentlich ging.

Um was es die ganze Zeit über ging. Er wollte, dass ich mich wehrte, mich widersetzte, denn genau darin lag sein Reiz. Mich zu brechen war seine kranke Obsession und wenn er dies geschafft hatte, war seine Arbeit beendet und er war meiner überdrüssig.

„… neun … zehn! Ich komme, kleine Sarah … Ich komme."

**Über das Kommen mancher Leute
tröstet uns nichts,
als die Hoffnung
auf ihr baldiges Gehen.**

Marie von Ebner

14

Das Atmen fiel mir immer schwerer, da das Formaldehyd in meinem Körper Wirkung zeigte und plötzlich hörte ich den damaligen Dozenten über die Wirkung und Folgen dieses toxischen Reizstoffes lamentieren.

Formaldehyd ist im Ursprung ein gasförmiger Reizstoff für die Nasen- und Rachenschleimhäute, sowie für die äußere Haut. Bei Hautkontakt müssen sie unbedingt darauf achten, dass sie augenblicklich die betroffenen Stellen mit viel Wasser und Seife reinigen, damit es nicht zu Ekzembildungen kommt. Ziehen sie kontaminierte Kleidung sofort aus und entsorgen sie diese Luftdicht. Bei Schleimhautkontakt kann es zum Erbrechen und zu Lungenödemen kommen. Sorgen sie deshalb sofort für eine ausreichende Sauerstoffzufuhr und sollten sie Atembeschwerden oder sogar Hustenanfälle bekommen, setzen sie sich aufrecht hin. Wässrige Lösungen dagegen können zu Nekrosen, Nierenschädigung, Atemlähmung und Herzversagen führen. Alles nicht lustig, also merken sie sich eines: Wirksame Gegenmittel sind Harnstoff, Aktivkohle und konzentrierte Ammoniumcarbonatlösungen. Das Letzte sollte aber nur bei einer hochgradigen Vergiftung angewendet werden. Wässrige und mit Methanolzusätzen stabilisierte Lösungen nennt man Formalin, oder Formol. Dies war früher ein überall und in großen Mengen verwendetes Desinfektionsmittel, bis es aufgrund seines erhöhten Unverträglichkeitsrisikos gegen Verträglichere, aber genauso wirksame Varianten ersetzt wurde.

Damals sprach er nur von der Möglichkeit eines Hautkontaktes oder des Verschluckens, nicht von einer intravenösen Injektion und weder Sauerstoffzufuhr, noch aufrechtes Sitzen und eines der genannten Gegenmittel war mir in meiner momentanen Lage möglich. Hoffnung war alles was ich hatte und ich ging im Geiste noch einmal meine versteckten Hinweiszeichen durch.

Sind sie auch wirklich zu erkennen? Und wenn ja, habe ich sie dann so angebracht, dass dieser Dreckskerl sie nicht sehen kann? Was ist, wenn ... Was war das?

Ich lauschte angestrengt, da ich dachte ein leises Kratzen gehört zu haben, aber meine leicht röchelnden Atemzüge übertönten alles und ich versuchte für einen kurzen Moment die Luft anzuhalten. Leider packte mich aufgrund dessen ein so dermaßen heftiger Hustenreiz, dass ich durch meine liegende Position beinahe daran erstickt wäre. Geistesgegenwärtig rollte ich mich so gut es ging zur Seite und langsam wurde es besser. Leider verschlechterte sich meine Atmung dadurch um ein vielfaches. Es war fast so, als müsste ich die Luft durch einen extrem dünnen Schlauch ziehen.

Und dann hörte ich ein eindeutiges Kratzen über mir und eine gedämpfte aber vertraute Stimme, die irgendetwas Unverständliches schrie. Eine Sekunde später folgte ein heftiges Schlagen. Jeder Schlag ging mit einem kurzen Knacken einher und jedes Mal spürte ich Erde, die durch die kleinen Ritzen auf meinen Körper rieselte.

Sie sind da. Sie haben mich gefunden.

Rons Stimme konnte ich mittlerweile eindeutig erkennen und auch seine Rufe wurde deutlicher. Immer wieder schrie er, dass er gleich da sein würde und dass ich durchhalten sollte oder einfach nur meinen Namen. Und dann passierte das Wunder, Tageslicht drang zu mir durch. Zuerst nur ganz leicht und dann sah ich ihn. Schweißgebadet und völlig verdreckt sah er mich an und diese Erleichterung die mich umfing war einfach unbeschreiblich. Es war ein so dermaßen starkes Gefühl, dass meine Augen zu tränen begannen.

„Er lebt!" schrie mein Partner nach oben und riss eine weitere Holzlatte aus meinem Sargersatz.

Noch zwei weitere folgten und dann sprang er zu mir in die Kiste.

„Ich hol dich hier raus, hörst du."

Ich nickte nur und versuchte ihm zu sagen, dass ich eine Formaldehydvergiftung hatte, aber ich brachte nur ein unverständliches Wort zustande.

„Gleich hast du es" kam von meinem Freund und er zog an meiner gebrochenen Hand, was mich kurz aufschreien ließ.

Augenblicklich ließ er los, griff mir stattdessen unter die Achseln und hievte mich in eine sitzende Position. Wieder formte ich dieses eine Wort mit den Lippen und wieder brachte ich es nicht heraus.

„Lars" schrie Ron unterdessen und dann sah ich auch ihn.

Er war genauso verdreckt und durchgeschwitzt wie Ron, beugte sich über den Rand des Loches und streckte seine Hände zu uns herunter. Auch in seinem Gesichtsausdruck konnte ich sehen, dass die letzten Stunden alles von ihm abverlangten.

„Pass mit seinem linken Arm auf, ich glaube er ist gebrochen" warnte ihn mein Partner, als er mich ein Stück nach oben hob.

„Ich komm nicht ran" zischte Lars ungeduldig, obwohl er bereits bäuchlings auf dem Boden lag.

Ron schob mich noch ein Stück nach oben, setzte mich dann aber wieder ab.

„Scheiße!" fluchte er, wischte sich den Schweiß von der Stirn und beugte sich zu mir.

„Dein rechter Arm, ist der in Ordnung?“ fragte er, doch ich ignorierte seine Frage und konzentrierte mich nur auf dieses einzelne Wort.

„For … mal … de … hyd“ brachte ich endlich abgehakt hervor und Ron wurde schlagartig blass.

„Was? Formaldehyd? Habe ich dich richtig verstanden?“ kam vollkommen panisch und ich nickte ihm röchelnd zu, was ihn zur Höchstform auflaufen ließ.

„Er hat Formaldehyd intus“ schrie er in Richtung unseres gemeinsamen Bosses und hob mich gleichzeitig mit einem Ruck nach oben.

Dann presste er mich gegen die Wand und stütze mich mit seinem Körper, damit ich nicht wieder umfiel. Danach griff er nach meinem rechten Arm und bog ihn nach oben. In dem Moment wäre es ihm auch egal gewesen, wenn er meinen Linken erwischt hätte. Mich hier herauszubekommen war alles was ihn antrieb und das wie war ihm mittlerweile völlig egal, Hauptsache er bekam mich hier schnellst möglichst heraus.

„Zieh!“ befahl er und Lars packte zu.

Endlich war ich draußen, aber ich stand kurz vor einem Atemstillstand. Ron sprang aus dem Loch, zerrte mich in eine aufrechte Sitzposition, dann ein paar Meter über den Boden und lehnte mich kurzerhand gegen einen der Bäume.

„Wo bleiben die Sanis?“ schrie er Lars an, gab ihm aber keine Möglichkeit darauf zu antworten, da er jetzt gellende Befehle an unseren Boss gab.

„Reiß aus dem Motorraum ein paar Schläuche raus, aber auf gar keinen Fall den vom Kühlmittel.“

Lars sah ihn irritiert an und Ron flippte vollends aus.

„Er erstickt!“

Mein Partner brachte es gnadenlos auf den Punkt, ich erstickte, langsam aber sicher, da das Formaldehyd meine

Lungenbläschen daran hinderte einen Sauerstoffaustausch vorzunehmen.

„Also tue es endlich!" schrie er weiter und Lars rannte los.

„Bleib ja bei mir, hörst du!"

Ich nickte und das Letzte was ich bewusst mitbekam, war die Sirene des Krankenwagens.

„Hey."

Ich sah in das erleichterte Gesicht meines Freundes, der über mir gebeugt dastand und ein Lächeln versuchte.

„Du hast uns einen ganz schönen Schrecken eingejagt, mein Lieber."

Ich nickte nur, da mein Mund so dermaßen trocken war, dass ich nicht einmal schlucken konnte. Auch das Offenhalten meiner Augen glich einem Kraftakt, sodass ich diese einfach wieder schloss.

„Willst du einen Schluck Wasser?" hörte ich Lars Stimme und es kam mir vor, als wäre er meilenweit weg und nicht direkt neben mir.

Ich nickte erneut und spürte kurze Zeit später Lars Hand unter meinem Nacken. Wortlos hob er mich ein Stück nach oben, legte das Glas an meine Lippen und flößte mir schluckweise etwas zu trinken ein. Es tat unheimlich gut, als das kühle Nass meine ausgedörrte Kehle hinunter ran.

„Danke" brachte ich dennoch nur kratzend hervor, als er mich aus seinem Griff entließ und mich behutsam auf mein Kissen zurücklegte.

Obwohl ich mir die größtmögliche Mühe gab meine Augen offen zu halten, da mir eine Frage auf den Lippen brannte, schaffte ich es nicht und mein Freund kannte mich gut genug, um zu wissen was mich beschäftigte.

„Wir haben weder diesen Dreckskerl, noch den Wagen" gestand er mit einer Mischung aus Resignation und Wut.

„Aber eines garantiere ich dir, ich werde ihn finden und wenn es das Letzte ist, was ich tun werde."
Ich spürte seine Hand auf meinem Oberarm und dann verlor ich den Kampf gegen die Müdigkeit.

Es war dunkel im Zimmer als ich wieder aufwachte und meine Kopfschmerzen waren die Hölle, was mich dazu veranlasste leise Aufzustöhnen. Ohne Vorwarnung tauchte mein Zimmer in grelles Licht und ich versuchte mich mit meiner Hand stöhnend davor zu schützen. Augenblicklich wurde es wieder dunkel und mein Freund meldete sich zu Wort.
„Entschuldige, aber ich dachte, dass du …"
Er brach ab und ich drehte mein Kopf in seine Richtung. Schemenhaft erkannte ich ihn, was ich aber eher auf meine Gehirnerschütterung, als auf meine immer noch vorherrschende Müdigkeit schob. Lars saß in einem Stuhl direkt neben meinem Bett, der alles andere als gemütlich aussah und fuhr sich ein paar Mal über sein Gesicht. Er schien hier geschlafen zu haben, da sein Sakko immer noch als Deckenersatz über seinem Oberkörper lag.
„Wie lange?" fragte ich, da ich selbst in diesem Dämmerlicht erkannte, dass er ziemlich gerädert war.
„Zwei Tage" antwortete er matt und ich wusste, dass er mich in dieser Zeit keine einzige Sekunde aus den Augen gelassen hatte.
„Geh nach Hause."
Er schnaubte auf und schüttelte gleichzeitig seinen Kopf.
„Bitte Lars."
„Vergiss es!" zischte er.
„Ich werde keinen Millimeter von deiner Seite weichen, solange dieser kranke Wichser noch frei herumläuft."
„Er wird mir nichts …"
„Er hat dich begraben, Pete!" platze er mir ins Wort.

„Lebendig begraben! Weißt du eigentlich …“
Er sprach seinen Satz wieder nicht zu Ende und schüttelte erneut verständnislos seinen Kopf.
„Als ich dieses Grab gesehen habe, dachte ich du bist Tod“ gestand er leise und schloss seine Augen.
„Ich weiß“ antwortete ich knapp, da ein weiterer Beruhigungsversuch meinerseits nichts gebracht hätte, da er sich insgeheim die Schuld für alles gab.
„Wir haben dich vollkommen kopflos mit unseren bloßen Händen ausgegraben, weil wir sonst nichts hatten.“
„Ich weiß, Lars, aber …“
Wie erwartet ließ er mich nicht zu Wort kommen.
„Und als Ron dann endlich diese scheiß Kiste aufbekommen hat und du gesagt hast, dass …“
Er brach ab und schüttelte ungläubig seinen Kopf.
„Formaldehyd“ kam vollkommen aufgebracht.
„Diesem miesen Dreckkerl hat es nicht gereicht dich lebendig zu begraben. Nein, er wollte dich auch noch körperlich leiden lassen, indem er dir Formaldehyd gespritzt hat.“
„Ich weiß.“
„Hör mit deinem blöden, ich weiß auf!“ flippte er jetzt gänzlich aus, was eine heftige Schmerzwelle in meinem Kopf auslöste.
„Du hattest Glück, unverschämtes Glück sogar, dass du keine massive Lungen-, Nieren-, oder Magenschädigung davon getragen hast. Ist dir das eigentlich bewusst?“
„Du kannst nichts dafür.“
„Ach nein? Dann sag mir doch bitte warum er dich überwältigen konnte, wenn nicht durch meine Schuld“ ging er mich an.
„Ich habe einfach aufgelegt anstatt zu sagen, dass einer von uns zu Tode gekommen ist. Dir blieb doch gar nichts anderes übrig als anzunehmen, dass dieser Wichser

verbrannt ist und unsere Chancen Collins Frau lebendig zu finden auf null sanken."

„Wo ist Ron?" wechselte ich das Thema um ihn wieder herunterzubekommen, aber ich traf leider den nächsten wunden Punkt.

„Ron steht seit dem Moment, als der Arzt uns über die Folgen einer Formaldehydvergiftung aufgeklärt hat, vollkommen neben sich. Zuerst hat er stundenlang kein einziges Wort gesprochen und als der Arzt dann Entwarnung gab, ist er einfach aufgestanden und gegangen.

„Und wohin?"

„Woher soll ich das wissen? Ich weiß nur, dass er im Büro völlig ausgetickt ist, da er vier Kollegen außer Gefecht gesetzt hat, nur weil sie ihn davon abhalten wollten in seinem Zustand mit Collins zu reden."

„Hat er?" fragte ich, obwohl ich es mir bereits denken konnte.

„Natürlich hat er, was denkst du denn?"

Ich schloss meine Augen und atmete stöhnend aus.

„Weiß Collins Bescheid?"

„Das ist mir scheißegal, Pete!" schrie er jetzt mich an.

„Von mir aus fährt Collins zur Hölle, denn alles was mich jetzt interessiert bist du."

„Ich liebe dich auch."

„Halt die Klappe, Pete!"

Er atmete tief durch und sah mich dann direkt an.

„Ron war kurz davor dir einen Schlauch in die Lunge zu stecken, damit er dich beatmen kann. Und ich stand einfach nur hilflos und völlig unnütz in der Gegend herum."

„Ich lebe noch."

Wieder kam dieses resignierte einatmen und diesmal fuhr er sich mit beiden Händen ein paar Mal durch die Haare.

„Musst du immer bis zum Hals in der Scheiße stecken?" fragte er etwas ruhiger.

„Geht es nicht auch einmal etwas unspektakulärer? Vorgestern wirst du abgestochen, gestern springst du von einem Hochhaus und wirst noch so ganz neben bei fast erschossen und heute wirst du lebendig begraben."
Er übertrieb maßlos, da die Zeitspanne vier Jahre betrug und nicht innerhalb der letzten drei Tage stattfand. Real war es dennoch.
„Das alles ist nicht deine Schuld und das weißt du auch."
Er schnaubte auf, blieb aber stumm.
„Ruf Ron an."
Lars lachte auf.
„Was glaubst du, was ich die letzten Stunden gemacht habe, aber der Mistkerl zieht es ja vor mich zu ignorieren."
Seine Wortwahl ließ mich hellhörig werden.
„Wie schlimm steckt er in der Scheiße?"
„Bis zum Hals, da Cooper einer der Vier war und gerade Stimmung gegen ihn macht."
„Scheiße!" fluchte ich und Lars nickte mir zu.
Cooper war, als ich damals Ron die Karriereleiter nach oben warf, da ich ihn unbedingt als Partner wollte, stinksauer, weil er mit seiner Beförderung warten musste.
„Das kannst du laut sagen" pflichtete mir Lars bei.
„Kriegst du das irgendwie hin?"
„Ich bin der Boss von diesem scheiß Laden" konterte er sauer.
„Aber jetzt habe ich noch mehr um die Ohren, als ich im Moment vertragen kann!"
„Dann verschwinde endlich, denn ich brauche keinen Babysitter."
„Oh doch mein Freund, den brauchst du. Und nur damit du es weißt, ich gehe erst hier weg, wenn du wenigstens wieder einigermaßen auf der Höhe bist, also diskutiere erst gar nicht mit mir!"

Ich nickte nur, da ich in meinen desolaten Zustand nur den Kürzen ziehen würde, da jeder Gedankengang einem Hammerschlag gegen meinen Kopf glich und ich kniff vor Schmerz die Augen zusammen.

„Kopfweh?"

„Tierisch."

„Kein Wunder, du hast eine massive Gehirnerschütterung und brauchst Ruhe. Also schlaf gefälligst weiter."

„Kann nicht" widersprach ich, aber es hatte keinen Sinn.

„Dieser Dreckskerl hat dich fast umgebracht, mehrfach sogar, wenn ich mir deine Würgemale ansehe. Also entweder du schläfst jetzt wieder, oder ich sage den Ärzten, dass sie dich wegschießen sollen. Also entscheide dich."

„Lars bitte, der Typ hat Sarah …"

„Letzte Warnung, Pete."

Seinem Gesichtsausdruck nach meinte er seine Drohung todernst und ich hob meine Hände kurz an, um ihm meine Kapitulation zu verstehen zu geben. Dabei sah ich, dass meine linke Hand bis knapp unter den Ellenbogen eingegipst war.

„Glatter Bruch, braucht aber drei bis vier Wochen, wenn du dich schonst."

Ich nickte und legte meinen Arm zurück aufs Bett.

„So ist es gut, mein Freund. Heute gibst du noch Ruhe und morgen bin ich vielleicht gewillt dir zuzuhören, ok?"

Ich ergab mich in mein Schicksal und schloss die Augen.

Als ich wieder aufwachte, fühlte ich mich etwas besser, zumindest was meine körperliche Erschöpfung anging. Meine Kopfschmerzen glichen bei jeder Bewegung leider immer noch einem Amboss, der mit einem Hammer bearbeitet wird. Trotzdem drehte ich mich in die Richtung meines Freundes, aber sein Stuhl war leer. Gegangen war er allerdings nicht, da sein Jackett noch am Fußende meines Bettes hing.

„Lars?"

Keine Antwort und ich lauschte mit geschlossenen Augen in den Raum, da er garantiert nicht weit sein konnte und tatsächlich, ich hörte seine Stimme, den Wortlaut verstand ich allerdings nicht. Er musste am Gang in unmittelbarer Nähe stehen und es tat irgendwie gut ihn zu hören und ich schloss einfach meine Augen. Wieder einmal hatte ich unverschämtes Glück, aber anstatt erleichtert zu sein, war ich wütend. Wütend auf mich selbst und wütend auf diesen Drecksack und genau dieses Gefühl trieb mich an, da ich es hasste den Kürzeren zu ziehen. Und hier zog ich eindeutig den Kürzeren, aber nichts desto trotz hatte sich Glenn gehörig getäuscht. Ich war nicht so schnell aus dem Verkehr zu ziehen und ich gehörte auch nicht zu den Menschen die aufgaben oder sich zurückzogen, wenn es gefährlich oder schwierig wurde. Ganz im Gegenteil sogar, jetzt war ich in meinem Element und ich würde erst aufgeben, wenn er hinter Schloss und Riegel saß. Und das würde er, denn in seinem Siegesrausch hatte er einen fatalen Fehler begangen. Er hatte mir entscheidende Informationen geliefert, die ich jetzt gegen ihn verwenden konnte. Leider musste ich Lars noch davon überzeugen, dass ich über dem Berg war. Also versuchte ich mich bereits geistig auf das Gespräch vorzubereiten und damit mein Freund mir meine desolate Verfassung nicht gleich anmerkte, setzte ich mich auf. Jede Bewegung ließ meine bereits rasenden Kopfschmerzen zur Unerträglichkeit anschwellen, sodass mir gleichzeitig schlecht und schwindelig wurde. Schweißgebadet und schwer atmend saß ich im Bett und als ich den Gips sah, dachte ich unwillkürlich an Glenns Attacke mit dem Ast und meine Wut kam zurück.

„Hast du mir gestern nicht zugehört? Ich sagte schlafen!“ riss mich mein Freund aus meinen Gedanken, doch heute schaffte ich es dagegen zu halten.

„Nein, du sagtest zuhören.“

„Ich sagte vielleicht, also leg dich gefälligst wieder hin.“

„Nein, denn Sarah rennt die Zeit davon“ widersprach ich erneut und widererwarten ließ Lars es darauf bewenden, da er diesen Mistkerl genauso wollte wie ich.

„Dann glaubst du immer noch, dass du sie finden wirst?“

„Ja, denn dieser Bastard hat mich unterschätzt.“

Lars zog ungläubig eine Augenbraue nach oben.

„Jetzt sag bloß du hast eine Spur?“

„Habe ich, also setz dich gefälligst hin und höre mir verdammt nochmal zu.“

Ich stöhnte aufgrund meines Gefühlsausbruches kurz auf und rieb mir mit geschlossen Augen die Schläfen.

„Soll ich den Arzt rufen?“

Ich verneinte und sah zu meinem Boss, der mittlerweile saß.

„Kann ich mal dein Handy haben?“

Wortlos streckte er es mir entgegen, aber als ich die Nachricht tippen wollte, sah ich die Tastatur doppelt und verschwommen.

„Scheiße!“ fluchte ich und streckte es ihm wieder hin.

„Schreib du.“

Er nickte kommentarlos und nahm es zurück. Obwohl er sich Sorgen machte, da er wusste, dass ich aufgrund meiner Gehirnerschütterung Probleme mit dem Sehen hatte, sagte er nichts. Er wartete einfach darauf, dass ich loslegte.

„Du hast eine Stunde, als komm gefälligst in die Gänge“ diktierte ich und mein Gegenüber sah mich fragend an.

„Willst du das wirklich so schreiben?“

„Ja, will ich.“

„Na gut.“

Er zog die Achseln nach oben und drücke die Senden-Taste.

„Es ist dein Spiel, aber ich denke nicht, dass Ron dieser Aufforderung nachkommen wird.“

„Er meldet sich, denn er wird wissen, dass diese Nachricht von mir kommt.“

„Sicher?“

Ich nickte.

„Ja, mein Freund. Denn wenn du sauer bist, lässt du den Boss raushängen und zeigst uns gnadenlos die möglichen Konsequenzen auf, um uns wieder in die Spur zu bringen, oder etwa nicht?“

Er verdrehte die Augen, als ich anfing ihn breit anzugrinsen.

„Ich habe dir schon tausend Mal gesagt, dass du mich nicht analysieren sollst.“

„Tue ich nicht, zumindest nicht mehr.“

„Was soll das jetzt schon wieder heißen?“

„Das soll heißen, dass ich dich bereits geknackt habe.“

Er schnaubte augenverdrehend auf.

„Was muss dir eigentlich passieren, dass du deine grenzenlose Überheblichkeit verlierst?“

„Danke“ platzte es plötzlich aus mir heraus und Lars schüttelte seinen Kopf, da er für die Rettung meines Lebens keinen Dank wollte.

„Kann ich kurz unter die Dusche?“ wechselte er das Thema und stand auf, blieb aber abwartend vor meinem Bett stehen.

„Mir geht es gut, also hau schon ab, mein Held.“

„Kriege ich das schriftlich?“

„Dass du abhauen sollst, oder was meinst du?“

Herausfordernd grinste ich ihn an und Lars legte seinen Kopf stöhnend in den Nacken.

„Beim nächsten Mal kannst du dir einen Anderen suchen der dich ausbuddelt. Nur damit das klar ist.“

„Glaub ich nicht, denn dafür liebst du mich viel zu sehr.“

Es dauerte eine Stunde und dreiundzwanzig Minuten, als Ron im Türrahmen erschien. Auch er sah ziemlich fertig aus und als sich unsere Blicke kreuzten, traten seine Kiefermuskeln deutlich hervor und mir platzte der Kragen.

„Könnt ihr endlich aufhören mich wie ein kleines Kind zu behandeln?"

Ron wollte etwas erwidern, doch ich gab ihm mit einem energischen Wink zu verstehen seine Klappe zu halten. Zu energisch, da sich mein Kopfweh gnadenlos zurückmeldete und ich kniff stöhnend die Augen zusammen.

„Ich habe mich überrumpeln lassen, weil ich in meinem Selbstmitleid fast ertrunken bin" fuhr ich leiser und beherrschter fort und sah dann zu Lars.

„Und ja, du hast Recht" gestand ich.

„Dein Anruf war mehr als zweideutig, aber wenn ich nur ein wenig auf Zack gewesen wäre, hätte ich gewusst, dass dich der Tod von diesem Dreckskerl nicht so aus der Bahn werfen würde."

Jetzt sah ich zu meinem Partner.

„Und du mein Freund, musstest dich um Eve und Chris kümmern, nachdem ich es vorgezogen habe meinen Kopf in den Sand zu stecken, anstatt den nächsten Schritt zu planen. Also hört auf euch die Schuld zu geben und helft mir lieber diesen Bastard aus dem Verkehr zu ziehen. Denn andernfalls tötet er weiter und dann hat er gewonnen. Und ihr wisst genau wie sehr ich es hasse zu verlieren."

Ron zog scharf die Luft ein und musterte mich eine Weile, bevor er das Wort an mich richtete.

„Wie geht's dir?"

„Dank euch beiden verdammt gut."

Er vergrub seine Hände in den Hosentaschen und kickte einen imaginären Stein zur Seite.

„Wie geht's Eve und Chris?" versuchte ich das Gespräch in Gang zu halten.

„Werden beide überwacht und bevor du frägst, Chris Frau
wird ebenfalls beschützt."
„Gut."
„Kann ich auf dich zählen oder bist du raus?"
„Ich bin dein Partner" kam anklagend und ich schoss
zurück.
„Dann benimm dich gefälligst so!"
„Das tue ich, denn ich versuche diesen Wichser zu kriegen"
wehrte er sich, aber er machte mich dadurch nur noch
wütender.
„Und warum hast du dir dann ausgerechnet Cooper für
deinen Frust ausgesucht, du hirnverbrannter Vollidiot?"
Er sagte nichts, aber ich sah es in seinen Augen, dass er
diese Aktion mehr als bereute.
„Und du hilfst mir auch nicht, wenn du Collins durch die
Mangel drehst und dann einfach untertauchst?"
Er blieb weiterhin stumm und ich brachte es gnadenlos auf
den Punkt.
„Weiß Collins, dass wir glauben, dass seine Frau vielleicht
noch am Leben sein könnte?"
„Nein."
„Sicher?" hakte ich nach und er warf seine Hände nach
oben.
„Nein, verdammt nochmal! Ich bin mir nicht sicher."
„Scheiße!" fluchte ich leise und Ron ging mich an.
„Ich habe es verkackt, das weiß ich. Aber du hast ja keine
Ahnung wie beschissen sich das anfühlt, wenn man vor
einem Erdhügel steht, indem vermutlich sein Freund und
Partner liegt. Ich habe dich mit meinen bloßen Händen …"
Er streckte mir kurz seine ausgetreckten Fingen entgegen,
die bei dieser Aktion mehr als gelitten hatten.
„… ausgegraben, weil wir nichts anderes hatten. Ich dachte,
du krepierst, verdammt nochmal!"

„Sag du mir nicht, dass ich es nicht wüsste“ nahm ich ihm wütend den Wind aus den Segeln und griff erneut stöhnend gegen meine Schläfen, da Wut und die einhergehende Lautstärke viel zu viel für meine körperliche Verfassung waren.

Also zwang ich mich ruhiger und leiser weiterzusprechen.

„Denn vor nicht allzu langer Zeit hast du mich noch in dem Glauben gelassen, dass du in die Luft geflogen bist.“

„Ja, ist gut“ lenkte er ein und schloss für einen Augenblick seine Augen.

„Wir drei unterscheiden uns kein bisschen voneinander“ brachte ich es auf den Punkt, da ich die Sache hier und jetzt und für alle Zeit endlich abschließen wollte.

„Nur bei mir macht ihr immer ein Drama daraus und schön langsam geht mir das tierisch auf den Sack!“

Ron und Lars tauschten einen kurzen Blickkontakt aus und ihre Mimik sprach Bände.

„Ist mein Alleingang jetzt endlich vom Tisch? Oder muss ich euch tatsächlich eure eigenen Dienstverfehlungen aufs Brot schmieren, wenn einer von uns in Schwierigkeiten steckt?“

Keine Reaktion.

„Verdammt Leute, ich habe diesmal doch wirklich alles getan, damit ihr mich findet. Was bitte soll ich denn noch machen? Euch anbetteln oder auf den Knien rutschen damit ihr mir verzeiht?“

Es folgte von beiden ein kurzes Kopfschütteln.

„Gut, kann ich dann endlich meinen Job machen und Sarah aus den Fängen dieses miesen Drecksacks befreien?“

Diese Info überraschte beide und ich setzte mich mühsam im Bett auf.

Diesmal kam kein bemutternder Kommentar, aber nur, weil sich beide zusammenrissen.

„Ich habe Arbeit für euch.“

Sie nickten. Ron zog sich einen Stuhl an mein Bett, ließ sich erschöpft hineinfallen und wartete darauf, dass ich fortfuhr.

„Ihr zwei müsst ein paar Sachen für mich checken, da ich glaube, dass sie relevant sein könnten."

Wieder folgte eine zustimmende Kopfbewegung.

„Erstens, wann wurde Formalin oder Formol als Desinfektionsmittel vom Markt genommen? Zweitens ..."

„Warum ist das relevant?" fragte Lars irritiert und ich klärte ihn auf.

„Weil er mir das gespritzt hat."

„Ich dachte es war Formaldehyd?"

„Ist es ja auch, aber eben nur im Ursprung."

„Im Ursprung? Sorry, aber jetzt bin ich ausgestiegen."

„Formaldehyd ist ein Gas und die Herstellung erfolgt durch Dehydrierung von Methanol oder Oxidation von Methan. Wenn man diesen Prozess jetzt aber umdreht und dieses Gas mit Methanolzusätzen versetzt, erhält man eine wässrige, also stabile Lösung, wie Formalin oder Formol."

„Stabile Lösung? Hast du jetzt auch noch einen Doktor in Chemie?"

„Nein, denn sonst könnte sich mich die Behörde überhaupt nicht mehr leisten" konterte ich grinsend und Lars stöhnte über meine nicht vorhandene Bescheidenheit auf.

„Aber das ist jetzt auch egal, denn du wirst es gleich verstehen."

„Dein Wort in Gottes Ohr, denn momentan verstehe ich rein gar nichts."

„Deswegen sollt ihr ja auch noch überprüfen ob der Name Glenn in Bezug eines Krankenhauses, einer Blutbank oder einer ähnlichen Organisation auftaucht, da er eindeutig über medizinische Kenntnisse verfügt, die über das übliche Wissen hinausgehen. Auch will ich, dass ihr die Bestatter im Umkreis durchleuchtet."

„Die Bestatter?“ echoten beide wie aus einem Munde und ich sprach weiter.

„Ja, denn Erde und Tod bedeutet ihm sehr viel. Also denke ich, dass er in diesem Metier arbeitet oder einschlägige Erfahrungen damit gemacht hat.“

„Wie definierst du einschlägige Erfahrungen?“

„Dass er in einem Bestattungsinstitut tätig ist oder war, was dann auch den Besitz von Formaldehyd erklären würde und die Herstellung von Formalin wäre dann auch keine großartige Herausforderung. Leider ist der Besitz des Adrenalins keine Erklärung bei dieser Variante, deshalb glaube ich auch …“

Weiter kam ich nicht, da mir Lars ins Wort viel.

„Adrenalin? Davon höre ich jetzt zum ersten Mal.“

„Ja ich weiß, das habe ich völlig vergessen zu erwähnen.“

„Vergessen, ja ganz toll. Hat dieser Wichser dir das etwa auch gespritzt?“

„Ja“ gestand ich und Lars flippte aus.

„Dieser miese Bastard, das hat er doch nur gemacht um dich noch länger leiden zu lassen.“

„Ja, aber genau deswegen lebe ich vermutlich noch, also hör auf dich aufzuregen. Denn nüchtern betrachtet hat er mir dadurch das Leben gerettet.“

„Wie kannst du das nur so runter reduzieren?“

„Weil ich sonst durchdrehe, deshalb“ zischte ich jetzt ebenfalls und mein Kopf meldete sich leider schmerzlich zurück.

„Mich würde jetzt aber dann doch interessierten was du glaubst“ versuchte Ron unseren kleinen Zwist abzuwiegeln und ich war ihm dankbar dafür, obwohl seine Intention eine ganz andere war, als ich seinen harten Gesichtsausdruck sah. Er wollte diesen Bastard zur Strecke bringen und das wie, war ihm mittlerweile völlig egal geworden.

„Das ist jetzt leider ziemlich spekuliert und leider auch um einiges heftiger, als ich ursprünglich angenommen habe."
„War klar" kam enorm gereizt von Lars und ich sprach es aus.
„Als ich ihn provoziert habe, riss er ein Stück Moos aus dem Boden und warf es mir mit den Worten, dieser Geruch von frischer Erde ist durch nichts zu ersetzen, entgegen."
„Der ist doch vollkommen krank."
„Das Kranke kommt erst noch, Partner, denn er schwärmte regelrecht davon. Rein, natürlich und unverdorben waren seine Worte und als ich dann sagte er sollte Leichenfledderer werden, wenn es ihn so anmacht, rastete er völlig aus und hätte mich beinahe erwürgt. Er wollte, dass ich ihm Dankbarkeit und Respekt zollte, da er mir diese Reinheit und Ruhe schließlich schenken wollte. Erst da begriff ich, dass er mich lebendig begraben wollte."
„Scheiße!"
„Ja scheiße, aber dank euch habe ich ja überlebt."
Ich überlegte mir meine nächsten Worte sehr gut, damit mich meine Freunde nicht für übergeschnappt hielten.
„Ich denke, dass dieser Dreckskerl das Gefühl sehr gut kennt."
„Welches Gefühl?"
„Das Gefühl lebendig begraben zu sein."
Entsetzen war alles was mir von Beiden entgegenschlug.
„Ich denke seine Eltern waren in diesem Geschäft tätig und die Züchtigung ihres Sohnes wurde mit dieser kranken Art und Weise vollzogen."
Diese Information saß, da beide über diese nicht zu überbietende Grausamkeit nur noch ihren Kopf schütteln konnten und trotzdem brachte es Ron mal wieder auf den Punkt.
„Du glaubst, dass er an das Adrenalin durch seine Arbeit kommt, oder?"

Ich nickte.

„Und du glaubst auch, dass die Fälle irgendwie miteinander verstrickt sind."

„Ja."

Er stand energisch auf und fuhr sich fahrig übers Gesicht, was mich dazu veranlasste meinen Boss eindringlich anzusehen.

„Gut, dann checke ich die Blutbanken, die Krankenhäuser und die Bestatter, vielleicht kriege ich ja irgendetwas Brauchbares heraus."

„Nein" meldete sich Lars energisch zu Wort und erhob sich ebenfalls.

„Du wirst ganz sicher niemanden befragen. Denn du bleibst ganz brav hier sitzen."

„Einen Scheiß werde ich" blaffte er zurück und Lars packte die Keule aus.

„Cooper hat eine offizielle Dienstbeschwerde gegen dich einreicht und nachdem die Anderen mitgezogen und dich wegen Körperverletzung an den Pranger gestellt haben, muss ich dem nachgehen. Also wirst du jetzt genau hier sitzen bleiben oder ich werde dich aus dem Verkehr ziehen. War das jetzt deutlich genug, Agent Gordon!"

„Du kannst mich mal."

Lars hob kopfschüttelnd seine Hände zur Seite hin weg und senkte seine Stimme zu einem unheilvollen Raunen herab.

„Entweder du bleibst jetzt hier und kommst wieder in die Spur oder ich werde dich in Handschellen abführen und festsetzen bis wir diesen Bastard erwischt haben. Es liegt ganz bei dir, also entscheide dich!"

„Das ist doch Schwachsinn!"

„Natürlich ist das Schwachsinn" zischte Lars wütend.

„Aber ich muss wenigstens so tun, als ob ich der Sache nachgehen würde. Verdammt Ron ..."

Lars atmete genervt aus.

„Cooper, ausgerechnet Cooper, wie konntest du nur so dämlich sein?“

„Ich regel das.“

Ron zog sein Handy aus der Tasche, doch Lars nahm es ihm kurzerhand ab.

„Du regelst gar nichts, verstanden!“

„Ja“ knurrte Ron und Lars gab ihm sein Telefon zurück.

„Ich kümmere mich darum und solange du kein grünes Licht von mir bekommst, bleibst du in diesem Zimmer.“

„Ja Sir!“

„Komm mir jetzt bloß nicht mit der Tour, denn sonst könnte es passieren, dass ich mich vergesse.“

Er wand sich ab, drehte sich aber gleich wieder um.

„Weißt du eigentlich was ich jetzt für Papierkram am Hals habe, nur um dich an dem Fall dran zu lassen?“

Ron atmete resigniert aus, da er sich seines Fehlers mehr als bewusst war, aber unser gemeinsamer Boss war noch nicht fertig mit ihm.

„Und von dem Papierkram, um dich vor der Suspendierung zu bewahren, rede ich noch nicht mal!“

„Tut mir leid, aber …“

„Spar dir dein aber!“

Die Türe fiel hinter Lars laut krachend ins Schloss und mein Partner fing über sich selbst zu fluchen an.

„Er kriegt sich schon wieder ein“ versuchte ich ihn zu beruhigen und jetzt entlud sich sein Zorn über mir.

„Wie konnte das passieren, Pete? Wie konnte er dich nur so dermaßen überrumpeln? Kannst du mir das bitte erklären!“

„Jetzt reg dich ab, denn …“

„Wage es ja nicht“ fiel er mir zischend ins Wort.

„Denn du hast keine Ahnung.“

„Ja, du hast Recht, ich habe keine Ahnung und ich hoffe, dass ich niemals in diese Situation gerate, einen von euch ausgraben zu müssen. Es tut mir Leid, ok und ja, ich habe Scheiße gebaut. Bist du jetzt zufrieden?"

Mein Freund ließ sich auf einen der Stühle fallen, die an meinem Bett standen, beugte sich nach vorne über und schüttelte resigniert seinen Kopf.

„Cooper wird sich auf keinen Deal einlassen, egal was Lars ihm dafür verspricht."

„Bleibt abzuwarten."

Ron lachte abschätzend auf und hob seinen Kopf.

„Dieses selbstgerechte Arschloch wollte doch vom ersten Tag an, dass ich wieder verschwinde und jetzt hat er endlich etwas in der Hand, womit er mich fertigmachen kann."

„Lars kriegt das hin."

„Und wenn nicht?"

„Angst?" zog ich ihn grinsend auf und Ron stöhnte genervt auf, was mich dazu veranlasste ihn zu beruhigen.

„Jetzt mach dir nicht ins Hemd, denn es gibt genügend Beispiele für durchdrehende Partner. Schlimmstenfalls wird es eine Suspendierung für ein paar Tage und ein Eintrag in deiner Akte, aber das war's dann."

„Warum regt er sich dann so auf?"

„Weil er den Papierkrieg hasst und wegen dir hat er jetzt noch mehr davon am Hals."

Zwei Stunden später kam Lars zurück und legte ohne eine Begrüßungsfloskel los.

„Cooper habe ich unter Kontrolle und das hier …"

Er zog einen Briefumschlag aus seiner Jackeninnentasche und warf diesen Ron in den Schoß.

„… unterschreibst du ohne auch nur ein Wort darüber zu verlieren, ist das klar!"

„Hast du einen Stift?" antwortete Ron nickend, zog den Brief aus dem Umschlag, faltete ihn auseinander und hielt unserem Boss die Hand aufhaltend entgegen.

Lars händigte ihm einen Kugelschreiben aus, Ron setzte seine Signatur unter das Schreiben und steckte den Brief, ohne auch nur eine einzige Silbe gelesen zu haben, zurück in den Umschlag.

„Danke Boss."

„Du weißt doch gar nicht was du unterschrieben hast, also danke mir nicht zu früh" blaffte Lars, riss meinem Partner den Brief aus der Hand und steckte ihn mit einem kopfschüttelnden Stöhnen in sein Jackett zurück.

„Bin ich noch dran?" hakte Ron nach und Lars sah ihn eine Weile eindringlich an.

„Natürlich bist du noch dran. Aber eines sage ich dir gleich, halte dich gefälligst zurück, denn andernfalls bist du für zwei Monate suspendiert."

Ron nickte zustimmend, aber Lars war noch nicht fertig mit ihm.

„Noch so eine Nummer und du verteilst dein restliches Leben Strafzettel, haben wir uns verstanden?"

„Ja" konterte Ron knurrend, aber einsichtig, da er es vermied Lars mit Sir zu bezeichnen und unser gemeinsamer Boss schloss seine Augen und atmete tief durch.

„Cooper kocht vor Wut" fing er eindringlich an und sein Ausdruck war flehentlich, als er seine Augen wieder öffnete und Ron direkt ansah.

„Also versprich mir hier und jetzt gefälligst vorsichtig zu sein. Denn noch einmal kann ich mich nicht so weit aus dem Fenster lehnen, ohne selbst den Halt zu verlieren."

Ron nickte erneut und ich konnte in seinem Blick deutlich sehen, dass er Lars für seine Hilfe mehr als dankbar war.

15

„Sir?“

Ich sah vom Computer auf und die Krankenschwester stemmte ihre Hände in die Hüften.

„Mister Sullivan, wie oft muss ich es ihnen denn jetzt noch sagen? Sie müssen im Bett bleiben und sich ausruhen.“

„Ja Schwester Elena, aber ich muss ein …“

„Nein Mister Sullivan. Sie müssen im Bett bleiben.“

Sie sah mich strafend an und ich setzte mein, bitte nur noch eine Minute Lächeln auf, aber bei ihr wirkte es einfach nicht.

„Außerdem habe ich ihnen bereits gestern Abend gesagt, dass …“

„Er sensible Patientendaten enthält“ beendete ich ihren Satz, was sie dazu veranlasste mich strafend anzusehen, da ich mich ihren Anweisungen bewusst widersetzte.

„Bitte Mister Sullivan, gehen sie zurück in ihr Bett, da ich sonst den Sicherheitsdienst verständigen muss.“

Ich nickte, versuchte sie aber dennoch noch einmal umzustimmen.

„Würde es etwas nützen, wenn ich ihnen sage, dass ich vom FBI bin?“

„Nein.“

Sie schüttelte ihren Kopf.

„Es würde nichts helfen, Mister Sullivan.“

„Würde es ihnen etwas ausmachen mich Pete zu nennen?“ wechselte ich das Thema, aber sie durchschaute mich.

„Nein, würde es nicht. Es würde aber auch nichts daran ändern, dass ich den Sicherheitsdienst verständige, wenn sie jetzt nicht sofort wieder in ihr Bett zurückgehen.“

Ich stöhne auf, was Elena kurz zum Schmunzeln brachte und ich versuchte es erneut.

„Das ich beim FBI arbeite, war keine Lüge.“

„Kann schon sein, aber Vorschrift ist Vorschrift. Selbst für einen FBI-Angestellten.“

„Spezial-Agent.“

Diese Information war neu für sie.

„Profiler um genau zu sein.“

Jetzt hatte ich sie und ich überlegte wie weit ich bereit war zu gehen, damit ich weiter recherchieren konnte. Dieser Computer war zwar an Langsamkeit nicht zu überbieten, aber besser als weiterhin tatenlos in diesem verdammten Bett zu verbringen.

„Eine halbe Stunde.“

Ich griff nach ihrer Hand und sah ihr direkt in die Augen.

„Bitte Elena, danach werde ich tun, was immer sie wollen.“

Sie errötete aufgrund meiner Zweideutigkeit und ich fing an, mit meinem Daumen über ihren Handrücken zu streichen.

„Bitte, denn es ist …“

„Pete!“

Ich fuhr herum und sah in das entsetzte Gesicht von Alexis und bevor ich überhaupt irgendetwas sagen konnte, ging sie mich an.

„Wenn du nicht sofort in dein Bett gehst, rufe ich Lars an und ich denke nicht, dass ich dir erklären muss, was er dann mit dir macht oder vielleicht doch?“

„Du hast das gerade völlig falsch …“

„Oh nein Pete, das habe ich nicht, also was ist jetzt?“

Sie zog ihr Handy aus ihrer Handtasche und ich gab mich geschlagen. Wie ein geprügelter Hund ging ich in mein Zimmer und als ich mich aufs Bett setzte, fiel Alexis buchstäblich über mich her.

„Wie kannst du nur!“

Sie schüttelte ungläubig ihren Kopf und ich versuchte mich zu verteidigen.

„Das war nicht das, was du jetzt denkst, ehrlich Alexis. Ich wollte nur an …“

„Das ist es doch, genau das!" ging sie mich jetzt zornig an.
„Denn ich weiß, dass du mich liebst und momentan auch ganz sicher nicht auf eine Affäre aus bist. Ich ärgere mich über deine Art. Du hast diese Frau gerade manipuliert, nur um deinen verdammten Willen zu bekommen!"
Ich schloss meine Augen und atmete tief durch. Alexis hatte Recht, ich war zu weit gegangen, viel zu weit.
„Pete bitte …"
Sie setzte sich neben mich aufs Bett und legte ihre Hand auf meinen Oberschenkel.
„Ich weiß, dass du ihn kriegen willst und ich weiß auch, dass du wütend bist. Wütend auf dich selbst und auf diesen Mistkerl der dir das angetan hat, denn ich bin es auch. Und ich will, dass du dieses Schwein zur Strecke bringst, aber nicht um jeden Preis, Pete. Nicht, wenn du dabei Unschuldige verletzt, indem du sie manipulierst."
„Ich weiß" bekannte ich resigniert und Alexis ließ ihre Hand streichelnd über meinen Schenkel gleiten.
„Weißt du noch, als du nach Hause kamst, nachdem du mit Kira und mit diesem René gesprochen hast?"
Ich nickte.
„Du hast dich gehasst oder vielmehr deine Gabe gehasst."
„Ich weiß" bekannte ich stöhnend und sah der Liebe meines Lebens direkt in die Augen.
„Danke."
Jetzt nickte sie und ich legte meinen Arm um sie.
„Und nur dass du es weißt, ich will nicht nur momentan keine Affäre, ich will überhaupt keine Affäre oder sonst irgendetwas, denn du bist die Frau die ich über alles liebe und das wird sich auch niemals ändern."
„Gute Entscheidung, Liebling."
Sie küsste mich und ich zog sie fest an mich. Liegend kamen wir beide in meinem Bett an, aber als ich anfing mich

mit eindeutigen Absichten auf sie zu rollen, stoppte sie mich.

„Oh nein, Pete. Du wirst dich ausruhen.“

„Dabei kann ich es aber am besten, also bist du für meinen Heilungsprozess unabdingbar“ protestierte ich, aber bei ihr konnte ich machen was ich wollte.

Alexis war völlig immun gegen meine Manipulationsgabe und sie wand sich aus meinem Griff.

„Bitte, ich brauche das jetzt“ fing ich zu betteln an, aber sie blieb hart.

„Dann kuscheln.“

„Gut, kuscheln ist erlaubt.“

Sie legte sich zu mir und ich zog sie fest in meine Arme, da ich sie spüren wollte. Leider schränkte mich mein eingegipster Arm ziemlich ein und ich verfluchte dieses Ding innerlich.

„Entspann dich“ raunte mir Alexis ins Ohr und ich knurrte kurz auf.

„Wie denn? Das Ding ist bleischwer und meine Gedanken kreisen in einer Tour um diesen Glenn und um Sarah.“

Alexis lachte auf und als ich kurz darüber nachdachte, lachte ich auch.

„Tut mir leid, Kleines.“

Ich spürte ihr Nicken an meiner Brust und dann ihre Hand, die zu meinem besten Stück hinunter glitt.

„Ich denke ich sollte Abhilfe schaffen, denn ich will, dass du ausschließlich an mich denkst, wenn wir im Bett liegen“ neckte sie mich und ich konnte es kaum erwarten, dass sie weitermachte.

Der Sex mit Alexis war kurz, aber im Moment genau das was ich brauchte. Ich wollte spüren, dass ich lebte. Mit allen Sinnen lebte und sie gab mir dieses Gefühl wie es noch kein anderer geschafft hat. Vielleicht lag es daran, dass sie ganz genau wusste was in mir vorging, da sie selbst ein Entführungsopfer war. Vielleicht war es aber auch, weil ich zuließ, dass sie in meine Seele eindrang. All meine Verletzungen und Ängste, aber auch meine Wünsche und Träume konnte ich ihr offenbaren und sie tat es ebenfalls. Es war ein stetiges geben und nehmen, wie eine perfekte Einheit. Es stimmte einfach. Trotzdem war es jetzt an der Zeit sie wegzuschicken.

„Ich möchte, dass du in unser Apartment im Fairmont ziehst, bist die Sache hier vorbei ist."

Sie nickte, obwohl ich eigentlich mit heftigem Gegenwind von ihr gerechnet hatte.

„Hast du verstanden, was ich gerade gesagt habe?"

Sie lachte kurz auf und drehte sich dann so, dass sie mir in die Augen sehen konnte.

„Ich bin weder blöd noch bind, Pete. Und wenn ich dich so ansehe …"

Sie strich mit ihren Fingerspitzen über meine Würgemale die unübersehbar am meinem Hals prangten.

„Dieser Typ ist gefährlich, sehr gefährlich und er hat es persönlich werden lassen."

„Wer hat …"

Ich setzte mich abrupt auf, doch Alexis drückte mich zurück und legte mir ihre Finger auf die Lippen.

„Keiner Pete, aber wie gesagt, ich bin weder blöd noch blind."

Ich knurrte auf, da sie schon viel zu viel über diese kranken Gehirne wusste, als mir lieb war.

„Du musst mir aber versprechen, es nicht persönlich werden zu lassen, egal wie sehr du ihn auch dafür hasst, was er dir angetan hat."

Tränen stiegen ihr in die Augen, die sie verzweifelt versuchte zurückzuhalten, damit ich ihr seelisches Chaos nicht sah, welches in ihr tobte.

„Du wirst mich nicht verlieren, niemals."
„Versprich es mir."
„Ich verspreche es und du weißt, dass ich meine Versprechen immer halte."
Jetzt rollten ihre Tränen und ich zog sie fest in meine Arme.
„Ich liebe dich und als ich in diesem Sarg lag, warst du die Einzige die mir Halt gegeben hat" gestand ich.
„Wegen dir habe ich nicht aufgegeben, weil ich den Gedanken einfach nicht ertrug, dich nie wieder zu sehen oder dich alleine zu lassen. Es ist persönlich, meine Kleine. Es ist sogar noch viel mehr als das, aber nichts auf dieser Welt, hörst du …"
Ich sah ihr jetzt direkt in die Augen.
„Absolut nichts ist es wert sein Leben dafür zu riskieren. Leider habe ich das erst begriffen, als es schon fast zu spät war. Jetzt verstehe ich auch Lars, dass er mich zu meiner eigenen Sicherheit in dieses Verließ gesperrt hat. Aber ich schwöre dir eines, ich komme zurück und ich nagle diesen Mistkerl eigenhändig an die Wand."
„Gut" kam schniefend.
„Dann beeile dich, denn ich vermisse dich schon jetzt."

„Schwester Elena."
Sie drehte sich zu mir um und ihr unsicherer Blick sprach Bände. Also legte ich einfach los.
„Ich möchte mich in aller Form bei ihnen entschuldigen."
„Das müssen sie nicht" kam blockend, aber ich gab noch nicht auf.
„Oh doch, das muss ich."
Ich griff wieder nach ihrer Hand.
„Gestern Nachmittag habe ich ihnen etwas vorgespielt, damit sie mich an ihren Computer lassen und das geht gar nicht."
Ich ließ ihre Hand wieder los.

„Wenn ich sie mit meiner Art verletzt habe, tut es mir leid und ich verspreche ihnen, dass ich sie in Zukunft frage, wenn ich etwas will und das soll jetzt nicht schon wieder zweideutig klingen, ok?“

„Ok, Mister Sullivan.“

„Pete, bitte. Mister Sullivan ist mein Vater.“

„Mögen sie ihren Vater nicht?“

„Oh doch, ich liebe ihn sogar über alles. Aber er ist immer noch ein Vorbild für mich und ich habe das Gefühl mir den Titel Mister erst noch verdienen zu müssen.“

Sie lachte über meine Ausführung auf und schüttelte gleichzeitig ihren Kopf.

„Ich glaube nicht, denn ich habe mich vorhin mit ihrem Partner unterhalten und der betitelt sie als den Besten.“

„Hat er ihnen das auch schriftlich gegeben, denn mich beschimpft er immer als gehirnamputierten Draufgänger und Vollidioten.“

„Bist du doch auch!“ kam neckend von Ron, als er mit zwei Kaffeebechern in der Hand grinsend auf mich zukam.

„Hier, schmeckt zwar scheiße, aber ich weiß um deine Schwächen.“

„Danke.“

Ich nahm ihn und probierte einen Schluck.

„Hatte schon schlimmere.“

„Ja, da hast du Recht, der im Büro ist schlimmer.“

„Ich habe immer Recht, schon vergessen?“ zog ich ihn auf, was ihn dazu veranlasste seine Augen zu verdrehen.

Elena lachte über unseren verbalen Schlagabtausch auf und widmete sich wieder ihrer Arbeit, indem sie etwas in diesen lahmen PC eintippte.

„Was rausbekommen?“

Ron deutete mit einer Kopfbewegung auf mein Zimmer und ich verstand ihn sofort. Er hatte etwas, wollte es mir aber nur unter vier Augen erzählen.

„Ich habe alle Bestattungsunternehmen unter die Lupe genommen und hundertsiebenunddreißig gefunden, die in den letzten fünfundzwanzig Jahren dicht gemacht haben."

„Hundertsiebenunddreißig? Wie viele Bestatter gibt es denn in diesem Bundesstaat?"

„Die Hundertsiebenunddreißig beziehen sich nicht auf den Bundesstaat, mein Lieber. Sondern nur auf die umliegenden Städte."

„Bitte was? Nur auf die umliegenden Städte. Willst du mich jetzt verarschen?"

Mein Partner schüttelte seinen Kopf und nahm gleichzeitig beruhigend eine Hand nach oben.

„Jetzt reg dich nicht auf, denn die gute Nachricht ist, dass von diesen Hundertsiebenunddreißig nur Achtundzwanzig Kinder hatten."

„Das engt die Suche ja enorm ein" antwortete ich erleichtert und Ron fing zu grinsen an.

„Tut es, falls deine Vermutung zutrifft."

Ich wollte etwas sagen, aber Ron sprach immer noch grinsend weiter.

„Und nachdem ich denke, dass du wie immer den richtigen Riecher hast, habe ich weitergeforscht. Neun von ihnen hatten nur Mädchen, elf nur Jungs und beim Rest war es gemischt."

„Dann bleiben noch neunzehn übrig."

Ron nickte überheblich und ich verdrehte die Augen.

„Hast du auch überprüft bei wie vielen noch beide Elternteile leben?"

„Klar, aber ich denke, dass dich nur die Zahl derer interessiert, wo beide Elternteile gestorben sind, oder etwa nicht?"

Seinem Gesichtsausdruck nach liebte er es mich zappeln zu lassen und ich knurrte genervt auf, was ihn dazu brachte sein neckendes Spiel einzustellen.

„Es sind fünf, aber ich denke, dass wir die hier …"

Er hob die obersten zwei Akten nach oben und behielt sie in der Hand.

„… als erstes ansehen sollten, da die Todesursache auf den ersten Blick als dumm gelaufen durchgehen könnte, aber auf den Zweiten?"

Ich stand plötzlich wie unter Strom und hielt Ron erwartend meine Hand entgegen, damit er mir die Akten übergab, aber er zog sie stattdessen aus meinem Griffbereich.

„Erst wenn du dich hinlegst" kam mahnend.

„Ich liege ja schon" konterte ich und legte mich demonstrativ ins Bett.

Entspannung sah aber definitiv anders aus, da ich es gar nicht erwarten konnte, dass er mit seinen Ausführungen fortfuhr. Zum Glück ließ sich mein Partner auch nicht mehr länger bitten, sondern zog sich einen Stuhl an mein Bett, setzte sich hin und schlug die erste Mappe auf.

„Lenny Garson, wohnhaft …" fing er an und meine Ungeduld brach aus mir heraus.

„Hast du ein Foto?"

„Natürlich habe ich ein Foto" kam kopfschüttelnd, da er meine Ungeduld als Vorwurf der schlampige Arbeitsweise auffasste.

„Sorry, war nicht so gemeint" glättete ich die aufkommende Welle, bevor sie ins Rollen kam und überschwappen konnte.

„Passt schon" wiegelte er ab, konnte es aber nicht lassen noch eines draufzusetzen.

„Kann ich jetzt weitermachen, ohne dass du mir mit deinen saublöden Fragen auf den Zeiger gehst?"

Ich hob meine Hände entschuldigend an, sagte aber nichts dazu.

„Leider passt er nicht ganz zu deiner Beschreibung."
Endlich reichte er mir das Foto und ich schüttelte sofort meinen Kopf, da dieser Typ nichts mit diesem Glenn gemein hatte, außer der dunklen Haarfarbe.
„Bist du dir sicher? Du hattest schließlich eine massive Gehirnerschütterung samt Seheinbußen."
Ich sah mir den Ausdruck noch einmal an, da er nicht so ganz Unrecht hatte und überflog kurz die Daten die auf dem Führerscheinauszug standen.
„Er sieht ihm zugegebener Weise ähnlich, aber er ist es definitiv nicht. Außerdem passt die Größe nicht. Glenn oder wie dieser Mistkerl auch immer heißen mag, war so groß wie ich, vielleicht ein paar Zentimeter kleiner, aber niemals eins-zweiundneunzig, wie dieser Typ hier."
Ron atmete resigniert aus, nahm mir das Foto ab und steckte es zurück.
„Und der Andere?"
„Nicht so schnell Pete" stoppte er mich.
„Denn Nummer eins ist noch nicht ganz aus dem Rennen, da er einen Bruder hatte."
„Hatte?"
Er nickte und zog gleichzeitig seine Schultern ahnungslos nach oben.
„Ich denke schon."
Irritiert sah ich ihn abwartend an, als er auf dem computerbedruckten Papier eine Information suchte.
„Sein Bruder Egles wurde am 03.05.1983 geboren."
„Und weiter" hakte ich nach, nachdem er nicht weitersprach.
„Nichts und weiter, denn mehr habe ich nicht gefunden."
„Kann er gestorben sein?"
„Keine Ahnung, Pete."
„Sterbeurkunde?"
„Nein."
„Schuldaten?"

„Ich habe alles abgesucht und rein gar nichts gefunden. Und ich sage dir, ich habe jede erdenkliche Möglichkeit in Betracht gezogen. Es ist, als hätte er gar nicht existiert. Lars meinte, dass er gleich nach der Geburt verstorben sein könnte und vielleicht deshalb nie ein Totenschein ausgestellt, beziehungsweise beantragt wurde.“
„Dreiundachtzig sagtest du?“
„Ja, sagte ich.“
„Welcher Ort?“
Ron sah wieder in die Akte.
„Rouge Hill.“
„Wo zum Henker ist Rouge Hill?“
Mein Partner zog sein Handy aus der Hosentasche und tippte etwas ein.
„Absolutes Kaff, hat nicht einmal tausend Einwohner.“
Wieder folgten einige Tippbefehle und dann drehte er sein Handy so, dass ich das Display erkennen konnte, auf dem eine kleine idyllische Ortschaft in der Vogelperspektive zu sehen war.
„Scheiße!“ fluchte ich leise vor mich hin, da bei so einem kleinen Ort Lars Theorie bezüglich des Totenscheins passen könnte, da vermutlich jeder jeden kennt und es mit der Bürokratie meist nicht so genau genommen wurde.
„Deiner Reaktion nach nehme ich an, dass er raus ist, oder?“
Ich überlegte und zog dann meine Schultern kurz nach oben.
„Keine Ahnung.“
„War ja klar.“
Mein Freund grinste mich herausfordernd an, da er mich gut genug kannte, als dass ich mich mit Spekulationen abspeisen ließ. Ich brauchte alles schwarz auf weiß und bis ins Kleinste hin dokumentiert.
„Ok, aber bevor ich weitergrabe, möchte ich mit dir über den Zweiten reden, vielleicht bist du dann ja anderer Meinung.“

Er legte die Fallakte beiseite, griff nach der Zweiten und las kurz über den Bericht, bevor er weitersprach.

„Denn ich denke der hier passt besser. Name: Edwin Harley, eins-vierundachtzig groß, dunkle Haare, schlank."

Diesmal hielt er mir ein Foto entgegen und ich setzte mich abrupt auf, als ich das Portrait sah, was meine Kopfschmerzen wieder auf den Plan rief, aber ich war viel zu aufgewühlt um auf das Alarmzeichen meines Körper zu hören.

Hab ich dich!

Ich riss das Foto Ron schon fast aus der Hand, aber als ich es dann in Händen hielt, kam die Ernüchterung. Er war es nicht, trotz der vorhandenen Ähnlichkeit.

„Scheiße" fluchte Ron, als er erkannte, dass dies nicht Glenn war.

„Bist du dir auch wirklich sicher, Pete. Denn bei diesem Typ passt sogar das Strafregister und der nicht ganz astreine Tod seiner Eltern."

„Ich bin mir sicher, Ron" nahm ich ihm den Wind aus den Segeln, aber er gab sich noch nicht geschlagen.

„Du hattest eine massive Gehirnerschütterung."

„Das sagtest du vorhin schon, aber er ist es nicht!"

Ein erneuter fäkaler Fluch folgte und ich legte mich zurück in mein Kissen, als Ron das Foto mehr als energisch auf den kleinen Beistelltisch, der direkt neben meinem Bett stand, warf. Die Pause die nun folgte, zeigte unsere desolate Lage und Verfassung mehr als deutlich auf und trotzdem dachte Ron nicht einmal daran aufzugeben, da er wieder aufstand.

„Ok, dann grabe ich weiter und wenn es sein muss fahre ich höchstpersönlich in dieses verdammte Kaff und lasse den Leichnam wieder ausbuddeln!"

„Setz dich hin!" befahl ich, aber er schüttelte nur seinen Kopf und ich wiederholte mich, diesmal jedoch um einiges herrischer.

„Du sollst dich hinsetzen, verdammt nochmal!“

Er tat es, wenn auch extrem widerwillig und ich sah seine desolate Verfassung mehr als deutlich, was mein schlechtes Gewissen auf den Plan rief.

„Wann lässt Lars mich hier raus? Seit drei Tagen liege ich jetzt schon hier herum und drehe Däumchen.“

„Erstens, drehst du garantiert keine Däumchen und zweitens, wenn es dir besser geht.“

„Mir geht es besser!“

„Tut es nicht, also halte endlich die Füße still.“

„Sarah ist da draußen.“

„Das weiß ich auch, aber ich kann nicht schneller!“ zischte er jetzt, da er sich verantwortlich fühlte.

„Du tust doch schon was du kannst, während ich hier herumliege und rein ….“

„Du wärst fast krepiert. Ist dir das eigentlich klar?“

„Ja, verdammt! Denn ich lag in dieser scheiß Kiste und hätte mir vor Angst beinahe in die Hose gepisst!“

„Sie war trocken, also rede keinen Mist!“

„Du weißt genau was ich meine.“

„Ja, das weiß ich. Aber ich brauche den ganzen Pete, dessen Verstand vollkommen anders arbeitet, wie bei uns normal sterblichen. Also lege dich hin, schließe die Augen und werde verdammt nochmal zu diesem abgebrühten und eiskalten Mistkerl, dem ich am liebsten eine reinhauen würde!“

„Danke für das Kompliment.“

„Gern geschehen, also höre endlich auf mich.“

„Ich liebe dich auch.“

„Sagtest du schon.“

Ich grinste ihn an, was ihn dazu veranlasste seine Hand auf meinen Unterarm zu legen.

„Sei ehrlich, wie geht's dir wirklich?“

Zuerst wollte ich meine körperliche Verfassung beschönigen, aber Ron konnte ich nichts vormachen.
„Beschissen" gestand ich stattdessen.
„Aber es wird langsam besser."
Ron nickte dankend über meine Ehrlichkeit.
„Hast du noch Aussetzer?"
„Lesen ist noch grenzwertig, aber schlecht und schwindlig wird mir zum Glück nur noch, wenn ich meinen Kopf zu schnell drehe."
„Was sagt der Arzt dazu?"
„Alles im Normbereich und ich soll Geduld haben."
Ron grunzte abschätzend auf.
„Das Wort kennst du doch gar nicht."
„Deshalb stehe ich doch kurz vor einem Nervenkoller."
Jetzt sah ich meinen Freund eindringlich an.
„Hol mich hier raus, bitte."
„Was glaubst du was ich tue? Aber Lars ist diesmal unerbittlich."
Ich schloss meine Augen und stöhnte genervt auf, aber Ron ließ mir keine Gelegenheit etwas zu erwidern.
„Und wenn ich ehrlich bin, hat er diesmal sogar Recht. Der Typ ist gerissen, verdammt gerissen sogar."
„Ist er nicht" konterte ich und Ron schoss zurück.
„Ach nein, dann sage mir doch bitte mal, warum er uns beiden dann so nahe kommen konnte?"
Mein Partner kochte mittlerweile vor Wut über sich selbst.
„Er stand vor dieser scheiß Türe und trotzdem waren wir zu blöd ihn zu kriegen."
„Wir waren nicht zu blöd, wir haben nur nicht damit gerechnet, dass er so abgebrüht und siegessicher ist."
„Ganz genau, Pete, wir haben ihn falsch eingeschätzt und deshalb bist du fast krepiert. Aber eines sage ich dir, ich kriege ihn, aber das schaffe ich nur, wenn du ganz auf der

Höhe bist. Und wenn du ehrlich bist, dann weißt du das auch."

Ich atmete tief durch und fing zu nicken an.

„Ja, ist gut. Ich habe ihn unterschätz und ja, ich habe mich aufgrund meines Selbstmitleides überrumpeln lassen. Aber eines verspreche ich dir, das wird nicht wieder vorkommen."

„War klar, denn du hasst Fehler um ein vielfaches mehr wie ich und wenn dir dann auch noch einer an den Kragen will, dann fährst du alles auf was du zu bieten hast. Und genau aus diesem Grund bitte ich dich, dir noch ein paar Tage eine Auszeit zu gönnen, denn wenn du hier rausgehst, leckst du Blut und dann kann dich nichts und niemand mehr aufhalten, um diesen Bastard zu kriegen."

Ron hatte Recht, wenn ich hier raus war musste mein Körper funktionieren, denn wenn ich mich in einen Fall festbiss, dann übernahm mein Jagdtrieb die Kontrolle. Ich merkte dann nicht einmal mehr, wenn ich kurz vor einem Zusammenbruch stand. Die natürlichen Impulse von essen, trinken und schlafen rückten in den Hintergrund, da nur noch die Ergreifung, oder die Rettung meines Zielobjektes im Focus stand.

„Die Eltern von diesem Lenny Garson" griff ich unsere vorherige Unterhaltung wieder auf.

„Wie sind sie verstorben?"

Ron griff hinter sich, zog die Akte von dem Beistellwagen, schlug diese auf und blätterte kurz darin herum.

„Autounfall."

Er sah sich ein Foto an und legte seinen Kopf leicht schief.

„Was ist?"

„Sag du es mir!"

Er nahm den Ausdruck und drehte diesen so, dass ich ihn sehen konnte. Ich nahm ihn an mich, während Ron weiter in der Akte blätterte. Es passierte an einer Klippenstraße, die an der Unfallstelle schnurgeradeaus ging. Keine

Bremsspuren, keine herumliegenden Autoteile nur die kaputte Leitplanke war zu sehen, an der das Auto durchgebrochen sein musste.
„Was hat die Untersuchung des Wagens ergeben?"
„Nichts, denn er wurde nicht untersucht."
„Bitte" echote ich.
„Keine Untersuchung?"
„Nein."
Er hob die Akte hoch.
„Zumindest nicht hier drin."
Wieder sah ich auf das Foto.
„Da stimmt doch was nicht?"
„Ganz deiner Meinung."
Ich hielt ihm das Foto hin, Ron griff danach und legte es zurück.
„Irgendwelche Gesundheitsauffälligkeiten, Immobilien, Lebensversicherungen, oder Bargeld?"
„Nichts, nur das Bestattungsunternehmen, vermutlich wurde deshalb auch nichts weiter unternommen."
„Obduktionsbericht?"
„Keine Auffälligkeiten, aber es wurden auch nur die Standarttests durchgeführt."
„Toxbericht?"
„Wie gesagt, nur Standarttests."
Ich atmete tief durch.
„Wann sind sie verstorben?"
Wieder suchte Ron kurz in der Akte.
„03.05.2013."
„Sicher?"
Mein Partner kontrollierte diese Information erneut.
„Ja, warum?"
„Sagtest du vorhin nicht, dass dieser Egles am 03.05. irgendwas gestorben ist?"
Ron überprüfte das Datum und sah mich irritiert an.

„03.05.1983, das kann doch gar nicht sein?“
Ich zog die Schultern nach oben.
„Denkst du es war Selbstmord?“
Ich schüttelte den Kopf.
„Auf der Geraden?“
„Warum nicht?“
„Weil es in der Kurve um ein vielfaches leichter ist, da du das Steuer nur loslassen und nicht voll einschlagen musst.“
Ich überlegte kurz.
„Stell dir das mal vor. Also ich würde es in der Kurve machen.“
„So gesehen hast du Recht. Es wäre definitiv leichter.“
„Ein Selbstmord ist zu neunzig Prozent eine völlig ungeplante Kurzschlussreaktion und auch meist ein Alleingang. Aber hier haben sich beide Elternteile gemeinsam dazu verschworen und dann auch noch am dreißigsten Todestag des eigenen Sohnes, ich weiß nicht?“
„Die Zeitspanne?“ hakte mein Partner nach.
„Ja und auch noch die gemeinsame Tat. Da passt gar nichts, Ron!“
Ich überlegte, aber es ergab einfach keinen Sinn.
„Kann ich das Foto noch einmal sehen?“
„Klar.“
Ron zog den Ausdruck heraus und gab ihm mir. Aber er war es nicht. Lenny Garson hatte rein gar nichts mit diesem Glenn gemein.
„Wo oder besser gesagt was mach dieser Lenny Garson jetzt?“
„Keine Ahnung, so weit war ich noch nicht. Meine Priorität bestand erst einmal darin eine Verbindung zu einem eventuell vorhandenen Beerdigungsinstitut zu finden“ kam gereizt und ich hob die Hände leicht an.
„Das war kein Vorwurf, Partner.“

„Ich weiß" antwortete er resigniert und ließ sich in seinen Stuhl zurückfallen.

„Geh nach Hause und schlaf dich aus" befahl ich und Ron schüttelte seinen Kopf.

„Alles klar?"

„Nein, wie auch."

„Willst du darüber reden?"

„Nein."

„Sicher?"

Mein Partner nickte und schloss seine Augen.

„Ich habe einen gebrochenen Arm und eine massive Gehirnerschütterung, blöd bin ich aber nicht."

Ron seufzte auf und öffnete seine Augen wieder.

„Ich kann nicht schlafen, ok!"

„Warum nicht?" antwortete ich, obwohl ich ganz genau wusste warum er es nicht konnte.

„Ich dachte du wärst nicht blöd" schlug er mich mit meinen eigenen Waffen und ich stöhnte auf.

„Du bist nicht daran schuld, ok?"

Ron schüttelte genervt seinen Kopf.

„Das weiß ich auch, trotzdem drehe ich fast durch!"

„Und warum?"

„Warum, willst du mich jetzt verarschen?"

Gequält sah er mich an und ließ dann seine Mauer fallen.

„Verdammt Pete, du wärst beinahe krepiert! Und wenn du es genau wissen willst, sehe ich dich immer noch halbtot in dieser scheiß Kiste liegen, sobald ich zur Ruhe komme. Also sag du mir, wie ich nach Hause gehen soll um zu schlafen!"

„Ich lebe noch, weil ihr mich gefunden habt."

„Ja verdammt, aber es war so knapp."

Er zeigte mit deinem Daumen und Zeigefinger einen winzigen Spalt auf.

„Schließ die Augen" forderte ich ihn auf, aber er sah mich nur verwirrt an.

„Augen zu“ wiederholte ich mich und er kam meiner Bitte nach.

„Und jetzt?“

„Jetzt mein Lieber, denkst du an den Tag zurück, an dem wir uns kennengelernt haben.“

„Bitte was?“

„Augen zu.“

Er tat es erneut und ich fing zu schmunzeln an.

„Überheblich, eiskalt und herrisch. Stimmt das so in etwa?“

„Ich würde eher eingebildet und völlig abgefuckt sagen.“

Ich lachte auf.

„Gut, dann eingebildet und völlig abgefuckt. Wichtig ist jetzt nur, dass du dir vor Augen führst, dass du mich abgrundtief gehasst hast.“

„Oh ja, das habe ich.“

Er nickte mir mit geschlossenen Augen zu.

„Aber nur wenige Stunden später, war ich dein Retter.“

Jetzt lachte er auf.

„Retter ist ja wohl etwas übertrieben.“

„Ok, du hast recht. Aber das ist jetzt auch gar nicht wichtig. Viel Wichtiger ist, dass du dir immer vor Augen halten sollst, dass ich ein eingebildeter und abgefuckter Mistkerl sein kann. Lege diesen Kerl in die Kiste und es wird dir besser gehen.“

Ron kniff die Augen zusammen und kurze Zeit später umspielte ein Grinsen seine Mundwinkel.

„Du bist echt verdammt gut“ gestand er, als er mich wieder ansah und er schloss erneut für einen kurzen Moment seine Augen.

„Es funktioniert.“

„Ich weiß, dass ich verdammt gut bin“ konterte ich, aber anstatt wie immer seine Augen zu verdrehen, sah mir Ron jetzt direkt in die Meinen.

„Tu mir das nie wieder an.“

Er fuhr sich gequält durch die Haare und fing an seinen Kopf zu schütteln.

„Bitte Pete, lass mich dich nie wieder ausgraben müssen, denn das ist die Hölle."

**Eines Tages wird alles gut sein,
das ist unsere Hoffnung.
Heute ist alles in Ordnung,
das ist unsere Illusion.**

Voltaire

16

Immer wieder drehte ich mich um und stellte fest, dass ich Glenn auf Abstand halten konnte. Leider sah ich aber auch, dass er bei weitem nicht so fertig war wie ich. Ganz im Gegenteil sogar, bei ihm sah es eher wie leichtes Traben aus, als am Limit seiner körperlichen Fähigkeiten zu laufen. Denn das war ich, ich war fertig, aber meine Angst trieb mich weiter.

„Ich kriege dich!" rief Glenn immer mal wieder süffisant, aber genau diese Worte gaben mir Kraft.

Oh nein! Du kriegst mich nicht! Niemals!

Zum gefühlten hundertsten Mal geriet ich durch einen am Boden liegenden Ast oder einem niedrig wachsenden Strauch ins Stolpern, aber ich fing mich zum Glück wieder. Leider änderte sich meine Umgebung kein bisschen. Keine Lichtung, keine Geräusche von einer Straße oder einer Ortschaft waren zu hören, nur meine abgehackte Atmung und seine immer wiederkehrende Vorhersage mich zu erwischen. Mein Entführer war Dank meiner Fürsorge wieder voll auf der Höhe, was mich anhand seiner schwerwiegenden Verbrennungen wirklich wunderte, da er eigentlich höllische Schmerzen haben musste. Jeder andere Mensch würde im Bett liegen und auf einen alles betäubenden Schlaf hoffen, anstatt sich einer schweißtreibenden Verfolgungsjagt auszusetzen. Aber mein Verfolger war anders, das wusste ich bereits nach den ersten Tagen meiner Gefangenschaft. Glenn war mit allem extrem penibel und bei sich machte er auch keine Ausnahme. Disziplin ging ihm über alles, auch wenn dies bedeutete sich selbst zu strafen oder zu quälen. Sein Körper wies kein Gramm Fett auf, seine Reinlichkeit war pedantisch und sein Sinn für Ordnung akribisch akkurat. Am angsteinflößendsten war aber seine Begierde, die er mit allen Mitteln versuchte im Zaum zu halten. Seiner sexuellen Erregung nicht zu unterliegen, ihr nicht nachzugeben, selbst wenn er sie auch noch stimulierte, bedeutete ihm mehr als alles andere. Sie zu besiegen, bezeichnete er als die Krönung seiner Macht, aber ich sah es in seinen Augen, dass es ihm von Monat zu Monat schwerer viel nicht gierig und zügellos über mich herzufallen. Auch wusste ich, dass wenn er diesem Drang eines Tages unterlag, war dies mein Letzter, denn diese Schmach würde er sich niemals verzeihen und ich würde ihn an sein eigenes Scheitern Tag für Tag erinnern.

Wieder riskierte ich einen Blick nach hinten und dann schlug ich der Länge nach und vollkommen ungebremst am Boden auf. Der Schmerz durchfuhr meinen ganzen Körper, es war sogar so schlimm, dass mir für ein paar Sekunden die Luft wegblieb, so hart war der Aufprall. Auch schaffte ich es nicht sofort wieder aufzustehen und spähte panisch zurück, indem ich den Kopf etwas anhob. Aber Glenn war nicht zu sehen.

Oh Gott, wo ist er? Er war doch gerade noch hinter mir.

Noch einmal riskierte ich einen Blick nach hinten, aber er war weg. Zitternd und immer noch extrem kurzatmig rappelte ich mich mühsam nach oben und als ich stand, hielt ich mich zur Sicherheit an einem Baum fest, während ich die Gegend mit den Augen absuchte.

Wo bist du?

Nichts, er war wie von Erdboden verschluckt. Schnell stieß ich mich vom Baum ab und als ich gerade weiterrennen wollte, landete ich mit einem kurzen Aufschrei auf meinem Hosenboden, da Glenn wie aus dem Nichts plötzlich direkt vor mir auftauchte.

„Hab ich dich, kleine Sarah" kam butterweich und Tränen stiegen alleinig von seiner Tonlage in mir auf.

Aber anstatt mich wie erwartet körperlich zu bestrafen, sah er auf seine Uhr und drückte eine kleine Taste, die sich auf der rechten Seite befand und zog anerkennend eine Augenbraue nach oben.
„Eins Komma sechs-fünf Meilen."
Jetzt folgte ein anerkennendes Nicken.
„Nicht schlecht, so weit hat es bis jetzt noch keine geschafft. Vielleicht bist du ja doch die Richtige, meine kleine Sarah."
So weit hat es bis jetzt noch keine geschafft. Oh Gott, wie vielen Frauen hat er das denn angetan? Wie viele mussten bereits wie ich leiden? Und was hat er mit ihnen gemacht?
Er hat sie umgebracht, er hat sie alle umgebracht!
Diese Erkenntnis ließ meinen Verstand auf Hochtouren laufen, da ich nicht sterben wollte. Nicht jetzt wo ich endlich aus diesem Keller heraus war und eine Chance besaß. Zwar eine winzig kleine, aber zumindest eine Chance und die wollte ich unter allen Umständen nutzen.
„Dann bin ich doch würdig, Meister" brachte ich weinend hervor und obwohl ich mit Absicht seine Worte wählte, klang es viel mehr nach einer Frage, als nach einer Feststellung.
In den ersten Wochen sagte er täglich mehrmals, dass ich unwürdig war und spielte dabei mit seinem Messer. Anfänglich wusste ich noch nicht was er damit meinte, aber nach ein paar Tagen kapierte ich sein krankes Spiel und verhielt mich auch dementsprechend. Ich befolgte nicht nur seine Anweisungen, sondern achtete genau darauf, wie er es sagte. Denn es kam nicht so sehr auf die Anweisung an sich an, sondern auf die richtige Reihenfolge. Diese war entscheidend, obwohl es eigentlich völlig egal war, ob ich zuerst den linken Arm aus dem Shirt zog und erst dann den Rechten. Ihm war es wichtig und mir ersparte es Schläge und Nahrungsentzug. Auch kniete ich mich jetzt hin und starrte unterwürfig in den Boden.

„So ist es gut" lobte er mich.

„Denn ich bin dein Meister und du wirst zur Krönung meiner Macht."

Der Rückweg war schrecklich, da er mich immer wieder schupste und ich aufgrund meiner gefesselten Hände zu Boden ging. Diese Hilflosigkeit raubte mir all meine Hoffnungen diesem Grauen irgendwann entfliehen zu können und als ich wieder am Boden lag und mein Peiniger auf mich herunter sah, ging ich ihn an.

„Ist es das was du willst? Mich am Boden liegen sehen? Weinend und völlig …"

Sein Tritt war hart und ich stöhnte hustend auf, während ich gleichzeitig meine Hände schützend gegen meine linke Seite presste und mich innerlich auf den Nächsten wappnete. Aber anstatt erneut zuzutreten, zog er sein Messer hervor. Kopfschüttelnd sah ich ihn an und streckte ihm meine zusammengebundenen Hände beruhigend entgegen, wagte es aber nicht ihn weiter anzugehen.

„Du widersprichst mir?" zischte er und beugte sich drohend zu mir herunter.

„Mir, deinem Meister!"

„Ja" bekannte ich trotzig, da mir die Szene im Keller wieder einfiel, nachdem ich ihm geholfen hatte.

„Denn ich verstehe es nicht! Ich verstehe überhaupt nicht, warum du mich töten willst. Nicht nach alle dem!"

Glenn sah mich, aufgrund meiner letzten Äußerung fragend an und ich setzte mal wieder alles auf eine Karte.

„Ich habe dich gepflegt" klagte ich ihn an, stand energisch auf und ignorierte meine schmerzende Seite und sein Messer so gut es ging, denn ich durfte jetzt keine Schwäche zeigen.

„Nein, ich habe dir geholfen" redete ich weiter.

„Ich habe dir mein letztes Wasser gegeben, obwohl ich dachte selbst gleich verdursten zu müssen und du drohst mir

mich zu töten? Mit einem Messer zu töten. Warum? Warum tust du mir das an, obwohl du selbst gesagt hast, dass ich würdig bin und du mir nicht mehr wehtun würdest?"
Ich zitterte am ganzen Körper, da ich seine Mimik nicht deuten konnte. Ich konnte nur hoffen, dass mein Plan aufging und er mich nicht einfach an Ort und Stelle erstach. Leider sagte oder reagierte er immer noch nicht. Stattdessen sah er nur auf mich herunter.
„Ich bin die Richtige."
Jetzt liefen meine Tränen.
„Und ich bin würdig."
Meine Nerven lagen so dermaßen blank, dass ich auf meine Knie sank und hemmungslos zu weinen begann.

Seit eineinhalb Stunden versuchte ich jetzt schon das Chaos in der Küche zu beseitigen, was sich mit den Handschellen als Herausforderung erwies, da mein Aktionsradius enorm eingeschränkt war. Während ich eine Scherbe nach der Anderen in den Mülleimer warf, betrachtete ich diese genau, da ich nach einem brauchbaren Gegenstand für meine Flucht suchte. Anfänglich schob ich alle spitzen Teile auf einen kleinen Berg hinter dem Eimer, wenn mich mein Entführer für ein paar Minuten alleine ließ, aber mittlerweile begann ich diese auszusortieren. Lang, aber nicht zu lang und spitz mussten sie sein, damit ich es als Messerersatz benutzen konnte, denn bei meiner nächsten Flucht wollte ich die Gewissheit haben mich wehren zu können. Außerdem suchte ich nach einer Art Spieß, damit ich mich von den Handschellen befreien konnte, um überhaupt eine Chance zu haben. Als ich gerade einen zerbrochenen Teller anhob, blitzte der Schaft eines Messers aus dem Chaos, aber bevor ich dieses hervorziehen konnte, kam Glenn wieder zurück. Schnell legte ich den Teller zurück und räumte an einer anderen Stelle weiter auf. Glenn positionierte sich wie immer im Türrahmen und beobachtete mich eine Weile wortlos. Mich zu beobachten war von Anfang an seine Obsession, da er meine Hilflosigkeit regelrecht genoss. Mich bettelnd, weinend oder vor lauter Panik an meinen Fesseln zerrend zu sehen, gab ihm ein Gefühl von grenzenloser Macht und die Bestätigung über den Dingen zu stehen, da er mein Leben in Händen hielt. Aber heute war es anders, heute beobachtete er mich, weil er erregt war. Seitdem ich in diesem Wald schluchzend zusammengebrochen war, zeichnete sich seine Erektion überdeutlich an seiner Jeans ab. Leider aber auch in seiner Gestik. Entweder glitt seine Zunge über seine Unterlippe oder er strich mit seinem Daumen langsam darüber. Am schlimmsten waren aber seine leicht glasigen Augen, mit denen er mich lustvoll ansah, während er lässig im Türrahmen lehnte und ein Bein über das Andere schlug. Jetzt ließ er sogar seine Hand über seine voll angewachsene Männlichkeit gleiten, was mich dazu veranlasste in den Boden zu starren, um sämtliche Blickkontakte zu meiden, da ich ihn nicht auch noch animieren wollte über mich herzufallen.

Bitte nicht. Alles, nur das nicht!

Ich sah im Augenwinkel, dass er sich vom Türrahmen abstieß und langsam auf mich zukam.

Nein, nein, nein.

Glenn blieb direkt vor mir stehen.

„Steh auf, meine Sarah."

Ich erkannte seine Hand, die er mir helfend entgegenstreckte, aber ich schüttelte meinen Kopf, duckte mich leicht nach unten und legte meine beiden Hände neben den Teller, unter dem das Messer lag.

„Du sollst aufstehen!" kam etwas strenger und ich kämpfte mit den Tränen.

Trotzdem verharrte ich in meiner jetzigen Position und hielt vor lauter Angst vor dem Kommenden die Luft an. Ich traute mich ja nicht einmal mehr den Teller zu verschieben.

„Du widersetzt dich mir?"

Ich schüttelte den Kopf und dachte fieberhaft nach.

Tu was, bevor er dich vergewaltigt!

Was denn?

Das Messer! Wehre dich!

Nein, das kann ich nicht, noch nicht.

Denk nach. Denk endlich nach!

Der Schrein. Er hat einen Schrein und er betet. Also ist er gläubig. Sein Glaube ist ihm sogar überaus wichtig.

„Nein" hörte ich mich sagen.

„Ich will nur nicht, dass wir etwas tun ...""

„Wir?" kam ungläubig und ich verbesserte mich schnell, da er es als Affront auffasste, dass ich auch nur im Ansatz daran denken konnte, dass er die Kontrolle über sich verlieren würde.

„... das ich dich in Versuchung führe" verbesserte ich mich schnell und wagte einen kurzen Blick zu ihm nach oben.

„Oh ja Sarah" hauchte er.

„Du versucht mich zu verführen, seit dem ersten Tag versuchst du es."

Er sah auf sein steifes Glied hinab.

„Aber ich bin stärker, viel stärker. Und jetzt stehe endlich auf."

Diesmal kam ich seiner Aufforderung unverzüglich nach, denn seine Ansage war mehr als unmissverständlich. Auch mein Vorhaben das Messer an mich zu nehmen ließ ich sein, da ich bei einer direkten Konfrontation nur den Kürzeren ziehen konnte und mit gefesselten Händen sowieso. Meine Chance lag im Überraschungsmoment und ich musste mich einfach noch ein bisschen gedulden. Glenns Erektion war zum Glück verschwunden und als ich gerade erleichtert

aufatmen wollte, umschloss er völlig unvermittelt mit beiden Händen meine Wangen und küsste mich. Sein Kuss war hart und als er mich gegen die Wand drückte und ich ihm somit nicht mehr auskam, wurde er um ein vielfaches härter. Als ich zu wimmern begann, ließ er genauso schnell wieder von mir ab, wie er sich mir aufgedrängt hatte.
„Siehst du …“
Er zeigte auf seinen bereiten Penis.
„Ich bin der Meister und kein Tier, das seinem Fortpflanzungstrieb nachkommen muss.“
Ich nickte schnell und dann spürte ich seinen Handrücken in meinem Gesicht und ging zu Boden.
„Läufige Hündin!“ beschimpfte er mich und ich starrte regelrecht auf den Teller.
„Ich gebe dir noch genau eine Stunde und dann will ich, dass hier alles glänzt. Vielleicht kommst du dann auf andere Gedanken, anstatt dir vorzustellen, wie wir es wie die Tiere treiben!“
„Ja Meister“ stammelte ich und Glenn verschwand.
Ohne auch nur eine Sekunde darüber nachzudenken, schob ich den Teller beiseite und holte das Messer hervor. Es war ein Steakmesser, spitz, scharf und gezackt, genau das Richtige für meine Flucht und ich versuchte es hinten in meine Hose zu schieben. Aber egal wie ich mich auch anstrengte, durch meine gefesselten Hände kam ich einfach nicht so weit nach hinten, also suchte ich ein geeignetes Versteck und fand eines direkt hinter der Türe. Dort stand die Fußbodenleiste ein paar Zentimeter nach oben und war somit perfekt geeignet. Glenn sah es nicht und ich kam relativ leicht daran, wenn ich so tat, als wäre mir etwas heruntergefallen.

Am Abend war ich dann endlich mit allem fertig und Glenn schraubte die Oberschranktüren wieder fest oder baute diese aus, wenn sie nicht mehr zu reparieren waren. Die Löcher der Unterschränke sollte ich mit einem silbernen Klebeband überkleben und als ich damit fertig war, stand ich auf, stellte mich in eine der Ecken und wartete auf weitere Anweisungen von ihm. Es hatte sich eigentlich nichts geändert, da der Ablauf genauso war wie in diesem Keller, nur war ich diese Eisenkette endlich los.

Und ich habe ein Messer.

All meine Gedanken drängten sie jetzt nur noch um meine Flucht, denn lange konnte ich diese nicht mehr hinauszögern. Glenn hatte sich nicht mehr unter Kontrolle, egal was er auch behauptete. Er wollte mehr, viel mehr. Beobachten reichte ihm nicht mehr, jetzt wollte er mich spüren und seinem Trieb endlich nachgeben. Der Kuss war erst der Anfang, aber mehr war ich nicht bereit ihm zu geben.

Lieber sterbe ich, als das zuzulassen!

17

„**H**ier!"

Lars warf mir einen Laptop in den Schoß und ich sah ihn fragend an.

„Tu nicht so!" zischte er, ließ sich in den Stuhl neben meinem Bett fallen und schüttelte seinen Kopf.

„Was verstehst du an dem Wort ausruhen nicht?"

„Ich war nur kurz am PC, mehr nicht" verteidigte ich mich und sah auf den Laptop.

„Das haben mir die Schwestern bereits erzählt und kurz ist nicht unbedingt das richtige Wort dafür!"

„Das hat nur solange gedauert, weil das Ding aus dem vorherigen Jahrhundert stammt" beschwerte ich mich und mein Boss verdrehte genervt die Augen.

„Höre auf die Tatsachen zu verdrehen, fakt ist, dass du mal wieder nicht zuhörst."

„Ja ist gut" lenkte ich ein und sah auf den Laptop in meinem Schoß.

„Ist das die Erlaubnis zu arbeiten, wenn ich verspreche im Bett zu bleiben?"

„Du tust doch eh was du willst."

„Ich bin nur …"

„Lass es, ok."

Er winkte ab.

„Denn wenn ich ehrlich bin, brauche ich dich, denn wir machen mehr Rück- als Fortschritte."

„Wer ist wir?"

Mein Boss schnaubte auf.

„Frag nicht so blöd!"

Ich grinste was meinen Freund genervt aufstöhnen ließ.

„Sag es nicht, ok! Wenigstens einmal."

„Ok, ich sage nicht, dass ich der Beste bin, den du hast."

Lars verpasste mir einen Schlag gegen meinen Oberschenkel und fing jetzt ebenfalls zu grinsen an.

„Weißt du eigentlich wie gut es tut, wenn du endlich wieder den überheblichen Kotzbrocken raushängen lässt?"

Ich nickte ihm zu und von Lars vielen regelrecht die letzten Tage der Sorge um mich ab, da zum ersten Mal seine Stirnfalten verschwanden und er sich in seiner Sitzgelegenheit entspannte, als entweder kerzengerade darin zu sitzen oder nervös mit dem Fuß zu wippen. So angespannt war er seit meinen Stichverletzungen nicht mehr, die mir Graham verpasste, als ich auf der Suche nach Sofia war.

„Der Arzt meint, dass du verdammt gute Fortschritte machst, für das was dir passiert ist."

Ich nickte.

„Er sagte aber auch, dass du langsam treten sollst."

„Ich weiß, Lars. Aber ich versichere dir, dass es mir wirklich gut geht."

Mein Freund zog eine Augenbraue nach oben und ich lenkte ein.

„Ok, gut geht es mir nicht, aber bedeutend besser."

„Hast du noch Aussetzer?"

„Nein, ehrlich. Das Einzige was ich noch habe sind diese scheiß Kopfschmerzen, wenn ich mich schnell oder ruckartig bewege. Ansonsten ist alles wieder in Ordnung."

Lars nickte und ich sprach das aus, worüber wir gerade einen riesen Bogen machten.

„Ich bin so dermaßen wütend, frustriert und genervt, dass ich kotzen könnte. Aber ich schwöre dir eines, ich bin nicht auf Rache aus, denn in erster Linie geht es mir um Sarah. Wir müssen sie finden, Lars. Schnell, denn andernfalls finden wir nur noch ihre Leiche. Und ich denke nicht, dass ich dir sagen muss, was dann passiert?"

Mein Freund schüttelte seinen Kopf und dann tat er etwas, was ich niemals für möglich gehalten hätte. Er stand auf und ging zur Türe, öffnete sie aber noch nicht.
„Ich weiß, Pete. Deshalb befehle ich dir Sarah zu finden. Und ich befehle dir auch diesen miesen Wichser ans Kreuz zu nageln!"
Jetzt öffnete er die Türe, drehte sich aber noch einmal zu mir um.
„Versprichst du mir, dass du wenigstens im Bett bleibst, wenn ich dich schon nicht davon abhalten kann zu arbeiten."
„Ja, tue ich und ich verspreche dir auch, dass ich rechtzeitig aufhören und auch keinen Alleingang, egal in welche Richtung, starten werde."
Mein Boss legte seinen Kopf leicht schief, da er sich nicht sicher war ob ich es tatsächlich ernst meinte, oder ich nur sagte was er hören wollte.
„Ich höre rechtzeitig auf" beteuerte ich erneut.
„Denn ich liebe mein Leben, auch wenn es nicht immer danach aussieht."
„Ich nehme dich beim Wort."

Keine zehn Minuten später war aus meinem Krankenzimmer ein Ermittlungsraum geworden, da mir mein Boss zwei Whiteboards und eine Sekretärin in Form von Ron zukommen ließ. Seine klare Anweisung war jedoch, dass ich nicht aufstand und er drohte Ron mit disziplinarischen Folgen, wenn er nicht höchstpersönlich dafür sorgte.
„Ich habe leider keine guten Nachrichten, was diesen Lenny Garson betrifft."
„Inwiefern?"
„Er ist verschwunden."
„Wann?"
„Oktober 2013."

Er schrieb den Namen und das Datum in Druckbuchstaben auf das Board. Dann den Namen des Bruders, der Eltern und die fast identischen Todesdaten.
„Leider geht es noch weiter."
Er sah mich an.
„Die Sozialversicherungsnummer dieses Lenny Garson ist falsch."
„Inwiefern?"
„Sie gehört einem …"
Er stockte kurz.
„Glenn Sonary."
Ich setzte mich ruckartig auf, aber Ron winkte ab.
„Ganz ruhig, Pete, denn dieser Typ hat absolut nichts mit diesem Bastard gemein."
Ich atmete resigniert aus, als er mir ein Foto gab. Trotzdem schrieb er die Sozialversicherungsnummer und den Namen auf das Board, während ich das Bild musterte. Ron hatte leider Recht, hier passte nicht einmal die Hautfarbe.
„Scheiße" fluchte ich und ließ mich in mein Kissen zurückfallen.
„Dieser Lenny Garson muss unser Mann sein!"
„Das Foto passt aber nicht, Pete."
„Ich weiß! Trotzdem passt alles, verdammt nochmal! Der Dreckskerl kann sich doch nicht in Luft auflösen, da muss etwas sein!"
„Ich habe aber nichts gefunden, verdammte Scheiße nochmal" blaffte Ron aufgebracht und legte den Stift mehr als energisch auf die Ablage des Whiteboards.
„Ich habe jeden verdammten Stein umgedreht, aber dieser Typ ist seit Oktober 2013 wie vom Erdboden verschluckt."
„Das ging auch nicht in deine Richtung" verteidigte ich mich und Ron sah mich kiefermahlend an.
„Wir drehten uns im Kreis, Pete."

„Ich weiß" kam jetzt resigniert von mir und Ron sah mich gequält an.

„Und jetzt?"

„Keine Ahnung."

Meine Zimmertüre ging auf und eine mir noch unbekannte Pflegekraft kam herein.

„Hallo Mister Sullivan" begrüßte sie mich und sah kopfschüttelnd auf die zwei Tafeln.

„Sie wissen schon, dass dies ein Krankenhaus ist?"

„Ja" bekannte ich schmunzelnd.

„Aber es geht nicht anders."

Sie grinste mich jetzt ebenfalls an.

„Die Anderen sagten schon, dass sie ein außergewöhnlicher Patient sind."

Ron fing lauthals zu lachen an und ich verdrehte gespielt entrüstet meine Augen.

„Hey, auch ich habe Gefühle."

„Brauchen sie etwas, Mister Sullivan?"

„Nein danke."

Jetzt drehte sie sich zu Ron.

„Und sie?"

Ron schüttelte seinen Kopf, überlegte es sich dann jedoch anders.

„Einen anständigen Kaffee, wenn es hier so etwas gibt?"

Sie grinste ihn an.

„Wenn ich meine Runde beendet habe, bringe ich ihnen einen."

„Wollen sie auch einen Kaffee?" fragte sie in meine Richtung und ich nickte ebenfalls.

Etwa eine halbe Stunde später kam die Schwester mit dem versprochenen Kaffee herein und mir war plötzlich so, als würde ich auf dem Board etwas erkennen. Aber so schnell wie dieser Gedanke aufblitzte, verflog er auch wieder.

„Was ist?“ fragte Ron, als er der Schwester den Kaffee abnahm und beide sahen mich verwirrt an.

„Keine Ahnung, aber ich dachte ich sehe etwas.“

Ron sah jetzt ebenfalls auf das Board, zog aber seine Schultern nach oben. Und dann sah ich es wieder, es sprang mich regelrecht an.

„Scheiße!“ rief ich, sprang aus dem Bett und stellte mich direkt vor die Tafel.

„Wie konnte ich nur so blind sein?“

„Was?“ rief Ron und ich tippte auf den Namen.

„Lenny Garson und Glenn Sonary“ rief ich aufgeregt, aber Ron sah es immer noch nicht.

„Ein Anagramm, es ist ein verdammtes Anagramm!“

Er stellte sich direkt vor das Whiteboard und dann sah er es auch.

„Verdammte Scheiße, du hast Recht.“

Er stellte den Kaffee weg, griff nach einigen der Akten und holte Lenny Garsons und Glenn Sonarys Foto heraus.

„Aber die Fotos passen …“

„Ich weiß“ stoppte ich ihn, da mein Instinkt voll darauf anschlug, denn das konnte kein Zufall mehr sein, niemals.

Ich nahm ihm die Bilder ab und pinnte es neben Rons Aufzeichnungen.

„Scheiß auf die Fotos.“

Ich tippte mit meinem Zeigefinger auf den Namen von Egles Garson.

„Fahre in dieses verdammte Kaff, buddle diesen Mistkerl aus und besorge mir über diese Familie alles was du kriegen kannst. Ganz besonders Fotos, egal wie alt.“

„Bin schon weg.“

Ron drehte sich auf dem Absatz um und verschwand im Laufschritt aus meinem Zimmer. Endlich hatten wir etwas wo wir ansetzen konnten. Die Schwester war völlig perplex, als ich ihr grinsend den Kaffeebecher aus der Hand nahm und ein triumphierendes, ja, rief.

„Ich kriege dich!“ murmelte ich, während ich den Namen fixierte und zufrieden meinen Kaffee trank, der wirklich überaus gut schmeckte.

Ich schlief in dieser Nacht nicht sehr viel, zum einen weil ich immer an Marks Frau denken musste und zum anderen war ich mehr als gespannt, was mein Partner zu Tage führen würde. Es passte einfach alles zusammen und ich glaubte endlich wieder daran Marks Frau zu finden, lebend zu finden. Ihr Peiniger war schwer verletzt und in diesem Zustand würde er nicht töten, ganz im Gegenteil sogar. Wenn ich jetzt nicht daneben lag, würde er Sarah als seine Verbündete ansehen. Trotzdem lief uns die Zeit weiterhin davon, da laut Marks Ausführungen seine Frau unheimliche Stärke aufwies, wenn es darum ging nicht aufzugeben und genau das war das eigentliche Problem daran. Sarah würde sich nicht fügen, denn dieser Typ Mensch würde lieber kämpfend sterben, als sich in sein Schicksal zu ergeben.

„Du hast Ron ganz schön auf Trab gehalten, mein Lieber“ fing Lars an, kaum dass er mein Zimmer betrat.

„Und, hat er was?“

„Ich denke schon.“

„Was heißt du denkst schon, hat er jetzt was oder nicht?“ Mein Boss grinste mich aufgrund meiner Ungeduld süffisant an und setzte sich zu mir aufs Bett.

„Er hat gesagt, dass er erst noch etwas klären muss, bevor er ins Detail geht.“

„Und was?“

„Ich weiß es nicht, Pete“ kam leicht genervt über meine Ungeduld.

„Ich weiß nur, dass in diesem Ort kein Mensch geschlafen hat, so wie Ron da heute Nacht aufgetreten ist und sich in den nächsten Tagen garantiert die Beschwerden nur so auf meinem Tisch stapeln werden. Also beruhige du dich wenigstens, denn ein Durchdrehender reicht mir vollkommen.“

„Was soll das heißen“ hakte ich nach, da mich seine Wortwahl hellhörig werden ließ.

„Nichts“ blockte mein Freund ab, aber ich wusste, dass er log und ich wusste auch, dass es diesmal nicht um Cooper ging.

„Was hat er angestellt?“

Zuerst wollte Lars wieder nicht mit der Sprache herausrücken, doch dann atmete er tief durch und fing einfach zu erzählen an.

„Er war wie ein perfekt funktionierendes Uhrwerk, als wir dich gesucht haben, selbst als wir vor diesem scheiß Erdhügel gestanden sind, ist er nicht wie ich in Panik verfallen. Stattdessen hat er wie ein Irrer zu graben angefangen und mir sogar noch gesagt, dass ich endlich in die Gänge kommen und ihm helfen soll. Seine Effizienz und Zielorientiertheit unter diesem Druck war einfach unbeschreiblich, aber als der Arzt dann Entwarnung gab und sagte, dass du über den Berg bist, hat er sich wortlos umgedreht und ist einfach gegangen.“

Mein Freund brach ab und atmete tief durch.

„Ich habe eine Schadensregulierungen die garantiert nicht unter viertausend Dollar sein wird auf dem Tisch, da er im Aufzug völlig ausgetickt ist.“

Ich schloss meine Augen, da ich von dieser Information völlig überfahren war.

„Und dann hat sich dieser Idiot auch noch Cooper vorgenommen, als er ihn in seinem Zustand nicht zu Collins lassen wollte.“

„Und was willst du mir jetzt damit sagen?“ fragte ich argwöhnisch und Lars schüttelte resigniert den Kopf.

„Sag du es mir."

Ich überlegte einen Moment, da Lars meinem Partner gerade unterstellte, dass er für den Außendienst nicht geeignet war.

„Weißt du noch, als ich damals mit den Stichverletzungen eingeliefert worden bin?"

„Wie könnte ich das je vergessen" konterte er und ich sprach weiter.

„Du hattest dich ebenso wenig im Griff wie Ron."

Er wollte etwas sagen, doch ich hob die Hand.

„Ich weiß" nahm ich ihm den Wind aus den Segeln.

„Du hast deine Wut und deine Hilflosigkeit nicht körperlich an deinen Mitmenschen ausgelassen und hast auch keine Sachschäden verursacht."

Irritiert sah er mich an, da er nicht wusste auf was ich hinaus wollte.

„Stattdessen hast du deine Angst und Wut verbal an mir, deinen Untergebenen und auch an deiner Frau ausgelassen."

„Das stimmt doch gar nicht" wehrte er sich gegen meine Anschuldigung und ich legte meinen Kopf leicht schief.

„Ach nein, soll ich dir jetzt tatsächlich ein paar Beispiele nennen wie arschlochmäßig du dich aufgeführt hast?"

„Nein" knurrte er.

„Jeder geht mir psychischem Druck anders um, Lars. Und wenn es dann auch noch um einen guten Freund geht, steht das auf einem ganz anderen Blatt Papier. Ein Ventil braucht aber jeder."

„Ich weiß" knurrte er.

„Dann mache es Ron bitte nicht zum persönlichen Vorwurf, sondern regele das über die Arbeit. Mahne ihn ab, suspendiere ihn für ein paar Wochen oder mache was auch immer dienstlich nötig und auch vorgeschrieben ist, um ihn in die Schranken zu weisen. Mache aber bitte nicht den Fehler ihn härter als alle anderen anzugehen, bloß weil unser Verhältnis weit über das Dienstliche hinausgeht."

Jetzt sah ich ihm direkt in die Augen.

„Ron ist gut, verdammt gut und das weißt du auch ganz genau, da du es gerade eben selbst bestätigt hast."

Ich ließ meine Worte kurz wirken, bevor ich mit der Keule nachsetzte.

„Deine Strafe mich für Monate ins Verließ zu sperren, entbehrte jeglicher dienstlichen Notwendigkeit, noch dazu wo die Interne alle Ermittlungen gegen mich bereits seit Wochen eingestellt hatte."

Lars wollte etwas zu seiner Verteidigung sagen, aber ich ließ ihm keine Gelegenheit dazu.

„Ich weiß und ich verstehe es ja auch. Und nur deshalb habe ich es auch mehr oder weniger über mich ergehen lassen. Aber eines sage ich dir gleich, Ron wird sich das nicht gefallen lassen, dass du ihn für Monate kalt stellst und das weißt du auch."

Er nickte und schloss seine Augen für einen Moment.

„Ich brauche Ron, denn er ist nicht nur die menschliche Variante, sondern auch die perfekte Ergänzung zu mir."

„Oh ja, dass ist er, denn er treib mich ganz genauso in den Wahnsinn wie du es tust."

Ich lachte auf und kam auf die vorhin erwähnten Schadensregulierungen zurück.

„Viertausend, war das vorhin dein Ernst?"

Lars fing bestätigend zu nicken an.

„Die komplette Spiegelverglasung im Aufzug ist hin."

„Dann liebt er mich wirklich."

Mein Freund und Boss lachte über meine Bemerkung kopfschüttelnd auf.

„Oh ja, dieser Mistkerl steht total auf dich."

„Was hast du ihn wegen Cooper unterschreiben lassen?" überfiel ich ihn regelrecht und sein Lachen erstarb.

„Sag jetzt bitte nicht Aggressionstraining."

Ich schloss stöhnend meine Augen, als ich den Ausdruck in seinen Augen sah und mein Temperament ging mit mir durch.

„Verdammt Lars!“ blaffte ich ihn an.

„Das ist doch Blödsinn. Ron ist doch kein Amokläufer, ganz im Gegenteil sogar und das weißt du!“

„Dann sag das mal Cooper!“ konterte er gereizt, da ich seine Führungsqualitäten gerade ganz offensichtlich anzweifelte.

„Cooper ist ein Arschloch!“

„Das weiß ich auch und deshalb sind es auch nur neunundvierzig Stunden die ich ihn aufgebrummt habe. Also reg dich wieder ab, denn hin und wieder habe auch ich meinen Job verdammt gut drauf!“

„Entschuldige, war nicht so gemeint.“

„Ist schon gut“ wiegelte er ab, obwohl er immer noch sauer auf mich war.

„Heißt das, das was ich denke?“ fing ich flapsig an, um die gedrückte Stimmung zwischen uns zu heben.

„Ja, das tut es. Kein Eintrag in der Akte, da dies erst bei fünfzig der Fall ist. Bist du jetzt zufrieden oder muss ich mich tatsächlich weiter rechtfertigen?“

Ich hob versöhnlich meine Hände an.

„Es tut mir wirklich leid, Lars, aber ich …“

„Ich weiß, denn das bin ich auch“ kam genervt, aber mit einem verschmitzten Lächeln auf den Lippen und ich wurde hellhörig.

„Was ist?“

„Nichts“ antwortete er und sein Grinsen wurde nur noch breiter.

„Nicht dass du mir wieder Inkompetenz vorwirfst.“

Er zog etwas aus seiner Sakkoinnentasche.

„Und außerdem gehst du mittlerweile dem kompletten Krankenhauspersonal auf den Keks.“

Er streckte mir ein Kuvert entgegen.

„Ist es das wofür ich es halte?“

Er nickte und ich konnte es gar nicht glauben.

„Du lässt mich hier raus?“

„Ich kann dich ja nicht ewig hier drin behalten.“

„Dann lässt du mich von der Leine?“

Lars lachte auf.

„Garantiert nicht, mein Freund. Ich gebe dir nur eine etwas längere.“

Alexis öffnete mir die Türe, noch bevor ich überhaupt klingeln konnte und mir verschlug es fast den Atem, als sie nur mit Slip und einem meiner Hemden vor mir stand.

„Wo ist er?“ tat ich gespielt eifersüchtig und sie zog mich lachend in die Wohnung.

„Im Schrank, wie alle anderen“ konterte sie und küsste mich leidenschaftlich.

„Womit habe ich denn das verdient.“

Sie schlug mir gespielt entrüstet gegen meine Brust und schmiegte sich ganz eng an mich. Trotzdem sah ich ihren gequälten und sorgenvollen Gesichtsausdruck, den sie verzweifelt versuchte zu überspielen.

„Ich bin hier, Alexis. Und es geht mir gut.“

Ich spürte, dass sie ihren Kopf schüttelte.

„Du wirst mich nicht verlieren.“

Wieder kam dieses Kopfschütteln und leider ein unterdrücktes Schniefen.

„Hey.“

Ich hob sanft ihren Kopf an.

„Denke nicht daran, was alles passieren hätte können. Denke lieber daran, was ich mit dir machen werde, wenn du in diesem Aufzug vor mir stehst.“

„Hör auf“ konterte sie und putzte sich eine Träne von der Wange.

„Denn ich werde jetzt nicht mit dir schlafen.“

„Muss ich doch im Schrank nachsehen?" flachste ich und Alexis schlug mir erneut gegen die Brust.

„Ich sagte jetzt nicht, aber nicht, dass es gar nicht passiert."
Sie wand sich aus meiner Umarmung.

„Denn erst werfe ich diese Klamotten weg."
Ich sah an mir herunter und musste ihr Recht geben. Dieser Anzug war ruiniert, denn die Blut-, Gras-, und Erdflecken würde keine Reinigung in den Griff bekommen. Und selbst wenn es so war, würde an diesem Anzug die Erinnerung kleben bleiben und dieser Fleck war definitiv unauswaschbar. Augenblicklich zog ich mich aus und als ich nur noch mit meinem Retroslip vor ihr stand, fing ich sie zu necken an.

„Er ist weg, also was ist jetzt?"
„Jetzt mein Lieber …"
Sie kam langsam auf mich zu.

„Gehst du erst einmal duschen und vielleicht bin ich ja dann gewillt, mit dir ins Bett zu gehen."
Wir gingen nicht ins Bett, stattdessen wickelte Alexis eine Mülltüte um meinen Gips, damit er nicht nass wurde, aber als sie kurze Zeit später zu mir in die Dusche stieg, war nur noch eines Wichtig. Ich wollte sie spüren und ihr ging es genauso. Selbst nachdem wir beide unseren Höhepunkt erlangten, blieben wir engumschlungen stehen und ließen einfach das Wasser auf uns herunterprasseln. Der Körperkontakt stand diesmal im zentralen Fokus, die körperliche Befriedigung war nur eine verschönernde Zugabe, aber vollkommen zweitrangig. Leider holte mich die Realität schneller ein als mir lieb war, da Alexis anfing sich aus meiner Umarmung zu winden.

„Was ist?"
„Ron hat angerufen."

Ich stöhnte auf, da mich meine Arbeit leider viel zu schnell wieder in Beschlag nahm und ich gerne noch ein paar Stunden mit Alexis verbracht hätte.

„Wann?"

„Kurz nachdem du in die Dusche bist."

„Wann ist er da?"

„Ich denke jeden Moment. Und außerdem …"

Sie sah kurz auf meinen gebrochenen Arm.

„… denke ich, dass die Tüte das Wasser nicht mehr lange zurückhalten kann."

Ich ließ Alexis, wenn auch widerwillig, los, stellte das Wasser ab und als sie gerade die Dusche verlassen wollte, zog ich sie noch einmal an mich.

„Danke."

„Für was?" fragte sie völlig perplex.

„Dass du trotz meines Jobs immer noch da bist, dass du mich liebst und dass du mir das Gefühl gibst mich fallen lassen zu können."

Ich küsste sie.

„Dass du mir den Halt gibst, denn ich brauche, für deine Fürsorge, dein Verständnis, deine Liebe, einfach für alles, Alexis."

Ihr rollten einige Tränen über die Wange und ich gab ihr einen erneuten Kuss.

„Selbst jetzt stellst du deine Angst zurück, damit ich mir keine Sorgen um dich mache. Aber das will ich nicht, Alexis. Ich will, dass du auch über deine Sorgen und Ängste mit mir sprichst, egal wie hart mein Tag oder mein Fall auch gerade ist. Verstehst du das?"

Sie nickte und ich wartete einfach ab, da die Frage die auf ihren Lippen brannte, in jedem einzelnen Gesichtszug zu sehen war.

„Lars hat mich anfänglich nicht zu dir gelassen, weil er sagte, dass es im Moment zu gefährlich ist. Er hat mich sogar bewachen lassen, Pete.“

„Ich weiß, aber das hätte ich mit seiner Frau ganz genauso gemacht, weil wir uns dieses Versprechen schon vor Jahren gegeben haben, sollte die Lage einmal ungeklärt oder undurchsichtig sein.“

„Aber ich wäre gerne bei dir gewesen.“

„Das weiß ich, Liebes.“

Ich küsste sie.

„Und trotzdem kann und werde ich an dieser Vereinbarung nichts ändern. Kannst du das irgendwie verstehen?“

Sie nickte, obwohl ihr Herz ganz anderer Meinung war und dann sprach sie es endlich aus.

„Wie knapp war es, Pete?“

„Verdammt knapp, Alexis“ gestand ich ehrlich.

„Wenn Ron und Lars nicht so schnell reagiert hätten, dann wäre ich jetzt tot.“

Ich zog sie in meine Arme und ließ sie einfach weinen.

Ich kriege dich. Das schwöre ich dir, denn ich werde es nie wieder zulassen, dass du Alexis oder mir diesen unsagbaren Schmerz zufügen kannst!

„Ich habe was!“ legte Ron schon los, bevor ich meine Wohnungstüre komplett öffnen konnte und hob eine Akte nach oben.

„Und ich denke, dass wird dir gefallen.“

Er übergab mir ein mit dem Computer generiertes Foto und mir blieb fast das Herz stehen. Obwohl einige Parameter nicht passten, war das eindeutig dieser Mistkerl von Glenn.

„Woher hast du das?“ fragte ich, noch während ich die Türe ins Schloss schob und drehte das Foto um, in der Hoffnung einen Stempel darauf zu finden, aber da war nichts.

„Das hat Chris nachbearbeitet, da ich nur ein Kinderfoto von diesem Bastard auftreiben konnte. Und jetzt darfst du dreimal raten wie der Dreckskerl in Wirklichkeit heißt."
Ich musste nicht einmal raten, denn Rons Mimik sprach Bände. Trotzdem war ich mehr als überrascht.
„Und du bist dir sicher."
„Totsicher Partner, denn ich habe Chris erst in Ruhe gelassen, nachdem er dieses Kinderfoto drei Mal durch den Alterungsscanner laufen ließ."
Ron ließ sich auf einen der drei Barhocker an meinem Küchentresen fallen und sah mich mit müden Augen an.
„Kaffee?" bot ich ihm an und er fing zu nicken an.
„Doppelt?"
Wieder kam nur ein Nicken und ich erweckte den Vollautomaten zum Leben, hielt aber vor meinem Oberschrank, indem sich die Kaffeetassen befanden, inne.
„Willst du dich nicht lieber für ein paar Stunden aufs Ohr hauen?"
„Dafür habe ich noch genug Zeit, wenn wir diesen Bastard geschnappt haben."
Ich öffnete den Schrank, schloss ihn aber wieder ohne etwas daraus genommen zu haben und stellte mich gegenüber meines Partners auf, da ich ihm jetzt in die Augen sehen wollte.
„Du schläfst doch schon fast im Sitzen ein, also geh nach oben und leg dich kurz hin."
Er verneinte es, indem er seinen Kopf zu schütteln begann, aber ich gab mich noch nicht geschlagen.
„Sei nicht so stur und leg dich hin."
Er wollte etwas erwidern, aber ich ließ nicht locker.
„Jetzt Ron! Also gehe hoch in mein Büro und lege dich auf die Couch. Denn andernfalls muss ich Lars Recht geben, dass du momentan nicht ganz zurechnungsfähig bist."

„Willst du mich verarschen?" kam gereizt und von seiner vorherrschenden Müdigkeit war nichts mehr zu sehen, als ich seine Frage nicht dementierte.

„Er hält mich für unzurechnungsfähig, nur weil ich für beschissene zwei Minuten die Beherrschung verloren habe?"

„Und Cooper?"

„Cooper ist ein Arschloch!" konterte er und ich musste schmunzeln, da ich genau das Gleiche sagte, als mir Lars diesen Umstand ebenfalls zu bedenken gab, als er die fachliche Kompetenz meines Partner in Frage stellte.

„Und außerdem habe ich Lars gesagt, dass ich für den Schaden in diesem Aufzug aufkommen werde und er sich darum nicht zu kümmern braucht!"

„Er kümmert sich aber darum."

Ron wollte etwas erwidern, ließ es dann aber und atmete stattdessen tief durch.

„Bin ich noch dran?"

„Lars ist viel, aber garantiert nicht blöd, er ist nur sauer und extrem gefrustet."

„Das bin ich auch, ich bin sogar stinksauer, weil er zum Greifen nahe war."

„Der Mais hat ihm direkt in die Karten gespielt, wir waren buchstäblich blind und die Zeit lief uns ebenfalls davon. Es war eine Option."

„Die er zu seinem Vorteil ausgenutzt hat."

Die Frustration war in seiner Stimmer mehr als hörbar und ich nickte ihm nur bestätigend zu, da er leider Recht hatte.

„Habe ich es mit Collins vergeigt?" fragte er in die entstandene Stille hinein und ich zog meine Schultern nach oben.

„Ich habe ihn noch nicht gesprochen und wenn, dann muss Lars ihn eben festsetzen, bevor er durchdreht."

„Na super, noch mehr Schreibkram, denn er mir zu verdanken hat!"

Er gähnte und ich griff unsere vorherige Unterhaltung wieder auf.

„Ruh dich aus, denn ich brauche dich und das Schlimmste steht uns leider noch bevor. Außerdem gehe ich nicht davon aus, dass du in der kurzen Zeit herausbekommen hast, wo sich dieser Bastard versteckt, noch dazu wo er seit den letzten vier Jahren von der Bildfläche verschwunden ist, oder?"

Wie erwartet kam eine verneinende Geste seines Kopfes.

„Dann leg dich hin."

Er knurrte kurz und ich wusste, dass ich ihn an der Angel hatte. Trotzdem lenkte ich ein.

„Ich werde dich wecken, wenn ich etwas Relevantes gefunden habe."

Ich hob meinen Arm kurz an.

„Aber zuerst muss ich dieses Scheißding hier trockenlegen."

Ron grinste süffisant, aber bevor er einen provozierenden Kommentar aufgrund meines Liebeslebens abgeben konnte, stoppte ich ihn.

„Halt die Klappe und schlaf endlich!"

Obwohl ich bereits seit über drei Stunden vor meinem PC saß und die Tastatur bei jedem Tastendruck ein leises Klacken von sich gab, wachte Ron nicht auf, was mich aufgrund seines desolaten Zustandes von vorhin auch nicht sonderlich verwunderte. Selbst die beiden Telefonate die ich führte und der immer wieder anspringende Drucker weckten ihn nicht und ich aktivierte einen erneuten Druckbefehl. Als ich aufstand um die ausgedruckten Blätter aus dem Papierschacht zu nehmen, musste ich an unsere erste Begegnung zurückdenken und fing zu schmunzeln an. Niemals hätte ich gedacht, dass wir Partner, geschweige denn so gute Freunde werden würden. Wahrscheinlich hätten sich unsere Wege einfach wieder getrennt, wenn die

Sache auf dieser Insel nicht so dermaßen aus dem Ruder gelaufen wäre. Er war auch damals schon völlig routiniert und ruhig an die Sache rangegangen, obwohl ihm das Wasser sprichwörtlich bis zum Hals stand. Restlos überzeugt hatte mich aber sein Sinn für Ehrlichkeit und Gerechtigkeit. Das waren letztendlich die ausschlaggebenden Punkte, warum ich ihn und sonst keinen als künftigen Partner wollte. Denn genau das brauchte ich, einen Partner auf den ich mich hundertprozentig verlassen konnte und der mich auch ohne Skrupel in die Schranken wies, wenn ich anfing die Regeln zu biegen. Ich bereute diesen Tag noch keine einzige Sekunde und war Lars unheimlich dankbar, dass er die bürokratischen Hürden, die er aufgrund meiner Entscheidung bewältigen musste, ohne auch nur mit der Wimper zu zucken auf sich genommen hatte. Cooper hatte ich mir damit allerdings zum Feind gemacht, da er dachte, dass er mein Partner werden würde, obwohl ich dies in keiner Weise auch nur angedeutet oder ihm jemals Hoffnung in diese Richtung gemacht hatte. Er war ein guter Agent, aber gut reichte mir einfach nicht, ich wollte das gewisse Etwas und Ron erfüllte und übertraf sogar all meine Anforderungen, die zugegeben weit über der üblichen Messlatte lagen. Lars sagte einmal zu mir, dass ich mit diesen Vorgaben niemals einen Partner finden würde, da es so einen Menschen gar nicht gab, aber dann stand ich, aufgrund eines Freundschaftsdienstes um den mich mein alter Studienkollege bat, eines Tages Ron gegenüber und meine Entscheidung war gefallen.

Ich nahm die Blätter, ging zurück zu meinem Schreibtisch und sah mir nochmals alle gesammelten Informationen von den Garsons an. Ich hatte einfach alles, von der Geburt der Eltern, über ihren Hochzeitstag, die Gründung des Bestattungsunternehmens, sämtliche dazugehörigen Steuerunterlagen und die Geburt ihrer beiden Kinder. Lenny

Garson kam am 27.08.1978 auf die Welt, sein Bruder Egles folgte fast fünf Jahre später und verstarb noch am gleichen Tag. Todesursache: plötzlicher Kindstod. Leider konnte ich über die Todesursache keine weiteren Details ausmachen, nur, dass die Beerdigung erst drei Wochen nach seinem Tod stattgefunden hatte. Dieses Detail war verdammt ungewöhnlich, da keine Untersuchung oder eine Autopsie in die Wege geleitet wurde, was eine derartige Verzögerung gerechtfertigt hätte.

Verdammt, warum habt ihr euer Kind so spät beerdigen lassen? Vielleicht haben sie es einem anderen Bestatter in die Hand gegeben.

Ich suchte in dem riesigen Berg der ausgedruckten Steuerunterlagen nach einer Erklärung, aber ich fand in dem Jahr keine Abrechnungen darüber und auch keine Überweisungen, die meine Vermutung bestätigen würde. Stattdessen fielen mir einige Barabhebungen auf, die exakt zwei Tage nach der Beerdigung ihres Sohnes Egles anfingen und für weitere sechs Monate andauerten und immer zum Monatsanfang getätigt wurden. Der Betrag belief sich exakt auf zweitausenddreihundertsechsundfünfzig Dollar.

Warum dieser krumme Betrag und für was habt ihr diese nicht gerade unerhebliche Summe gebraucht?

Wieder suchte ich nach einer plausiblen Erklärung in der Steuerabrechnung, ich ging sogar die nächsten drei Jahre durch, aber die Barabhebung tauchte nur auf den Kontoauszügen auf, sodass eine Nachverfolgung so gut wie unmöglich war. Dieses Geld konnte für alles Mögliche gebraucht worden sein. Sicher war nur, dass es absolut nicht firmenbezogen war.

„Scheiße" fluchte ich leise um Ron nicht zu wecken, ließ mich in meinen Schreibtischstuhl zurückfallen und legte mein Hände über dem Kopf zusammen.

Für was habt ihr dieses verdammte Geld gebraucht? Wurdet ihr erpresst? Aber warum?

Ich atmete genervt aus und dann schlich sich ein Gedanke in meinen Kopf, der sich nicht mehr verdrängen lassen wollte.

Was ist, wenn es doch kein plötzlicher Kindstod war.

Ich setzte mich auf.

Drei Wochen, die Beerdigung war erst drei Wochen später.

Wurdet ihr Erpresst? Quatsch!

Ich schüttelte genervt meinen Kopf.

Doch nicht mit dieser krummen Summe. Was ist denn das für eine Erpressung? Und wenn sie nicht erpresst wurden?

Was ist, wenn sie etwas vertuschen wollten?

Wieder widmete ich mich meinen PC und in meiner Ungeduld erwischte ich mit meinem Gipsarm immer wieder die falschen Tasten. Wenn Ron nicht keine vier Meter von mir weg tief und fest geschlafen hätte, wäre vermutlich das eine oder andere Büroutensil von meinem Schreibtisch gegen die Wand geflogen, da mich meine verletzte Hand gerade wieder an mein eigenes Versagen erinnerte.

Wie konntest du nur so abgrundtief bescheuert sein?

Ich hielt kurz inne und atmete ein paar Mal tief durch, denn so wütend und frustriet wie ich gerade wieder war, würde ich keinen Schritt weiterkommen.

Beruhige dich gefälligst, oder willst du tatsächlich als Verlierer den Platz verlassen?

Ich verneinte meine stille Frage und gab weitere Befehle in meinen Computer ein, diesmal aber etwas langsamer und bedachter, sodass es jetzt auch wieder mit den Tastenkombinationen stimmte, zumindest zu neunzig Prozent. Meine Aufmerksamkeit galt jetzt den Lebensumständen der Garsons, denn nur wer etwas zu verlieren hatte, war zu allem bereit. Ich suchte in allen Lokalen Zeitungen nach Berichten über die Garsons und fand einige, meist aber von irgendwelchen Beerdigungen von lokalen Persönlichkeiten, deren Bestattung sie organisiert hatten. Wörter wie, grandios, stilvoll und dem Toten würdig, fielen. Einmal fand ich auch ein Bild von Lenny, aber es war so dermaßen pixelig, dass ich damit nichts anfangen konnte, geschweige denn eine Alterungssoftware darüber laufen lassen konnte. Die Beerdigung des ehemaligen Bürgermeisters der Gemeinde ging fast über die ganze Seite und nachdem ich nur ein paar Aufnahmen der Grabstelle und dem Trauerzug fand, scrollte ich weiter, bis ich plötzlich das Gefühl hatte vom Blitz getroffen worden zu sein.

Was war das gerade?

Jetzt war ich hellwach und scrollte mit der Maus zurück, bis die Anzeige über den Toten Bürgermeister wieder zu sehen war. Sie nahm den dreiviertelten Bildschirm in Anspruch, aber mich interessierte der Rest und ich schenkte dem unteren Teil des Monitors meine volle Aufmerksamkeit.

Trotz heftiger Gegenwehr einiger Anwohner wurde die Erweiterung des psychosomatischen Zentrums nun endlich beschlossen, stand als Aufmacher über dem Artikel und ich merkte wie ich zu grinsen anfing. Mein anfänglicher nur kurz aufflackernder Verdacht loderte mit einem mal wie eine Stichflamme empor und ich spürte regelrecht wie das Adrenalin meinen Körper durchströmte, da ich endlich einen Anhaltspunkt gefunden hatte.

Ich kriege dich, du mieses Schwein!

Nach einer knappen Stunde akribischen Suchens, fand ich dann endlich ein Jahrbuchfoto von neunzehnhundertdreiundachtzig, aber bevor ich den Abgleich starten konnte, stand ich auf, ging in die Küche zurück und blätterte in Rons mitgebrachter Akte herum. Wie vermutet lag da auch das Ursprungsfoto, anhand dessen Chris den Alterungsprozess vornahm. Schnell ging ich zurück, drückte eine x-beliebige Taste auf der Tastatur und erweckte den Monitor wieder zum Leben. Trotz des Bildes brauchte ich fast zehn Minuten um Lenny Garson zu identifizieren, da auf dem Bild mindestens fünfzig Kinder zu sehen waren und der Ausdruck alles andere als scharf war. Dieser Bastard war tatsächlich Patient dieser Einrichtung und nicht nur, dass er zur gleichen Zeit in dieser Klinik ankam wie die Barabhebungen anfingen, nein, auch der Monatsbeitrag von zweitausenddreihundertsechsundfünfzig Dollar deckte sich zu hundert Prozent mit den Barabhebungen. Das konnte kein Zufall mehr sein und endlich hatte ich die Bestätigung in Händen. Lenny Garson war tatsächlich Glenn und er hatte seinen Bruder in den ersten drei Lebenswochen getötet, vermutlich aus Eifersucht, da seine Eltern sich jetzt plötzlich nicht nur um ihn, sondern auch um seinen Bruder kümmern mussten. Seine Mittelpunktstellung löste sich binnen weniger Tage in Luft auf. Deshalb sah er ihn als Eindringling und dieses Manko musste sein Bruder Egles mit dem Leben bezahlen und seine Eltern versuchten alles unter den Teppich zu kehren, damit sie ihren guten Ruf und damit ihre Existenz nicht verlieren würden. Mit diesen Erkenntnissen loggte ich mich in die Behörde für Strafregister und scrollte durchs Menü, bis ich bei dem Unterpunkt für Jugendstrafregister angekommen war. Für den Zugriff brauchte ich allerdings meine behördliche Kennung. Zum Glück war meine Sicherheitsfreigabe so dermaßen hoch, das ich keinen Umweg über Lars oder einen Richter machen musste, da diese Akten meist mit der Volljährigkeit der Personen geschlossen wurden, um diese zu schützen. Ich für meinen Teil fand dies falsch, da man nicht plötzlich rechtschaffen wurde, bloß weil man für Volljährig erklärt wurde. Ganz im Gegenteil sogar, denn meistens waren diese Vergehen nur ein billiger Abklatsch von dem, was sie als Erwachsene durchzogen. Psychopathen nutzten diese Erfahrungen mit der Polizei meist als Lehrbeispiel und feilten somit an ihrer Vorgehensweise, damit sie ihre sadistischen Neigungen besser verstecken und auch ausleben konnten. Meist hat die Polizei nur einen Verdacht, aber aufgrund fehlender Indizien oder schwammiger Aussagen der Opfer, muss der Verdächtige aus dem Gewahrsam ohne Strafverfolgung wieder entlassen werden. Durch Personalmangel und viel zu vieler offener Fälle werden sie nicht einmal unter Beobachtung gestellt und genau diese Erfahrung der Überlegenheit, macht diese Art von Mensch nur noch gerissener, schuldlos jedoch nicht.

Jetzt tippte ich Garson Lenny in die Suchmaske und drückte auf Enter. Ein blauer Kreis erschien und darunter stand, die Suche wird gestartet. Ungeduldig fing ich an mit den Fingerspitzen auf den Tisch zu trommeln, als sich die Akte öffnete und ich in Lenny Garsons dunkle Seele blicken konnte. Je mehr ich las umso mehr kam ich zu der Überzeugung, dass sie nicht dunkel sondern pechschwarz war und ich schüttelte über so viel Stümperhaftigkeit in den Ermittlungen meinen Kopf. Zwei Mal wurde er wegen Verdacht der Entführung und der Freiheitsberaubung festgenommen. Beide Male waren es Mädchen im Alter von zwölf Jahren und beide wurden mit Ketten gefesselt eine Woche später in einem Brunnenschacht gefunden. Beide Mädchen waren schwer traumatisiert, sodass ihre Aussagen meist sehr ungenau waren. Der behandelnde Psychologe war sogar der Meinung, dass ihr Entführer sie so dermaßen manipuliert hat, dass sie aufgrund dessen zu keiner plausiblen Aussage fähig sind. Nur bei zwei Dingen waren sich beide Opfer hundertprozentig sicher und auch einig. Sie wurden von hinten gepackt und verloren das Bewusstsein, als ihnen ein Tuch vor Mund und Nase gehalten wurde und sie kamen erst wieder in diesem Schacht zu Bewusstsein. Auch die Vorgehensweise bezüglich der Nahrungsaufnahme war in ihren Aussagen identisch. Sie bekamen erst etwas zu essen und zu trinken, wenn sie ihren Peiniger mit Meister ansprachen. Wie der Täter aussah, konnten sie nicht beschreiben, da er immer nur nachts in Erscheinung trat. Die Frage, ob er die ganze Nacht geblieben ist, bejahten beide, aber keine wollte etwas darüber sagen, was in diesen Stunden passiert ist.

Es waren Kinder, kleine Kinder du mieses Schwein!

Ich schloss meine Augen da ich mir die Angst und das Martyrium dieser beiden Mädchen gar nicht vorstellen konnte. Ich wusste nur eines, dass ihre Seele bis aufs Mark erschüttert wurde, als sie diesem Bastard fünf Tage völlig hilflos ausgeliefert waren und ich schaltete meinen PC auf die harte Tour aus, indem ich einfach am Kabel zog. Aber ich war so dermaßen fertig und angewidert, dass ich keine einzige Taste mehr drücken, geschweige denn, noch eine einzige Sekunde auf diese Strafakte blicken wollte. Völlig ausgelaugt stand ich auf und genau in diesem Moment wachte Ron auf. Er wollte etwas sagen, aber ich schüttelte nur meinen Kopf und ließ mich in meinen Stuhl zurückfallen.

„Er ist es, definitiv“ presste ich hervor und mein Partner setzte sich auf.

„Willst du alleine sein?“

Ich schüttelte meinen Kopf und Ron hakte nach.

„Schlimm?“

Diesmal quittierte ich seine Frage mit einem Nicken.

„Soll ich dir einen Kaffee machen?“

Wieder konnte ich nur bejahend meinen Kopf bewegen, anstatt verbal zu antworten und mein Freund kam zu mir rüber und legte mir die Hand auf die Schulter.

„Wir kriegen ihn, denn jetzt ist es nur noch eine Frage der Zeit.“

Er bückte sich, hob mein PC-Kabel auf und steckte es wortlos zurück in den Tower. Dann gab er mir mit einer Kopfbewegung zu verstehen, dass er schon einmal vorgehen würde und verschwand aus meinem Büro. Ich hörte wie er Alexis herzlich begrüßte und dann hörte ich Schritte die nach oben kamen.

„Pete?“

„Ich komme gleich“ antwortete ich betont fröhlich, aber sie durchschaute mich.

„Du kriegst ihn“ sagte jetzt auch sie und ich schüttelte meinen Kopf.

„Darum geht es nicht.“

„Um was geht es dann?“

Sie setzte sich auf meinen Schoß, gab mir einen Kuss und sah mich dann abwartend an.

„Ich hasse Psychopaten“ würgte ich hervor, aber Alexis schüttelte nur ihren Kopf.

„Rede mit mir. Bitte.“

Ich zog die Schultern nach oben, weil ich wirklich nicht wusste wie ich es sagen sollte, ohne dass mich Alexis falsch verstehen würde.

„Ich halte das aus, Pete.“

„Es ist nicht wegen des Falls“ fing ich an, überlegte dann aber kurz.

„Es ist eher das Drumherum.“

Alexis sah mich nur an und dann sprach ich meine Bedenken einfach aus.

„Willst du Kinder?“

„Ja, ich möchte Kinder.“

Ich schüttelte den Kopf.

„Ich will aber keine, Alexis. Nicht in dieser Welt.“

Alexis schloss kurz ihre Augen und als sie diese wieder öffnete, sah ich so eine Entschlossenheit darin, die mir Angst machte.

„Wir haben aber nur diese Welt, Pete. Und ich kann mir keinen besseren Vater als dich vorstellen."

„Und was ist, wenn unserem Kind etwas passiert?"

„Es wird nichts passieren, denn du bist der Vater."

„Aber genau das ist doch das Problem. Weil ich der Vater bin."

„Soll ich dann auch gehen?"

Diese Frage erwischte mich eiskalt und dementsprechend viel auch meine Antwort aus.

„Nein! Niemals, wie kommst du denn darauf?"

„Bin ich denn nicht in Gefahr, wenn ich deine Freundin bin?"

Ich schloss meine Augen, da Alexis mich gerade mit meinen eigenen Waffen schlug. Trotzdem hatte ich einen Einwand.

„Ein Kind, Alexis."

Ich schüttelte meinen Kopf, da ich gar nicht wusste wie ich es sagen sollte.

„Es ist so klein und unschuldig. Es kann sich ja nicht einmal wehren."

„Doch Pete, denn du wirst es ihm beibringen, weil du der beste Vater sein wirst, denn man sich nur wünschen kann."

Wieder gab sie mir einen Kuss, rutschte dann von meinem Schoß und streckte mir ihre Hand entgegen. Als ich sie nur ansah und nicht reagierte, redete sie weiter.

„Ich möchte, dass du diesen kranken Wichser zur Strecke bringst und dann werden wir beide noch einmal über unser Kind reden, ok?"

Ich lachte grunzend auf, da sie es mal wieder schaffte mich auf andere Gedanken zu bringen. Weitreichende Gedanken.

„Unser Kind?"

„Ja Pete, unser Kind."

Sie lachte mich an, packte meine Hand, zog mich aus dem Stuhl und dann hinter sich die Treppe herunter. Ich konnte

nur folgen, da es in meinem Kopf plötzlich drunter und
drüber ging.
Alexis will ein Kind? Ein Kind von mir? Mein Kind?

18

Nachdem wir endlich seinen Namen wussten, ging alles Schlag auf Schlag und als ich dann heute Morgen um kurz vor drei Uhr auch endlich sämtliche Eigentumsverhältnisse von diesem Mistkerl auf meinem Schreibtisch liegen hatte, informierte ich umgehend meinen Boss. Um diese frühe Uhrzeit meine Stimme zu hören, passte ihm zwar gar nicht, aber als ich ihm meine Einschätzung und auch meinen Plan mitteilte, war auch er nicht mehr zu bremsen, da er alles für einen morgendlichen Einsatz in die Wege leitete. Ich kontaktierte Ron, sagte ihm dass ich ihn in zwei Stunden abholen würde und nutzte die verbliebene Zeit, um mich etwas auszuruhen. Leider kam mir aber, kaum dass ich mich hingelegt hatte, das Gespräch mit Alexis wieder in den Sinn und an Schlaf war nicht mehr zu denken.

Meine Hoffnung, dass ich dieses Kinderproblem ausblenden konnte, sobald ich abgelenkt war, war ein Trugschluss. Es war immer noch genauso präsent, als ich in den frühen Morgenstunden hinter dem Lenkrad meines Wagens saß, sodass ich zu keinem längeren Gespräch mit meinem Partner fähig war. Auch saß ich nicht wie üblich völlig relaxt und entspannt hinter dem Steuer, sondern war extrem angespannt und so sahen auch meine sonst so begnadeten Fahrkünste aus, da ich regelrecht durch den Verkehr stocherte.
„Willst du darüber reden?" fragte mich Ron in die vorherrschende Stille hinein und ich schüttelte nur den Kopf, anstatt ihm eine verbale Antwort zu geben.
„Dein Gesichtsausdruck sagt aber etwas anderes, mein Lieber" ging er weiterhin in die Offensive und ich konnte seinen Blick fast körperlich spüren, als er auf eine Reaktion von mir wartete.

„Mir geht nur viel im Kopf um, sonst nichts" antwortet ich, in der Hoffnung er würde nicht weiter nachbohren, aber Ron wäre nicht Ron, wenn er sich damit zufriedengeben würde.

„Jetzt rück schon raus damit" fing er wie befürchtet an.

„Denn dein Problem ist eindeutig nicht der Arbeit geschuldet."

Ich atmete tief durch, da ich gar nicht genau wusste, wie ich anfangen sollte.

„Hat sich dein Leben eigentlich sehr verändert, als euer Kind zur Welt kam?"

Ich sah kurz zu meinem Freund, da ich seine Mimik sehen wollte und dann wieder auf die Straße.

„Ja und nein" gab er mir zur Antwort, aber das war nicht unbedingt das was ich hören wollte.

„Geht das auch etwas präziser?" schnauzte ich ihn an und Ron lachte auf.

„Was willst hören, Pete?"

Wieder folgte ein Lachen, gepaart mit einem leichten Schulterzucken.

„Natürlich hat sich mein Leben verändert, weil ich nicht mehr nur an mich oder an Kim denken muss. Spontanität ist zu einem Fremdwort geworden, da wir jetzt zu Dritt sind. Auch habe ich meine nicht ganz alltäglichen Sportaktivitäten runtergeschraubt, da ich jetzt eine gewisse Verantwortung zu tragen habe. Aber das ist in Ordnung für mich, da jetzt einfach ein neuer Abschnitt meines Lebens beginnt."

„Stört dich das nicht?"

„Inwiefern sollte mich das stören?"

„Na ja" fing ich etwas hilflos an, weil ich eigentlich nicht mit der Türe ins Haus fallen wollte, aber meine sonst so geniale Wortgewandtheit ließ mich gerade kläglich im Stich.

„Alexis will ein Kind von mir."

Ron fing schallend das Lachen an und ich fühlte mich plötzlich angegriffen.

„Du Arsch!“ spie ich ihm entgegen und sein Lachen erstarb.

„Ich habe nicht gelacht, weil ich dich für einen schlechten Vater halte, ganz im Gegenteil sogar“ rechtfertigte er sich.

„Ich habe gelacht, weil du den Satz so dermaßen entsetzt gesagt hast, dass es mir so aussah, als hättest du panische Angst davor.“

„Das habe ich auch, verdammt nochmal! Und ich habe absolut keine Ahnung, warum du keine hast?“

„Vor was denn, Pete?“

„Vor solchen Typen die wir jeden verdammten Tag unseres Lebens jagen.“

Ich vollzog ein ziemliches ruppiges Überholmanöver, da ich vor lauter Anspannung fast platzte.

„Wer garantiert mir, dass mein Kind nicht entführt, gequält oder sogar getötet wird? Wer zur Teufel garantiert mir das?“

„Niemand Pete“ konterte mein Partner und ich flippe gänzlich aus.

„Ganz genau, Ron und jetzt verstehe ich einfach nicht, warum dich das völlig kalt lässt und ich mir vor lauter Angst fast in die Hose scheiße!“

„Weil du ein toller Vater sein wirst, deshalb.“

„Verarschen kann ich mich auch selbst.“

„Ich verarsche dich nicht und wenn du keine Angst davor hättest, dann wärst du immer noch der elende Scheißkerl für den ich dich anfänglich gehalten habe. Das ist menschlich, Pete und sonst gar nichts.“

„Menschlich?“

Ich schnaubte auf.

„Dann bin ich ja lieber wieder dieser rationale und gefühlskalte Einzelgänger, als dieses Gefühl der Machtlosigkeit zu haben, das mir die Luft zum Atmen raubt.“

„Ist Alexis denn schon schwanger?"
„Nein, oder …"
Ich stockte mitten im Satz.
„Ich weiß es nicht, aber ich denke nicht."
Wieder fing Ron zu lachen an und als ich augenverdrehend zu ihm rüber sah, legte er mir seine Hand auf meinen Oberschenkel.
„Du kriegst das hin."
Ich knurrte nur.
„Und es wäre gelogen, wenn ich sagen würde, dass Familie und unser Job nicht miteinander kollidieren würden oder sogar ungefährlich ist. Aber deshalb sein ganzes Leben danach ausrichten halte ich für falsch. Deshalb habe ich mich auch für eine Familie entschieden und noch keinen einzigen Tag davon bereut. Und du hast dich ebenfalls dafür entschieden, als du aufgehört hast dieser gefühlskalte Einzelgänger zu sein, oder etwa nicht?"
Unser Gespräch erstarb wieder und ich fuhr Meile für Meile stoisch dahin. Betonblöcke wurden durch kleine Häuser mit Gärten ersetz, dann wurden die Gärten durch Scheunen verdrängt und mittlerweile führte die Straße wie eine geschlagene Schneise durch ein undurchdringend erscheinendes Waldgebiet. Erst da wanderten meine privaten Gedanken in den Hintergrund und der Agent kam wieder in mir durch.
„Glaubst du, dass wir ihn finden?"
Ron zog die Schultern kurz nach oben.
„Es ist zumindest eine Option und laut Eves Aussage kommt die Gegend hin."
Er überlegte einen Moment.
„Ich würde sie hierher bringen, da die fehlende Infrastruktur hier draußen nicht zu toppen ist, aber die nächste Stadt in nur ein paar Stunden mit dem Auto zu erreichen ist, sodass man seinem geregelten Leben noch ohne weiteres

nachgegen kann, ohne dass ein plötzlich vermehrtes Fehlen im Job oder auch sonst wo auffällt. Außerdem kann man in dieser Abgeschiedenheit seine perversen Neigungen voll und ganz ausleben, denn hier ist weit und breit niemand der einen sehen oder die Schreie der Opfer hören würde."
Seine Stimme troff nur so vor Verachtung.
„Zugegeben sind die beiden anderen Orte seiner Jagdhütten ebenfalls gut gewählt, aber nachdem Eve Sarah nie zu Gesicht bekommen hat, denke ich, dass er, zumindest anfänglich diesen Ort gewählt hat, da alles andere durch die enorme Entfernung an einem Tag nicht machbar gewesen wäre. Und Eve sagte, dass dieser Mistkerl abends in der Regel bei ihr war."
Ich nickte zustimmend, da Eve sich hundertprozentig daran erinnern würde, wenn die tägliche Vergewaltigung, die sie in den letzten drei Monaten über sich ergehen lassen musste, auch nur einmal ausgeblieben wäre.

19

„Sarah!"

Erschrocken über seinen harten Tonfall sprang ich von der Couch auf, auf der ich bereits seit Stunden so gut wie bewegungslos saß.

Nicht das Messer. Bitte lass ihn nicht das Messer gefunden haben.

„Ja Meister" antwortete ich zitternd und sah in Richtung Küche, da er sich immer noch dort aufhielt, dem Geräusch nach aber gerade in den Gang trat.

Ich wartete und als er zu mir ins Wohnzimmer kam, kochte er vor Wut.

„Was ist das?" schrie er, packte mich grob im Genick und zerrte mich in leicht gebückter Haltung dem Unvermeidlichen entgegen.

Er hat es gefunden. Oh Gott, er hat es gefunden.

„Ich sagte, dass du aufräumen sollst!" blaffte er, kaum dass wir die Küche betraten und zwang mich in die Spüle zu sehen.

Er drückte meinen Kopf so weit nach unten, dass ich den Spülenboden beinahe mit der Nase berührt hätte. Im ersten Moment konnte ich gar nicht erkennen was ihn so dermaßen aufregte, doch dann stellten sich meine Augen auf die kurze Distanz ein. Es waren zwei, etwa drei auf vier Zentimeter kleine Bruchstücke eines Tellers, die ich in dem Chaos übersehen hatte.

„Es tut mir leid, Meister" stammelte ich um einer Bestrafung zu entkommen und war gleichzeitig unheimlich erleichtert, dass er das Messer nicht gefunden hatte. Leider besänftigte ich ihn nicht im Geringsten, da er mich noch weiter nach unten beugte. Schmerzhaft stöhnte ich auf, da sein Griff einem Schraubstock glich.

„Ich denke ich habe einen Fehler gemacht, dich aus dem Keller zu holen.“

„Nein“ kreischte ich panisch, da ich in diesem Keller so gar keine Chance gegen ihn besaß.

„Es kommt nicht wieder vor, das verspreche ich.“

Mit einem Ruck kam ich nach oben und ich fühlte mich wie eine Marionette, da ich jeder Bewegung, die er mit seinem Arm machte, folgen musste.

„Oh ja, kleine Sarah, es kommt nicht wieder vor!“

Er stieß mich zu Boden und trat mir mit seinem Fuß erbarmungslos in die linke Seite. Der Schmerz raubte mir die Luft zum Atmen, aber bevor ich mich gegen einen weiteren Angriff schützen konnte, zerrte er mich zurück in eine aufrechte Position. Seine folgende Ohrfeige traf mich genauso heftig wie sein Fuß und ich ging erneut zu Boden.

„Du“ spie er mir entgegen.

„Bist meiner nicht würdig.“

Sein erneuter Tritt war um einiges heftiger als sein vorheriger und eine nie zuvor gespürte Angst stieg in mir auf.

Ich sterbe, hier und jetzt auf diesem verdreckten Fußboden.

„Aber ich werde meinen Fehler korrigieren.“

Es folgte keine Attacke in Form eines Schlages oder Trittes, stattdessen kniete er sich rittlings auf mich und fixierte meinen Kopf indem er mit seiner Hand in meine Haare griff. Bevor ich überhaupt realisierte was hier los war, beugte er sich zu mir herunter und fing an mich zu küssen. Seine Küsse waren hart, gierig und ekelhaft feucht, sodass ich von einem Würgereiz gepackt wurde. Obwohl alles in meinem Körper schrie, es einfach über mich ergehen zu lassen, übernahm plötzlich mein Überlebenswille. Ich versuchte mit allem was mir zur Verfügung stand von ihm wegzukommen. Ich schrie, schlug mit meinen freien Händen wild um mich, bäumte mich unter ihm auf und versuchte meinen Kopf zu drehen. Aber es schien ihn nur noch mehr anzumachen, da er seine Küsse einstellte, sich aufsetzte und grinsend auf mich heruntersah, während er sich mit seinem Daumen über seinen Mundwinkel strich.

„Du willst spielen, kleine Sarah?"

Seine Stimme ließ mich erschaudern und ich wurde nur noch von einem Gedanken getrieben.

Das Messer, ich muss an das Messer kommen!

Ich sah kurz zur Seite und streckte gleichzeitig meine rechte Hand so weit wie ich konnte aus, aber es fehlten mindestens drei Meter. Ich sah es unter der Leiste hervorblitzen, aber es hätte genauso gut auch im Keller liegen können.

Tu was! Was denn? Denk nach, oder du bist tot!

„Ja Meister, ich will spielen" hörte ich mich seine Frage beantworten.

„Aber nicht hier, lass uns ins Schlafzimmer gehen."

Seine Faust traf mich vollkommen ungebremst und ich merkte, wie mir mein Blut über die Wange lief und ich anfing wegzudämmern.

„Du Hure! Du elende Hure!" schrie er, aber es war mir egal.

Es ist vorbei, es ist endlich vorbei.

Ich ließ die Dunkelheit zu, doch dann tauchte das Gesicht meines Mannes vor meinem geistigen Auge auf und mein Überlebenswille kam zurück, da die Gewissheit, dass er sein restliches Leben lang im Gefängnis sitzen würde, für eine Tat zu der er niemals fähig wäre, mir fast den Verstand raubte.

„Oh ja, ich bin eine Hure" bestätigte ich seine Annahme trotzig.

„Du hast dich getäuscht. Der Meister hat sich getäuscht!" schrie ich und schlug gleichzeitig auf ihn ein.

Schon fast angewidert sprang er auf und ich nutzte meine wahrscheinlich einzige Chance. Ich drehte mich um, sodass ich auf meine Knie kam und robbte auf den Tisch zu.

„Du Hure!" hörte ich ihn erneut schreien und spürte seine Hand in meinem Genick, die mich versuchte zu Boden zu drücken.

„Ich werde dir meine Macht demonstrieren, sodass du nur noch winselnd und bettelnd vor mir liegst."

Es gelang mir weiterzukommen, da ich mich am Tischbein haltend nach vorne schob, bis meine Flucht jäh abgebremst wurde, da er mich an meinen Haaren haltend nach oben riss. Im Augenwinkel sah ich seine Hand, die auf mich zuschnellte und trotzdem konnte ich nur an das Messer denken. Es galt es zu erreichen und das wie, war vollkommen egal. Die Wucht ließ mich erneut zusammenbrechen, aber ich dachte nicht wie sonst daran liegenzubleiben. Stattdessen wurde der Tischfuß erneut zu meinem Verbündeten, da ich ihm umklammerte und mich daran nach vorne schob. Wieder streckte ich meine Hand samt Fingerspitzen soweit es ging aus, aber es fehlten immer noch gute achtzig Zentimeter. Ich wollte weiterrobben, aber mein Peiniger zog mich am Knöchel halten von meiner Rettung weg.

„Nein!" schrie ich panisch, drehte mich um und verpasste Glenn einen Tritt gegen seine Kniescheibe.

Fluchend ließ er mich los, umklammerte sein Knie und ich nutzte die Gelegenheit, indem ich auf mein Ziel regelrecht zuhechtete.

Und dann hatte ich es und zum ersten Mal seit meiner Entführung war meine Flucht zum Greifen nahe und ich stellte mich gegenüber von Glenn auf. Aber anstatt zurückzuweichen, fing er diabolisch zu Grinsen an.

„Sarah, Sarah, Sarah" begann er mit dieser ekelhaften und verhöhnenden Stimme.

„So wie du hat mich noch keine herausgefordert."

Er legte seinen Kopf in den Nacken.

„Und es waren wahrlich viele Frauen, denen ich die Erlösung geschenkt habe."
„Halte deinen Mund" schrie ich verzweifelt, da ich plötzlich erheblich an meinem Plan zweifelte.
„Halte endlich deinen Mund und lass mich nach Hause!"
„Aber Sarah" fing er wieder an.
„Ich bin doch noch gar nicht fertig mit dir."
„Wie viele?" hörte ich mich schreien und Glenn fing gespielt ahnungslos zu lachen an.
„Wie viele, was, kleine Sarah?"
„Frauen" kreischte ich mittlerweile und Glenns Grinsen wurde nur noch breiter.
„Zwölf, meine Liebe. Aber die ersten fünf zählen nicht, da ich sie bereits am nächsten Morgen getötet habe. Willst du auch wissen wie?"
Obwohl ich vehement den Kopf schüttelte, redete er weiter.
„Mit einem Messer, ähnlich wie dem das du in der Hand hältst. Aber soll ich dir etwas verraten?"
Er machte eine theatralische Pause.
„Es ist gar nicht so einfach einem Menschen ein Messer ins Fleisch zu rammen. Dieses Geräusch ..."
Wieder folgte eine Pause und meine Hand fing zu zittern an, als er anfing seinen Kopf zu schütteln.
„Das vergisst man nicht so schnell, kleine Sarah. Denkst du wirklich du bist bereit dazu?"
Er sah mir direkt in die Augen und ich wich instinktiv einen Schritt zurück.
„Ich denke nicht, kleine Sarah. Aber trotzdem bin ich gewillt dir einige Stellen aufzuzeigen, bei denen du nicht allzu viel Kraft brauchst."
Er verhöhnte mich und ich wich weiter vor ihm zurück. Leider folgte er mir und die Distanz wurde dadurch nicht größer.
„Hier" er zeigte auf seinen Unterbauch.

„Oder auch hier" jetzt legte er seine Hand um seine Flanke. „Ist es am leichtesten. Da dringt die Klinge sehr leicht ein."
Er hob mahnend seinen Zeigefinger.
„Aber sei dir bewusst darüber, dass dein Opfer vor Schmerz fast den Verstand verliert und auch nicht sofort stirbt. Nein, kleine Sarah. Diese Stellen sind nur dafür da um seinem Opfer größtmögliche Schmerzen zu bereiten, ohne sich großartig anstrengen zu müssen."
Mir wurde schlecht.
„Hier allerdings"
Jetzt zeigte er mittig auf seinen Brustkorb.
„Musst du all deine Kraft aufwenden, damit die Klinge das Fleisch samt Knochenstruktur durchdingt."
Wieder umspielte ein Lächeln seine Mundwinkel, fast so als würde er sich dieses Horrorszenario wieder ins Gedächtnis rufen.
„Dafür kannst du aber den letzten Atemzug deines Opfers spüren und sehen wie das Leben ihren Körper verlässt."
Es sah an sich herunter und legte seine Hand auf sein erigiertes Glied.
„Ich denke es ist an der Zeit, dass ich dich an meiner Macht kosten lasse, oder kleine Sarah?"
Wieder kam er einen Schritt auf mich zu und meine Angst schrie mir aus all meinen Poren.
Oh Gott, wie konnte ich nur glauben, dass ich diesem Monster entkommen kann. Wie konnte ich das nur glauben?
Tränen der Verzweiflung rannen mir über meine Wangen, während er seine Hand ausstreckte.
„Gib mir das Messer, kleine Sarah."
Erneut sah er auf seine Männlichkeit.
„Und ich verspreche dir, dass ich dich meine grenzenlose Macht spüren lassen werde und dann deinem Dasein schnell und fast schmerzfrei ein Ende bereiten werde. Ich dachte zwar, dass du die Krönung meiner Macht sein wirst, aber da

habe ich mich wohl getäuscht und muss leider weitersuchen.
So viel Zeit …“
Er atmete seufzend aus.
„Wie überaus schade, kleine Sarah. Wie überaus schade.“

20

„**W**ir sind in Position" meldete ich Lars, kaum dass mein Partner und ich aus dem Wagen gestiegen sind und er bestätigte es mit einem kurzen ok.

„Seid ihr soweit?"

„Ja" kam zur Antwort und ich verdrehte die Augen, als ich den besorgten Unterton in der Stimme meines Bosses hörte.

„Jetzt mach dir mal nicht ins Hemd" versuchte ich ihn zu beruhigen und Ron fing zu schmunzeln an, als er seine Waffe routinemäßig überprüfte.

„Mir geht es gut, bis auf meinen verdammten Arm."

Ich sah auf meinen Gips, der mich so dermaßen nervte, dass ich es gar nicht beschreiben konnte. Er behinderte mich bei allen Bewegungen wofür eine Hand von Nöten war, juckte wie die Hölle, wenn ich mal wieder beim Duschen nicht richtig aufgepasst hatte und er nass wurde und wog eine gefühlte Tonne. Auch jetzt war er mir im Weg, da ich nur eine hundertprozentig funktionierende Hand zur Verfügung hatte und nicht wie sonst beidhändig agieren konnte. Dieses Training meiner linken Hand kostete mich Monate, bis diese annähernd an meine dominante Rechte herankam, aber nachdem mein Job nicht unbedingt der Norm entsprach, wollte ich im Notfall die Gewissheit haben, dass ich links genauso gut schießen, oder mich mit einem Messer verteidigen konnte, wie mit rechts.

„Gut, dann warten wir bis du uns das ok zum Vorrücken gibst. Aber bitte nicht erst, wenn euch beiden bereits die Kugeln um die Ohren fliegen."

Ich lachte auf, da Lars genauso gut wie ich wusste, dass es nur ein extrem schmaler Grat zwischen, alles unter Kontrolle und in der Scheiße sitzen war, wenn man es mit einem psychisch gestörten Serienmörder zu tun hatte.

„Sag das diesem Bastard, denn mir ist es auch um einiges lieber, wenn er freiwillig die Segel streckt."

„Du weißt genau wie ich es meine, also lasst euch zu nichts hinreißen. Ist das klar!"

„Ja Sir!" konterte ich gespielt eingeschüchtert und legte mit den Worten, wir sehen uns, wieder auf.

Die GPS-Daten von Rons Handy lotsten uns nach Westen und nachdem wir uns mit einem Kopfnicken zu verstehen gaben, dass jeder bereit war, gingen wir los. Obwohl wir wussten, dass wir etwa eineinhalb Meilen laufen mussten, bis wir die Jagdhütte von Glenn oder besser gesagt von Lenny Garson erreichen würden, achteten wir sorgsam auf den Weg, um nicht in irgendeine Falle zu tappen. Auch suchten wir die Deckung der umstehenden Bäume, wenn wir kurz stehenblieben und uns per Handzeichen gesehene Spuren zeigten. Bei jedem Stopp, zeigte mir Ron die Entfernung auf, indem er pro hundert Meter einen Finger nach oben streckte und als er endlich nur noch seinen Zeigefinger nach oben hielt, blieben wir stehen und sahen uns vorsichtig nach einem in die Höhe ragendem Haus um. Diese Suche erfolgte rein visuell, da das Überraschungsmoment durch nichts zu ersetzen war. Diese paar Millisekunden der Verwirrung entschieden oft über Leben und Tod der Opfer, des Aggressors oder sogar über unser eigenes. Auch vermieden wir es zu neunzig Prozent direkt von vorne zu kommen, sondern entschieden uns meist über die Flanken. Wir sahen die Hütte fast zeitgleich und nach kurzen Zeichenangaben war unsere Vorgehensweise geklärt. Wir machten es wie üblich über die Seiten, aber bevor ich losging, atmete ich einmal tief ein und zog meine Waffe aus dem Oberschenkelholster.
Lass sie noch leben. Bitte lass Sarah noch am leben sein.

Mit diesen Gedanken setzte ich mich in Bewegung und plötzlich war es, als würde ich besser hören und auch sehen können, da ich jetzt alle Geräusche und Bewegung förmlich in mich aufsog, da uns jetzt auf gar keinen Fall ein Fehler unterlaufen durfte. Bei jedem Schritt suchte ich abwechselnd den Boden vor mir nach eventuellen Fallen ab, taxierte die Bäume, damit auch von oben keine unerwartete Überraschung auf uns zukam und sah immer wieder zum Haus, um auch hier nichts dem Zufall zu überlassen. Diese letzten Meter waren die Wichtigsten, aber auch gleichzeitig die Schwierigsten. Viele Kollegen versagten genau hier, da sie in ihrer Angespanntheit und ihrer gleichzeitigen Euphorie den Täter zu fassen, unvorsichtig wurden. Die Totesrate in genau diesem letzten Stadium war enorm, egal ob es sich um Polizisten, Täter oder Opfer handelte. Manchmal kam es sogar vor, dass das Opfer und nicht der Täter von den Cops erschossen wurde, da die Anspannung sich in Panik verwandelte. Wenn das geschah, wurde der Einsatz zu einem unkalkulierbaren Risiko für alle Beteiligten, da es einem Kontrollverlust gleichkam, der dann auch meist in einer wüsten Schießerei endete, da eine Art Kettenreaktion ausgelöst wird, sobald der erst Schuss gefallen war.

Als mir Ron plötzlich ein Handzeichen zum Stehenbleiben gab und in Richtung des Hauses zu sehen, tat ich es ohne eine Sekunde zu zögern. Ich folgte seinem Blick und ein ungutes Gefühl machte sich augenblicklich in mir breit. Die Haustüre stand sperrangelweit offen.

Scheiße! Was ist da los?

Ich nickte meinem Partner zu um ihm zu verstehen zu geben, dass ich es gesehen habe und überlegte einen Moment, bis ich ihm unsere weitere Vorgehensweise mittels Zeichenverständigung übermittelte. Meine Entscheidung alleine vorzugehen, passte ihm nicht im Geringsten, da er vehement seinen Kopf schüttelte und mir ein eindeutiges Zeichen zum Rückzug gab. Jetzt protestierte ich und fackelte auch nicht lange, was einen stummen Aufschrei meines Freundes nach sich zog, als ich mich weiter auf den Weg in Richtung des Hauses machte. Meine Waffe hielt ich jetzt aber schussbereit vor dem Körper in der Hand. Ron folgte mir, wie ich im Augenwinkel wahrnahm und auch er hielt seine Glock feuerbereit in Händen. Meter für Meter kam ich näher und nahm das Innere des Hauses, was ich durch die offene Türe erkennen konnte, in Augenschein und mein anfänglich ungutes Gefühl änderte sich Schritt auf Schritt in eine ernüchternde und niederschmetternde Wahrheit. Wir waren aufgrund des sich mir bietenden Szenarios zu spät gekommen. Ich sah umgestürzte Möbel, überall lagen zersprungene und heruntergefallene Gegenstände auf dem Boden, aber am Schlimmsten war das Blut. Es war einfach überall. An den Wänden, auf dem Fußboden, an der Türe, auf den Holzstufen der Veranda und auch am Geländer waren verwischte Blutfahrer zu erkennen und ich hätte am liebsten laut aufgeschrien, so resigniert fühlte ich mich im Moment. Aber für Unaufmerksamkeit war es noch viel zu früh, also blendete ich meine vorherrschenden Gefühle aus und machte rein nach Schema F mit der Sichtung und der Durchsuchung weiter. Schritt für Schritt kam ich langsam näher und als ich neben den Stufen der Veranda kurz innehielt, lief mein Partner zu mir auf.

„Ich sichere die Gegend, ok?" flüsterte er und ich nickte ihm zu, als er vor mir die Treppe nach oben stieg und sich dann neben der Eingangstüre positionierte.

Erst als er mir einen eindeutigen Wink mit dem Kopf gab, kam ich nach und spähte kurz in das Hausinnere. Dieser Blick dauerte keine Sekunde, aber meinem geschulten Auge reichte es vollkommen um mir einen detaillierten Überblick zu verschaffen. In diesen vier Wänden fand definitiv ein

verzweifelter Kampf auf Leben und Tod statt und nach allem was ich über diesen kranken Bastard wusste, gestand ich Sarah nicht einmal den Hauch einer Chance zu, geschweige denn einer realen Siegeschance. Und so sah es auch aus. Sarah musste nach allem gegriffen haben was sich ihr bot. Obwohl ich versuchte auf nichts zu treten, um die Beweiskette nicht zu manipulieren, gelang es mir nicht und bei jedem zermalmenden Geräusch unter meinen Füßen, fluchte ich innerlich auf. Trotzdem ging ich langsam weiter und als ich in die Küche kam, wurde mir schlecht. Auf dem Fußboden war eine riesige Lache aus Blut und ich ging von einem knappen Liter aus. Hier hatte der Kampf also begonnen, geendet jedoch nicht und ich machte mich weiter auf die Suche nach Sarah. Im Schlafzimmer war alles in Ordnung, wenn man sein Augenmerk nur auf eine Verwüstung eines möglichen Kampfes legte. Der Schrein war alles andere als in Ordnung und Glenns Stimme schlich sich in meine Gedanken, als ich ihm völlig hilflos ausgeliefert war.
Reiß dich gefälligst zusammen und mache deinen Job!
Die Stimme verschwand und ich setzte meine Suche fort. Als nächstes viel mein Interesse auf eine geschlossene Türe, die sich schräg gegenüber des Schlafzimmers befand. Normalerweise nichts ungewöhnliches, wenn man davon absah, dass sonst ausnahmslos alle Türen weit offen standen. Uringeruch, Moder und Schweiß schlug mir entgegen, als ich diese vorsichtig öffnete und ich war mir sicher, dass ich den Ort gefunden hatte, indem Glenn seine Opfer gefangen hielt. Stufe für Stufe stieg ich in den Keller und obwohl ich eigentlich schon mehr als abgehärtet hätte sein müssen, war dieser Anblick immer noch mit Gänsehaut für mich verbunden, da ich die Angst, die Hilflosigkeit und die Schmerzen der Opfer fast spüren konnte, wenn ich ihre Martyriumsstätten sah. Auch diesmal schluckte ich hart, als

ich das ganze grausige Ausmaß überblickte, war aber gleichzeitig auch erleichtert Sarah entgegen meiner Erwartung nicht blutüberströmt und bestialisch ermordet hier unten zu finden. Trotzdem umfing mich auch eine so dermaßene Resignation und Wut, dass ich am liebsten um mich geschlagen hätte. Wir waren so nah dran diesen Dreckskerl zu erwischen und jetzt war er wieder so weit weg, dass ich nicht einmal wusste wo ich ansetzen sollte.
Scheiße, scheiße, scheiße!
Ich steckte meine Glock zurück ins Holster und machte mich auf den Rückweg.

„Keiner drin!" bekannte ich resigniert, atmete tief durch und wollte mein Handy aus der Hosentasche ziehen.
„Dachte ich mir" konterte Ron und ich ließ mein Telefon da wo es war.
Ich folgte ihm, als er langsam die Stufen der Veranda nach unten stieg und dann mit einem Bein auf die Knie ging.
„Die Blutspur führt direkt in den Wald."
Er zeigte mit seinem Finger schräg vor sich und ich folgte ihm mit meinem Blick.
„Und so wie es aussiehst, gehen zwei verschiedene Fußspuren in diese Richtung."
„Zwei?" echote ich und Hoffnung stieg in mir auf als er bestätigend nickte.
„Na dann los."
Wie auf ein unsichtbares Kommando zogen wir fast gleichzeitig unsere Schusswaffen und machten uns auf den Weg. Die Fährtensuchqualitäten meines Partners waren diesmal nicht von Nöten, da die Blutspur auch ein Blinder gefunden hätte. Als er dann aber abrupt stehenblieb und erneut mit einem Bein auf die Knie ging und stirnrunzelnd einen Abdruck begutachtete, wurde ich hellhörig.
„Was ist los?"

Ron schüttelte verwirrt seinen Kopf, stand aber nicht auf.

„Ich weiß nicht, aber diese Spur ist von jemandem der definitiv um die achtzig Kilo wiegt."

Ich wusste nicht auf was er eigentlich hinauswollte und zog die Achseln nach oben, was ihn zum Weiterreden animierte.

„Pete" fing er eindringlich an.

„Die Blutspur ist von Glenn, nicht von Sarah."

Diese Nachricht traf mich wie ein Blitzschlag.

„Von Glenn, bist du dir da sicher?"

„Sag du es mir."

Jetzt beugte ich mich ebenfalls nach unten.

„Du hast Recht, die Spuren sind viel zu tief."

Ron nickte, stand wieder auf und dann kam der Jäger in ihm durch.

„Dieser Dreckskerl ist hinter Sarah her und er wird erst aufgeben, wenn er sie erwischt hat."

Er wollte losrennen, aber ich hielt ihn davon ab.

„Langsam Ron, jetzt den Kopf zu verlieren hat keinen Sinn."

„Verdammt Pete" ging er mich an.

„Dieser Wichser hat keine halbe Stunde Vorsprung und Sarah renn die Zeit davon."

„Das weiß ich auch!"

„Worauf warten wir dann noch?"

Ich wollte sagen, auf nichts, aber zum Glück verfiel ich nicht in das gleiche Jagdfieber wie mein Partner, sondern dachte an unsere Sicherung und zog mein Handy. Noch bevor ich Lars melden konnte, legte ich auch schon los.

„Das Haus ist leer, aber wir verfolgen eindeutige Spuren die in den Wald gehen."

„Gut, dann wartet" folgte sein Befehl, aber ich widersprach.

„Keine Zeit, da Sarah auf der Flucht ist."

„Ihr wartet!" kam strenger und jetzt wurde ich ebenfalls lauter.

„Sarah rennt die Zeit davon und dieser Wichser ist schwer verletzt. Also komm mir jetzt nicht blöd und gib uns dein ok, wenn ich dich schon informiere!"
„Ja gut, aber …"
Den Rest hörte ich nicht mehr, da ich einfach auflegte.

Im Laufschritt jagten wir der Blutspur nach und erst jetzt merkte ich wie angeschlagen ich eigentlich noch war, da ich nicht nur wie ein Schwein schwitzte, sondern auch atmete wie eine alte Dampflock. Es war so schlimm, dass sich mein Partner ein paar Mal nach mir umdrehte, um zu sehen ob alles in Ordnung war. Auch mein Gipsarm machte diese schweißtreibende Angelegenheit nicht unbedingt besser, da ich das Gefühl hatte, dass eine halbe Tonne an meiner Schulter zerrte. Die Verfolgung dauerte jetzt schon fast zwanzig Minuten und nachdem Glenn unter Garantie nicht so schnell auf den Beinen war wie wir, wurden wir etwas langsamer um die Gegend besser taxieren zu können. Und dann sah ich eine Gestalt oder eher einen Arm hinter einem der Bäume hervorblitzen. Ron musste ihn ebenfalls gesehen haben, da wir beide stoppten und in Deckung gingen.
„Das ist er?"
Ich nickte zustimmend und wir einigten uns darauf, ihn von zwei Richtungen aus in die Zange zu nehmen. Ron ging links und ich rechts herum und dann hatten wir ihn, nur waren unsere Positionen diesmal vertauscht, da jetzt er völlig benommen am Boden lag und nicht ich. Glenn rang aufgrund seines Blutverlustes mit dem Tod, aber es war mir egal. Ich brauchte Antworten und zwar jetzt gleich.
„Wo ist sie?" zischte ich und riss ihn ins Hier und Jetzt zurück, indem ich ihm mittig ins Gesicht schlug.
Ron hingegen legte seine schusssichere Weste ab, zog sein Shirt aus und wickelte es zu einer Rolle zusammen.

Glenn stöhnte gequält auf und seine Lebensgeister kamen zurück, als er mich erkannte.

„Ja genau, du Bastard. Ich bin es, der wahre und einzige Meister!" zischte ich und grinste ihn siegessicher an, war aber innerlich zum Zerreisen gespannt.

„Und jetzt wirst du mir sagen, wo Sarah ist."

Glenn fing zu husten an und Ron schob mich ein Stück zur Seite.

„Tot nützt er uns nichts."

Ich machte ihm Platz, da ich nicht wollte, dass er starb. Ich wollte, dass er im Gefängnis mit der Gewissheit verrottete, dass er besiegt wurde und ließ meinen Partner seine Arbeit machen. Routiniert legte er einen Druckverband an, machte diesen mit seinem Gürtel fest, was eine Schmerzwelle in Glenn auslöste und stand dann wieder auf.

„Keine Ahnung ob er es schafft, also beeil dich lieber."

Ich nickte und machte weiter.

„Ich, dein Meister befehle dir mir zu sagen, wo Sarah ist."

Er gab mir keine Antwort, stattdessen schloss er seine Augen und ich schlug ihn erneut.

„Wenn du jetzt stirbst, werde ich dich einfach hier liegen lassen und ich denke du weißt was das bedeutet!"

Panik flackerte in seinen Augen auf.

„Also sag mir wo sie ist, denn nur dann werde ich dir die Erlösung im ewigen Sein schenken."

„Weg" stammelte er und seine Augen begannen zu flattern.

„Oh nein!" schrie ich ihn an.

„So leicht werde ich es dir nicht machen!"

Ich riss ihn gnadenlos auf seine Beine, was seiner Kehle ein tiefes Stöhnen entlockte.

„Also rede endlich mit mir. Wo ist Sarah?"

„Entkommen" kam matt.

„Ist sie verletzt?"

Ein Lächeln zog sich um seine Mundwinkel und meine Frage wurde leider positiv beantwortet.
„Wie schwer?“
„Sie hat …“
Er hustete Blut, welches sich in feinen Spritzern auf meiner Weste verteilte.
„… geschrien … um ihr Leben geschrien.“
Dieser Bastard genoss selbst jetzt noch die Erinnerung daran und ich presste ihn noch fester gegen den Baum.
„Wie schwer?“ schrie ich ihn erneut an, aber es war zu spät. Er verlor sein Bewusstsein und sackte in sich zusammen. Leider konnte ich sein Gewicht aufgrund meiner gebrochenen Hand nicht halten und er fiel zu Boden.

Glenn wurde gerade in Krankenhaus geflogen, als sich Lars neben mich stellte.
„Alles klar?“
Ich schüttelte den Kopf und sah ihn an.
„Sie ist irgendwo hier draußen, ist verletzt, traumatisiert, verängstigt, hat nichts zu trinken oder …“
„Hör auf, Pete.“
Mein Boss sah mich eindringlich an.
„Du bist nicht daran schuld und wir werden sie finden, das garantiere ich dir.“
„Rechtzeitig?“
Lars atmete tief ein.
„Ja Pete, wir werden sie finden. Rechtzeitig, denn hier rennt gerade so alles rum, was wir haben und die Suchhunde treffen in zwei Stunden ein. Aber dein Problem ist jetzt …“
„Ich weiß“ fiel ich ihm ins Wort, da ich es nicht auch noch hören wollte.
Ich musste Mark einweihen, denn es würde nicht mehr lange dauern, bis die Presse Wind von der ganzen Sache bekam

und dann würde es auf allen nur erdenklichen Sendern laufen.

„Der Hubschrauber steht bereit."

Mein Freund sah über meine Schulter.

„Also fliege zurück, sag ihm alles und bringe ihn hier her, ok?"

Ich nickte und machte mich auf den Weg zum Heli, obwohl ich viel lieber bei der Suche geholfen hätte um diesem Gespräch aus dem Weg zu gehen.

Ich zog mich weder um, noch machte ich mich sauber, da ich dass mit Collins so schnell wie möglich hinter mich bringen wollte, aber jetzt, wo ich nur noch durch die Türe zum Verhörraum gehen musste, hielt ich inne und überlegte wie ich es Mark sagen sollte, aber leider gab es ihn diesem Fall absolut keine Beschönigung oder Rechtfertigung für mein Verhalten.

„Was ist hier los?" fragte er mich gereizt, gleich nachdem ich den Raum betrat, aber als ihm mein Aussehen bewusst wurde, fiel er regelrecht in sich zusammen.

„Ihr habt ihn, oder?" kam gebrochen, noch bevor ich überhaupt etwas sagen konnten und ich nickte ihm zu.

„Wo ist er" schrie er und begann auf mich zuzugehen.

„Setz dich bitte" versuchte ich ihn zu beruhigen und hob meine Hand leicht an, aber ich erreichte genau das Gegenteil damit.

„Wo ist dieser miese Dreckskerl?"

Er wollte an mir vorbei, aber ich stellte mich mittig vor die geschlossene Türe des Verhörraumes.

„Bitte Mark, setz dich hin."

Leider zog er aufgrund meiner eindringlichen Bitte jetzt auch noch die falschen Rückschlüsse.

„Meine Frau" kam zitternd und er hielt sich an der Tischplatte fest.

„Ihr habt sie gefunden, oder?"
Tränen der Verzweiflung rannen über seine Wangen und ich fiel mit der Türe ins Haus, da es für diese Enthüllung einfach keinen leichten Weg gab und ich ihn nicht länger im Ungewissen lassen konnte und auch durfte.
„Sarah ist nicht tot, Mark. Deine Frau ist immer noch am Leben."
„Was?" rief er völlig verwirrt, da er seine Gefühle nicht mit dem Gehörten in Einklang bringen konnte.
„Sarah lebt? Aber …"
Er ließ sich auf einen der Stühle fallen und sah kopfschüttelnd zu mir auf.
„Sie lebt?" vergewisserte er sich erneut und als ich dies bestätigte, erhob er sich wieder.
„Wo?" blaffte er.
„Wo ist sie?"
Er wollte den Raum erneut verlassen, aber ich stellte mich ihm in den Weg.
„Setz dich, bitte."
„Setzen?" echote er.
„Ich werde mich garantiert nicht setzen."
„Mark bitte, lass es mich erklären."
„Erklären? Was zum Teufel gibt es da zu er…"
Er verstummte mitten im Satz und dann ging er mich an.
„Was verheimlichst du mir?"
Ich hob die Hände an, aber diese Geste machte ihn nur noch wütender.
„Sag es endlich, du mieser Bastard!"
Mark ging mich körperlich an und obwohl es ein leichtes für mich gewesen wäre seinen Angriff abzublocken, tat ich nichts dergleichen, als er mich an meiner Schutzweste packte und gegen die Wand drückte.
„Egal was du jetzt denkst, aber ich habe es getan um dich zu schützen."

„Sie lebt. Sarah hat die ganze Zeit über gelebt?" zischte er
zornig und ich nickte ihm zu.
„Und du wusstest es?"
Wieder nickte ich und dann kanalisierte sich Marks Wut auf
mich. Zweimal schlug er mir seine Faust ins Gesicht, bevor
ich ihn stoppte.
„Es reicht" zischte ich, sah ihm dabei direkt in die Augen
und gab dann seine Hand wieder frei.
Hilflos wand er sich ab, und fuhr sich abwechselnd mit den
Fingern durch die Haare oder wischte sich seine erneut
laufenden Tränen aus dem Gesicht.
„Wieso hast du mich belogen?" fragte er so dermaßen
anklagend, dass es mir alle Nackenhaare aufstellte.
„Weil ich dir nicht noch einmal sagen wollte, dass deine
Frau tot ist, wenn die Suche ins Leere geht."
„Du hattest aber kein Recht dazu!" spie er mir entgegen und
ballte seine Hände zu Fäusten.
„Ich weiß" gestand ich, setzte mich hin und gab ihm zu
verstehen es mir gleichzutun.
„Verpiss dich!" kam als Antwort und ich schlug genervt auf
den Tisch.
„Seit Tagen reiße ich mir den Arsch für dich auf, also halte
endlich deine Klappe und setz dich verdammt nochmal hin,
denn es ist noch nicht vorbei!"
Das hatte gesessen und endlich kam Mark meiner Bitte
nach. Ich gab ihm einen kurzen Abriss von allem und als ich
endete war er weiß wie die Wand.
„All die Monate hatte er sie in seiner Gewalt?"
„Ja, das hatte er."
„Und jetzt ist sie auf der Flucht?"
„Ja."
„Wie schwer ist Sarah verletzt?"
Seine Stimme wurde immer brüchiger.

„Ich weiß es nicht, ehrlich Mark" beteuerte ich, als er mich kopfschüttelnd ansah.

„Ich weiß nur, dass wir sie finden müssen. Schnell finden müssen, da sie weder etwas zu essen noch passende Kleidung besitzt."

„Passende Kleidung?" hakte er nach und ich klärte ihn auf.

„Die nächtlichen Temperaturen, sie fallen verdammt weit nach unten und ich glaube nicht, dass Sarah eine Jacke oder ähnliches bei sich hat."

Er nickte verständig.

„Und jetzt?"

„Jetzt möchte ich, dass du mitkommst und uns hilfst."

Mark schrie sich bereits seit Stunden die Seele aus dem Leib, indem er immer wieder ihren Namen rief. Mittlerweile war sie nur noch ein heiseres Kratzen, aber er dachte gar nicht daran aufzuhören.

„Er klappt zusammen, wenn er so weitermacht" warnte mich Lars, als ich von meiner Suche zurückkam, da es bereits zu dämmern begann und unsere Chance Sarah zu fingen gegen null sanken, da die Sicht immer schlechter wurde.

„Und wirklich nützlich ist er auch nicht, wenn er sinnlos in der Gegend herumstolpert."

„Sei nicht unfair" nahm ich Mark in Schutz.

„Denn ich denke nicht, dass einer von uns rational denken würde, wenn es um unsere Liebste ginge, oder?"

„Nein" knurrte er und sah wieder auf den Plan, der vor ihm auf dem kleinen Behelfstisch lag.

„Hier, hier und hier sind wir durch."

Er zeigte auf Planquadrat eins und zwei im Westkorridor und auf Nummer eins im Nord-West Flügel.

„Hier und hier haben wir bis jetzt noch nichts gefunden, aber die beiden Staffeln sind noch nicht bis zum Ende hin durch."

Jetzt war der komplette Osten gemeint.

„Brechen sie ab, oder …“

„Nein“ fiel mir mein Boss ins Wort.

„Sie wollten noch etwa eine Stunde lang weitermachen.“

„Bei dem Licht?“

„Sie haben die Hunde dabei.“

Ich atmete tief ein, während Lars alle drei Felder als durchsucht deklarierte.

„Die Hundeführer meinten, dass die Hunde bereits anschlagen hätten müssen, wenn Sarah in diesem Quadranten gewesen wäre.“

„Scheiße“ fluchte ich leise vor mich hin und stützte mich mit beiden Händen am Tisch ab.

„Wie lange sind die Pressegeier schon da?“ fragte ich mit geschlossenen Augen.

„Gegen Mittag kamen die Ersten.“

„Wie die Fliegen um die Scheiße!“

Ich stellte mich wieder hin und nahm das Wasser, welches mir Lars entgegenhielt.

„Hunger?“

Ich schüttelte den Kopf, drehte die Flasche auf und trank diese fast leer.

„Hast du heute überhaupt schon etwas gegessen?“

„Nein Dad“ zog ich ihn auf und er verdrehte die Augen.

„Aber danke der Nachfrage“ wiegelte ich versöhnlich ab und gab ihm die Flasche zurück.

„Ich klemme mir Collins unter den Arm und suche weiter.“

„Das bringt doch nichts mehr.“

„Ich weiß, aber was glaubst du wie er reagiert, wenn er feststellt, dass wir für heute aufhören?“

Lars nickte verständig.

„Und den Aßgeiern will ich nicht auch noch eine Story liefern, wenn er deswegen völlig ausflippt.“

„Ist gut, aber bitte nicht die ganze Nacht, denn ich brauche den Psychofreak in dir, wenn wir sie gefunden haben."
Ich schlug meinem Freund gespielt empört über diese Betitelung gegen seine linke Flanke und sah im Augenwinkel, dass er leicht zu grinsen anfing, als ich mich auf den Weg zu Mark machte.

21

„Gib mir das Messer, kleine Sarah" widerholte er und ich ging zitternd auf ihn zu.

„So ist es gut. Tu was dein Meister dir sagt" verhöhnte er mich, als ich es ihm in seine ausgestreckte Hand legen wollte und ich wich zurück.

Er tötet dich. Grausam und qualvoll.

Das Gefühl als das Messer in sein Fleisch drang war schrecklich und als ich zu meiner Hand sah, quoll Glenns Blut über meine Finger, die immer noch den Griff umschlossen. Die Klinge war nicht mehr zu sehen, so tief steckte sie fast mittig in seinem Unterbauch.

Oh Gott, was hast du getan?

Geschockt wich ich zurück, ließ das Messer jedoch nicht los und das schmatzende Geräusch, als die Klinge den Körper wieder verließ, ging mir durch und durch und ich ließ vor Schreck meine Waffe fallen.

Glenn taumelte und sah immer wieder zwischen mir und seiner stark blutenden Wunde hin und her.

„Was hast du getan?" zischte er, fiel auf seine Knie und schrie stöhnend auf.

Obwohl er seine Hand auf seine Verletzung presste, quoll das Blut unaufhaltsam heraus und ich war unfähig zu reagieren. Wie gelähmt stand ich nur da und sah abwechselnd auf meine blutverschmierten Hände und die immer größer werdende Blutlache, in der mein Peiniger kniete. Doch dann griff er nach dem Messer, drehte es in seiner Hand, stand mit einem gequälten Stöhnen auf und dann umspielte, trotz seiner starken Schmerzen ein süffisantes Grinsen seine Mundwinkel.

„Sarah, Sarah, Sarah" fing er in diesem ekelhaften Singsang an.

„Das hättest du nicht tun dürfen."

Er machte einen Schritt auf mich zu und obwohl alles in mir schrie wegzulaufen, blieb ich wie versteinert stehen, da ich nur noch auf das blutbeschmierte Messer starren konnte. Glenn kam näher und näher, obwohl ihm jeder Schritt höllisch wehtat. Schweißperlen standen ihm auf der Stirn und er atmete hörbar und gepresst ein und aus. Obwohl ich wusste was er vorhatte, konnte ich mich nicht bewegen.

Und dann stach er zu, in die linke Seite, auf Höhe der Taille, genau dorthin wo er noch vor wenigen Minuten sagte, dass diese Stelle nicht tödlich sei, sondern nur dafür da war, um seinem Opfer größtmögliche Schmerzen zuzufügen. Auch war es die gleiche Stelle, wie auch schon damals, als er mich entführte. Ich schrie stöhnend auf, da ich dachte ich würde innerlich in Flammen stehen und spürte gleichzeitig Glenns abgehackten Atem an meinem Hals, so dicht stand er mir gegenüber.

„Siehst du, kleine Sarah. Du kannst mir nicht entkommen."

Er zog das Messer wieder heraus, was sich um ein vielfaches schmerzhafter anfühlte, als der Stich an sich und ich ging aufgrund dessen einen Schritt zurück.

„Nicht einmal jetzt."

Er wollte mich im Nacken packen um es zu Ende zu bringen, aber ich schaffte es gerade noch zurückzuweichen. Seine erneute Messerattacke ging ins Leere und endlich löste sich meine Schockstarre und ich fing zu rennen an. Unkontrolliert warf ich alles was mir zwischen die Finger kam hinter mich und es war mir völlig egal um was es sich handelte. Stühle, Beistelltische, Vasen, Dekoartikel einfach alles war mir Recht, nur damit ich ihn in seiner Verfolgung bremste. Die rettende Haustüre kam mir näher und näher und als ich den Knauf umschloss, ließ er sich zwar drehen, aber die Türe ging nicht auf.

Nein, das kann nicht sein. Sie ist offen. Sie ist immer offen.

Tränen der Verzweiflung liefen mir über die Wangen und ich sah panisch zurück. Meine Hand löste ich aber nicht vom Knauf und ich spürte wie ich verzweifelt daran rüttelte, als ich Glenn sah. Er stand wie ein Dämon inmitten des Raumes und sah mich mit finsterer Miene an. Seine Wunde blutete immer noch sehr stark und er hinterließ, egal was er auch anfasste, einen blutigen Abdruck.

„Ich bin der Meister" zischte er keuchend.

„Und ich alleine werde es beenden."

Unaufhaltsam kam er näher und näher. Trotz seiner Verletzung dachte er nicht daran aufzugeben, ganz im Gegenteil sogar.

Wieder drehte ich am Knauf und wieder ging die Türe nicht auf. Erst als ich zu schreien anfing und mein ganzes Gewicht einsetzte, sprang diese auf. Noch einmal sah ich zurück zu meinem Entführer und dann rannte ich um mein Leben, denn Glenn würde niemals aufhören mich zu jagen, egal wie schwer er auch verletzt war.

Ich schreckte aufgrund eines Geräusches zusammen und der einsetzende Schmerz traf mich wie ein Faustschlag in die Magengrube. Stöhnend krümmte ich mich und sah auf meinen behelfsmäßigen Verband, den ich mithilfe meines Pullovers gemacht hatte, nachdem das Haus aus meinem Sichtbereich verschwunden war. Immer wieder sah ich zurück, da ich damit rechnete, dass Glenn auftauchte. Er tat es zum Glück nicht und trotzdem verlor ich keine Zeit damit mich auszuruhen. Flucht war alles was mich beherrschte und ich rannte weiter. Leider blutete ich immer noch leicht und die Schmerzen wurden von Stunden zu Stunde schlimmer. Mittlerweile war ich auch körperlich so dermaßen am Ende, dass ich nur noch schlafen wollte, aber das konnte ich nicht. Nicht solange ich nicht wusste, wo Glenn war. Immer wieder tauchte sein Bild vor mir auf, als er mich hasserfüllt ansah und es trieb mich regelrecht weiter, bis ich vor etwa fünf Minuten hinfiel und einfach liegenblieb.

Reiß dich zusammen und lauf weiter.

Alleinig das Aufstehen brachte mich an den Rand meiner Belastbarkeit, aber dann musste ich plötzlich an einen Tag meiner Gefangenschaft zurück denken. Es war bereits in den ersten Wochen und ich wollte aufgeben, da ich keinen Sinn mehr in meinem Leben sah. Ich hatte schreckliche Rückenschmerzen, da die Matratze so dermaßen durchgelegen war, dass ich nicht mehr darauf liegen konnte und mein Aktionsradius so dermaßen beschränkt war, dass ich nicht einmal in eine aufrechte Position kam, geschweige denn ein paar Schritte gehen konnte, um mir die Beine zu vertreten. Auch die Schmerzen aufgrund dieses Eisenringes waren zur Unerträglichkeit angeschwollen. Es tat einfach alles weh und ich überlegte ernsthaft wie ich meinem Leben ein Ende setzen konnte. Ich hatte meine Chance nur darin gesehen mich selbst zu erdrosseln, indem ich mich hinkniete und mich dann einfach nach vorne fallen ließ. Ich tat es, aber als ich kurz davor war ohnmächtig zu werden, sah ich das Gesicht meines Mannes. Im wahrscheinlich letzten Moment besann ich mich eines besseren und auch jetzt war ich nicht bereit aufzugeben. Ich musste für meinen Mann durchhalten, da er, wenn ich starb, sein restliches Leben im Gefängnis verbringen musste. Nur dieser eine Gedanke ließ mich das alles durchstehen und wenn ich jetzt aufgab, auf der Zielgeraden aufgab, war mein monatelanges Leiden völlig umsonst.

Ich halte durch. Ich gebe nicht auf. Niemals.

Ich fror schrecklich und löste vorsichtig den Knoten meines Pullovers, denn ich wie eine Schärpe um meine Taille gebunden hatte, um die Blutung zu stillen. Es war so dunkel, dass ich meine Wunde nicht sehen konnte und ich taste vorsichtig mit meinen Fingerspitzen danach. Zum Glück blutete sie nicht mehr und bevor ich den wärmenden Pulli anzog, riss ich erst mein T-shirt mithilfe meiner Zähne auseinander, knotete die einzelnen Teile zusammen und erstellte somit einen erneuten Verband. Erst als dieser saß, zog ich den Pulli über und schlang meine Hände fest um meinen Oberkörper. Es war mittlerweile stockdunkle Nacht, also beschloss ich einfach hier zu bleiben. Völlig zusammengekauert lehnte ich gegen einem der unzähligen Bäume, wagte es aber nicht meine Augen zu schließen, da ich jedes Mal nur Glenn vor mir sah. Bis jetzt waren es immer seine bösen Augen, die mich bis aufs Mark erschreckten, aber jetzt war es seine Entschlossenheit die mir Angst machte. Glenn würde niemals aufgeben mich zu jagen, also durfte ich das auch nicht. Die ganze Zeit über war meine Flucht mein einziges Ziel, aber jetzt hatte ich noch eines. Mark war mein Ziel und ich würde ihn ebenso wenig aufgeben, wie meine Fluchtgedanken. Sie hielten mich am Leben, ließen mich alle Ängste, Demütigungen und Schmerzen durchstehen und jetzt übernahm diesen Part mein Ehemann.

Ich liebe dich und ich werde nicht aufgeben. Nicht jetzt, nicht nach alledem.

„Sarah … Sarah.“
Ich schreckte nach oben und lauschte.
„Sarah … Sarah.“
Oh nein, bitte nicht.
Ich fing zu weinen an, sprang gleichzeitig auf, presste meine Hand auf meine Wunde und obwohl ich keine zwei Meter weit sehen konnte, trieb ich meinen Körper weiter. Meine Verzweiflung und Panik gab mir Kraft und ich hörte erst wieder zu rennen auf, als seine Stimme nicht mehr zu hören

war. Dafür hörte ich jetzt etwas anderes und schöpfte neuen
Mut, da ich jetzt zumindest meinen Durst stillen konnte.
Du kriegst mich nicht. Lieber sterbe ich.

22

„Mark.“

Er reagierte überhaupt nicht.

„Mark, jetzt sei doch vernünftig“ versuchte ich es noch einmal und er blieb endlich stehen, aber aus der falschen Motivation heraus.

„Vernünftig? Ich soll vernünftig sein?“

Er kam mit geballten Fäusten auf mich zu.

„Er hat sie gequält und du sagst mir jetzt ich soll vernünftig sein?“

„So habe ich es nicht gemeint und das weißt du auch“ verteidigte ich mich, da Collins mir ganz offensichtlich die kalte Schulter zeigte und mich dieser Umstand mehr verletzte als ich zugeben wollte.

„Gar nichts weiß ich, denn du …“

Weiter kam er nicht, da er plötzlich zu Boden ging.

„Scheiße!“ fluchte er und rappelte sich augenblicklich wieder nach oben.

Trotz der angespannten Situation die zwischen uns herrschte, konnte ich mir ein Schmunzeln nicht verkneifen, da er sein Gleichgewicht nur deshalb verlor, weil wir nicht einmal mehr unsere eigene Hand vor Augen sahen, so finster war es um uns herum. Nur der Schein unserer Taschenlampen ließ uns erahnen was vor uns lag, aber sobald der Lichtkegel nicht mehr direkt auf unsere Füße gerichtet war, tappten wir regelrecht im Dunkeln. Also versuchte ich es erneut.

„Wir suchen weiter, sobald es wieder hell wird. Aber jetzt haben wir nicht …“

„Ich kann aber nicht aufhören, verstehst du das denn nicht?“

Obwohl ich sein Gesicht nicht erkennen konnte, wusste ich, dass er kurz vor einem Nervenzusammenbruch stand, da seine Stimme, trotz seiner Wut nur noch brüchig war.

„So hilfst du ihr aber nicht."

„Das weiß ich, aber ..."

Er brach ab und sprach dann monoton weiter.

„Ich habe gehört, was dieser Dreckskerl meiner Sarah alles angetan hat und ich denke, das ist nur ein Bruchteil von dem, was sie wirklich durchleiden musste. Sie ist durch die Hölle gegangen und jetzt ist sie irgendwo da draußen und hat immer noch Angst, schreckliche Angst, obwohl ich sie in meinen Armen halten und ihr sagen könnte, dass sie in Sicherheit ist."

Wieder versagte seine Stimme und dann sprach er es aus.

„Sie ist in Sicherheit, Pete und sie weiß es nicht."

Er fing zu weinen an.

„Sie weiß es nicht" wiederholte er verzweifelt, da er insgeheim sich die Schuld für alles gab und ich legte ihm meine Hand auf die Schulter.

„Ich verspreche dir, dass ich der Erste sein werde der morgen früh weitersucht, aber jetzt sind uns die Hände gebunden. Also bitte ich dich inständig mit mir zurückzugehen, damit wir morgen früh keine Zeit damit verschwenden müssen, dich auch noch zu suchen."

Er blieb stumm und ich richtete meinen Lichtkegel der Lampe so, dass er mein Gesicht sehen konnte.

„Mark bitte, ich bin fertig. Aber ich kann dich hier nicht alleine herumstolpern lassen."

„Warum nicht?"

„Weil dich deine Frau zwingend braucht, wenn wir sie finden. Also sei vernünftig und komm mit mir zurück."

Wie erwartet fruchtete meine Manipulation und er gab seinen Widerstand auf.

„Wie geht es ihm?" wollte mein Partner wissen, nachdem ich nach fast drei Stunden Rückmarsch endlich mit Collins zurückkam.

„Willst du darauf wirklich eine Antwort?“
Ron schüttelte den Kopf.
„Wie kalt wird es?“
„Laut Wetterdienst zwischen zwölf und acht Grad.“
„Scheiße!“
Mein Partner nickte.
„Eine Nacht schafft sie“ versuchte er mich zu beruhigen und
ich warf ihm einen vernichtenden Blick zu, sodass er sofort
seine Hände nach oben nahm.
„Sorry“ entschuldigte er sich und ich fuhr mir mit beiden
Händen übers Gesicht und gähnte.
„Leg dich hin.“
„Und du glaubst das bringt was?“ blaffte ich ihn an.
„Nein, mein Lieber“ schoss er zurück.
„Aber vielleicht zügeln deine galoppierenden Gehirnzellen
wenigstens etwas die Geschwindigkeit.“
„Vielleicht“ lenkte ich ein, da ich meine schlechte Laune
gerade an ihm ausließ und hob gleichzeitig meinen
gebrochenen Arm in die Höhe.
„Schlimm?“
„Höllisch, ich habe das Gefühl er platzt gleich.“
Ron schmunzelte.
„Ich denke, dass der Arzt mit Schonung auch nicht
unbedingt eine vierzehnstündige Suche im Wald gemeint
hat.“
„Vermutlich nicht.“
„Dann höre bitte einmal auf mich und gönne wenigstens
deinem Körper eine …“
Er sah auf seine Uhr und legte stöhnend seinen Kopf in den
Nacken.
„Eine dreistündige Auszeit.

Die Dämmerung brach um vier Uhr dreiundfünfzig an und
obwohl ich keine Sekunde geschlafen hatte, wollte ich keine

Zeit mehr verlieren und setzte mich auf. Mein erster Blick galt Mark. Er lag keine drei Meter von mir weg und als ich genauer hinsah, konnte ich sehen, dass er nicht schlief. Stattdessen rannen Tränen über seine Wangen, die er fahrig wegputzte, als er meinen Blick bemerkte.
„Morgen" begrüßte ich ihn, als ich anfing meine Schuhe zuzubinden und er nickte mir zu.
Wenigstens war die Feindseligkeit in seinem Blick verschwunden, die gestern noch aus all seinen Poren sprühte, wenn sich unsere Blicke kreuzten oder ich es auch nur im Ansatz wagte es ihm erklären zu wollen.
„Es tut mir aufrichtig leid, aber ich dachte, dass es das Richtige ist und das denke ich, wenn ich ehrlich bin sogar immer noch."
Wieder folgte nur ein Nicken und als er seinen Blick abwandte, verließ ich mein Behelfsbett in Form einer Isomatte und eines Schlafsackes, das ich beides immer griffbereit im Auto liegen hatte. Zum Glück brauchte ich diese Dinge extrem selten, da ich nicht unbedingt ein Fan vom im Freien schlafen war und meine steifen Glieder bestätigten diese Abneigung ebenfalls.
„Finde sie" hörte ich Marks Stimme plötzlich, die immer noch heiser vom vielen Rufen klang, als ich versuchte meine Nackenmuskulatur zu lockern, indem ich meinen Kopf hin und her drehte.
„Bitte Pete. Finde meine Frau" bat mich Collins erneut innständig, als ich meinen Kopf anhob und ihn direkt ansah.
Auch er stand mittlerweile und ich ging zu ihm rüber, da ich wollte, dass meine nächsten Worte überzeugend waren und Mark sie nicht nur als lapidar daher gesagte Phrase empfand.
„Ich gebe nicht auf und ich finde sie, das verspreche ich dir."
„Danke" kam gebrochen, da er mit seiner Fassung kämpfte.
„Nicht dafür."

Ich wollte gehen, da er seinen Kampf mit den Tränen verlor und ich ihn alleine lassen wollte, doch er hielt mich zurück, indem er mich am Handgelenk festhielt. Trotz dieser Geste haderte er mit sich, ob er sagen sollte, was ihn beschäftigte.

„Ich weiß" fing ich statt seiner an und legte ihm meine Hand auf die Schulter.

„Aber ich konnte es dir einfach nicht sagen, da …"

Ich brach ab, da es egal wie ich es auch drehte und wendete eine Lüge war. Eine Lüge für die ich jetzt gerade stehen musste.

„Ich habe diese Entscheidung bewusst getroffen" gestand ich unverblümt.

„Weil ich es für das Humanere hielt."

Mark schüttelte seinen Kopf, aber er sagte nichts dazu und ich brachte es auf den Punkt.

„Ich habe dich eiskalt belogen, mehrfach sogar, das möchte ich gar nicht bestreiten oder schönreden und ich gebe ebenfalls zu, dass dies nicht meine einzige Motivation war. Ganz im Gegenteil sogar."

Jetzt besaß ich seine volle Aufmerksamkeit.

„Ich hatte Angst, dass du ausrastest, wenn ich dir sage, dass ich denke, dass deine Frau noch am Leben ist und dann alles den Bach runter geht."

Dieser Satz traf ihn wie eine schallende Ohrfeige und trotzdem blieb er stumm.

„Ich hatte einfach zu wenig, als dass ich es verlieren konnte. Dafür möchte ich mich aufrichtig bei dir entschuldigen. Für alles andere jedoch nicht und ich hoffe, dass du diese Entscheidung von mir auch irgendwann verstehen kannst."

„Also Leute" fing Lars an und alle Staffelführer stellten sich um den Tisch und warteten, dass er weitersprach.

„Diese Stellen haben wir gestern durchsucht."

Er fuhr mit seiner Hand über alle rot markierten Planquadrate.

„Aber die hier haben wir noch vor uns."

Jetzt zeigte er auf Planquadrat eins und zwei im Norden und auf das Letzte welches sich im Nordosten befand.

„Haben die Hunde gestern irgendwo angeschlagen?"

„Ja Sir" meldete sich ein etwa dreißigjähriger Mann, den ich vom Namen her nicht kannte und ich sah auf seine Uniform. LT. A. Packert stand darauf und seinem Rang und dem relativ jungen Alter nach, musste er entweder verdammt gut sein oder er kannte die richtigen Leute.

„Break hat hier und hier einmal angeschlagen."

Er deutete beide Male auf ein Gebiet, das im Nord-West Quadranten lag.

„Aber dann verlor sich die Spur wieder."

„Warum?" hakte ich nach und Packert sah mich irritiert an.

„Wahrscheinlich wegen des Wassers" kam nach einer kurzen Pause.

„Haben sie daraufhin das Ufer absuchen lassen?" fragte ich weiter und Packert legte seinen Kopf leicht schief, da er sich durch meine Frage angegriffen fühlte.

„Natürlich Sir, denn ich mache das nicht zum ersten Mal" blaffte er zurück.

„Und?"

„Nichts und, die Spur war kalt."

Ich sah auf die Karte und überlegte einen Moment.

„Haben sie auch außerhalb ihres Suchradius weitergemacht?"

„Ja Sir."

„Können sie mir sagen wie weit?"

„Ja."

Jetzt deutete er auf Nord eins.

„Bis hier in etwa."

„Und?"

„Leider nichts, deshalb bin ich mit Break wieder zurück.“
„Wie war das Gelände?“
Packert überlegte kurz.
„Eben, eher abschüssig.“
„Irgendwelche erkennbaren Wege oder Pfade?“
„Nein Sir, ab hier wurde es verdammt dicht.“
„Dicht in Form von undurchsichtig und gut versteckbar?“
Jetzt begriff er auf was meine Fragen abzielten.
„Ja Sir.“
„Würden sie dorthin laufen?“
Es wunderte ihn, dass ich Wert auf seine Meinung legte und
er zögerte einen Moment, antwortet mir aber dann doch,
ohne dass ich meine Frage anders formulieren musste.
„Ja Sir, wenn ich um mein Leben rennen müsste, dann wäre
genau das mein Ziel.“
„Gut Packert, dann fangen wir beide genau dort an.“
Ich zeigte auf die Stelle, wo nach seiner Aussage der Hund
angeschlagen hatte.

„Sarah“ rief ich zum gefühlten hundertsten Mal und Packert
schüttelte seinen Kopf.
„Tut mir leid, Sir. Aber hier ist nichts.“
„Pete“ sagte ich trocken, damit er endlich aufhörte, bei jeder
Frage die ich ihm stellte, mich mit Sir zu betiteln und blieb
stehen.
„Reily“ kam zurück und wir beide sahen uns resigniert um.
„Kann es sein, dass der Hund …“
Weiter kam ich nicht, da er mir wie aus der Pistole
geschossen antwortete.
„Nein.“
Ich hob meine Hände entschuldigend nach oben und fuhr
mit resigniert durch die Haare. Reily hingegen trieb seinen
Hund weiter mit Suchparolen an.
„Die wievielte Suche ist das schon?“

„Der fünfte Einsatz."
„Ist er dein Hund."
Packert fing zu lachen an.
„Na klar ist Break mein Hund, denn anders würde es gar nicht funktionieren."
„Inwiefern?"
„Du hast keine Ahnung von Hunden, oder?"
Ich lachte auf.
„Nein und wenn ich ehrlich bin, weiß ich auch von allen anderen Tieren nicht das Geringste."
„Ist nicht so deines, oder?"
Ich schüttelte den Kopf.
„Menschen aber auch nicht unbedingt."
Ich war überrascht über seine Offenheit und er ruderte augenblicklich zurück, als ich ihn mit hochgezogener Braue ansah.
„Sorry, ich wollte dir nicht zu nahe treten."
„Nein, alles klar" beruhigte ich ihn.
„Es wundert mich nur, dass es so offensichtlich ist. Da ich mich wirklich bemühe."
Reily lachte auf.
„Nein, es ist nicht offensichtlich" beruhigte er jetzt mich und ich wurde neugierig.
„Warum ist es dir dann aufgefallen?"
„Ich habe die Artikel gelesen, die vor ein paar Monaten über dich in der Zeitung standen."
Ich verdrehte die Augen.
„Glaub nicht alles was du liest!"
Reily lachte herzhaft auf, verstummte aber augenblicklich als Break zu bellen begann und sich plötzlich auf seine Hinterbeine setzte.
„Guter Hund" lobte er ihn augenblicklich und hob einige hellblaue Stofffasern in die Höhe.
„Sie war hier."

„Wann?" wollte ich ungeduldig wissen und mein Gegenüber verdrehte die Augen.

„Ich bin Hundeführer und kein Hellseher. Ich kann dir nur sagen, dass diese Sarah hier war."

„Gut und jetzt?"

„Jetzt suchen wir weiter. Bist du bereit?"

Ich nickte, obwohl ich nicht wusste warum er mir diese Frage stellte. Keine zwei Minuten später war es mir dann aber sonnenklar, denn jetzt ging unsere Suche im Laufschritt weiter, da Break wie ein Wilder an der Leine zog und bellte, bis wir an einem kleinen Bachlauf zum Stehen kamen. Der Hund suchte akribisch rechts und links die Gegend des Uferbereiches ab, aber die Spur war weg.

„Guter Hund" lobte ihn Reily und strich ihm über seinen Kopf.

„Sie muss im Wasser weitergegangen sein."

„Sicher?"

„Ich nicht, aber Break."

Er sah flussabwärts.

„Ich lasse ihn weiter unten suchen, vielleicht findet er die Spur wieder."

Ich nickte.

„Gut, dann lass ich in der Zwischenzeit alle hier antanzen, denn heute gehe ich erst hier weg, wenn wir Sarah gefunden haben."

Seit eineinhalb Stunden suchten die Hunde bereits akribisch das Flussufer ab, aber keine Spur tat sich auf den nächsten zwei Meilen auf. Auch unsere Rufe ergaben nichts und als Packert zurückkam sprach sein Gesichtsausdruck Bände und ich fluchte leise vor mich hin.

„Kann es sein, dass die Hunde die Fährte nicht mehr aufnehmen können?"

„Wenn sie im Wasser weitergelaufen ist, dann ja."

Er sah in Richtung des Baches.

„Das Wasser hat keine zehn Grad und trotzdem bin ich mit Break vier Meilen abgelaufen."

Jetzt schüttelte der verständnislos den Kopf.

„Diese Kälte hält doch niemand so lange aus."

„Sie schon" antwortete ich tonlos, aber völlig überzeugt.

„Denn sie ist monatelang durch die Hölle gegangen ohne aufzugeben."

Ich hatte diesen Satz noch nicht einmal richtig ausgesprochen, als mir die Erkenntnis kam.

Oh nein, so eine verdammte Scheiße!

Ohne eine Erklärung in Richtung Packert abzugeben, fing ich lauthals zu fluchen an und rannte los.

„Du musst alle abziehen" rief ich Lars schon von weitem entgegen.

„Und zwar sofort!"

„Bitte was?" hakte er nach, als ich neben ihm zum Stillstand kam.

„Vertrau mir und zieh sie ab. Ich will nur Packert, Mark, Ron, zwei Sanitäter und dich hier haben. Der Rest muss sofort hier weg."

Lars nahm das Funkgerät vom Tisch und sah mich ungläubig an.

„Ich hoffe du weißt was du tust!"

„Weiß ich" bestätigte ich und er kam meiner Bitte unverzüglich nach.

Nach einer knappen halben Stunden waren bis auf meine gewünschten Personen alle weg, sogar die Presse hatte Lars ins Nirwana verbannt und ich fing an sie aufzuklären, hielt mich aber akribisch an Mark, da ich ihn jetzt zwingend brauchte.

„Sarah hat Angst, panische Angst, aber ihr Überlebenswille ist ungebrochen und genau aus diesem Grund mussten alle hier weg."

„Das ist doch Blödsinn!" blaffte er mich an, aber ich ließ mich nicht aus der Ruhe bringen.

„Bitte, lass es mich erklären."

Ich wartete bis ich sein verbales Einverständnis erhielt, bevor ich mit meinen Ausführungen fortfuhr.

„Sarah ist hier und ich bin mir sicher, dass sie uns auch schon gehört hat."

„Warum kommt sie dann nicht?"

„Weil sie denkt, dass es ihr Entführer ist."

„Aber …"

Mark sprach nicht weiter, da ihm gerade alles zu viel wurde, aber gerade jetzt brauchte ich seine Mithilfe.

„Mark bitte, hör mir zu."

Ich stellte mich direkt vor ihn und wartete, dass er mich ansah.

„Seit Monaten dreht sich für deine Frau alles um diesen Bastard. Einfach alles hielt er in Händen, er ist ihr ganzer und einziger Lebensinnhalt geworden. Sogar ihre Gedanken kreisen nur noch um diese eine Person, verstehst du das?"

Er nickte, obwohl ich genau sah, dass er es nicht verstand. Ron und Lars dagegen schon, da beide ihre Augen schlossen und den Kopf leise stöhnend in den Nacken legten. Sarah litt unter einer Fixation, die aufgrund unzureichender körperlicher und geistiger Bedürfnisbefriedigung stattfindet. Glenn war alles was sie in ihrer Gefangenschaft zu Gesicht bekam und war dadurch zu ihrem ganzen Lebensinhalt geworden. Menschen die unter dieser Fixierung litten, blendeten alles aus, da aus ihrem Blickwinkel heraus nur noch diese eine Person existierte, vergleichbar wie die kranke Obsession eines Stalkers.

„Sarah denkt, dass wir alle „er“ sind und genau deshalb wird sie niemals aufhören sich zu verstecken.“

„Er? Aber …“

Mark schüttelte den Kopf und ich wechselte einfach das Thema, da ich keine Zeit mehr verlieren wollte.

„Vertraust du mir?“ fragte ich unverblümt und sah Mark dabei direkt in die Augen.

Er erwiderte meinen Blick und einige Sekunden später kam eine positive Resonanz und ich ging aufs Ganze.

„Ich finde sie, heute noch, aber das schaffe ich nur, wenn du jetzt genau das tust, was ich dir sage.“

Er nickte.

„Deine Frau ist seit Monaten völlig alleine und auf sich selbst gestellt. Sie wird niemandem vertrauen, außer sich selbst und ihren Erinnerungen.“

„Erinnerungen?“

„Ja Mark, Erinnerungen.“

Ich legte ihm meine Hand auf die Schulter.

„Ich werde dir jetzt ganz genau erklären was du tun musst, ok?“

Er nickte erneut.

„Und egal wie schwer es dir auch fällt, du musst dich jetzt genau an meine Vorgaben halten, verstanden?“

Wieder kam ein Nicken und ich konnte nur hoffen, dass er es auch wirklich verstand. Denn wenn er die Nerven verlor, würden wir noch Tage nach ihr suchen. Tage die Sarah nicht hatte.

23

Ich hörte ihn immer wieder meinen Namen rufen, manchmal war seine Stimme so laut und deutlich zu hören, dass ich mich nicht einmal mehr zu atmen traute, aus Angst er findet mich. Meine Beine waren bereits taub, aber ich zwang mich im Wasser weiterzugehen, um ja keine sichtbaren Spuren zu hinterlassen. Seine Rufe wurde leiser und verschwanden dann wieder. In der Ferne hörte ich einige Hunde bellen, aber sie hallten aus genau der Gegend herüber, wo sich auch Glenn aufhielt. Also ging ich weiterhin in die entgegengesetzte Richtung, bis ich plötzlich Marks Stimme hörte.

„Sarah … Liebling … Ich bin es."

Ich blieb stehen und lauschte in die Stille hinein und dann hörte ich ihn wieder.

„Wir haben uns zum ersten Mal in dem Café an der Mainstreet gesehen, weißt du noch?"

Natürlich weiß ich das noch. Wie könnte ich das denn vergessen.

„Ich habe dich umgerannt und du hast mir nachgerufen, dass ich ein borniertes Ekel bin."

Ich blieb kurz stehen, bis mich mein Verstand weitertrieb.

Das ist nicht Mark. Das ist er. Also geh gefälligst weiter.

„Ich habe dann draußen auf dich gewartet" sprach Glenn weiter.

„Und soll ich dir etwas sagen, ich war wirklich nervös, weil du so dermaßen sauer warst als du auf mich zugegangen bist. Ich dachte im ersten Moment, dass du mir deinen Kaffee einfach ins Gesicht kippen würdest."

Das wollte ich auch.

Ich erschrak vor meinen Gedanken und ging automatisch schneller.

Nein, nein, nein! Das ist nicht Mark. Das ist er! Mark ist im Gefängnis.

„Aber ich hatte Glück, du hast den Kaffee getrunken und dann habe ich dich gefragt, ob du mit mir ausgehen möchtest. Weißt du noch wo wir hingegangen sind?"
Ins Monte Carlo. Wir waren im Monte Carlo.
Ich spürte Tränen die mir über die Wangen rannen und putzte diese fahrig weg.
Hör nicht auf ihn. Bitte hör nicht auf ihn. Er ist es nicht. Mark ist im Gefängnis.

„Aber auch dieser Abend glich einem Desaster, weil ich dich über eine halbe Stunde habe warten lassen. Du warst gerade im Begriff ...“
Zu gehen.
Meine Gedanken sprachen zeitgleich seinen Satz zu Ende und ich verharrte erneut im eiskalten Wasser.

„Ich musste geschlagene zehn Minuten auf dich einreden, dass du bleibst. Weißt du noch was ich dir alles versprochen habe.“
Ja, das weiß ich, Mark.

„Ich habe alles gemacht, bis auf eine einzige Kleinigkeit.“
Nein Mark. Du hast alles getan.
Im Geiste ging ich seine Versprechen durch. Blumen in allen Variationen, einen ganzen Monat lang. Die hatte ich bekommen, sogar ins Büro. Meine Kollegen sind fast geplatzt vor Neid. Auch versprach er mir, dass ich mich für eine Woche nicht mehr im Starbucks anstellen musste. Auch dieses hat er eingehalten und mir gestanden, dass er die Kellnerin mit fünfzig Dollar bestechen musste, damit es klappte.
Einen Eisbecher im Veneziano.

„Ich bin dir noch ein Eis schuldig, Sarah.“
Ich erschrak und sah mich zum ersten Mal um.

Woher weißt du das alles? Das habe ich dir nie erzählt. Das habe ich niemandem erzählt.

„Im Veneziano. Weißt du noch, wie wir davor standen und den Zettel gelesen haben?"

Geschlossen wegen eines Todesfalles.

„Dein Lieblingseis ist Joghurt, du liebst Mohnblumen, den Wind in den Bäumen, Pizza mit Sardellen."

Glenns Stimme wurde immer brüchiger.

„Deine Lieblingsfarbe ist türkis, dir wird im Bus schlecht, du gehst nicht gerne shoppen, du backst wenn du sauer bist."

Woher weißt du das? Das kann doch nur Mark wissen.

Weitere Auszählungen folgten und die Stimme kam mir plötzlich so unendlich vertraut vor.

„Sarah bitte, vertrau mir. Ich bin nicht Glenn. Das schwöre ich dir. Bitte Sarah …"

Plötzlich war es still. Ich hörte nur noch das Wasser rauschen und den Wind in den Bäumen.

Mark? Bist du es wirklich?

Langsam und penibelst darauf bedacht kein Geräusch zu machen, stieg ich aus dem Wasser und sah in die Richtung, aus der die Stimme kam.

„Mark?" rief ich zögerlich und fing vor lauter Angst zu zittern an.

„Sarah!" hallte es zurück.

„Oh Gott Sarah. Bleib wo du bist, ich bin gleich da."

Was hast du getan? Das ist nicht Mark. Mark ist nicht hier.

Mark ist im Gefängnis.

24

Als wir Sarahs Stimme hörten, wie sie zögernd den Vornahmen ihres Mann rief, fingen wir wie auf ein unsichtbares Kommando zu rennen an. Break und Packert führten das Feld, wobei es aussah, als würde der Hundeführer seinem Hund folgen und nicht anders herum. Genau aus diesem Grund wollte ich Packert mit im Boot haben, da sein Hund aufgrund seiner feinen Nase und seines gigantischen Gehöres um einiges besser war, als wir fünf zusammengenommen. Diese Chance durften wir uns auf gar keinen Fall entgehen lassen, da solch eine List kein zweites Mal funktionieren würde. Zumindest nicht so schnell und effektiv. Manipulation war zwar schön und gut, aber die Psyche lernte daraus und wenn es dabei auch noch um Leben und Tod ging, wurde es auch von Mal zu Mal schwieriger diesen angeborenen Sicherungsmechanismus, den viele als den sechsten Sinn beschrieben, zu umgehen. In Wirklichkeit war es aber der Verlust von Vertrauen, Zuversicht und unseres grenzenlosen Optimismus mit dem wir auf die Welt kamen. Dieser wurde aber aufgrund von unterschiedlichen Lebenserfahrungen durch Vorsicht, Misstrauen und Argwohn ersetzt und verdrängten somit unsere angeborene Vorprägung.
Ron und ich hielten das Tempo, aber Mark verlor mehr und mehr an Boden, was nicht auf seine fehlende Fitness, sondern auf seine desolate psychische Verfassung zurückzuführen war, sodass Lars sich ebenfalls zurückfallen ließ. Und dann war es endlich so weit. Keine zweihundert Meter vor uns lief Sarah um ihr Leben. Packert blieb plötzlich stehen, beugte sich zu seinem Hund nach unten und gab meinem Partner und mir ein Zeichen ebenfalls zu stoppen.

„Gefahr Break, Gefahr!" flüsterte er seinem Hund zu, löste die Leine und sein Gefährte spurtete bellend los.

„Ihr wird nichts passieren" beruhigte er uns beide, kaum dass sein Hund losgelaufen war.

„Break wird sie nur stoppen, sonst nichts. Bleibt einfach stehen und seht zu."

Die Szene die sich uns keine Minute später bot, war einfach unglaublich, da der Hund extreme Beschützerinstinkte aufzeigte. Er sprang nur um Sarah herum, legte seinen Kopf kurz am Boden ab und als sie versuchte in eine andere Richtung zu entkommen, sprang er wieder auf und es ging von vorne los. Es sah fast so aus, als würde er ihr versuchen den Weg abzuschneiden. Vermutlich beinhaltete der Befehl Gefahr auch genau dieses, aber für mich war es einfach unglaublich. Der Hund war einfach unglaublich, wie er Sarah regelrecht zu steuern begann und zum ersten Mal in meinem Leben, zollte ich einem Tier Respekt und sah es nicht nur als unnützes Anhängsel der Menschen an.

„Gib endlich auf" murmelte Ron inständig, aber Sarahs Angst war leider immer noch ungebrochen und solange sie dieses Gefühl beherrschte, waren uns leider die Hände gebunden, denn egal was wir ihr auch sagen oder zurufen würden, ihr Gehirn könnte es nicht verarbeiten.

Nach drei weiteren Fluchtversuchen wurden ihre Bewegungen endlich langsamer und dann gab sie aufgrund ihres körperlichen Zustandes endlich auf, ihr Verstand lief aber weiter auf Hochtouren, da sie gehetzt zwischen uns und Break hin und her sah.

„Kann du den Hund zurückrufen?" fragte ich Reily leise und er nickte.

„Break, hierher!"

Der Hund reagierte augenblicklich, setzte sich neben seinem Herrchen auf die Hinterbeine und sah zu ihm nach oben.

Packert lobte ihn und leinte ihn dem Geräusch nach wieder

an. Aber das alles interessierte mich nicht, dann jetzt hatte ich nur noch Augen für Sarah und das Foto, dass ich von ihrer Schwester Kira bekommen hatte, blitzt vor meinem geistigen Auge kurz auf. Damals strahlte sie so eine unendliche Zuversicht aus, die ich bewunderte, doch jetzt war davon nichts mehr zu erkennen. Angst war alles was sie beherrschte und ihre monatelange Gefangenschaft hatte deutliche Spuren interlassen. Sie hatte um die fünf bis zehn Kilo verloren, war extrem blass, ihre langen Haare hingen ihr in zerzausten und verfilzten Strähnen ins Gesicht, ihre Kleidung stand vor lauter Dreck und ihre Hose war bis knapp zur Mitte ihrer Oberschenkelpartie mit Wasser vollgesogen. Wenn ihre Augen nicht dieses markante haifischblau gehabt hätten, hätte ich vermutlich zwei Mal hinsehen müssen, um sie als Sarah Collins zu identifizieren. Außerdem zitterte sie sichtlich am ganzen Körper was mir verriet, dass sie am Ende ihre physischen und auch psychischen Kräfte war. Und als wäre dies alles nicht schon schlimm genug, hielt sie ihre Hand fest auf eine Verletzung an ihrer linken Flanke, auf dessen Behelfsverband sich deutliche Blutflecken abzeichneten.

„Keine Angst Mrs. Collins" versuchte ich sie zu beruhigen und fing an extrem langsam auf sie zuzugehen.

„Ihr Mann Mark ist gleich hier, Mrs. Collins."

Trotz meiner Informationen sah sie sich weiterhin panisch um.

„Mein Name ist Pete" redete ich schnell weiter, bevor sie ihren Plan der Flucht in die Tat umsetzen konnte.

„Pete Sullivan und ich arbeitete beim FBI."

Endlich nahm sie mich wahr, aber ihr Verstand wollte es immer noch nicht glauben und ich machte weiter.

„Ich werde ihnen nichts tun, Mrs. Collins, das schwöre ich ihnen."

Schritt für Schritt kam ich ihr näher.

„Haben sie mich verstanden, Mrs. Collins?"
Keine Reaktion nur dieser ängstliche Blick, der mir durch und durch ging.
„Sie sind in Sicherheit, Mrs. Collins. Es ist vorbei."
„Sarah" durchschnitt plötzlich Marks erleichterter, aber immer noch ungläubiger Ruf die Stille und ich atmete innerlich auf, da es jetzt nur noch eine Frage der Zeit war, bis auch Sarah die Wendung erkannte.
Mein Part war vorbei und ich senkte meine Hände, die ich die ganze Zeit über leicht ausgestreckt vor meinen Körper hielt, um Sarah zu signalisieren, dass ich keine Gefahr für sie darstellte.
„Oh Gott Sarah" folgte überglücklich, da jetzt auch Mark realisierte, dass es vorbei war.
„Ich habe dich gefunden, ich habe dich endlich gefunden."
Und endlich erkannte Sarah ihren Mann und die Erkenntnis, dass sie sich nicht einem Trugschluss ergab, sondern tatsächlich in Sicherheit war, traf sie so dermaßen unvermittelt, dass sie auf ihre Knie sank und hemmungslos zu weinen begann.

„Sie muss ins Krankenhaus, Pete" fing Lars nach etwa zehn Minuten ungeduldig an.
„Denn ihre Wunde sieht verdammt nach einer Stichverletzung aus."
„Ich weiß" antwortete ich und obwohl ich den Beiden gerne etwas mehr Zeit gegönnt hätte, machte ich mich auf den Weg zu ihnen.
„Mark."
Er sah mit Tränen der Erleichterung und des schlechten Gewissens zu mir nach oben, da er am Boden kniete, entließ seine Frau jedoch nicht aus seiner Umarmung. Sie kniete, beziehungsweise saß ebenfalls auf dem Boden und weinte

sich immer noch ihr Martyrium von der Seele und dies war auch gut so.

„Sarah muss in ein Krankenhaus."

Er nickte, verstand aber nicht worauf ich hinauswollte.

„Hier kann der Heli nicht landen, was bedeutet, dass wir zu Fuß zurück müssen. Glaubst du deine Frau schafft das oder soll ich eine Trage besorgen?"

„Keine Trage" gab er mir zur Antwort und ich konnte mir schon denken warum.

Mark würde seine Frau keine Sekunde alleine lassen, lieber würde er sie bis ans Ende der Welt tragen, bevor er zuließ, sie loslassen zu müssen.

„Lass uns nach Hause gehen, Liebling."

Seine Frau reagierte nicht.

„Liebling bitte, du bist verletzt."

Wieder nichts und Mark sah hilfesuchend zu mir nach oben.

„Mrs. Collins?"

Ich beugte mich nach unten und berührte sanft ihre Schulter. Sie zuckte zusammen und trotzdem nahm ich meine Hand nicht weg.

„Sehen sie mich bitte an, Mrs. Collins."

Nichts.

„Mich zu ignorieren wird ihnen nicht helfen, Mrs. Collins. Denn ich gehe erst hier weg, wenn sie mich ansehen."

Ihr Weinen verstummte für einen Moment, da sie ängstlich die Luft anhielt.

„Ich werde ihnen nichts tun. Ich möchte nur, dass sie mich kurz ansehen, da ich mit ihnen sprechen muss."

Endlich bewegte sie ihren Kopf und ich stellte meine körperliche Berührung ein.

„Wissen sie noch wer ich bin?" fragte ich, als sie ihre Augen aufschlug und sich unsere Blicke für den Bruchteil einer Sekunde kreuzten.

Ich zwang sie mit meiner Frage in die Offensive und endlich sah sie mich an.

„Mr. Sullivan?"

„Richtig, aber ich würde sie bitten mich Pete zu nennen, wenn es ihnen nichts ausmacht?"

Sie nickte bejahend.

„Darf ich sie Sarah nennen?"

Wieder kam ein Nicken.

„Gut Sarah, dann muss ich sie jetzt bitten, dass sie und ihr Mann mit mir kommen, da ich heute Nacht lieber in meinem Bett schlafen würde."

Meine Ausdruckweise verwunderte sie zutiefst, da sich mich irritiert ansah.

„Sehen sie doch selbst" versuchte ich sie weiter abzulenken.

„Diese Wurzeln sind doch überall und mein Rücken ist für so etwas einfach nicht gemacht."

Sie sah zu Boden und nahm diesen erst jetzt so richtig wahr. Auch die restliche Umgebung realisierte sie nun.

„Ihr Mann wird die ganze Zeit über bei ihnen bleiben, das verspreche ich. Aber jetzt müssen wir gehen, ok?"

Sie nickte, stand aber immer noch nicht auf und ich ahnte auch warum.

„Ihr Entführer hat überlebt" beantwortete ich die alles entscheidende Frage, die aus all ihren Poren schrie und war mir des Risikos auch voll bewusst.

Wie befürchtet zuckte sie zusammen, als hätte ich ihr eine schallende Ohrfeige verpasst.

„Aber er wird ihnen nie wieder etwas tun können."

Jetzt schüttelte sie verneinend und völlig überzeugt ihren Kopf.

„Doch Mrs. Collins, das verspreche ich ihnen und ich halte meine Versprechen sogar immer."

Wieder kam dieses ungläubige Kopfschütteln.

„Fragen sie ihren Mann, wenn sie mir nicht glauben und er wird ihnen unter Garantie bestätigen, dass ich tue was ich verspreche."
Wie erwartet sah sie zu Mark, der auch gleich bestätigend nickte.
„Vertrau ihm Sarah, denn es ist wirklich wahr."
Er strich ihr liebevoll über ihren Kopf.
„Pete hält seine Versprechen und ich vertraue ihm."
Zum ersten Mal küsste er seine Frau, wenn auch extrem vorsichtig, aber es war ein Kuss, den sie auch erwiderte und Hoffnung stieg in mir auf. Hoffnung, dass sie nicht auch noch einer Vergewaltigung zum Opfer gefallen ist, denn das was sie erleiden musste, reichte für zehn Leben um es zu verarbeiten.
„Ich werde ihn höchst persönlich ins Staatsgefängnis überstellen" redete ich weiter.
„Sobald dieser Mistkerl aus dem OP raus ist."
Wieder zuckte sie merklich zusammen.
„Ihr Entführer wird im Gefängnis verrotten, Sarah. Es ist vorbei. Sie sind in Sicherheit. Versprochen!"

„Was hat der Arzt gesagt?" fragte Ron, gleich nachdem ich Sarahs Zimmer verließ und ich musste mich zusammenreißen um nicht die Beherrschung zu verlieren.
„Dieser Wichser wusste genau was er tut. Größtmögliche Schmerzen, ohne jedoch gefährlich zu sein. Dieser elende Bastard!"
Ich sah meinem Partner jetzt direkt in die Augen.
„Bitte sag mir, dass er während der OP verreckt ist."
„Würde ich gerne, aber …"
„Verdammte Scheiße!" fluchte ich lauthals und ließ mich auf einen der Stühle fallen.
„Komm, fahr nach Hause und schlaf dich aus. Ich bleibe hier."

„Geht nicht" antwortete ich gähnend und mein Partner fing zu nicken an.

„Ich weiß, aber ich wollte es zumindest versuchen."

Ron wusste durch die Arbeit mit mir, dass die ersten Stunden nach dem Auffinden eines Entführungsopfers die Wichtigsten und auch die Entscheidendsten waren und genau deshalb wollte ich hier bleiben. Ich brachte es einfach nie übers Herz einen zweitklassigen Seelenklempner die Führung zu überlassen, wenn es um Entführungsopfer ging, denn sie wussten einfach nicht was ich wusste. Sie saßen in ihren sterilen Räumen und sahen die Kerker der Opfer nicht, in denen sie über Wochen und Monate leiden und auch hausen mussten. Ich wusste es aber und genau das war mein Trumpf. Ich verharmloste es nicht, sondern konfrontierte die Opfer damit und zeigte ihnen somit ihre unsagbare innere Stärke auf. Sie ließen sich nicht brechen und auch jetzt, wo sie in Sicherheit waren, durfte sie es nicht einmal in Erwägung ziehen aufzugeben. Sie mussten sich hinstellen und sagen, dass er sie nicht gebrochen hat und es auch niemals geschafft hätte sie zu brechen. Sie waren stärker als er, denn sie haben dieses Martyrium überlebt. Diese Erkenntnis brachte ich den Opfern bei und nicht, dass sie damit versuchen mussten zu leben. Nein, denn genau anders herum musste es laufen. Ihr Entführer musste damit leben, dass sie stärker waren als er. Sie haben ihn besiegt, sie waren stark und sie sollten diese Stärke niemals vergessen. Ihre gefühlte Angst, ihre unsagbaren Schmerzen und ihr genommenes Selbstbestimmungsgefühl sollte sich in Tatendrang verwandeln und nicht in, sie müssen lernen damit zu leben. Konfrontation war meine Devise und erst dann konnte die Heilung der Seele beginnen.

„Wann legst du los?"

„Ich wollte Mark noch ein bisschen Zeit geben mit ihr alleine zu sein."

„Ok, dann besorge ich uns jetzt eine Kanne trinkbaren Kaffee."
„Klingt verdammt gut, Partner."
„Hunger?"
„Wenn es kein Griesbrei oder Pudding ist, dann ja. Riesigen Hunger sogar."
„Wird gemacht" kam lachend und er lief in Richtung des Schwesternzimmers.

„Wissen sie noch wer ich bin, Mrs. Collins?"
Sie nickte und ich zog mir einen Stuhl an ihr Bett.
„Sie wissen aber bestimmt nicht, dass ich auch Psychologe bin, oder?"
„Nein" kam leicht verunsichert und ich hob meine Hände leicht an.
„Keine Angst, meinen Doktor habe ich im Schwerpunkt Kriminalistische Psychologie gemacht. Wissen sie was das ist?"
„Nein" kam erneut und diesmal fehlte die Verunsicherung.
„Ich kann mich in die Psyche anderer Menschen hineinversetzen und dadurch ein Profil erstellen."
Da war sie wieder, diese Angst.
„Sie haben Angst" sagte ich Sarah auf den Kopf zu und sie zuckte zusammen.
„Angst vor dem was ich herausfinden werde, nicht wahr?"
Sie blockte wie erwartet ab und ich fiel mit der Türe ins Haus.
„Ich weiß, dass sie wie ein Hund, der anstatt eines Halsbandes mit einem Eisenring, der mit einer Kette an der Wand befestigt wurde, gehalten wurden."
Jetzt wich sie in ihrem Bett vor mir zurück.
„Und ich weiß auch, dass sie um ihr Essen und Trinken betteln mussten."

„Hören sie auf“ schrie sie mich an, aber ich konnte noch nicht, da sie noch nicht soweit war.

„Ich weiß, dass Sie Angst hatten, panische Angst vor ihm und ich weiß auch, wie sie ihn ansprechen mussten!“

Das saß und ich hatte den Kern der Sache getroffen, da es sich so ähnlich wie bei Eve verhielt. Auch sie glaubte, dass er sie gebrochen hatte, weil sie ihn so betitelte.

„Meister war es, oder?“

„Seien sie still!“

„Nein Sarah, ich werde nicht still sein, denn er hat sie nicht gebrochen. Sie haben ihn gebrochen.“

„Ich habe gar nichts getan, außer ...“

Marks Frau hasste sich dafür und genau das war das Problem daran. Sie kanalisierte ihre unsagbare Hilflosigkeit auf sich.

„Sie haben überlebt, oder etwa nicht? Sie sind sogar vor ihrem Meister geflohen.“

Sie zuckte erneut zusammen und zog ihre Decke als imaginäre Mauer bis zum Hals.

„Sie haben es geschafft. Sie haben sich gewehrt und sie haben Erfolg damit gehabt. Also warum zum Teufel schämen sie sich dafür?“

„Ich habe nichts getan!“ schrie sie mir verachtend entgegen.

„Ich habe nur getan was er von mir wollte.“

„Oh nein Sarah, das haben sie nicht!“ schrie ich zurück.

„Oder hat er ihnen gesagt, dass sie davonlaufen dürfen und ihn dabei sogar noch lebensgefährlich verletzen sollen?“

Ich warf meine Hände nach oben, so wütend war ich.

„Soll ich ihnen sagen wo dieser Bastard gerade liegt?“ schrie ich weiter aufgebracht.

„Er liegt auf der Intensivstation und es sieht verdammt schlecht für diesen Dreckskerl aus, weil sie sich gewehrt haben.“

Ich sah ihr jetzt direkt in die Augen.

„Also hören sie auf so einen Blödsinn zu reden, denn sie haben ihn besiegt. Sie haben gewonnen. Sie haben sich mit den Mitteln widersetzt die ihnen zur Verfügung standen und das waren garantiert nicht viele, wenn man angekettet in irgendeinem Keller dahinvegetieren muss. Also sagen sie mir ja nicht noch einmal, dass sie nichts getan haben! Denn sie haben verdammt viel getan, also hören sie auf sich in ihrem Selbstmitleid zu suhlen, denn das schmälert alles was sie geleistet haben!"
Sie sagte keinen Ton, als ich stoppte. Stattdessen sah sie mich mit großen Augen an und ich zügelte meine Stimme.
„Sie wurden hundertsiebenundfünfzig Tage festgehalten, dass sind über fünf Monate, fast ein halbes Jahr und da wollen sie mir jetzt weiß machen, dass sie aufgegeben haben?"
Ich schüttelte meinen Kopf.
„Sorry, aber sie haben alles andere getan als aufgegeben. Sie haben sich gewehrt, die ganze Zeit über, auch wenn sie diesen Dreckskerl mit Meister angesprochen haben oder auf Knien für Nahrung gebettelt haben. Das spielt alles keine Rolle, egal was es auch war, denn das Ziel ist der Weg. Und sie haben das Ziel erreicht, auch wenn sie gestolpert sind. Sie haben nicht aufgegeben, sie haben gekämpft, jeden Tag aufs Neue und sie haben gewonnen. Das dürfen sie niemals vergessen. Niemals Sarah!"
„Denken sie das wirklich?"
„Ja Sarah, das denke ich wirklich, denn egal was auch passiert ist, sie tragen keine Schuld daran oder müssten sich für irgendetwas schämen. Sie haben getan was nötig war um zu überleben und nur darauf kommt an. Alles andere ist zweitrangig."
Sie nickte und dann überlegte sie einen Moment, da sie nicht wusste, ob sie es mir sagen sollte oder nicht. Ich blieb

einfach nur sitzen und wartete ab, da ich mir sicher war, dass sie sich richtig entscheiden würde.

„Er hat gesagt, dass er zwölf Frauen getötet hat. Glauben sie das?"

„Oh ja Sarah, das glaube ich. Denn ich bin ihm auch nur ganz knapp entkommen."

„Sie?" echote Marks Frau schockiert und ich hob meinen Gipsarm nach oben.

„Ja ich, Sarah. Und ich bin ein ausgebildeter Agent und müsste es eigentlich besser wissen. Trotzdem entspricht es der Wahrheit, dass ich nur durch pures Glück überlebt habe. Sie hingegen hatten kein Glück, sie haben es alleinig durch ihren starken Willen, ihre ungebrochene Stärke und durch ihren unerschütterlichen Mut geschafft. Sie hatten keine Hilfe, von niemandem. Und genau aus diesem Grund will ich jetzt von ihnen hören, dass sie weiter kämpfen, denn ich will, dass sie das alles hinter sich lassen und ihr Leben in vollen Zügen genießen werden."

Sie sah mich eine Weile nur an, bevor sie zu nicken begann, aber ich wusste bereits in der ersten Sekunde, dass sie es schaffen würde, denn der energiegeladene Glanz in ihren Augen verriet sie und für mich war es Zeit zu gehen. Ich stand auf, zog eine meiner Karten heraus und legte diese auf den kleinen Beistellwagen, der sich direkt neben ihrem Bett befand.

„Sie können mich jederzeit anrufen, Sarah. Ok?"

„Ok."

Ihrem Gesichtsausdruck nach brannte ihr noch eine Frage auf der Seele und ich wartete einfach ab.

„Wird er sterben?"

„Ich hoffe nicht!"

Sie erschrak von meiner Wortwahl und ich erklärte mich schnell.

„Denn es wird mir ein Vergnügen sein, ihn höchstpersönlich vor Gericht zu zerren und ihn danach für immer wegzusperren."
Ich fing zu grinsen an.
„Und glauben sie mir, Frauenmörder sind im Knast ebenso wenig angesehen, wie Kindermörder. Ich denke wir verstehen uns, oder Sarah?"
Ihrem kurzen und zufriedenen Lächeln nach tat sie es und ich verließ ihr Zimmer.

Mark wartete schon ungeduldig im Gang und als er mich sah, kam er schon fast auf mich zugerannt.
„Und?"
Ich nickte ihm beruhigend zu.
„Sie braucht Zeit, aber sie schaffte es. Ihr schafft es."
„Danke Pete, danke dass du an mich geglaubt hast."
„Nein Mark, danke dass du bis zuletzt an meine Fähigkeiten geglaubt hast."
Er verstand meine Anspielung auf meine Lüge sofort und schüttelte seinen Kopf.
„Das ist mir alles egal, denn Sarah liegt in diesem Zimmer und sie lebt. Nur das ist wichtig, alles andere ist scheißegal."
Er streckte mir seine Hand zum Abschied entgegen und dann ging er durch die Türe, wo die Liebe seines Lebens lag.

Obwohl es bereits kurz vor drei Uhr p.m. war, lag Alexis nicht wie erwartet in ihrem Bett, sondern schlief auf der Couch. Sie hatte auf mich gewartet, obwohl ich sagte, dass es verdammt spät werden würde und ich sah sie eine Zeit lang nur an, bevor ich mich neben sie setzte und ihr einen Kuss auf die Stirn gab.
„Hey mein Engel."
Ein erneuter Kuss folgte.

„Ich bin wieder da."
Seelig schlang sie ihre Arme um mich und gab mir einen
innigen Kuss.
„Ich liebe dich, Pete Sullivan."
Ich fing zu schmunzeln an, da es ihre Art war, mich für
meine Arbeit zu loben."
„Ich liebe dich auch."
Erneut folgten einige Küsse, bis ich aufstand und Alexis an
ihrer Hand nach oben zog.
„Ich würde ja gerne weitermachen, aber ich bin völlig
fertig."
„So siehst du auch aus" kam wie immer völlig unverblümt
und im Normalfall hätte dies einen kleinen verbalen
Schlagabtausch nach sich gezogen, aber selbst dafür fehlte
mir die Kraft.
„Soll ich dir ein Bad einlassen?"
„Bloß nicht, denn das könnte ich erst morgen früh wieder
verlassen und bis dahin bin ich vermutlich ein Fisch."
„Aber ein verdammt gutaussehender und erfolgreicher
Fisch."
Ich lachte über ihre Bemerkung auf und nahm ihre Hand.
„Böse wenn ich mich einfach so wie ich bin ins Bett lege?"
„Nein Pete, wie könnte ich dir böse sein. Nicht nachdem
was du heute geleistet hast."
„Hat dich Ron schon wieder angerufen?" fragte ich leicht
genervt, aber Alexis schüttelte den Kopf.
„Nein Pete, er hat nicht angerufen."
„Woher weißt du es dann?"
„Weil du sonst noch im Krankenhaus bei Sarah wärst."
Sie gab mir einen Kuss auf die Wange.
„Und nachdem du erst aufhörst und nach Hause gehst, wenn
alles in Ordnung ist, weiß ich, dass es dieser Sarah soweit
gut geht und sie auch in Sicherheit ist."

Ich nickte und dann beherrschte mich nur noch ein einziger
Impuls und der hieß schlafen.

Zwei Wochen später

„Er ist raus" sagte Ron, kaum dass er eingestiegen war und ich nickte ihm zu.

„Was glaubst du, warum ich so früh gekommen bin?"

Meinem Partner schwante was ich vorhatte und er fing zu schmunzeln an.

„War klar, dass du es nicht auf sich beruhen lassen kannst."

„Keine Ahnung was du meinst" mimte ich den Ahnungslosen und Ron schlug mir lachend gegen meinen Oberschenkel, als ich mich in den Verkehr einfädelte und Kurs auf das Staatsgefängnis nahm.

Das Besucherprozedere versetzte mich für einen Moment in der Zeit zurück, nur war ich diesmal wieder auf der richtigen Seite und nicht als Häftling unterwegs. Trotzdem beschlich mich seit diesem Tag jedes Mal eine so dermaßene innere Unruhe, wenn ich ein Gefängnis betrat, die mich fast wahnsinnig machte und mein Körper verfiel in eine sogenannte Übersprungshandlung, da ich immer wieder mit meinen Fingern nervös auf meinen Oberschenkel trommelte, während Ron und ich darauf warteten, dass das Tor zum Besuchertrakt per elektronischem Signal entriegelt wurde.

„Ganz ruhig" raunte mir Ron zu, da er meine Anspannung bemerkte.

„Wir sind nur zu Besuch hier."

„Ich weiß, trotzdem habe ich das Gefühl hier eingesperrt zu sein."

Ich zwang meine trommelnden Finger in die Schranken und sah noch einmal zu der Kamera, die direkt über dem Eisengitter angebracht war.

„Was dauerte denn da so lange?" knurrte ich leise vor mich hin und endlich ertönte die Entriegelung mit einem langen und leicht nervenden Piepton.

Ron schob das Eisengitter auf und gab mir ein Zeichen, dass ich vor ihm durchgehen sollte. Ich tat es und positionierte mich vor einer Türe, auf der mit großen schwarzen Lettern: Besuchsraum 2, stand, der uns während der Besuchsformalitäten von der zuständigen Wache genannt wurde. Das Warten begann von neuem, nur konnte ich diesmal das Geschehen darin durch die angebrachte Fensterscheibe beobachten und ein zufriedenes Lächeln zog sich über mein Gesicht.

„Schadenfreude steht dir" zog mich mein Partner auf, der sich neben mich stellte, um ebenfalls zusehen zu können und auch er genoss die Vorstellung sichtlich.

Lenny Garson kam flankiert von zwei Wärtern herein und wurde dazu aufgefordert sich unverzüglich hinzusetzen. Er gehorchte widerstandslos und eine Wache befestigte die kurze Eisenkette, die die beiden Handschellenringe miteinander verband, an einer weiteren Fessel, die an einem Eisenring in der Mitte des Tisches angebracht war. Routiniert kontrollierten beide Gefängnismitarbeiter alle Ketten und als sie diese für in Ordnung befanden, sahen sie zu uns herüber. Ich nickte und ein erneuter Summton war zu hören.

„Morgen Sir" begrüßte mich der ältere der Beiden, blieb aber hinter Garson stehen.

„Sollen wir zu ihrem Schutz hierbleiben?"

„Nein danke, Officer Lincoln" lehnte ich höflich ab, nachdem ich kurz auf sein Namensschild sah.

„Der Häftling wird uns garantiert keine Schwierigkeiten machen, oder vielleicht doch?" hakte ich nach und sah Lenny dabei direkt in die Augen.

Beziehungsweise in das Eine, da sein Linkes fast gänzlich zugeschwollen war. Seine Taten mussten sich unter den Mithäftlingen bereits herumgesprochen haben, denn nach einem Unfall sah dies so gar nicht aus. Er schwieg und ich setzte mich ihm gegenüber, während die beiden Wachmänner den Rückzug antraten, als auch Ron ihnen mit einem Wink zu verstehen gab, dass wir alles unter Kontrolle hatten.

„Es scheint dir hier ja richtig gutzugehen" fing ich das Gespräch an und erntete genau die Reaktion, die ich beabsichtigte.

Er spie quer über den Tisch, verfehlte mich aber, da ich mehr als lässig in meinem Stuhl saß und diesen auch nicht beim Hinsetzen an den Tisch geschoben hatte.

„Aber, aber" fing ich gelassen an.

„Wer wird denn hier spucken?"

„Ich töte dich, du elender Wurm" drohte er mir jetzt ganz offensichtlich und ich fing zu lachen an.

„Ich muss dich leider enttäuschen, aber diese Gelegenheit hast du verpasst."

Sein Zorn begann zu kochen, dass konnte ich seinem Gesichtsausdruck deutlich entnehmen und ich fing an es zu genießen.

„Und ich sage dir noch eines, wir hätten dich niemals erwischt, wenn du es nicht vergeigt hättest."

Er sah irritiert zu mir auf, da er seinen Fehler nicht sah.

„Du hättest mich töten sollen, aber du warst zu feige dafür."

Mit einem wütenden Schrei wollte er sich auf mich stürzen, aber ich musste mich nicht einmal nach hinten beugen, um mich zu schützen. Stattdessen saß ich seelenruhig auf meinem Stuhl und putzte mir ein imaginäres Fussel gelangweilt von meiner Hose.

„Aber, aber."

Ich schüttelte meinen Kopf.

„Wer wird denn hier ausflippen?"

Mittlerweile schäumte er vor Wut, aber ich hatte noch nicht genug.

„Du wirst hier verrotten und deinem Gesicht nach zu
urteilen, muss ich nicht einmal etwas durchsickern lassen,
denn deine Freunde wissen schon Bescheid, dass du dich an
wehrlosen Frauen vergriffen hast. Oder …"
Ich machte eine bedeutungsschwere Pause.
„Vielleicht habe ich ja doch etwas durchsickern lassen und
wenn ich es mir genau überlege, habe ich ja auch genau das
getan."
Jetzt beugte ich mich ein Stück zu ihm.
„Na, wie war es, das Gefühl der Machtlosigkeit."
Ich lehnte mich wieder zurück und mein Gegenüber verlor
die Beherrschung.
„Ich töte dich" schrie er so heftig, dass sich seine Spucke
quer über den Tisch verteilte.
„Wie denn?" provozierte ich ihn weiter.
„Du bist hier drin eingesperrt, während ich mein Leben in
vollen Zügen genießen werde."
Wieder widmete ich mich einem nicht vorhandenen Fussel.
„Essen was ich will, tun was ich will, ficken wann ich …"
„Du elender Wurm. Ich werde dich vernichten."
Ich stand lachend auf, da ich seinen wunden Punkt getroffen
hatte. Er dachte er stünde über allen Dingen, weil er seinen
Trieb unter Kontrolle hatte, aber jetzt von mir zu hören, dass
ich den Meinen voll und ganz auslebte und ihn trotzdem zu
Fall gebracht hatte, grenzte für ihn an Verrat. Verrat an
seiner gottgegebenen Macht.
Eigentlich wollte ich es gut seien lassen und einfach gehen,
aber dann kam mir eine diabolische Idee, die meinem
Martyrium in dieser Kiste gerecht wurde und ich ging
zurück.
Ich schloss die Augen und überlegte kurz, da mein Latein
schon etwas eingerostet war und ich nicht wollte, dass er
meinen Satz falsch interpretieren konnte. Erst dann ging ich
um ihn herum und beugte ich mich ganz dich zu seinem Ohr

herunter, aber immer darauf bedacht nicht von ihm überrumpelt werden zu können.

„Victus sum vobis quia ego dominum" raunte ich ihm ins Ohr und er flippte daraufhin vollkommen aus.

Ich fing nur zu grinsen an und verließ, ohne mich noch einmal nach ihm umzudrehen den Raum, während er wüste Todesdrohungen in meine Richtung schrie und wie ein Irrer an seinen Handschellen zerrte.

„Was hast du zu ihm gesagt?" wollte Ron augenblicklich wissen, kaum dass die Türe ins Schloss fiel und sah kopfschüttelnd durch die kleine Glasscheibe in der Türe zu unserem Gefangenen.

„Nichts" konterte ich überheblich und postierte mich jetzt ebenfalls vor der Glasscheibe, wodurch Glenns Wut zur Raserei anschwoll.

„Ich töte dich! Ich töte dich!" schrie ich immer wieder und dann drehte ich mich einfach weg und ging.

„Jetzt sag schon" rief mir mein Partner nach und ich drehte mich wieder um.

„Ich habe nur gesagt, dass ich ihn besiegt habe und dass ich der Meister bin. Sonst nichts."

Mein Freund fing schallend zu lachen an, während ich meinen Ausweis in Richtung der Kamera hielt und zufrieden zu schmunzeln begann.

„Zum Glück sind wir Freunde" konterte Ron und schlug mir mit der Hand ein paar Mal befriedigt auf die Schulter und ich nickte ihm ebenfalls zufrieden zu.

Den Fall Sarah Collins konnte ich endlich zu den Akten legen, vergessen würde ich ihn jedoch niemals. Auch ordnete Lars vor einer knappen Woche eine weitere Untersuchung an, damit auch allen anderen zwölf Opfern Gerechtigkeit widerfahren konnte. Aber das alles war nur Beigabe, denn für den vor uns liegenden Prozess reichten Eves, Sarahs, Marks und auch meine Aussagen vollkommen aus, um Lenny Garson alias Glenn Sonary für immer wegzusperren.

„Kann ich hier eine Privatstunde im Spinning kriegen, oder wie dieses schwachsinnige Fahrradfahren in einem geschlossenen Raum auch immer heißen mag?"
René sah von seinem kleinen Schreibtisch auf und fing zu grinsen an.
„Der FBI-Typ will es tatsächlich noch einmal wissen."
Er stand auf und gab mir freudig die Hand.
„Schön dich zu sehen."
„Kommt darauf an ob du mich wieder high-end radeln lässt oder nicht?"
„Eher nicht, denn ich hatte zwei Tage lang Muskelkater wegen dir."
„Und ich dachte ich wäre das Weichei."
René verdrehte die Augen.
„Deine Wortwahl ist wie immer extrem charmant und einfühlsam."
„Oh danke für das Kompliment. Einfühlsam hat mich noch keiner genannt."
Jetzt lachten wir beide und René bot mir an mich zu setzen.
„Jetzt aber ehrlich, warum bist du hier, Pete."
„Ich wollte dir nur sagen, dass ich Sarah gefunden habe."
„War nicht zu übersehen, die Zeitungen waren voll davon."
„Ok, erwischt!"
Ich atmete tief durch.
„Ich wollte mich bei dir entschuldigen und dich fragen, ob ich dich auf ein Bier einladen kann. Oder trinkt so ein Sportfanatiker wie du einer bist nur diese überteuerten Fitnessgetränke."
Er verstand meinen Wink sofort und schmunzelte über meine Anspielung auf unsere erste Begegnung vor sich hin.

„Nur eines? Ich denke du bist mir aufgrund meiner Privatstunde mindestens zwei schuldig.“

„Doch so billig. Kann ich dann ein Jahresabo in deinem Club haben?“

„Du immer“ konterte er und sah auf meinen Gips.

„Was ist mit deinem Arm passiert?“

„Arbeitsunfall“ antwortete ich knapp, da ich mit René nicht über meine Arbeit reden wollte.

Das mit ihm sollte eine rein private Verbindung werden und ich erhob mich gleichzeitig, da sich mein Telefon bereits zum dritten Mal vibrierend meldete, seitdem ich sein Studio betreten hatte.

„Kann ich dich wegen des Bieres anrufen?“ fragte ich, als ich auf das Display sah und erkannte, dass es Lars Nummer war.

„Gerne Pete.“

René stand jetzt ebenfalls auf.

„Deine Arbeit?“

„Ja“ gestand ich seufzend und streckte ihm meine Hand zum Abschied entgegen, die er mit ernster Miene ergriff.

„Es ist keine Schande auch hin und wieder an sich zu denken, vergiss das nicht.“

„Ich werde es versuchen.“

„Nicht versuchen Pete. Tu es, denn ich würde wirklich gerne ein Bier mit dir trinken gehen.“

„Es ist leider nicht so einfach, wenn du der Beste bist und dann auch noch Leben auf dem Spiel stehen.“

„Diesmal glaube ich es sogar und trotzdem gibt es da auch noch etwas anderes, Pete.“

„Glaub mir, dass weiß ich mittlerweile auch und genau deshalb bin ich gekommen. Weil es noch ein Leben außerhalb meiner Arbeit gibt.“

„Wir sehen uns, FBI-Typ“ zog er mich auf und ich schoss zurück.

„Oh ja du Sportmöchtegern, wir sehen uns.“

„Oh ja du Sportmöchtegern, wir sehen uns.“

Lesen sie auch:

Ich finde dich

Eine traumatisierte Frau, ein sadistischer Entführer und zwei
Männer die verschiedener gar nicht sein könnten ...

Erstes Buch der Pete Sullivan Reihe
ISBN 978-3-74073-052-9
424 Seiten
13,99 €

Erinnerungslos

Eine Frau ohne jeglicher Erinnerung und drei aus ihrer frühsten Kindheit verbunden Männer, werden in einen Sog von Macht und Gewalt gezogen, indem ein über Leichen gehender Immobilienmogul die Strippen zieht.

Zweites Buch der Pete Sullivan Reihe
ISBN 978-3-74073-511-1
524 Seiten
16,99 €

Alte Wunden

Pete Sullivan wird zum Spielball eines perfekt ausgeklügelten Planes und landet wegen Doppelmord, Mordversuch und Entführung auf jeder behördlichen Fahndungsliste. Ein Wettlauf gegen die Zeit beginnt, da der dubiose CIA-Agent Colin Macintosh alles daran setzt Pete zur Strecke zu bringen. Tod zur Strecke zu bringen.

Drittes Buch der Pete Sullivan Reihe
ISBN: 378-3-74075-021-3
544 Seiten
19,99 €

Treibgut

Ryan Parker lebt seit über fünf Jahren unter falschem Namen in einem abgelegenen Haus am Meer. Alles ist gut, bis er eine Frau vor dem Ertrinken rettet und daraufhin sein mühsam gebasteltes Kartenhaus in sich zusammenstürzt, da ihn seine Vergangenheit gnadenlos einholt. Ein Wettlauf auf Leben und Tod beginnt, da ihr Gegner bereit ist bis zum Äußersten zu gehen.

ISBN 978-3-74074-680-3
624 Seiten
19,99 €

www.ingramcontent.com/pod-product-compliance
Lightning Source LLC
Chambersburg PA
CBHW032113110726
47902CB00003B/565